Et venio in campos et lata
praetoria memoriae. AUGUSTINUS

Laurens van der Post

Das Schwert und die Puppe

Henssel

Titel der englischen Originalausgabe
The Seed an the Sower
übersetzt von Hannah Wolff und
Joachim Uhlmann

CIP-Kurztitelaufnahme der Deutschen Bibliothek
VanderPost, Laurens:
Das Schwert und die Puppe / Laurens van der Post.
[Dt. von Hannah Wolff u. Joachim Uhlmann.] – 2. Aufl. –
Berlin: Henssel, 1984.
Einheitssacht.: The seed and the sower ⟨dt.⟩
ISBN 3-87329-111-8

Neuausgabe 1984

Verleger der Originalausgabe: The Hogarth Press Ltd., London
Deutsche Rechte: Karl H. Henssel Verlag, Berlin
Satz und Druck: Druckhaus Langenscheidt
Bucheinband: Schöneberger Buchbinderei, beide in Berlin

Dieses Buch widme ich meiner Frau
INGARET GIFFARD
für die verständnisvolle Herausgabe
dieser Weihnachtstrilogie;
Trennender Schatten, wie bei der
ersten Veröffentlichung
WILLIAM PLOMER

INHALT

TRENNENDER SCHATTEN

Der Heilige Abend

Als wir dann über die Felder gingen, sprachen wir kaum noch. Ich jedenfalls brachte nicht mehr den Mut auf, eine Unterhaltung anzufangen und in Gang zu halten. Diesem Weihnachtsbesuch von John Lawrence hatte ich so erwartungsvoll entgegengesehen, aber jetzt, nachdem er endlich da war, schien es uns nicht möglich, ein wirkliches Gespräch miteinander zu führen. Seit fünf Jahren hatten wir uns nicht mehr gesehen, also seit jenem Tag bei Kriegsende nicht mehr, an dem wir uns bei unserer Entlassung vor den Toren unseres Gefängnisses auf Wiedersehen sagten. Ich selbst kehrte ins Zivilleben zurück, er hingegen nahm sofort wieder seinen aktiven Militärdienst auf. Bis dahin waren wir jahrelang zusammen den Gefahren des Krieges gleichsam Schulter an Schulter begegnet, und später hatten wir im Gefängnis von den Japanern dieselben bitteren Dinge erduldet. Ja, als es dann zu unserer Entlassung kam, fühlten wir, daß die Erfahrung, die wir in unserer umdrohten Welt geteilt hatten, dem großen und unerklärlichen Einklang unserer gegenseitigen Zuneigung so angepaßt war wie ein nach Maß gemachtes Gewand. Das Bewußtsein jener vollkommenen Nähe war mir geblieben. Für mich hatte es keine Trennung gegeben, für mich hatte die Entfernung aus purpurnen Meilen, die zwischen ihm und mir lagen, nie bestanden. Ich kannte das grausame und überflüssige Bündnis, das Raum und Zeit miteinander schließen (überflüssig, weil beide an sich schon mächtig genug sind), um unser kurzes und brüchiges Einander-Nahesein zu bekämpfen – ich kannte dieses Komplott nur zu gut. Aber wenn es mir gelungen war, ihm nahezubleiben, warum sollte er sich zurückgezogen haben? Denn das war es, was ich deutlich spürte. Obwohl ich die Hand nur auszustrecken brauchte, um seinen Arm zu berühren, schien er mir doch in den fünf Jahren unserer Trennung noch nie so fern gewesen zu sein wie gerade jetzt.

Verstohlen warf ich einen raschen, forschenden Blick auf ihn. Der Anzug aus Vorkriegs-Tweed, der ihm noch immer tadellos paßte, sah an seiner hohen, breitschultrigen Figur eher wie eine Uniform als wie ein ziviles Kleidungsstück aus. Wie ein Schlafwandler ging er an meiner Seite, mit einer sonderbaren, unbewußten Bedachtsamkeit und Entschlossenheit, einem seltsamen, entrückten Ausdruck auf dem Gesicht. Die großen, grauen Augen, die in seinem edlen Antlitz unter einer fein gebauten und breiten Stirn weit auseinander lagen, schimmerten blau von der Entfremdung, die zwischen uns stand. Selbst das Licht dieser verdämmernden Dezemberstunde, das sich vom Tage zurückzog wie die graue Ebbe einer ruhig werdenden See, die von einem verlassenen, vergessenen Gestade fortgleitet – dieses Licht, das sich in die brodelnden Nebel der Zeit verflüchtigte, glomm in seinen Augen nicht wie ein Schein, der von außen kam, sondern eher wie die verblassenden Töne eines erstarrten, winterhaften Erlebnisses, das in seiner eigenen inneren Zeitrechnung weit zurücklag. Ich sah deutlich: sein Blick war nicht auf diesen Zeitpunkt und auf diesen Ort gerichtet; und die Ironie, die darin lag, war beinahe mehr, als ich ohne Widerspruch ertragen konnte.

Und gerade in dem Augenblick, in dem ich ein bitteres Urteil über sein Zurückgekommensein gefällt hatte, weil es ja keine Rückkehr zu unserer früheren Beziehung war, da riß etwas Unergründliches in mir die Führung an sich. Ich weiß nicht, was ich sonst getan hätte. Aber etwas, das weiser und erfahrener war als mein bewußtes Ich, trug mir auf, ihn zu fragen: „Du bist nicht zufällig einmal *Rottang* Hara begegnet?"

Die Frage war heraus, bevor ich eigentlich wußte, daß ich dabei war, sie zu stellen. Und als sie ausgesprochen war, kam sie mir töricht vor, weil sie ohne jede Beziehung zur Gegenwart und so ganz abwegig zu sein schien. Aber zu meiner Überraschung blieb er plötzlich stehen, wandte sich mir zu und sagte spürbar erleichtert wie jemand, der von einer Erregung befreit ist, die ihn zu stark bedrängte:

„Wie seltsam, daß du mich ausgerechnet nach ihm fragst. Ich habe eben an ihn gedacht." Er hielt kurz inne und fügte dann, als ob er fürchtete, mißverstanden zu werden, mit einem Lachen, das um Nachsicht bat, hinzu: „Den ganzen Tag denke ich heute schon an ihn. Ich komme einfach nicht von ihm los."

Ich atmete ebenso auf wie er, denn mit einem Mal sah ich den Weg, der mich zu seiner Vereinsamung hinführen konnte. Dieser belastenden Erinnerung konnte ich ein gutes Stück folgen, auch wenn ich nicht bis zum Ende an seinen Erlebnissen teilgenommen hatte. Schon der Gedanke an Hara, nur die Erwähnung seines Namens, genügte, mir das leibhaftige Bild des Mannes so deutlich zu vergegenwärtigen, als ob ich ihn eben verlassen hätte; als ob er jeden Moment mit einer seltsamen, gewürgt-klingenden, nervös-gespannten und aus dem Sonnengeflecht dringenden Stimme, die, wenn er tobte, geradezu aus ihm herausbrach, hinter mir ‚Kura'! schreien würde — die gröbste der vielen groben Formen des Japanischen für ‚He! Du! Komm her!'

Bei diesem Gedanken spürte ich plötzlich im Nacken, am Haaransatz, wie empfindlich kalt die Luft war. Unwillkürlich sah ich über die Schulter, als erwartete ich tatsächlich, ihn beim Tor der ‚Langen Scheune' stehen zu sehen, wie er uns mit seinem ausgestreckten Arm befehlend winkte; seine Hand schlug dabei ungeduldig die Luft wie die Flügel eines großen gelben Falters bei seinem letzten verzweifelten Flattern, bevor er als ein sich windendes Etwas zu Boden sinkt und stirbt.

Aber das Feld hinter uns war natürlich leer. Der große, graue Friede des Winters, der stille, überirdische Segen einer wohlverdienten Ruhe, die die willige Erde so lange erfleht hatte und die der Mensch so liebt, lag über dem matten, schlafenden Land. In jenem sanften Verlöschen des Tageslichtes wirkte die Landschaft überhöht, als stünde sie noch einmal darüber wie ein geheimer Traum von sich selbst im innersten Schlaf, als hätte der Umkreis sich so gefügt, um vollkommen jener Vision zu entsprechen, die wir im Gefangenenlager unter Hara von der Heimat hatten: England – ein beseligender Gedanke vom Himmel auf Erden.

Und eine Welle von Bitternis stürzte über mein Herz und riß die Erleichterung, die ich eben noch gespürt hatte, unbarmherzig mit sich fort. Daß der Schatten von Haras verzerrter, grotesker Gestalt nicht einmal in dieser vertrauten und wohltuenden Umgebung von uns zu weichen vermochte!

Ich sagte ‚im Gefangenenlager unter Hara', denn wenn er auch nicht der Kommandant war, so war er doch die stärkste Autorität, die unsere Welt, die Welt der Gefangenen, beherrschte. Er selbst war im Heer Seiner kaiserlichen japanischen Majestät zwar nur ein Hauptfeldwebel, und dem Namen nach war ein junger Leutnant mit der Leitung des Lagers betraut. Aber dieser leicht gebaute junge Mann glich eher einem der eleganten Helden aus Erzählungen der großen Murasaki oder aus dem Kopfkissen-Buch ihrer verhaßten Rivalin als einem Samurai des 20. Jahrhunderts. Wir bekamen ihn nur selten zu sehen, und sein Interesse an uns schien ausschließlich darauf gerichtet, was und wieviel wir zu seiner Kollektion von

Armbanduhren beitragen konnten. John Lawrence, der früher beigeordneter Militärattaché in Tokio gewesen war, sagte einmal, er sei sicher, daß unser Kommandant nicht aus der großen Militärkaste Japans stamme, sondern wahrscheinlich nur ein zweitrangiger Zollbeamter aus Kobe oder Yokohama sei, der aus eben diesem Grunde nicht wie ein echter Soldat durch den schimpflichen Auftrag, ein Lager mit verachtungswürdigen Kriegsgefangenen zu kommandieren, sich degradiert fühlen konnte. Aber, so hatte er damals hinzugefügt, Hara sei die echte Sorte. Wenn er auch nicht aus der Offizierskaste käme, so sei er doch der bewährte Gefolgsmann der Feudalen, der seinem Herrn und Gebieter ohne Bedenken in die Schlacht folgt. Da er seinen Herren lange und treu gedient, in Korea, in der Mandschurei und in China gekämpft hatte, sei nun dieser mühelose Posten vermutlich seine Belohnung dafür.

Ich weiß nicht, wieweit das, was Lawrence seinerzeit sagte, richtig war. Aber eines war ganz offensichtlich: Hara hatte seinem Vorgesetzten gegenüber keinen Minderwertigkeitskomplex. Man brauchte sie nur zusammen zu sehen, um zu begreifen, was zuverlässige, von jeher dafür bestimmte kämpferische Art ist und was erst durch einen Krieg Glanz und Vorrecht erhält. Obgleich Hara in seiner äußeren Haltung gegen seinen Vorgesetzten peinlich korrekt war, so bestand für uns doch kein Zweifel, daß er sich ihm innerlich überlegen fühlte. Wenn er es für angebracht hielt, zögerte er in bestimmten Lagen nie, die Führung zu übernehmen. Ich habe erlebt, wie er sich bei Inspektionen rücksichtslos zwischen den Kommandanten und unsere Reihen schob und irgendeinen herauszerrte, der sich gegen sein mysteriöses Reglement, das für gewisse Situationen ein ganz bestimmtes Verhalten vorschrieb, unwissentlich vergangen hatte; vor Wut halb von Sinnen, schlug er den armen Kerl mit irgend etwas, das ihm gerade in die Hand geriet, fast tot, während sein schockierter Vorgesetzter mit den verfeinerten Zollhausallüren sich in einen ruhigeren Teil des Exerzierplatzes flüchtete.

Nein, nicht er, sondern Hara beherrschte uns mit kaltem, fest ausgerichtetem, entschlossenem und archaisch stählernem Willen, und dieser Wille war so hart wie das Metall des großen zweihändigen, von den Ahnen ererbten Schwertes an seiner Hüfte, der Hüfte eines Menschen aus vorgeschichtlicher Zeit.

Er, Hara, war es, der bestimmte, wieviel oder vielmehr wie wenig wir zu essen bekamen. Er ordnete an, wann wir auf die Pritsche gehetzt wurden, wann wir aufstanden, wann und wie wir anzutreten hatten, was wir lesen durften. Er war es, der befahl, daß jedes der wenigen Bücher, die wir überhaupt besaßen, einer Prüfung unterworfen werden sollte, ob das Wort ‚Kuß' darin vorkäme oder Küssen auch nur angedeutet wäre. Die anstößigen Seiten wurden herausgerissen und in Anwesenheit von uns allen verbrannt, weil sie einen Verstoß gegen die ‚japanische Sittlichkeit' darstellten. Er war es, der unser Denken zu ‚läutern' versuchte, indem er uns in unserem verzweifelt unterernährten Zustand manchmal zwei Tage lang ohne Essen ließ, in beklemmende, überfüllte Zellen einsperrte und uns sogar das Sprechen verbot, damit wir unsere perversen und unsauberen europäischen Nabel desto besser betrachten könnten. Er war es, der mich schlug, weil eine Reihe Bohnen, die zu legen er meinen Leuten befohlen hatte, nicht aufging, denn er führte dieses Mißlingen auf meine ‚falsche Denkungsart' zurück. Er war es, der, wenn er betrunken war, ununterbrochen von Greta Garbo und Marlene Dietrich daherredete, deren Gesichter ihn verfolgten. Er war es, der mich stundenlang über die Ritter von König Artus' Tafelrunde, über Salvarsan 606 und die neuesten Medikamente gegen Syphilis ausfragte. Er ließ die brutalen koreanischen Wachen aufziehen und kontrollierte sie, er gab ihnen seine Anweisungen und machte sie zu fanatischen Proselyten seiner Methoden, die eifernder wurden als ihr einziger Prophet. Er machte unsere Gesetze, richtete und strafte uns, wenn wir gegen sie verstießen, und hat sogar einige von uns deshalb getötet.

Wahrhaftig, er war ein schreckenerregender kleiner Mann, und zwar nicht nur in dem Sinn, in dem der große Tatar Iwan schrecklich war, sondern auch auf eine merkwürdig rassebedingte und dämonische Weise. Daß seine Rasse durch Jahrtausende hindurch klein gewesen war, hatte ihn mit einem Zorn erfüllt, der sich als Rache auszutoben schien gleichsam als Entschädigung dafür, daß man so lange Zeit klein gewesen war. Er beneidete andere um ihren hohen Wuchs und ihre stattliche Erscheinung, was dann in einen unversöhnlichen Haß umschlug. Und wenn sein Dämon – ein uraltes, gieriges und unwiderstehlich erzwungenes Bild seines Wesens, das irgendwo tief in ihm mit großer gelber Eigenmächtigkeit und Willkür herrschte – wenn dieser Dämon in ihm aufstand, habe ich erlebt, daß er die größten unter uns nur deshalb niederschlug, weil sie so viel größer waren als er selbst. Seine physische Erscheinung stand nicht nur im Widerspruch zu allem Normalen, sondern rächte sich auch daran. Sie wurde zur grotesken Übertreibung, zu einer Karikatur der Gestalt des japanischen Mannes.

Er war so klein, fast ein Zwerg, und so gedrungen, daß er fast quadratisch wirkte. Er hatte so gut wie keinen Hals, und sein Kopf, der hinten platt war, saß nahezu unbeweglich auf seinen breiten Schultern. Sein Haar war dicht und von mitternächtlichem Schwarzblau. Es war außerordentlich spröde und störrisch und stand, ganz kurz geschnitten, wie die Rückenborsten eines Ebers starr und steif in die Luft. Seine Arme waren sehr lang und schienen bis zu den Knien zu reichen. Im Gegensatz dazu waren seine Beine kurz, dick und so krumm, daß diejenigen von uns, die bei der Marine waren, ihn ‚Altes Säbelbein‘ nannten. Er hatte große, verfärbte, gelbliche Zähne, die sorgfältig in Gold gefaßt waren. Sein Gesicht war eher viereckig, die Stirn ziemlich niedrig und affenartig. Aber er hatte auffallend schöne Augen, die mit den übrigen Zügen und seiner sonstigen Erscheinung nichts zu tun zu haben schienen. Sie waren für einen Japaner ungewöhnlich groß und hatten das Leuchten und den Glanz und die warme, lebendige, schimmernde Qualität schönster chinesischer Jade. Es war erstaunlich, in welchem Grad es diesen Augen gelang, den furchtbaren kleinen Mann davor zu bewahren, wie eine Karikatur zu wirken. Denn wenn man ihm in die Augen sah, dann verging einem jede Lust zu spotten, weil einem klar wurde, daß dieses verbogene Wesen ein ergebener und selbstloser Mensch war, in einem Maß, das über europäisches Verständnis hinausging. Von denjenigen abgesehen, die Hara getötet hat, war es John Lawrence gewesen, der damals mehr als irgendeiner von uns unter ihm litt, und gerade er war es, der uns zuerst auf diese Augen aufmerksam machte. Ich erinnere mich noch ganz deutlich an das, was er eines Tages nach einer furchtbaren Prügelei im Gefängnis sagte.

‚Ihr dürft bei Hara eines nicht vergessen‘, mahnte er damals, ‚er ist keine selbstbewußte Individualität und aus diesem Grunde auch noch kein ganzer Mensch.‘ Er fügte dann hinzu, daß Hara der lebende Mythos, die Inkarnation eines Symbols, die Personifizierung einer starken, inneren Vision sei, die das japanische Volk tief in seinem Unterbewußtsein zusammenhielte und forme, die ihm sein Denken und Verhalten aufzwänge. Wir sollten nicht vergessen, daß zweitausendsechshundert volle Umdrehungen der Herrschaft seiner Sonnengöttin in ihm glühten. Er sei überzeugt, daß niemand für die unhörbaren Einflüsterungen der archaischen und untergründigen Seele der japanischen Rasse so aufgeschlossen und empfänglich sei wie gerade er. Hara sei demütig genug, die Eingebungen seines Volksgeistes blindlings hinzunehmen. Er sei ein einfacher Bauernbursche, dessen naive Rechtschaffenheit von keiner höheren Bildung angefochten würde und der an alle Mythen und Legenden aus vergangenen Zeiten so fest glaube, daß er nicht zögere, ihretwegen einen Mord zu begehen.

Gerade einen Tag vor jener Unterhaltung hatte er Lawrence erzählt, wie die Sonnengöttin einmal in der Mandschurei einen Eisenbahnzug mit Soldaten über eine nicht entdeckte chinesische Mine, die besonders für sie auf die Schienen gelegt worden war, hochgehoben und sie alle auf der anderen Seite wieder sicher niedergesetzt habe.

‚Aber seht ihm doch nur in die Augen', hatte Lawrence gesagt, ‚ihr findet in ihnen nichts Gemeines, Unehrliches, sondern nur ein uraltes Licht, erneut entfacht, beseelt und hell lodernd. An diesem Burschen ist irgend etwas, was ich sogar mag und das mich mit Respekt erfüllt.'

Damals war dieser Ausspruch unter uns eine derartige Ketzerei gewesen, daß ich sofort protestiert hatte. Nichts von dem, was Lawrence zu sagen oder zu erklären versuchte, konnte natürlich unser *bête noire* wirklich *blanche* oder *jaune* waschen, und ich wünschte weder das eine noch das andere.

‚Die Soldaten nennen ihn nicht umsonst *Rottang*', hatte ich ihn zurechtgewiesen. *Rottang* ist das malaiische Wort für die Art Rohrstock, ohne den man Hara selten sah. Die Männer nannten ihn so, weil er sie manchmal, ohne ersichtlichen Grund, damit über Kopf und Gesicht schlug.

‚Er kann einfach nicht anders', hatte Lawrence gemeint. ‚Er ist es ja nicht selbst, es sind japanische Gottheiten, die durch ihn wirken. Kannst du das nicht verstehen? Erinnerst du dich, was der Mond ihm antat?

Und ob ich mich noch erinnerte! Die heftige, bewußt empfundene Anziehungskraft und die tiefe untergründige Zuneigung, die alle Japaner für den Mond fühlen, schienen sich in Hara wie in einem Brennpunkt zu sammeln. Wenn es je eine vom Mond bewegte, vom Mond heimgesuchte, mondtolle Seele gab, dann war es die seine. Wenn der Mond zunahm – und wie er in jenem linden, samtigen Himmel von Insulinde zunimmt, wie er in jener lauen, schmiegsamen Luft anzuschwellen scheint, um seine normale golden und mystisch brennende Gestalt zu verdoppeln, wie er ruhevoll und wie eine Ewige Lampe über den großen vulkanischen Tälern schwingt, während der Nebel, vermischt mit dem Duft der Nelken, dem Zimt und allen anderen aromatischen Gewürzen Insulindes, zwischen den aufstrebenden Baumstämmen über den Boden dahinzog wie Weihrauch um die Lacksäulen eines kostbar verzierten Tempels – ja, wenn dieser unfaßbare Mond anschwoll und sein Gold in die Schwärze unserer Dschungelnacht verströmte, dann spürten wir, daß die Zeit für jene mythische Besessenheit gekommen war, die in Haras Blut wie eine von weit her kommende Flutwelle anstieg.

Sieben Tage, drei vor und drei nach dem Vollmond und jener Tag selbst, waren für uns immer die gefährlichsten mit Hara. Immer dann war sein Prügeln am schlimmsten. Immer dann vergoß er Blut. Aber wenn diese Züchtigungen einmal vorüber waren und der Mond wieder abnahm, konnte er für seine Verhältnisse ungewöhnlich großmütig uns gegenüber sein. Es schien, als ob die Geißelungen und das Hinmetzeln ihn von der Unlauterkeit des Geistes, der Tollheit und dem Bösen auf eine seltsame Weise gereinigt hätten und er seinen Opfern nun dafür dankbar war. Und ich erinnere mich noch deutlich, wie bestürzt ich einmal gewesen bin, als ich ihn an dem Morgen, nachdem er einem von uns den Kopf abgeschlagen hatte, mit Lawrence sprechen sah; denn auf seinem Gesicht lag ein Ausdruck von geläuterter, jugendlicher und fast frühlingshafter Unschuld, als ob die Opferung eines unschuldigen englischen Fliegers in der Nacht zuvor ihn sowohl von aller Erbsünde als auch von seinen eigenen verheimlichten Sünden befreit und die hungrigen, fledermausartigen Götter seiner Rasse für dieses Mal besänftigt hätte.

Alles dies glitt wie ein Traum und mit der Geschwindigkeit und den Farben eines Traumes durch meinen Sinn. Und fast wie im Halbschlaf hörte ich Lawrence fortfahren: „Ja, es ist schon seltsam, daß auch dich irgend etwas bewegte, eben an ihn zu denken. Denn ich feiere heute in mir einen Jahrestag mit Hara, den ich nicht vergessen darf, selbst wenn ich es versuchen sollte. Hab ich dir eigentlich nie davon erzählt?"

Nein, das hatte er nicht. Und aus dem Verlangen, jede Verbindung zwischen uns, sogar diese schreckensvolle, schwankende Überbrückung, wiederherzustellen, sagte ich schnell: „Nein, erzähl doch bitte!"

Und das war seine Erzählung ... Genau vor sieben Jahren, auch um die gleiche Stunde begann es, vielleicht ein wenig früher oder später, wenn man die Differenz der mittleren Zeit von Insulinde und Greenwich berücksichtigt. Lawrence lag in einem Traum, dem rohen, furchtbaren, physischen Schmerz seines zerschlagenen und mißhandelten Körpers enthoben; ihm war, als habe man ihn in einen tiefen, finsteren Brunnenschacht geworfen. Da hörte er, von weit her, als käme der Laut von einem Vogel, der sich oben auf dem tageshellen Brunnenrand niedergelassen hatte, — den ersten Ruf eines Geckos. Ja, das war es: ein Gecko, eine von jenen hurtigen, transparenten kleinen Eidechsen, die auf Insulinde in jeder

Hütte, in jeder Wohnung und sogar noch in den tiefsten Verliesen hausen. Zwei lebten in seiner Zelle, und er liebte sie sehr. Sie hatten seine Haft von Anfang an mit ihm geteilt, in seiner Zuneigung zu ihnen bildete er sich ein, daß er sie voneinander unterscheiden könnte, das Männchen vom Weibchen, schon am Klang ihrer Stimme. Sie waren die einzigen Lebewesen, die er seit vielen Wochen gesehen hatte, die weder japanisch noch koreanisch und deshalb auch keine handgreiflichen, aggressiven Feinde waren. So vertraut waren sie ihm geworden, daß er sie Patrick und Patricia nannte.

Als er diesen Laut nun hörte, wußte er gleich, daß er von Patricia kam, und er fuhr aus dem Traum hoch, der seine Schmerzen betäubt und gelindert hatte, und fand sich mit zerschlagenem, steifem, schmerzendem und müdem Körper auf dem feuchten Steinboden wieder, so müde, daß er sich kaum der Bangigkeit bewußt wurde, die im gleichen Augenblick, in dem Patricia rief, sein Herz umklammerte. Denn so rief sie nur, wenn es wirklich und wahrhaftig dunkel war, nur wenn der Dschungel draußen sich abgeschlossen hatte und in seine eigenen schwarzen Schatten zwischen den purpurfarbenen Vulkanen zurückgesunken war, um so jener gänzlichen Auslöschung von Umriß und Gestalt besser zu widerstehen, jener Auslöschung, die sich im überwältigenden Hereinbrechen der mondlosen Tropennacht im Tale draußen vollzog. Es schien, als ob selbst Patricia dann Furcht empfand und danach verlangte, rasch und erneut mit Patrick vereint zu sein, damit er sie davon überzeuge, daß dieses große schwarze Nichts nur die sichtbare Nähe ihres Gefährten und nicht seine Nähe selbst ausgelöscht habe. Da! Patrick antwortete! Und Lawrence wußte nun, daß seine Angst berechtigt war. Denn um diese Zeit pflegten die Japaner ihn gewöhnlich zu holen – dies war die übliche Stunde der Nacht, in der sie ihn folterten. Nun, die Einzelheiten seien nicht wichtig, meinte er, seine Erzählung unterbrechend, sie hatten ihn aber seit Wochen gefoltert, und das Interessante daran sei, daß das immer nur nachts geschah.

Ich könne ruhig lächeln und ihn für einen Phantasten halten, wie ich es ja schon damals getan hätte, als er die Vermutung aussprach, daß Hara eher die Verkörperung eines Mythos als ein seiner selbst bewußtes Einzelwesen sei, obgleich ich doch mit eigenen Augen gesehen hätte, wie vom Mond abhängig Hara und seine Landsleute gewesen seien. Aber das allein sei keinesfalls die ganze Erklärung dafür. Es sei nur der erste Anfang, das alles zu verstehen. Der vollständigen Wahrheit käme wohl dies näher: Sie sind alle noch immer wie die Tiere, Insekten, und wie die Pflanzen, tief untergetaucht in die Folge von Stunden, in das Fortschreiten vom Tag zur Nacht, von Tagen zu ihren Mondmonaten und von den Monaten zu den Jahreszeiten. Sie sind kosmischen Rhythmen und Bewegungen unterworfen und von kosmischen Mächten, denen sie ausgeliefert sind, in einem Maße beherrscht, wie es sich europäischer Geist und europäische Philosophie nicht träumen lassen.

Er habe später noch mehr dazu zu sagen, aber alles, was er jetzt hervorheben wolle, sei dies: Nur nachts können Völker, die noch so in die Urelemente der Natur untergetaucht sind, genug Nächtiges in sich selbst entdecken. Nur nachts können sie, wie Sonne und Sonnenlicht, so weit in jenen tiefen, tiefen Abgrund der Finsternis im Zeitenwechsel und der Finsternis in ihnen selbst bis auf den Grund ihrer eigenen lichtlosen Naturen hinabsteigen, wo Quälen nicht nur natürlich, sondern sogar unvermeidlich ist, wie Ebbe und Flut.

Ich werde ihm vielleicht nicht ganz zustimmen, aber Patricia und Patrick hätten es in ihren Nerven und in den wischenden Bewegungen ihrer empfindsamen

Schwänze gespürt, daß im Rhythmus der Sphären ein Moment großer, uralter Bedrohung herangekommen war. Und damit tauchte Lawrence wieder in den Strom seiner Erzählung . . .

Kaum hatten die Geckos gerufen, als er schon die schwerbeschuhten Schritte hörte, schlampig und schlurfend, als ob ein Orang-Utan Stiefel anhätte und nicht ein Mensch. Die Schritte kamen den Gang entlang auf seine Zelle zu.

‚Vater unser, der du bist im Himmel' – seine Lippen bewegten sich unbewußt –, ‚sei du, bitte, noch einmal mein Hirte!' Als er dieses Gebet zum dritten Mal vor sich hin gesagt hatte, wurde die Tür aufgeschlossen, und eine koreanische Wache rief im unverschämtesten und beleidigendsten Ton und in einem Kauderwelsch aus Japanisch und Malaiisch: ‚Kura! He, komm her! Lakas! Schnell!'

Langsam richtete Lawrence sich auf. In seinem Zustand konnte er gar nicht anders. Aber dem koreanischen Soldaten, der daraufhin in die Zelle gestürzt kam, ging es nicht schnell genug. Wütend riß er Lawrence hoch, stieß ihn in den Gang, trieb ihn mit seinem Gewehrkolben vorwärts und rief immer wieder: ‚Lakas! Lakas! Los, los! Schnell!', wobei er noch andere seltsam gereizte Grunztöne hervorbrachte.

In wenigen Minuten war er im Zimmer des Kommandanten, und dort, an dessen Schreibtisch, saß nicht der weibische junge Offizier, der noch nicht einmal den Rang eines Hauptmanns erreicht hatte, sondern Hara selbst. Eine Abteilung der Wache, die Mützen in der Hand und Gewehr bei Fuß, stand respektvoll hinter ihm. Lawrence, dem die Augen von dem grellen Licht schmerzten, als ob ihn Bienen gestochen hätten, sah sich im Raum nach dem Rest der Inquisition – wie er sie nannte – um, nach jener Bande von Experten der Kempeitai, der Militärpolizei, die die Folterung auszuführen pflegten – aber von ihnen war keiner zu sehen.

Zum ersten Male überfiel ihn wild ein Gefühl der Hoffnung, das so heftig und entnervend war, daß sein Verstand es einfach nicht zulassen wollte. Gewiß, Hara war einer von ihnen, wenn auch nicht der Schlimmste. Er nahm zwar daran teil, aber nur wenn jenes tiefe Gefühl eines fast mystischen Zwanges, bei allem mitzumachen, was eine Gruppe oder Horde seiner Landsleute tat, ihn trieb, sich mit dem, was vorging, zu identifizieren. Es war, als seien sie alle unfähig, irgend etwas für sich allein wahrzunehmen, als ob Gedanke oder Tat in einem einzigen von ihnen im gleichen Augenblick auch schon die übrigen anstecke und die schicksalshafte Pest, grausam zu sein, ihren vereinzelten Widerstand wie der Schwarze und der Gelbe Tod sofort austilge. Schließlich war Hara der Japaner unter den Japanern, und auch er hatte an der Folterung teilzunehmen. Aber er war nie derjenige, der damit anfing. Und Lawrence wußte dunkel, daß Hara vorgezogen hätte, gleich zu töten, als das Quälen erst noch lange hinzuziehen. Während ihm dies alles durch den Sinn schoß, sah er sich Hara genauer an und bemerkte, daß seine Augen ungewöhnlich strahlend und seine Wangen erhitzt waren.

‚Er hat also getrunken', dachte er, denn Haras Röte, diese verräterische Glut, die den Japanern so leicht ins Gesicht steigt, wenn sie getrunken haben, konnte nicht anders erklärt werden. ‚Daher also das Leuchten seiner Augen. Ich sollte lieber auf der Hut sein.' Was er von der Röte auf Haras Wangen dachte, war richtig, aber den Glanz in seinen Augen hatte er falsch gedeutet. Denn unerwartet sagte Hara und warf die Lippen so auf, daß man es ebensogut für ein Lächeln halten konnte, daß schon im Entstehen unterdrückt wurde: ‚Rorensu-san*, kennen Sie Fazeru Kurisumasu?'

Die überraschende Anwendung des höflichen ‚san' in Verbindung mit seinem Namen ging so weit über Lawrence' Kräfte, daß er sich auf das mysteriöse ‚Fazeru Kurisumasu' in Haras Frage kaum konzentrieren konnte. Erst als er sah, wie sich über Haras ungeduldiger Braue jene drohenden Wolken der Verständnislosigkeit über seine Schwerfälligkeit zusammenzogen, gewöhnlich das erste Anzeichen eines Wutausbruchs, — da erfaßte er es endlich.

‚Ja, Hara-san', sagte er schleppend, ‚ich weiß etwas vom Weihnachtsmann.'

‚Oha!' rief Hara und zog mit dem Ausdruck höflicher Anerkennung die Luft durch die Zähne, wobei zwischen seinen langen Lippen flüchtig ein Goldschimmer aufblitzte. Dann setzte er sich tief in den Stuhl zurück und verkündete: ‚Heute nacht bin ich der Fazeru Kurisumasu!' Diese sonderbare Erklärung wiederholte er noch drei- oder viermal und lachte dabei schallend.

Lawrence stimmte höflich ein, ohne zu begreifen, worum es eigentlich ging. Er hatte in seiner Zelle allein gelegen, ständig des Todesurteils gewärtig, so lange schon, daß er kein Zeitgefühl mehr hatte, nur spürte, daß es die übliche Folterstunde war. Er hatte keine Ahnung vom Datum des Tages oder vom Monat, und darauf, daß es Weihnachten war, kam er schon gar nicht.

Hara genoß seine Verkündigung und Lawrence' offensichtliche Verblüffung so sehr, daß er diesen — seinen — großen Augenblick der einseitigen Heiterkeit, die ihm

* Die japanische Sprache besteht aus Silben, die vokalisch auslauten (z. B. Na-ga-sa-ki). Der Laut u ist jedoch fast unhörbar, so daß die japanische Aussprache der englischen Wörter trotz stark japanischem Akzent klar zu erkennen ist: Fazer(u) K(u)ris(u)mas(u). Die Silbe san hinter einem Namen ist die übliche bürgerliche Anrede: Rorens(u)-san = Herr Lawrence. Der Laut l ist im Japanischen unbekannt. (Anm. d. Übers.)

allein vorbehalten war, hinausgezogen haben würde, wenn nicht im gleichen Moment ein Posten von draußen die Tür geöffnet hätte und einen baumlangen, bärtigen Engländer hereinließ, der die verschossene Uniform eines Obersten der R.A.F. trug.

Hara hörte sofort auf zu lachen. Als er Hicksley-Ellis' überlange Gestalt erblickte, trat ein Ausdruck von Reserviertheit, ja von Feindseligkeit auf seine Züge.

Während Lawrence das alles erzählte, konnte ich mir Hara lebhaft vorstellen. Ich sah geradezu, wie er beim Eintritt des Offiziers der R.A.F. erstarrte, denn von uns allen haßte er den großen, lispelnden Hicksley-Ellis, glaube ich, bei weitem am meisten.

‚Dieser Oberst der Luftwaffe', sagte er auf japanisch zu Lawrence und schwenkte seine Hand dabei verächtlich zu dem Obersten hin, ‚ist Kommandant der Gefangenen in meinem Lager. Sie können jetzt mit ihm gehen'.

Lawrence zögerte, weil er seinen Ohren nicht traute. Und Hara, der durch den unwillkürlichen Ausdruck des Ungläubigseins auf Lawrence' Gesicht in seinem Gefühl, eine großmütige Geste gemacht zu haben, bestärkt wurde, lehnte sich zurück und lachte nur noch mehr.

Als Lawrence ihn erneut so loslachen sah, glaubte er Hara schließlich und ging zu dem Obersten hinüber, um sich ihm anzuschließen. Wortlos wollten beide gehen. Aber als sie an der Tür waren, brüllte Hara mit seiner donnerndsten Kasernenhofstimme:

‚Rorensu!'

Enttäuscht und verzweifelt drehte sich Lawrence um. Er hätte es wissen können! Er hätte wissen können, daß dieser Umschwung zu plötzlich gekommen sei und zu schön gewesen wäre, um wahr zu sein. Das war wohl nur ein Teil der Folterung; irgendein Psychologe unter den Beamten der Militärpolizei mußte den einfachen, ehrlichen Hara darauf gebracht haben. Aber ein einziger Blick auf Haras Gesicht genügte, um ihn wieder zu beruhigen. Denn noch immer strahlte Hara gnädig, und ein sonderbares, verzerrtes Lachen zwischen rasch aufgeworfenen Lippen und gelblichen, in Gold gefaßten Zähnen lag auf seinem zwielichtigen Gesicht. Als sich ihre Blicke trafen, rief er mit ungeheurer, zischender Anstrengung: ‚Rorensu: Merry Kurisumasu!'

‚Merry' und ‚Fazeru Kurisumasu' waren die einzigen englischen Wörter, die Lawrence je von ihm gehört hatte, und er glaubte kaum, daß er noch andere kenne. Von der Anstrengung, sie herauszubringen, war Hara noch röter angelaufen, bis er sich im Stuhl des Kommandanten, wie eine Katze schnurrend, wieder davon erholte.

„Immerhin, er wußte etwas von Weihnachten", unterbrach ich Lawrence, „das war doch ganz ungewöhnlich, empfandest du das nicht? Als wir unser erstes Weihnachtsfest im Gefängnis zubrachten und der Militärgeistliche, Hicksley-Ellis und ich überlegten, ob wir eine Feier veranstalten könnten, da haben wir nicht einen Augenblick damit gerechnet, daß solch ein grober Kerl wie Hara es erlauben werde. Aber dann passierte das Merkwürdige, daß er – wie unser Dolmetscher sagte – sofort auf seine Anfrage ausgerufen habe: ‚Das Fest von Fazeru Kurisumasu?' Und als der Dolmetscher das bejahte, gab er gleich seine Zustimmung. Keine Begründung, kein besonderes Gesuch war nötig. Er sagte mit Entschiedenheit ja und gab entsprechende Anweisungen.

Tatsächlich war er von der Idee selbst so angetan, daß er auch in die anderen Lager ging, die ebenfalls unter dem Kommando seines Vorgesetzten standen – Lager mit nichtchristlichen Chinesen, animistischen Menadonesen und mohammedanischen Javanern –, und diese alle zwang, Weihnachten zu feiern, ob sie wollten oder nicht. Der Dolmetscher erzählte uns dann, daß Hara den chinesischen Kommandanten sogar verprügelt habe. Denn auf Haras Frage, ob er wisse, wer Fazeru Kurisumasu sei, hatte der unbefangene Mann wahrheitsgetreu erwidert, daß er keine Ahnung habe. Auf diese Antwort hin nannte Hara ihn einen Lügner, und ein Lügner zu sein, war nach seinem Reglement ein Verbrechen, das mit ‚falscher Denkweise' und ‚Eigenwille' auf einer Stufe stand. Er erklärte, daß einfach ein jeder wisse, wer Fazeru Kurisumasu sei, und bekam sofort einen seiner rasenden Wutanfälle.

Die Bedeutung, die er Weihnachten beimaß, war höchst sonderbar. Wir haben nie herausbekommen, woher das kam. Du etwa?" „Leider nein", antwortete Lawrence.

„Aber noch sonderbarer ist: es hat mir das Leben gerettet."

„Das hast du uns damals nie erzählt!" rief ich erstaunt.

„Nein, das habe ich nicht, denn damals wußte ich es ja selbst noch nicht, obwohl ich es eigentlich nach meiner eigenen Beurteilung der Lage hätte vermuten können. Nach dem Krieg hatte ich Gelegenheit, meine Papiere einzusehen, und daraus ging hervor, daß sie mich tatsächlich am 27. Dezember hatten hinrichten wollen. Und nur der Gedanke an Weihnachten, den ihr Hara in den Kopf gesetzt hattet, rettete mich. Er nahm an meiner Stelle einen Chinesen und ließ mich laufen. Das war seine Geste gegenüber ‚Fazeru Kurisumasu'. Aber nun weiter ..."

Lawrence verließ Haras Stube hinter Hicksley-Ellis und traf dann im Gefängnis, in dem wir anderen alle gemeinsam untergebracht waren, erneut mit mir zusammen.

Als ihm wieder zum Bewußtsein kam, wie er damals bei seiner Entlassung erlöst aufgeatmet hatte, lächelte er mich plötzlich an – es war sein sanftes, erinnerungsschweres, behutsam dankbares Lächeln: ob ich mich jenes Augenblicks auch noch erinnere? Jedesmal, wenn er daran denke, sei er wieder amüsiert. Obwohl wir alle in einem holländischen Kolonialgefängnis für Mörder und hoffnungslose Kriminelle eingesperrt gewesen seien, seien wir zu ihm hingestürmt und hätten ihn zu seiner ‚Freilassung' beglückwünscht, ohne daß die Ironie, die darin lag, uns beeindruckt oder ihn stutzig gemacht habe. So relativ sei unsere Vorstellung von der Freiheit geworden.

Nicht lange danach wurde Hara plötzlich versetzt. Er erhielt den Befehl über ein Kommando von Offizieren und Mannschaften der Royal Air Force, das Hicksley-Ellis unterstand, und wurde abgestellt, um auf den äußeren Inseln Flugplätze anzulegen. Bis kurz vor Kriegsende haben wir ihn nicht wiedergesehen.

Als er mit dem Kommando zurückkehrte, war nur noch ein Fünftel am Leben geblieben. Unsere Leute sahen wie Gespenster aus oder wie Rinder, die von einer Dürre ausgemergelt waren. Durch ihre fadenscheinigen Waffenröcke konnte man ihre Schulterblätter und ihre Rippen sehen. Sie waren so elend, daß wir die meisten von den Viehwagen, in denen sie transportiert worden waren – Viehwagen, die nach Urin und Krankenauswurf stanken –, auf Bahren forttragen mußten. Sie waren so entkräftet, daß das Leben nur noch mit schwachem Puls in ihnen flatterte und ihr Geist zu schwinden begann. Zudem litten sie auch alle entweder an Dysenterie, bösartiger Malaria oder sogar an beidem. Ein Fünftel! Mehr hatten es nicht überstanden. Die übrigen waren tot! Und Hicksley-Ellis hatte furchtbare Dinge über ihre Behandlung durch die japanischen Offiziere und Unteroffiziere und deren koreanische Handlanger, vor allem aber über Hara selbst, zu berichten. Wieder war Hara der Mittelpunkt gewesen, der ursprüngliche japanische Kern dieser unheimlichen Veranlassung, Zufälle falsch auszulegen. Wieder war er es, der *de facto*, wenn auch nicht *de jure*, in ihrer Welt nach Belieben schaltete. Er war es, der Sterbende schlug und dabei erklärte, daß sie ganz in Ordnung seien – von ihrem ‚Geist', ihrem ‚bösen Denken' und dem ‚unberechenbaren Eigenwillen ihres Herzens' abgesehen, und daß nur dieses alles sie vorsätzlich krank mache, um den Erfolg der japanischen Kriegsanstrengungen zu verzögern. Er war es, Hara, der drei Flieger, die nachts durch einen Zaun gekrochen waren, um im Dorf Nahrungsmittel zu kaufen, enthauptete und jedesmal, wenn ein Kopf auf die Erde rollte, sein Schwert dankerfüllt an die Lippen hob, weil es sein Werk so vollendet getan hatte. Er war es, der in der tropischen Hitze sterbenskranke Männer, die nur noch halb am Leben waren, Tag für Tag antrieb, mit unzulänglichen Werkzeugen mühsam einen Flugplatz aus dem Korallengrund zu hauen, bis sie starben. Die Leichen wurden den Haien im Meer vorgeworfen – manchmal zwanzig oder dreißig am Tag.

Aber Hara selbst erschien völlig unberührt – aus einem geheimnisvollen Vorwissen heraus, als ob er schon im Mutterleib alles vorausgesehen und vorausgelitten hätte, als ob das Leben den unverdünnten Wein in seinem legendären Becher weder nachfüllen noch vermindern könnte. Von der Sonne schwarz gebrannt, kam er zurück. Das war alles. Im übrigen nahm er natürlich die eherne Kette des Kommandos genau da wieder auf, wo er sie hatte liegenlassen, so als sei er niemals weggewesen, und trieb uns wie früher mit der gleichen eisernen Hand an.

Gegen Ende des Krieges, als das Gefängnis voller Gerüchte war, witterten die verschlagenen, wetterwendischen koreanischen Wachen Morgenluft und fingen an, sich bei unseren Leuten einzuschmeicheln und vergangene Untaten wiedergutzumachen; sie lamentierten sogar vor uns über ihre eigene Unterdrückung durch die Japaner. Damals also, als der Boden unter den Füßen von Haras Kriegsherren barst und widerhallte von den Erschütterungen der Explosionen in Hiroshima und Nagasaki, als das mythische Zwielicht der untergründigen Rassenseele Japans vom Flügelschlag der Drachen, die nun heimkehrten, verfinstert gewesen sein muß und schwankend, selbst damals zitterte und zagte Hara nicht ein einziges Mal. Er muß so gut wie alle anderen gewußt haben, was die Stunde geschlagen hatte, aber inmitten jener Flut von Gerüchten und wilden Erregungen, die nun plötzlich ungehemmt im wechselnden Wind dahintrieben, stand er fest wie ein Fels.

Nur wenige Tage vor dem Ende ist es für Lawrence noch zu einem furchtbaren Auftritt gekommen. Er kam gerade dazu, als einer der übelsten koreanischen Posten einen Sterbenden mit dem Bajonett malträtierte, um ihn auf diese Weise zu zwingen, aufzustehen und zu grüßen. Lawrence ergriff das Gewehr des Koreaners mit beiden Händen, stieß es beiseite und schob sich gewaltsam zwischen den Posten und den kranken Mann. Er wurde daraufhin sofort zur Wache abgeführt. Sie kamen dort gerade an, als Hara von einer Inspektion zurückkehrte. Die Wache meldete, was vorgefallen war, aber Hara konnte, obwohl er Lawrence gern mochte, die Verunglimpfung der Waffen seines Vaterlandes nicht durchgehen lassen. Er schlug Lawrence mit seinem Bambusrohr so über Gesicht und Kopf, daß ich meinen Freund, als er wieder zu uns zurückkam, kaum wiedererkannte.

Drei Tage nach diesem Vorfall war das Ende gekommen, und wir alle gingen die uns bestimmten Wege. Lawrence hatte den Japaner dann fast zwei Jahre nicht wiedergesehen. Und als er ihn traf, stand Hara in der Anklagebank.

„Tatsächlich! Hattest du davon denn nicht gehört? Man hatte ihn ermittelt und vor eines unserer Kriegsverbrechertribunale gestellt. Das war natürlich weitgehend auf Hicksley-Ellis' Betreiben zurückzuführen. Du kannst dir keine Vorstellung davon machen, wie erbittert dieser milde, lispelnde, empfindsame Bursche geworden war. Nun ja, nach allem, was er durchgemacht hatte, kann man schon verstehen, daß er wahrhaft unversöhnlich und in nie wieder gutzumachender Weise verbittert und rachsüchtig geworden war. Er machte seine Aussagen während der Verhandlung auch mit so infamer Genugtuung und so verbissen, daß Hara keine Hoffnung auf ein mildes Urteil, geschweige denn auf einen Freispruch blieb. Was allerdings nicht so verständlich war, das war die Erbitterung des öffentlichen Anklägers. Denn wenn Hicksley-Ellis sich auch erbost aufführte, so wurde doch sein Zorn von denjenigen, die wie Spürhunde nach Kriegsverbrechern suchten, mehr als wettgemacht. Und das", rief Lawrence aus, und ein Nichtverstehen stand auf seiner klaren Stirn, „das war wirklich seltsam für mich. Denn schließlich hatte von ihnen ja keiner persönlich unter den Japanern zu leiden gehabt. Soweit mir jedenfalls bekannt ist, war kein einziger aus der Meute, die man auf Haras Fährte gesetzt hatte, auch nur eingezogen gewesen. Nichtsdestoweniger benahmen sie sich alle wie Bluthunde. Sie waren wegen des Unrechts, das man uns angetan hatte, rachedurstiger, als ich es jemals sein könnte."

Er sagte das alles so, daß ich dem entnehmen konnte, er habe seine Aussage zu Haras Gunsten gemacht und keinen Erfolg damit gehabt. Auf jeden Fall war es aufschlußreich zu hören, daß Hicksley-Ellis, als Lawrence ihm nach der Verhandlung die Hand hinstreckte, um ihm Lebewohl zu sagen, diese ignorierte und ihm statt dessen schweigend einen tadellosen, straffen Luftwaffenrücken zukehrte. Deshalb konnte ich auch die Frage nicht unterdrücken:

„Hast du dem Gerichtshof denn nicht gesagt, daß er dein Leben verschont hat?"

„Aber natürlich habe ich das", antwortete er und war erstaunt, daß ich diese Frage überhaupt für nötig hielt. „Ich brachte das vor. Aber der Kriegsgerichtsrat sah mich daraufhin über höchst unmilitärischen Gläsern von oben bis unten an und sagte mit einem Anflug von unverhohlener Ironie in der Stimme, für die ich ihn nicht einmal tadeln kann, langsam und präzise, jedes Wort genau so deutlich und spitz wie in einem auf weißem Papier gestochen geschriebenen Brief: ‚Oberst Lawrence, das ist natürlich ein sehr wertvoller Einwand, den Sie da machen – höchst wertvoll, und in der Tat für den Gerichtshof nicht weniger wertvoll als für Sie; aber man darf deshalb doch nicht übersehen, daß es viele andere gibt, für die es nicht weniger wertvoll gewesen wäre, am Leben zu bleiben, die aber – auf Grund der Handlungsweise des Angeklagten – heute hier nicht mehr erscheinen können.'"

Nein, es war offensichtlich, daß man nichts dagegen unternehmen konnte. Es war unabwendbar – Hara wurde zum Tode durch den Strang verurteilt.

„Und wie hat er es aufgenommen?" fragte ich ihn, und die Erinnerung an die Haltung, mit der andere dem Tod durch Haras kühnes, zweihändiges Schwert auf ihrem Nacken entgegengegangen waren, stand noch so lebhaft vor mir wie ein an diesem Morgen erst gemaltes Bild.

„Wie erwartet: ohne zu erbleichen oder auch nur mit der Wimper zu zucken", sagte Lawrence. „Schließlich hatte er sich von Anfang an zu seinen Taten bekannt und

– wie der hoffnungslos unzulängliche Dolmetscher dem Gerichtshof übermittelte – gesagt: ‚Ich bin falsch für mein Volk – und bin bereit zu sterben!' Er machte keinen Versuch, sich zu verteidigen. Er sagte nur, daß er immer bemüht gewesen sei, einzig und allein seine Pflicht zu tun. Er nannte keine Zeugen und stellte keine Fragen, selbst an mich nicht. Bis zuletzt stand er in strammer Haltung schweigend und unbewegt in der Anklagebank. Und außerdem: auch dieses alles war vorauszusehen gewesen."

„Vorauszusehen?" fragte ich betroffen.

O ja! Lawrence setzte mir auseinander, daß Hara niemals etwas anderes erwartet habe, als im Krieg auf irgendeine Weise den Tod zu finden. Vielleicht habe er sich sogar unbewußt danach gesehnt zu sterben. Ich solle, bitte, nicht zu skeptisch sein, sondern dem zu folgen versuchen, was er mehr aus Intuition als aus bewußten Verstandeskräften zu sagen sich bemühe. Dies sei nun die andere Hälfte dessen, was er schon am Anfang habe zum Ausdruck bringen wollen. Und es sei höchst bedeutsam, voller Beziehungen und der einzige Pfeiler, mit dem sein Verständnis stehe oder falle. Schon als er in Japan lebte, habe er immer gespürt, daß die Japaner ein Volk seien, das in einem abgründigen, umgekehrten, ja – wenn ich so wollte – in einem perversen Sinn den Tod mehr als das Leben liebe. Als Nation verklärten sie den Tod und den Selbstmord wie kein anderes Volk. Die edle und stilisierte Selbstzerstörung in selbstloser Hingabe sähen sie an als romantische Erfüllung des nationalen Ideals: ein heroisches Sterben in den Formen der Tradition.

Es sei, als ob der einzelne früh, fast schon von Geburt an, die Ansprüche der eigenen Individualität zurückweise. Und deshalb sei sie auch nicht so sehr von einzelnen menschlichen Geboten und Vorbildern inspiriert, als vielmehr von ihrem eingeborenen Sinn für das Verhalten der Blutkörperchen im eigenen Blut, die in jedem Bruchteil einer Sekunde zur Verteidigung des korporativen Ganzen zu Millionen dahinsterben. Die Folge davon sei, daß die Japaner, sozial betrachtet, in ihrer Lebensweise einer großen Insektengemeinschaft nicht unähnlich seien — nur in einem viel komplizierteren Ausmaß. Tatsächlich seien seine Gedanken damals bereits, als er noch in Japan lebte — so sehr er das Volk und das Land auch liebe —, unwillkürlich immer wieder auf diesen grundlegenden Vergleich zurückgekommen. Die genau entsprechende Parallele sei nicht in der Tierwelt schlechthin, nicht allein bei dem straff organisierten, fanatischen Gruppenleben zu suchen, sie liege vielmehr noch spezieller im Reich der Insekten: kollektiv gesehen, seien sie eine Art Über-Gemeinschaft von Bienen, in deren Mitte als Herrscher eine männliche Bienenkönigin stünde. Er wolle diese Dinge nicht überspitzen, aber er wisse kaum, wie er mir sonst verständlich machen solle, wie seltsam, fast kosmisch angetrieben, Haras Volk sich verhalte, wie ein aus der Bahn geworfener, sterbender Komet auf einer archaischen, dem Weltenrhythmus widersprechenden und zum Scheitern verdammten Fahrt. Sie seien so ausgeliefert, so blind und ungestüm in ihre wirkliche und in ihre imaginäre Vergangenheit verstrickt, daß ihre Vorstellung vom Leben nicht mit unserer drängenden Zeit in Einklang gebracht werden könne.

Vor allem aber wüßten sie auf den verzweifelten Schrei des 20. Jahrhunderts nach umfassenderer und genauerer persönlicher Differenzierung keine Antwort zu geben. Ihre Lebensauffassung verweigere es ihnen, Individualitäten zu sein und sich über ihre eigene bebende, vulkanische Erde emporzuschwingen. Eine selbsterzeugte Dunkelheit schiene sie von dem Licht des individuellen Geistes zu trennen wie ein dunkles Glas oder der Schatten der mächtigen Drachenschwingen ihres abgründigen Wesens. Es sei, als ob diese weitreichende Finsternis, verursacht durch ihr eigenes, kreisendes, nur sie umhüllendes Weltbild, sich zwischen sie und die Sonne schöbe und ihnen den Mond, nach dem sie so inständig verlangten, und einige der hellsten Sterne verdunkelte. Es täte ihm leid, wenn alles so phantastisch klänge, aber er könne es nicht anders darstellen. Es sei denn ...

Er hielt inne und schaute zu der schlichten Turmspitze der Dorfkirche hin, die eben vor uns in einer Bodensenkung der Felder auftauchte, als ob ihre genaue und zweckbestimmte Form, die das hingegebene, schlafende Land so zuversichtlich beherrschte, ein Vorwurf gegen die gestaltlose, verschwommene und halblichtige Region sei, in der sich sein Geist wie ein einsamer Schlafwandler um Mitternacht bewegte.

Daraufhin unterbrach er den klaren Strom seiner Gedanken plötzlich und fragte mich, ob ich wisse, wie die Japaner das Alter eines Menschen errechneten. Ich verneinte das, und er berichtete, daß sie zu jedem Leben neun Monate hinzuzählten, daß sie alle Tage zwischen der Empfängnis und dem Verlassen des mütterlichen Schoßes einrechneten. Ob ich denn nicht sähe, wie bedeutsam dies sei? Ob es mir nicht einleuchte, daß ein solches System, das Lebensalter zu errechnen, bei Menschen, die primitiver als wir seien, nicht purer Zufall sein könne? Wenn ich einmal ernsthaft nachdenken würde über das, was die Biologie doch eindeutig bewiesen habe, wie wir im Mutterleib die ganze Entwicklung von der Amöbe bis zum aufrechtgehenden Menschenaffen noch einmal durchmachten und erneut erlebten, dann würde auch ich sicherlich einsehen, daß diese Rechenmethode unbedingt die deutliche, instinktive Anerkennung des Einflusses jener dämmerhaften Vergangenheit auf den japanischen Charakter enthielte.

Er jedenfalls müsse es so ansehen. Denn bis jetzt habe er nicht umhingekonnt, sie für ein Volk zu halten, dessen geistige und seelische Bande zur Vorzeit nicht durchschnitten worden seien, also für ein Volk, das der mythischen Mutter und Gebärerin ihrer Rasse, der großen Sonnengöttin Amaterasu, noch immer durch die Nabelschnur verbunden sei. Aber selbst hier seien sie bezeichnenderweise widernatürlich, entartet, ihr Innen sei nach außen gekehrt, denn früher sei die Sonne den meisten Rassen als eine helle, lichtspendende männliche Gottheit erschienen, für die Japaner aber nur als eine große, dunkel schimmernde Mutter; der Mond hingegen, der so geliebte und für die übrige Menschheit ewig weibliche Mond, sei ihnen männlich und kühn vorgekommen. Vielleicht sei es dieses Von-innen-nach-außen-, Von-oben-nach-unten-Kehrende, Der-Vergangenheit-unterworfensein, das ihnen diese Liebe zum Tod eingab.

Falls ich in Japan je einem Totenfest beigewohnt hätte, wie er es oft getan habe, dann würde ich nicht überrascht sein, daß er ein in diesem Zusammenhang so befremdendes Wort wie ‚Liebe' gebrauche, um damit zum Ausdruck zu bringen, was er meine. Von allen japanischen Festen sei dieses das fröhlichste. Ihre Toten seien selige, heitere, beruhigte und wohlwollende Geister. Wieso? Nun, weil die Lebenden, und das spüre man deutlich, einem Dasein, wie sie es führen müßten, wahrhaftig das Totsein vorzögen und nicht nur vorzögen, sondern es sogar für edler hielten, für ihr Land zu sterben, als dafür zu leben. Nicht das Leben, der Tod scheine ihnen romantisch. Und Hara mache keine Ausnahme. All das und viel mehr sei ihm tief in Fleisch und Blut übergegangen, sei unterhalb und jenseits der Schwelle bewußten Denkens. Es lebe in ihm stärker, weil er vor allem ein demütiger, schlichter und gläubiger Bauernjunge sei.

„Nie werde ich eine Nacht im Gefängnis vergessen“, fuhr Lawrence fort und nahm damit noch einen anderen Faden aus der gemeinsamen Gefangenschaft vergangener Tage auf und webte ihn wie etwas bisher noch nicht Verwendetes, eben erst Hergestelltes in das Muster von Hara, das ihm vorschwebte. Mein Herz wurde schwer, weil es für ihn so vieles gab, was die Zeit nicht anfechten konnte.

„Hara ließ mich holen. Er hatte gezecht und begrüßte mich geräuschvoll. Aber ich wußte gleich, daß seine Fröhlichkeit gespielt war. Denn so betrug er sich immer, wenn Herz und Verstand drohten, in ihm aufzubegehren gegen die langen Jahre, die er nun schon aus Japan verbannt war. Ich spürte, daß der Alkohol die scharfe Schneide seines Heimwehs, das wie ein Dolchstoß in seiner Magengrube saß, nicht abzustumpfen vermocht hatte. Es verlangte ihn nach jemand, mit dem er über seine Heimat sprechen konnte. Und für Stunden durchschweiften wir beide Japan mit seinen vier einzigartigen und ereignisreichen Jahreszeiten von einem Ende zum andern. Aber je länger sich der Abend hinzog, um so fadenscheiniger wurde seine Maske aus Heiterkeit, und zuletzt riß er sie ganz ab.

‚Warum, Rorensu‘, rief er schließlich ungestüm, ‚warum leben Sie eigentlich noch? Ich würde Sie lieber haben, wenn Sie tot wären. Wie konnte ein Offizier Ihres Ranges es zulassen, daß er lebend in unsere Hände fiel? Wie können Sie diese Schmach nur ertragen? Warum töten Sie sich denn nicht?“

„Ja, das gleiche hat er auch mich einmal gefragt“, unterbrach ich Lawrence, mehr, damit er wissen sollte, wie aufmerksam ich seiner Erzählung gefolgt war, als um etwas zu sagen, was er nicht schon wüßte. „Er hat uns alle tatsächlich dermaßen verhöhnt, daß die Koreaner mit der Zeit anfingen, es genau so zu machen. Aber was hast du ihm darauf geantwortet?“

„Ich erkannte die Schmach – falls er es so zu bezeichnen wünschte – als solche an“, erwiderte Lawrence. „Aber ich sagte ihm, daß diese Schande nach unserer Auffassung etwas sei, was ebenso wie die Gefahr tapfer ertragen und durchgestanden werden müsse und wovor man nicht einfach weglaufe, indem man sich feige das Leben nehme. Das war für ihn ein so neuer und unerwarteter Standpunkt, daß er versucht war, ihn als falsch abzulehnen. Deshalb sagte er: ‚Nein, nein! Ihr habt alle nur Angst vor dem Sterben, und das hält euch davon ab.‘ Er spuckte verächtlich auf den Fußboden, dann sagte er mit großem Nachdruck und schlug dabei an seine Brust: ‚Ich bin schon tot. Ich, Hara, starb vor vielen Jahren!‘

Und dann kam die Erklärung, die ja kommen mußte. In der Nacht, bevor er von daheim weggegangen war, um ins Heer einzutreten – siebzehnjährig, also nach neun Monaten im Mutterleib und sechzehn Jahren und drei Monaten auf Erden –, war er zu einem kleinen heiligen Schrein in den nahen Hügeln gepilgert, um dort Abschied vom Leben zu nehmen. Er hatte den Geistern seiner Ahnen damals mitgeteilt, daß er bereits an jenem Tage für das Land seiner Väter in seiner Seele und in seinem Geiste gestorben sei. Wenn der Tod nun kommen würde, um ihn in der Schlacht zu fordern, dann würde dies bloß noch der irdische Vollzug sein. Er werde, ohne auch nur erstaunt zu sein, ihn entweder wie einen vertrauten Freund begrüßen, auf den man sehr gewartet habe und der schon längst habe kommen müssen, oder er werde ihn einfach wie die formelle Bestätigung eines Zustandes hinnehmen, der schon lange bestünde.

Als ich ihn so sprechen hörte, hatte ich den Eindruck, als sei dieser krummbeinige Bursche mit dem blaugeschorenen Kopf, dem gelben Gesicht und dem schlurfenden Gang zu seinen Vorfahren gewandert, um ihnen kundzutun, daß er sich entschlossen habe, in einen der strengeren Mönchsorden wie die Grande Chartreuse einzutreten, und nicht, um seine banale Absicht mitzuteilen, sich bei einem Infanterieregiment zu melden. Nun verstehst du wohl, was ich meinte, als ich sagte, daß auch das Ende schon vorauszusehen gewesen sei."

Ich nickte schweigend, denn ich war zu tief beeindruckt, als daß ich ich jetzt etwas sagen mochte.

Und gleichmäßig fuhr er in seiner Erzählung fort.

Sogar an jenem Abend im Gefängnis war sich Lawrence schon einer versöhnlichen, einer Art außerirdischen Sinngebung dieses Augenblicks bewußt, die sich eigentlich nicht von selbst verstand. Es war, als ob Haras Tod bereits gegenwärtig sei und seinen Wein mit ihm trank, als ob in einer unaussprechlichen Seelentiefe das letzte Urteil bereits verkündet worden wäre.

Wenn er jetzt zurückdenke, dann finde er es höchst bedeutungsvoll, daß Hara gegen Ende des Abends begonnen habe, sich an Versen zu versuchen, Versen mit jenem straffen, knappen und formgerechten Aufbau, wie sie in Japan die Tradition vom volkstümlichen Helden der Vergangenheit verlange, wenn er der Welt zum unausweichlich letzten Male Lebewohl sagte, bevor er Harakiri beging.

Er erinnere sich noch gut an die letzte Fassung. Übersetzt laute sie ungefähr:

‚Als ich siebzehn war
und über die Kiefern
von Kurashiyama blickte,
sah ich vor dem gelben Vollmond
Schatten von Wildgänsen
nach Süden fliegen.

Doch kein Schatten von Wildgänsen
kehrt zurück vor dem Mond,
der heute abend
über Kurashiyama aufgeht.‘

„Der arme Teufel! Während ich ihn beobachtete und zuhörte, wie er versuchte, sich in Versen zu befreien, erkannte ich plötzlich, daß wir die Rollen vertauscht hatten. Wie im Aufflammen eines Blitzes in der Düsternis meiner eigenen Seele sah ich, daß in Wirklichkeit ich der freie Mann und Hara, mein Gefängniswärter, der Unfreie war. In meiner Jugend, in jenen weiträumigen, unbeschwerten Tagen vor dem Krieg, als das Prägen eines Epigramms noch so überzeugend wie eine eben ergründete Weisheit wirkte, hatte ich, nur für mich, die individuelle Freiheit als die Freiheit definiert, sich im Leben sein Gefängnis selbst aussuchen zu dürfen. Aber nicht einmal diese begrenzte Freiheit hatte Hara je erfahren. Er war in einem Käfig, in einem Verlies aus Mythologie geboren. Dort lag er an eisernen Ketten, die einer der uralten Götter eigenhändig geschmiedet hatte. Unendliches Mitleid mit Hara überkam mich.

Und dann, vier Jahre später, war Hara in gleicher Weise nun unser Gefangner und stand zum letzten Mal vor den Schranken eines Gerichtes, während sein Todesurteil unwiderruflich verkündet wurde.“

Hara sei keineswegs bestürzt, sondern so unbeirrt gewesen, sagte Lawrence, daß er, als die Wache ihm schon die Handschellen angelegt und ihm befohlen hatte, nach unten, in seine Zelle, zu gehen, auf der obersten Stufe der nicht mehr sichtbaren Treppe stehengeblieben sei, sich mit unerhörter Gelassenheit umgekehrt und Lawrence und Hicksley-Ellis, die nebeneinander an der Seite des Anklägers saßen, mit den Augen gesucht habe. Als sich ihre Blicke dann begegneten, hob er die gefesselten

Hände über den Kopf, preßte sie wie ein Boxer, der gerade die Weltmeisterschaft errungen hat, ineinander und schwenkte sie mit seinem goldenen Lachen fröhlich zu den beiden hin.

Wie deutlich ich das vor mir sah: diese Bewegung und sein Charakter, soweit ich ihn kannte, waren aus einem Guß. Denn was immer es sein mochte, das Hara zusammenhielt, – ich wußte, es würde ihn nie im Stich lassen. Und mit einem Mal war ich froh, war ihm geradezu dankbar, daß er es so aufgenommen hatte, daß er mit einer heiteren, triumphierenden Abschiedsgeste unseren Blicken entschwand, denn ich bildete mir ein, es werde uns damit leichter gemacht, nun zu guter Letzt mit unserer Erinnerung an ihn fertig zu werden.

„So also ist er gegangen", sagte ich und atmete dabei unwillkürlich auf, „das also war Haras Abgang."

„O nein, keineswegs", sagte Lawrence schnell und hatte einen seltsamen, neuen Klang in der Stimme, einen leidenschaftlichen und überraschend bewegten Unterton für jemand, der sonst so ruhig und bedachtsam ist. „Das war keineswegs sein ‚Abgang', wie du es nennst. Soweit ich es beurteilen kann, möchte ich sagen, daß jener ‚Abgang' nur das Ende des Anfangs seines ‚Übergangs' gewesen ist."

Es stellte sich dann in der Nacht vor Haras Hinrichtung heraus, daß Hara Lawrence ein Schreiben hatte zukommen lassen, in dem er ihn bat, zu ihm zu kommen. Dieses – sein letztes! – Gesuch war von Hara schon viele Tage vorher eingereicht worden, aber niemand, der die obligaten bürokratischen Kanäle so gut kennt wie wir, kann überrascht sein, daß dieses Anliegen Lawrence erst am Abend vor der Hinrichtung, gegen zehn Uhr, erreichte.

Lawrence holte seinen Wagen so schnell heraus, wie er nur konnte. Sein ritterliches Wesen empörte sich bei dem Gedanken, daß der Verurteilte inzwischen höchstwahrscheinlich alle Hoffnung, ihn noch einmal zu sehen, aufgegeben haben mochte und sich nun wohl mit der bitteren Überzeugung auf den Tod vorbereitete, daß selbst seine letzte bescheidene Bitte schon zuviel gewesen sei.

Haras Gefängnis lag am anderen Ende der Insel. Auch im günstigsten Fall konnte Lawrence nicht vor Mitternacht dort sein.

Der Abend war windstill und lautlos, als hätte alles den Atem angehalten vor der Schönheit der Nacht, die von Osten herniederstieg wie eine Göttin im Glanz ihrer Juwelen aus reinem Feuer. Ein ungeheurer Vollmond hatte sich aus den gefiederten Wipfeln des Dschungels ins Freie aufgeschwungen; die schattenhaften Umrisse der Baumkronen wirkten wie ein feierlicher Schmuck aus Straußenfedern, der dem Land für ein uraltes, fremdartiges Ritual an die dunkle Stirn gebunden schien. In jener empfänglichen und bildsamen tropischen Luft wirkte der Mond doppelt so groß wie sonst und quecksilberfeucht. Es war, als tropfte er von seinem eigenen Licht. Im Norden des Dschungels und bis zu seinen dicht gefransten Säumen rollte das Meer heran und entfaltete auf dem weißen, glitzernden Sand seinen Mantel aus Silber und Gold so leicht und gewandt, wie ein vornehmer alter Kaufmann aus dem Fernen Osten Ballen seiner erlesensten Seide entrollt. Das uralte, geduldige Rauschen war beständig in Lawrence' Ohren.

Weit draußen am Horizont wurde das Meer dunkel, es schien sich dort vor dem Donnern und Blitzen, das von geballten und gezackten Wolkengipfeln zu ihm hinabgeschleudert wurde, zu einem engen Verteidigungsring zusammenzuziehen. Das Aufglühen der Blitze enthüllte die äußersten Ränder dieser Wolkenmassive gebieterisch in Purpur und düster in Gold. Diese Nacht und gerade diese Stunde zwischen dem Abklingen des einen und dem Beginn des nächsten Tages stimmte überein mit Lawrence‘ klarem, scharfem Erkennen, das von der gleichen drängenden, sprunghaften und stoßweisen Art zu sein schien wie die elektrische Geladenheit, das Wetterleuchten, das am Horizont entlangzuckte. Aber seine unbedingte, unaussprechbare Gewißheit vom bleibenden Sinn der Herrlichkeit und Fülle des Lebens war ebenso groß wie die unermeßliche, leidenschaftliche Nacht, die am Firmament leichtfüßig wie eine Göttin dahinschritt, einen königlichen Geliebten zu treffen. Alles, was wir durchgemacht hatten, den Krieg, die Folterungen, den langen Hunger, all die grausamen und enthobenen Jahre in unserem verschmutzten Gefängnis, hielt er für leicht und ungewichtig, gewogen in den goldenen Schalen jenes Augenblickes. Der Gedanke, daß noch ein anderes Leben unserer entwerteten und unzulänglichen Vergangenheit hingeopfert werden sollte, war besonders widersinnig und abstoßend und erfüllte ihn mit einem Gefühl zornigen Aufbegehrens.

In dieser Gemütsverfassung erreichte er kurz vor Mitternacht das Gefängnis. Man hatte ihn dort bereits erwartet; er wurde sofort in Haras Zelle geführt.

Wie alle zum Tode Verurteilten war Hara in einer Einzelzelle untergebracht. Als die Tür für Lawrence aufgeschlossen wurde, stand Hara, obwohl ein Stuhl da war, am Fenster, das Gesicht fest ans Gitter gepreßt, und sah ins Mondlicht hinaus, das im Gegensatz zur Dunkelheit, die im Raum herrschte, so glanzvoll und intensiv wirkte, als hätte man ein Stück silberne Seide vor das viereckige Fenster genagelt.

Es war offensichtlich, daß er es aufgegeben hatte, Besucher zu erwarten, und höchstens noch mit der üblichen Runde eines seiner Gefängniswärter rechnete. Deshalb verharrte er auch abgewandt und schweigend. Erst als die Wache das Licht anknipste, drehte er sich mit einer abwehrenden Geste um – und erblickte Lawrence.

Er fuhr zusammen, als ob er einen Schlag bekommen hätte. Dann nahm er Haltung an und verbeugte sich schweigend und tief vor seinem Besuch in einer Weise, die Lawrence verriet, daß er unsäglich bewegt war. Während Haras Verneigung bemerkte Lawrence, daß sein Kopf frisch geschoren war, denn die rasierte Haut glänzte im elektrischen Licht wie Satin. Lawrence befahl dem Posten, sie eine Weile allein zu lassen. Und als die Tür dann wieder geschlossen war, sagte er zu Hara, der sich aus seiner tiefen Verneigung aufrichtete:

‚Ich bedaure sehr, daß ich so spät zu Ihnen komme. Aber Ihre Nachricht erreichte mich erst heute abend um zehn Uhr. Wahrscheinlich hatten Sie mich schon aufgegeben und gedacht, ich hätte es abgelehnt zu kommen.'

‚O nein, Rorensu-san', erwiderte Hara, ‚nein, gewiß nicht. Auch nicht eine Sekunde lang habe ich geglaubt, daß Sie es ablehnen würden, zu mir zu kommen. Aber ich fürchtete, die Nachricht hätte Sie aus vielen Gründen nicht erreicht. Ich danke Ihnen sehr dafür, daß Sie nun hier sind. Verzeihen Sie mir, falls meine Bitte Ihnen ungelegen kam. Wenn es mir nicht so wichtig wäre, hätte ich es nicht getan. Bitte, vergeben Sie mir. Aber irgend etwas an meinem Denken muß falsch sein, und ich wußte, Sie würden verstehen, wie schwer es für mich ist, mit falschen Gedanken zu sterben.'

Hara sprach langsam und bedächtig, mit höflicher, gleichbleibender Stimme, aber gerade in diesem Gleichmaß konnte Lawrence erkennen, daß seine Gedanken in einem tiefen, reißenden Strom zum Meere flossen, in einer tieferen Schicht seines Wesens strömend als je zuvor.

‚Armer Teufel', dachte er, ‚sogar jetzt noch ist *Denken* sein Problem. Immer ist sein eigenes oder anderer Leute

Denken falsch.' ‚Ich habe Ihnen nichts zu verzeihen, Hara-san', sagte Lawrence laut. ‚Ich bin sofort gekommen, als Ihre Nachricht mich erreichte. Und ich bin gern gekommen. Bitte, sagen Sie mir, worum es geht, und ich will versuchen, Ihnen zu helfen.'

An der Art, in der Haras dunkle, schräggestellte Augen, diese Kind-einer-Sonnengöttin-Augen, bei der höflichen Wendung ‚san' aufleuchteten, merkte Lawrence, daß man ihn seit vielen Monaten nicht so angeredet hatte. ‚Rorensu-san', sagte er eifrig und verteidigte sich nicht wie ein vom Krieg gezeichneter Hauptfeldwebel vor einem Offizier und ehemaligem Feind, sondern eher wie ein Schuljunge vor seinem Lehrer. ‚Es geht mir darum: Sie, Rorensu-san, haben uns Japaner jederzeit verstanden. Ich habe das sehr wohl gespürt. Ich hatte den Eindruck, daß Sie sogar, wenn ich Sie strafen mußte, merkten, daß es gar nicht Hara war, der das forderte. Sie wußten, es mußte eben sein. Und niemals haben Sie mich deswegen gehaßt. Bitte, erklären Sie mir nun dies: Man hat mir immer gesagt, die Engländer seien ein faires und gerechtes Volk. Was wir anderen von euren Fehlern auch sonst denken mögen – für gerecht haben wir euch stets gehalten. Ich muß Ihnen kaum sagen, daß ich mich nicht fürchte zu sterben, daß ich nach allem, was meinem Volk widerfahren ist, sogar froh bin, wenn morgen die Reihe an mich kommt. Sehen Sie – ich habe mir das Haar geschoren, ich habe eine zeremonielle Reinigung vorgenommen, habe Mund und Kehle gespült, mir die Hände gewaschen und den letzten Becher Wasser für meine lange Reise getrunken. Ich habe meinen Kopf von der Welt frei gemacht, die Welt von meinem Körper abgespült, und nun ist auch mein Leib bereit zu sterben, wie ich in meinem Geist schon vor langem gestorben bin. Wirklich, Rorensu-san, Sie müssen wissen, daß es mir nichts ausmacht, in den Tod zu gehen. Nur,

nur – warum habe ich aus den Gründen zu sterben, die man mir angab? Welches Unrecht habe ich getan, das andere Soldaten nicht auch begangen haben? Aber die anderen werden nicht gehängt. Wir alle mordeten uns gegenseitig, und ich weiß wohl, das ist nicht gut. Aber so ist der Krieg. Ich habe Sie bestraft und Ihre Leute getötet, aber ich bestrafte Sie nicht mehr und ich tötete nicht öfter, als ich es auch getan haben würde, hätten sich Japaner, die meiner Aufsicht unterstanden, ebenso betragen. Ich war sogar in gewisser Weise nachsichtiger mit euch, als ich es gegen mein eigenes Volk gewesen wäre, jedenfalls nachsichtiger als viele andere an meiner Stelle. Ob Sie es mir nun glauben oder nicht, ich bin glimpflicher mit allen umgegangen, als die Dienstvorschriften und die Vorgesetzten es verlangten.

Wäre ich nicht so streng gewesen, ihr würdet alle geistig zusammengebrochen und zugrundegegangen sein, denn eure Denkweise war falsch und eure Schande groß. Ohne mich wäre Hicksley-Ellis mit seinen Leuten auf der Insel aus Verzweiflung eingegangen. Außerdem lag es nicht an mir, daß die Schiffe mit den Lebensmitteln und den Medikamenten nicht ankamen. Ich konnte meine Leute nur ins Dasein zurückprügeln, ich konnte diejenigen, die die Kraft hatten zu leben, nur dadurch retten, daß ich sie zu immer größeren Anstrengungen aufpeitschte. Und jetzt werde ich dafür hingerichtet. Ich sehe nicht, wo meine Schuld liegt – ich sehe nur die allgemeine Schuld von uns allen. Falls ich mich aber auf andere Weise vergangen haben sollte, bitte, sagen Sie es mir, und dann werde ich glücklich sterben!‘

„Ich wußte wirklich nicht, was ich antworten sollte.“ Lawrence wandte sich mir mit einer verzweifelten Geste zu. „Er fragte mich doch nur, was ich mich selbst immer wieder gefragt habe, seit diese verdammten Kriegsverbrechertribunale ihren Anfang nahmen. Offen gestanden: ich habe es nicht begriffen. Ich verstehe einfach nicht, was sie bezwecken. Damit, daß Hara und seine Machthaber uns für Verstöße gegen einen japanischen Kodex bestraft und hingerichtet hatten, der nicht der unsere war, damit hatte man uns zweifellos ein Unrecht angetan. Aber mindestens ebenso unrecht war es, Hara auf Grund eines Gesetzes zu verurteilen, dem er nicht unterstand, von dem er sogar in seinem ganzen Leben niemals gehört hatte. Er verging sich ja nicht an seinen eigenen Einsichten. Wenn jemals ein Mensch sich selbst und dem zwielichtigen Schimmer in sich treu geblieben ist, dann war es dieser furchtbare kleine Mann. Mag sein, daß er aus richtigen Beweggründen Falsches getan hat. Aber wie konnte das von uns dadurch ausgeglichen werden, daß wir nun unsererseits auf falsche Weise Richtiges taten? Ich kann mir keine Strafe denken, die Vergangenes wiederherstellen könnte, und keine, die sinnloser wäre, ja sogar besser ausgeklügelt, um die verrufene Vergangenheit in der Gegenwart neu aufleben zu lassen — als diese Art einer verständnislosen und unverstandenen Rache! Ich wußte nicht, was zum Teufel ich antworten sollte."

Als er sich seiner Ratlosigkeit erinnerte, wurde sein Schmerz darüber so unerträglich, daß er mit einer Handbewegung gegen den dunklen Himmel hin abbrach.

„Aber irgend etwas hast du doch bestimmt erwidert?" fragte ich. „Du konntest ihn ja nicht ohne Antwort lassen."

„Ja, ich gab ihm natürlich eine Antwort darauf", sagte Lawrence beklommen, „aber sie war höchst unzulänglich. Denn alles, was ich vorbrachte, war dies: Ich verstünde es selbst nicht. Wenn es nach mir ginge, wäre ich froh, wenn ich ihm die Freiheit wiedergeben und ihn sofort zu den Seinen zurückschicken dürfte."

„Und beruhigte ihn das?“ fragte ich.

Lawrence schüttelte den Kopf. Er glaube nicht. Hara habe sich noch einmal tief verbeugt und ihm gedankt. Aber dann habe er aufgeblickt und gefragt: ‚Und was soll ich tun?‘

Lawrence blieb nichts anderes mehr, als zu erwidern: ‚Hara-san, streben Sie danach, sich mit ganzem Herzen auf diesen einen Gedanken zu konzentrieren, daß das, was mein Volk jetzt tut und was Ihnen so unfair und ungerecht vorkommt, allein deshalb geschieht, um zu versuchen, Dinge, wie sie im Krieg zwischen uns vorgefallen sind, ein für allemal zu verhüten. Sagen Sie sich jetzt das gleiche, was ich in Ihrem Gefangenenlager damals meinen verzweifelten Leuten zu sagen pflegte: ‚Es gibt einen Weg – durch Verlust zu gewinnen, in der Niederlage zu siegen – einen Weg, den wir jetzt anfangen zu entdecken.‘ Vielleicht muß das auch Ihr Weg zum Verständnis und zur Überwindung sein.‘

‚Das, Rorensu-san‘, sagte er und holte rasch tief Atem – wie es Japaner tun, wenn sie wahrhaft bewegt sind –, das ist ein echt japanischer Gedanke!‘

Lange standen sie schweigend und sahen sich fest in die Augen, der englische Offizier und der japanische Hauptfeldwebel. Das Mondlicht draußen war wie gespannt; seine silbernen Strähnen vibrierten von der Reflektion fernen, unhörbaren Donners und vom erregten Knistern der Blitze am unsichtbaren Horizont.

Der erste, der dann sprach, war Hara. Er lächelte mit einem Mal auf jene überraschende Art, die so charakteristisch für ihn war, und sagte unvermittelt: ‚Habe ich Ihnen nicht einmal ein schönes Kurisumasu bereitet, Rorensu-san?‘

‚Weiß Gott, das haben Sie‘, erwiderte Lawrence traurig und fügte aus dunklem Drang hinzu: ‚Sie haben mir damals wahrhaftig ein sehr schönes Weihnachtsfest bereitet, Hara-san. Bitte nehmen Sie diesen Gedanken heute nacht mit sich auf den Weg.‘

‚Kann ich ihn wirklich auf den ganzen Weg mit mir nehmen?‘ fragte Hara und lächelte noch immer, und es war fast etwas heiter Herausforderndes in seiner Stimme. ‚Ist er gut genug, sogar bis dorthin zu reichen, wohin ich gehe?‘

‚Das ist er, Hara-san – obwohl alles dagegen zu sprechen scheint‘, gab Lawrence zur Antwort. ‚Er ist gut genug für den ganzen Weg, und jenseits ...‘

In diesem Augenblick trat die Wache ein und meldete Lawrence, daß seine Zeit längst überschritten sei.

‚Sayonara, Hara-san‘, sagte Lawrence und verbeugte sich tief. Er benutzte jenen alten Abschiedsgruß der Japaner ‚Wenn-es-denn-sein-muß‘, der ihren Sinn für das unabsehbare und unerforschliche Verhängnis so sehr zum Ausdruck bringt: Wenn-es-denn-sein-muß! ‚Sayonara, und Gott sei mit Ihnen!‘

‚Wenn es denn sein muß!‘ sagte Hara ruhig und verneigte sich ebenso tief.

‚Wenn es denn sein muß! Ich danke Ihnen für Ihre große Güte und Ihr bereitwilliges Kommen, vor allem aber für Ihre ehrenvollen Worte.‘

Lawrence richtete sich schnell aus seiner Verbeugung auf. Er wagte nicht, Hara noch einmal anzusehen, weil er seiner Selbstbeherrschung nicht mehr so weit traute. Er wollte gehen. Aber als er gerade bis zur Tür gekommen war, rief Hara plötzlich, genau wie damals im Dienstzimmer des Kommandanten, nachdem man Lawrence wochenlang gequält hatte:

‚Rorensu!‘

Lawrence machte kehrt. Und da stand Hara, lachte herzlich und zeigte seine gelblichen Zähne mit den goldenen Fassungen, als ob er noch nie so belustigt gewesen wäre. Als Lawrences Blick den seinen traf, rief er fröhlich:

,Merry Kurisumasu, Rorensu-san!'

„Seine Augen aber", sagte Lawrence, haben nicht gelacht. In ihnen war ein Licht aus einer Sphäre, welche die Grenzen der Sinneswelt übersteigt, die alle menschliche Unzulänglichkeit überstrahlt, in der alle erdgebundenen und alle geistigen Konflikte erlöst und schwerelos werden, in der alle Parteilichkeit und Unvollkommenheit verschwunden sind – nur einen tiefen, traurigen Zwischen-Abend-und-Morgen-Schimmer zurücklassend. Das überirdische Licht aber verwandelte Haras seltsame und verzerrte Züge; sein prähistorisches, fast affenartiges Gesicht sah schöner aus als irgendein Antlitz, das ich je gesehen hatte."

Er sei von ihm und dem Ausdruck in Haras archaischen Augen so bewegt gewesen, daß es ihn verlangt hätte, noch einmal in die Zelle zurückzugehen. Und er habe es auch wirklich versucht. Aber irgend etwas habe ihn davon abgehalten. Eine Hälfte seines Wesens, die tiefe, instinktive, freie, impulsive Hälfte, habe zurückkehren wollen, Hara in die Arme schließen, ihn zum Abschied auf die Stirn küssen und sagen:

,Wir werden nicht fähig sein, das grausame, uralte Unrecht in der großen Welt da draußen aufzuhalten und ungeschehen zu machen, aber durch Sie und mich soll kein neues Unrecht entstehen – weder in dem Unbekannten, in das Sie nun eingehen werden, noch in der unvollkommenen und heimgesuchten Region des Bewußtseins, in der ich mich bewege.

So sei es zwischen uns: unter alles uns angetane Böse wollen wir einen Schlußstrich ziehen und dadurch die Folgen in unserem eigenen Wirkungskreis bis hin zum blinden Schlag und Widerschlag aufhalten. Nur so allein können wir das allgemeine Unverständnis und Mißverständnis, Haß und Rache unserer Zeit, daran hindern, sich immer weiter auszubreiten.‘

Aber diese Worte sollten nicht gesprochen werden. Denn die andere Hälfte seines Wesens, die bewußte des Offiziers, die neben einem kritischen, wachsamen Posten stand, bannte ihn willenlos an die Schwelle. Zum letztenmal schloß sich die Tür zwischen ihm und Haras golden verklärtem Grinsen. Jener letzte Ausdruck auf Haras Gesicht begleitete Lawrence auf seinem ganzen Rückweg zur Stadt. Es erfüllte ihn mit tiefem Kummer, daß er nicht doch umgekehrt war. Was für eine unedle Hälfte seines Wesens hatte ihn davon abgehalten? Jetzt wußte er: wenn er nur diesen einen Schritt zurückgetan hätte, er würde vielleicht den Lauf der Menschheitsgeschichte geändert haben. Ist es denn nicht so, daß große Dinge aus einem winzigen Samenkorn hervorgehen, aus dem zarten Wandel eines einzelnen, sich bemühenden Herzens? Ein einziges, einsames, unerfahrenes Herz muß beginnen, sich zu ändern – und alles andere würde folgen! Eine aufrichtige Wandlung in einem demütigen, gehorsamen und reuevollen Herzen! In einem Herzen, das demütig genug ist, ohne intellektuelle Frage die erste leise Regung des liebevollen Geistes aufzunehmen, der Fleisch und Blut sucht, um sich zu inkarnieren, ein Herz, demütig genug, schon den neuen Sinn zu leben, noch bevor er gedacht ist – und alles übrige würde folgen wie der Tag auf die Nacht. Ein weiterer archaischer Kreislauf des Verletztseins, der geahndeten Verwundung und der gerächten Rache wäre damit für alle Zeiten durchbrochen. Lawrence fühlte, daß er die Zukunft verwirkt hatte. Und mit einem Mal wurde sein Herz so düster und elend, daß er bei einem Palmenhain am Rande des Meeres den Wagen jäh zum Stehen brachte.

Traurig lauschte er dem Urklang des Wassers, das den Strand bespülte, lauschte dem Rascheln des Morgenwindes in den Palmenkronen, der die frühlingshafte Welt und den nächtlichen Himmel durchschweifte wie der für und für forschende Geist Gottes, der dem Menschen, seinem vergänglichen und unvollkommenen Gefäß, nachspürte. Er sah einige Dschunken in See stechen. Der runde Mond senkte sich, erfüllt und erschöpft, auf ihre schwarzen und gerieften Segel nieder. Jetzt war er sogar noch größer als in dem Augenblick, in dem Lawrence ihn an jenem Abend zum ersten Mal erblickt hatte. Ja! Nun war Haras letzter Mond nicht nur voll, er floß über von bernsteinfarbenem, abschiednehmendem Licht. In dieses Sinnen hinein krähte in einem malaiischen Dorf, das irgendwo hinter ihm im Dschungel verborgen lag, ein Hahn und verkündete den Tag. Dieser Ton ging über seine Kraft. Er klang wie eine warnende Erinnerung an den ersten Verrat, der – verbunden mit der Gottlosigkeit des letzten – zu einer parodistischen Verzerrung von Haras Ruf ‚Fröhliche Weihnachten!‘ wurde. Obwohl es nicht Weihnachten und das Land hinter ihm kein christliches Land war, fühlte er, daß er den Sinn aller Weihnachtsfeste verraten hatte.

Rasch wendete er den Wagen, weil er hoffte, noch rechtzeitig zum Gefängnis zurückzukommen, um Hara zu sehen und sein Zögern zu sühnen. Mit rücksichtsloser Geschwindigkeit fuhr er los und erreichte die Tore bei Tagesanbruch. Ein leidenschaftliches, flammend-rotes Licht rauschte empor und warf sich hoch über ihm an die Gefängnistürme.

„Aber ich kam zu spät“, sagte Lawrence tief unglücklich. „Hara war schon gehängt.“

Ich faßte nach seinem Arm, und wir machten kehrt, um nach Hause zu gehen. Ich konnte nicht sprechen. Und als er fortfuhr und mehr sich selbst als mich oder den dunkelnden Himmel fragte: „Müssen wir immer zu spät kommen?“, stellte er diese Frage, ohne es zu wissen, auch für mich. Sie stand wie der Schatten eines neuen Gefängnisgitters zwischen uns und den aufziehenden Sternen. Und mein Herz füllte sich mit Tränen.

DIE SAAT UND DER SÄER

Der Weihnachtsmorgen

I

Der folgende Morgen

Nachdem John Lawrence mir von Hara erzählt hatte, erwachte ich am Morgen des Weihnachtstages sehr früh und fand meine Sinne nicht dem neuen Tag geöffnet, sondern gequält von der Erinnerung an Jacques Celliers. Bevor es hell war, ja noch ehe unsere beiden Kinder wach wurden, stand ich leise auf und ging hinunter in mein Arbeitszimmer. Ich schloß das Fach meines Schreibtisches auf, in dem ich die Dinge aufbewahre, die mir am meisten bedeuten, und nahm sieben Aktendeckel heraus. Rasch öffnete ich den obersten, um mich zu vergewissern, daß der Inhalt unversehrt sei, und war sofort beruhigt, als ich Celliers straffe, vorwärtsdrängende Handschrift auf dem rauhen, gelben Toilettenpapier erblickte, dem einzigen Papier, das die Japaner uns im Gefängnis erlaubten. Obwohl die Ränder des wenig haltbaren Papiers zerfasert und teilweise vermodert durch die Feuchtigkeit unter dem Steinfußboden der Gefängniszelle, wo es, eingehüllt in den Fetzen einer Armeezeltbahn, gelegen hatte, war die Schrift auffallend frisch und deutlich, als wären jene Ereignisse eben erst und nicht ungefähr acht Jahre zuvor niedergeschrieben worden. Als ich dieses schmale Paket mit Schriftstücken in den Händen hielt, fühlte ich ein kurzes Prickeln in den Fingern, als hätte das Wunder, demzufolge sie nicht nur die große Feuchtigkeit der dunklen javanischen Erde, sondern auch das fanatische Schnüffeln unserer Wächter überstanden hatten, einen Schock in mir ausgelöst. Selbst der javanische Maurer, der sie Jahre nach Kriegsende entdeckte, hatte die Schriftstücke in seiner Verwunderung einem Beamten übergeben, der mich zufällig auch noch kannte. Als dieser Mann auf dem Paket meinen Namen und meine Anschrift in England sah und die Bitte las, es solle mir ausgehändigt werden, ließ er die üblichen Formalitäten außer acht – nicht ohne ein gewisses Risiko für sich selbst – und übersandte es mir sofort durch die Post.

Ich saß eine Zeitlang da und grübelte wieder darüber nach – so oft schon hatte ich das getan, seit ich das Paket empfing – wie sonderbar es war, daß Celliers gerade mich als Empfänger ausersehen haben sollte. In seinem Land mußte es viele Leute gegeben haben, die ihn viel besser gekannt hatten. Einige Monate lang hatte ich mich gefragt, warum er es nicht an den Bruder adressiert hatte, der in seinem Bericht eine so beunruhigende Rolle spielt. Doch als ich in seine alte Heimat kam, entdeckte ich, wie wenig das genutzt hätte, obwohl dadurch das Sonderbare seiner Handlungsweise nur noch verstärkt wurde, weil in ihr stillschweigend eine klare Voraussicht noch bevorstehender Ereignisse mit einbezogen schien. Aber am merkwürdigsten für mich, der ich dort saß in der Stille der Morgendämmerung des Weihnachtstages, war die Tatsache, daß sich die Blätter sicher in meinen Händen befanden, damit sie John Lawrence lesen konnte. Was er mir über sich und Hara am Abend zuvor erzählt hatte, ließ in mir das Gefühl entstehen, daß Celliers das Dokument nicht für sich, nicht für mich, nicht einmal für seinen Bruder geschrieben haben mochte, sondern eigens für Lawrence. Ich konnte kaum erwarten, bis es richtig Tag war, bis ich mich von den aufgeregten Kindern losgerissen und die Kirche verlassen hatte, um gleich nach dem Frühstück Lawrence beiseite zu ziehen und ihn zu fragen:

„Erinnerst du dich an Jacques Celliers?"

Als er um die Antwort verlegen schien, beeilte ich mich hinzuzufügen: „Aber natürlich mußt du! Dieser große, gut aussehende südafrikanische Offizier, der bei meinen ersten Sonderkommandos hinter den Linien in Nordafrika mit dabei war und danach der 51. Kampfgruppe in der westlichen Wüste zugeteilt wurde? Ab und zu aß er mit mir zusammen im Kasino."

„Du lieber Himmel!" rief Lawrence aus, wobei seine grauen Augen lebendig wurden. „Natürlich erinnere ich mich an ihn. Er war ein bemerkenswerter Soldat. Und davon abgesehen war er fast der einzige Mann, dem ich jemals begegnet bin, der schön genannt werden konnte. Ich sehe ihn vor mir ... wie er geht ... beinah wie ein Tier, immer auf den Zehenspitzen und die Fußknöchel locker. Hatte außerdem den Mut eines Löwen und die Ausdauer eines Kamels! Das ist doch der Mann, den du meinst, nicht wahr? Hatte er nicht auch einen Spitznamen ...?"

Ich nickte. „Richtig, das war Celliers. ‚Straffer Jack' wurde er bei der Truppe genannt." Ich gab Celliers den Namen, unter dem er 1941 in Libyen an der ganzen unsicheren Front allgemein bekannt war.

„Weißt du", fuhr Lawrence fort, „ich habe in letzter Zeit viel über ihn nachgedacht. Erst gestern habe ich überlegt, was aus ihm wohl geworden ist. Ich hatte immer das Gefühl, er würde nicht mit dem Leben davonkommen. Selbstverständlich, ich habe ihn nie so gekannt wie du, und wie du weißt, hat er nie viel gesprochen, wenigstens nicht zu mir. Wirklich, ich habe ihn als merkwürdig schweigsam in Erinnerung, dabei konnte er doch gut reden, wenn er wollte ..." Er machte eine Pause. „Manchmal schien es aber, als suche er den Tod."

„Vielleicht hast du nicht so ganz unrecht", sagte ich ruhig.

„Hat er denn den Tod gefunden? Was ist mit ihm geschehen? Warum fragst du mich jetzt, ob ich mich an ihn erinnere?“ Lawrence platzte mit seiner Frage heraus, seine Phantasie war sichtlich entfacht.

„Sieh mal hier!“ erwiderte ich. „Ich möchte, daß du erst dieses Dokument liest, das er geschrieben hat, bevor ich deine Fragen beantworte. Unser Gespräch von gestern abend weckte in mir das Gefühl, daß eher du als ich es aufbewahren solltest. Lies es. Du brauchst nicht viel Zeit dazu. Und dann können wir uns unterhalten.“

Ich ließ ihn allein. Sein edler Kopf mit dem empfindsamen Gesicht, in das die Zeit ihre bedeutsamen Spuren gegraben hatte, beugte sich über das gelbe Papier. Hinter ihm erhob sich der sanfte, graue Weihnachtstag über den hingebungsvollen Feldern, die im Gefängnis meine Erinnerung wie eine Vision vom Himmel auf Erden verfolgt hatten. Und Lawrence las.

II

Ein Bruder

Einst hatte ich einen Bruder, und ich verriet ihn. Der Verrat an und für sich war so unbedeutend, daß die meisten Menschen das Wort Verrat als übertrieben ansehen und mich für krankhaft empfindsam halten würden, weil ich diese Bezeichnung wähle. Dennoch erkenne ich den Verrat an den bitteren Folgen, die er in meinen Empfindungen hinterließ, wie man die Art des Samens am Baum, den Baum an den Früchten und die Früchte am Geschmack auf der Zunge erkennt. Das ist eine Grunderfahrung mit dem Verrat, die man zweifellos besser gleich am Anfang niederlegen sollte. Ohne Stolz oder Demut, lediglich als Tatsache meines Lebens stelle ich fest: ich kann jetzt als Experte in dieser Sache sprechen. Und als solcher versichere ich: es gehört zu den bedeutsamsten Merkmalen des Verrats, daß seine Anfänge unauffällig und schwer vorauszusehen sind. Gerade der folgenreichste Verrat tritt am Anfang unauffällig und wenig dramatisch auf; er wartet bescheiden und anspruchslos, bis er seine bitteren Früchte zur Reife bringen kann. Dem unbehüteten Herzen, das er sich zum Saatbeet auserkoren hat, stellt er sich am liebsten als Nebensächlichkeit des täglichen Lebens dar, als unbedeutender und so selbstverständlicher Vorfall, daß die Frage einer Wahl und somit die Möglichkeit der Ablehnung gar nicht aufkommt. Der Verrat gibt sich so, als wäre er nicht mehr wert als jene elenden dreißig Silberlinge, die für den größten und bedeutungsvollsten Verrat aller Zeiten gezahlt worden sind. Das — ich weise darauf hin — ist nicht nur sein wesentlichster, sondern auch sein erschrekkendster Zug. Man vergleiche den Verrat zum Beispiel mit etwas anderem, das ebenfalls aus kleinen Anfängen zu Großem gedeiht, mit dem Glauben. Wie weit auch Erkenntnis den Glauben verfolgt, und sei es bis an die äußersten Grenzen des Seins, immer noch behauptet er sich auf der Schwelle der Welt. Und immer noch wird er Berge versetzen, so er nur Rückhalt im Herzen findet. Der Verrat jedoch braucht keine besonderen Existenzbedingungen. Am wirksamsten kann er beginnen als bloße Weigerung zu sein, als gelegentliche Negation, als ungreifbarer Pollen jenes tödlichen Nachtschattengewächses, das Nichtsein heißt. Wie der geometrische Punkt Euklids braucht der Verrat weder Ausdehnung noch Größe, sondern nur einen Ort. Hier nun der Augenblick, der Schauplatz und die Umstände; hier in meinem eigenen Leben der Ort des Verrats, von dem ich sprechen will.

Ich war das älteste von vier Kindern in unserer Familie, dann kamen zwei Mädchen und mein Bruder. Meine beiden Schwestern starben während einer jener Typhusepidemien, die unserer entlegenen afrikanischen

Erde vor jeder anhaltenden Dürrezeit auferlegt waren wie eine der Plagen Ägyptens. So war uns Brüdern nicht nur die Aufgabe gestellt, einander Bruder zu sein, sondern auch Schwester, wie es meine Mutter eines Tages in einem Gefühlsausbruch formulierte, den mitzuempfinden ich zu jung war. Ich erwähne das nicht, weil ich heute weiß, was sie gefühlt haben muß, sondern weil ich mich viele Jahre später an diese Bemerkung erinnern sollte. Zwischen meinem Bruder und mir bestand ein Altersunterschied von sieben Jahren, die dergestalt eine Kluft eigener Art bildeten. Mager und hungrig zogen sie durch meine Erinnerung, langsam und schemenhaft wie die sieben mageren Kühe in Pharaos Traum, die Joseph vor dem kommenden großen Hunger und Durst warnten. Dies betonte den Altersunterschied zwischen uns nicht nur im Hinblick auf das Leben, sondern auch im Hinblick auf den Tod. Wie dem auch sei, es war nur einer der vielen Unterschiede, die ich alle noch erwähnen muß, weil sie alle zu meiner Geschichte beitragen.

Um damit zu beginnen: von Geburt an war ich blond und hatte dunkelblaue Augen. Ich war gut gewachsen und wurde groß und kräftig; kein Gebrechen, kein körperlicher Fehler beeinträchtigten das Vertrauen in meinen Körper, das aus Gang und Haltung sprach. Mein Körper war zu Hause in der weiten Welt der Dinge, die uns umgab, und der Umgang mit Menschen fiel mir nicht schwer. Von früher Jugend an spielte, ritt, schoß und arbeitete ich gemeinsam mit den besten Gefährten meiner Kindheit. Auf die Herausforderung, mit der die geringschätzend listige und unendlich erfahrene alte Erde Afrikas das Leben, das sie trägt, neckt und reizt, soll ich unermüdlich und ohne Furcht geantwortet haben. Auch war ich höflich und sah gut aus. Letzteres ist so stark untertrieben, daß ich ausführlicher von diesen Eigenschaften berichten sollte, die meinen Charakter so nachhaltig beeinflußten.

In Wahrheit fanden die meisten Leute mein Aussehen von früher Jugend an verwirrend, und auf viele von ihnen übte meine Erscheinung eine starke Anziehungskraft aus. Wiederum stelle ich dies ohne Stolz oder Demut, ohne Eitelkeit oder Selbstzufriedenheit fest. Schon längst bin ich beim Kernproblem meines inneren Aufruhrs angelangt; nur Tatsachen und nichts als Tatsachen, genau beobachtet und wahrheitsgetreu wiedergegeben, vermögen mich zu bewegen. Ich weiß, nur Tatsachen sind imstande, mich zu retten, und ich sehne mich leidenschaftlich danach, aus den Tatsachen meiner Existenz eine Waffe zu schmieden, die so stark ist, daß ich gegen Macht und Pomp der Unwirklichkeit ankämpfen kann, die so prahlerisch wider mich und den Geist meiner Zeit marschiert. Doch habe ich meiner äußeren Erscheinung gegenüber noch ein anderes Gefühl, das eines feinen, durchdringenden Widerwillens. Vielleicht klingt das undankbar gegenüber dem Leben, das mir solche Gunst erwiesen hat? Dennoch ist es so. Ein Teil von mir empörte sich heftig gegen mein Aussehen und machte es verantwortlich für das, was aus mir wurde. Wir hatten einen Nachbarn, der von Geburt aus ein Zwerg war. Immer wenn ich ihn als Kind sah, bemitleidete ich ihn und war dankbar, daß ich nicht so gebaut war wie er. Heute bin ich nicht sicher, ob ich ihn nicht hätte beneiden sollen. Ich weiß nämlich nicht, was gefährlicher ist: anzuziehen oder abzustoßen; die Abneigung oder die Zuneigung seiner Mitmenschen hervorzurufen. Der Zwerg hatte nur Mitleid zu fürchten, und das ist bei Menschen sowieso nicht im Überfluß vorhanden; ich dagegen hatte ihre augenblickliche Zuneigung zum Feind, und ehe ich wußte wo, ja auch nur wer ich war, nahm mich schon die Wirkung gefangen, die ich auf sie ausübte. Der Zwerg war von seiner Mißgestalt abhängig; ich dagegen nicht etwa von meinem guten Aussehen, sondern von der Vorstellung der andern, nach der ich mich zwangsläufig richtete. Heute weiß ich, daß mich die Wirkung, die ich seit frühester Jugend auf meine Umwelt ausübte, von mir selbst fortlockte und mich von meinem Inneren abzog; daß sie mir unwiderruflich die Rolle auferlegte, die mir meine Bewunderer und jene dunklen Gesetze aufzwangen, die sie gleichsam magnetisch an mich zogen. Mich schaudert bei der Erinnerung an die kalte, unpersönliche Macht, die mich nötigte, mein Fleisch und Blut den schattenhaften Sehnsüchten, den Wünschen und ungelebten Leben meiner Umwelt zu leihen. Langsam aber sicher geriet ich in eine bittere Selbstentfremdung: ein verlorener Sohn ohne Ahnung von dem Traum, der meinen im Irrtum befangenen Körper gestalten sollte. Ich litt unter dem Fluch der Helena, deren Antlitz „tausend Schiffe bemannte und die stumpfen Türme Trojas verbrannte", jener Helena, deren Bild die Männer immer noch vor Augen haben, worin sie so lange gefangen war.

Trotzdem war ich kein Narziß, ich empfand mich nicht als schön. Sooft ich in Spiegel oder Schaufensterscheiben blickte, tat ich es nicht aus Stolz sondern nur verstohlen, als fürchtete ich, den zu sehen, als der ich mich fühlte. Denn trotz des einleuchtenden Beweises für das Gegenteil war mir immer bewußt, daß ich auch häßlich war. Was andere so anziehend fanden, war nur die äußere Seite von etwas Größerem, das gutes Aussehen und jene Häßlichkeit gleichermaßen vereinte. Auf rätselhafte Weise war ich mir bewußt, daß ich niemals nur einer war sondern stets doppelt — daß sich abends gleichsam ein Paar siamesischer Zwillinge zum Essen setzte, ein Brüderpaar, das einander nähren und stärken sollte, das aber einander entfremdet war und sich gegenseitig ständig verleugnete.

Ja, trotz aller Herausforderungen konnte ich mich niemals so sehen wie andere mich sahen. Das Spiegelbild, das mir zum Leitbild wurde, war nicht das Quecksilber im Kristallglanz eines modernen Spiegels, sondern etwas Verhaltenes, wie der sanfte Schimmer unter der glasigen Oberfläche eines Teiches, der im schwarzen Wald unseres Buschveldes wie ein Hochzeitsring in der Hand eines Negers lag. Oh, wie deutlich erinnere ich mich an jenen Teich und an die Morgendämmerung in der Ferne, als ich zum ersten Mal von meinem Pferd stieg, damit wir beide unseren Durst an seinem goldenen Wasser stillen konnten. Ich kniete nieder und streckte die rechte Hand aus, das brennende Wasser zu schöpfen, während meine linke die Zügel des silbergrauen Pferdes neben mir hielt, das auf einmal, bevor es trank, behutsam den im Morgen erglänzenden Frühlingsblütenstaub zu einem rauchigen Regenbogen über die flammende Wasseroberfläche blies. Und plötzlich sah ich hinter den rosaroten, rhythmisch vibrierenden Wellen, die durch die verwöhnten Lippen meines Pferdes entstanden, mein eigenes Spiegelbild aus den purpurnen Tiefen des Teiches emporkommen. Ich konnte es nicht klar erkennen. Die Spiegelung blieb schattenhaft, sehr im Unterschied zu der hellen, morgendlichen Gestalt, die sich tief über sie beugte. Sie blieb dunkle, verunglimpfte Gegenwart, die vergeblich sich mühte, ihre Gestalt im zitternden, fleischfarbenen Wasser frei zu entfalten; es war, als seien die Furchen auf der Wasseroberfläche keine natürliche Vibration, sondern Stäbe eines Käfigs, die sie für immer gefangenhalten wollten. Damals machte es mich traurig. Vielleicht hätte es mich besser zornig machen sollen. Wer weiß das? Ich bestimmt nicht.

Doch zurück zu den Unterschieden zwischen meinem Bruder und mir. Der Erscheinung nach glich er mir überhaupt nicht. Er war sehr dunkel, was von den Erbanlagen väterlicher- und mütterlicherseits herzurühren schien. So blond und fein mein Haar war, so stark und dunkel das seine. Olivbraun wie die eines Südländers war seine Haut, und die Augen, das Hervorstechendste an ihm, waren groß und von intensiver, strahlender Schwärze. Nie konnte ich ihm ohne Verwirrung und seltsame Unruhe in die Augen sehen. Könnte ich doch einen Grund dafür angeben! Aber das Unbehagen der Seele ist dem Verstand verschlossen. Leiden ist nur ein Hieb des unerbittlichen Excalibur* der Zeit, der Sinn von Sinnlosigkeit trennt. Dennoch muß ich es zu erklären versuchen. Es gab Augenblicke, in denen diese tiefen Augen unerträglich wehrlos zu sein schienen. Sie blickten zu vertrauensselig, hatten zu wenig vom Berechnenden, vom Mißtrauen unserer zivilisierten Welt. Und deshalb schienen sie (obwohl ich mir niemals der Gefühle und Absichten meines Bruders sicher bin) eine Art Vorwurf gegen mich und die Welt zu enthalten, in der ich auffallend gut zu Hause war.

Ich wünschte, ich könnte dieses feine Unbehagen näher erklären, aber ich kann es nicht. Ich weiß nur, daß es von Anfang an da war und sich, soweit meine Erinnerung zurückreicht, von Zeit zu Zeit in einer unwillkürlichen Gereiztheit Platz machte, die unduldsam aus mir hervorbrach, gleichgültig wie unvernünftig und ungerecht sie war, und gleichgültig welche Vorkehrungen ich traf, dies zu verhindern. Daß mein Bruder es gar nicht zu merken schien, verschlimmerte die Sache nur noch. Er nahm alles ganz selbstverständlich hin. Wenn ich ihn umständlich um Verzeihung bat, wie es ständig geschah,

* Schwert König Arthurs (Anm. d. Übers.)

sah er mich warmherzig an und sagte schnell: „Aber das war doch gar nicht so schlimm, Ouboet*, ganz bestimmt nicht. Mach dir nichts draus.“ Er verhielt sich gerade so, als hätte ich ihm einen großen Dienst erwiesen — als hätte meine Ungeduld und Gereiztheit uns beiden eine Chance geboten, wie sie sich sonst nicht ergeben haben würde. Es war alles sehr rätselhaft, und ich mußte mich damit als mit etwas Unvermeidlichem abfinden. Doch vermute ich, daß der Sprung in meinem Leben (wenn es ein Sprung ist) schon im Keim von Sein und Werden aller Menschen da ist, so wie ein winziger Sprung in der Muschel die Perle hervorbringt. Es soll keine größere Liebe geben, als sein Leben zu lassen für seine Freunde; aber vielleicht zeugt es von ebensogroßer Liebe, wenn ein Mensch für seine Feinde lebt und ihre Feindschaft durch sein Verhalten nährt, ohne jemals selbst Feind zu sein, bis schließlich die Feindschaft ihrer selbst überdrüssig ist und seine Feinde frei werden, den wahren Sinn ihres schrecklichen Hungers zu erkennen — so wie mein Bruder meine seltsame Feindseligkeit hervorgerufen und erduldet hat, ohne jemals mein Feind gewesen zu sein. Wie dem auch sei, ich bin nicht in der Liebe sondern im Verrat erfahren und habe so wenig Berechtigung, von ihr als Kenner zu sprechen, wie er als Kenner des Verrats. Ich möchte also dieses Thema nicht übermäßig strapazieren. Um der Wahrheit willen muß ich jedoch hinzufügen, daß auch andere, ja die meisten, auf meinen Bruder so reagierten wie ich. Wie ich bereits sagte, wuchs ich zu einem großen, gewandten Jungen heran. Er dagegen war ein vierschrötiger kleiner Bursche, der ungeheuer kräftig, aber schwerfällig und unbeholfen war. Er sah wenig anziehend aus. Bei ihm ging die Bezauberung von den Augen aus, die aber flößten einem

* auf Afrikaans Koseform für den älteren Bruder

unglücklicherweise Unbehagen ein. Selbst für die breiten Schultern war sein Kopf zu groß, dennoch war sein Gesicht trotz solcher Grobschlächtigkeit des Körperbaus verwirrend zart, während seine Stirn über den zusammengewachsenen Augenbrauen von Geburt an tiefe Falten furchten. Sein Gesicht wirkte zutiefst still, wenn auch in dunkler Verhaltenheit. Dennoch konnte es erschreckend licht, ja schön werden, wenn er lachte und seine ebenmäßigen weißen Zähne zeigte. Aber unglücklicherweise lachte er in Gesellschaft anderer kaum. Das Lachen schien er aufzuheben für uns beide, wenn die Spannung zwischen uns nachließ. So wirkte sein Gesicht meist faltig und versunken im Brüten über seine Eigenart wie eine unserer schwarzen afrikanischen Hennen über ihrem Nest, wenn sie den Kopf leicht seitwärts zur Erde neigt, taub für die Musik der Sonne an fiebrigen Sommertagen, und nur der gespannten Erwartung des Lebens in sich lauscht.

In der Schule war ich in den meisten Fächern gut, auch im Turnen; mein Bruder aber hatte große Schwierigkeiten, durch die Examen zu kommen, weil er kein guter Sportler war und es auch nicht sein wollte. Ich war ein erstklassiger Läufer, er ein langsamer, unermüdlicher Spaziergänger. Ich liebte Tiere, das flimmernd dahinjagende Wild und die sonnenfeurigen Vögel Afrikas; er war kein allzu großer Tierfreund, sondern von Kindheit an mit allem beschäftigt, was auf der Erde wächst. Ich hatte zum Pflanzen und Säen keine Geduld; er liebte das Pflügen und Säen. Seine plumpen Finger waren erstaunlich erfolgreich; was er auch in die Erde steckte, wuchs und blühte. Von Sonnenaufgang bis -untergang schritt er hinter seinem Lieblingsgespann rötlichgrauer Ochsen einher, wobei sein tiefreichender einschariger Pflug die scharlachrote Erde Afrikas aufwarf. Nach des Tages Arbeit kam er in der Dämmerung tief zufrieden nach Haus. Oft traf ich ihn rastend an, schweigend auf die Griffe seines Pfluges gestützt. „Ich gäbe was darum, Boetie*, wenn ich deine Gedanken lesen könnte“, begrüßte ich ihn dann.

Nie antwortete er sofort. Langsam sagte er schließlich: „Ich rieche die Erde. Du weißt ja, keine Blume der Welt riecht so gut für mich wie frisch gepflügte Erde.“

Und dann bemerkte ich ihn auch, diesen Geruch der alten Erde, auf der die Feuerluft um uns wie der schwarze Zauber eines Magiers lastete. War der derbe alte Mantel der Erde gewendet und lag sein Futter samtweich in der Sonne, so ging er über das nackte Land und säte das erste Korn aus wie der Sämann im Evangelium. Ich beobachtete, wie er über die Erde schritt, und sah seinen unbeholfenen, polternden Gang, als habe er schon immer die aufgeworfene Erde unter den Füßen gehabt wie der Seemann sein Schiff. Auch war sein Spürsinn für Bodenbeschaffenheit unheimlich genau. Als Kind sah ich ihn einmal lange versunken auf einem Flecken Erde stehen, so daß ich schließlich ungeduldig ausrief: „Willst du den ganzen Tag dort stehen und träumen? Um Himmels willen, wach auf!“

„Verzeihung, Ouboet“, erwiderte er dann gleichmütig, „ich habe gerade überlegt, was wir hier pflanzen sollten. Irgend etwas wird hier gut gedeihen. Aber was?“

„Nun schön, wir müssen es eben ausprobieren, bevor wir Bescheid wissen“, antwortete ich, noch ungehalten.

„Aber Hinschauen hilft doch, Ouboet“, oder ähnliches gab er milde zur Antwort, und trotz meines ungläubigen Naserümpfens hatte ich den unangenehmen Verdacht, daß er vielleicht recht haben könnte. Auf eine mir unverständliche Weise bestand zwischen ihm und der Erde ein gegenseitiges Einverständnis. Zu Hause schlug

* Kleiner Bruder

er dann meinem Vater den Anbau einer bestimmten Frucht vor, und diese wächst ertragreich im normalen Ablauf des Fruchtwechsels noch heute dort.

Abgesehen von alledem besaß er die bemerkenswerte Gabe, mit der Wünschelrute zu gehen. Ich erinnere mich noch gut an den Tag, als wir diese Fähigkeit zum ersten Mal an ihm entdeckten. Ich war fast erwachsen, er noch ein Junge. Unser Vater war besorgt um unsere Brunnen, die durch lange Dürrezeiten fast leer waren, und suchte nach neuem Wasser. Aus diesem Grund hatte er sich an einen der Wünschelrutengänger gewandt, die im Dienst ihrer seltsamen Intuition wie alttestamentarische Propheten unser Land durchziehen.

Wir beobachteten, wie der hagere alte Mann auf einem Esel ankam, der von einem winzigen schwarzen Jungen geführt wurde, wie er vom nächsten wilden Ölbaum eine Astgabel schnitt und die klassischen Blätter abstreifte. Dann schritt er zu dem ausgesuchten Platz hinunter wie Moses zum Felsen in der Wüste am Horeb. Dort ergriff er die Gabel, deren Enden er fest in den Händen hielt; der Stock selbst wies zum blauen Himmel wie die Hände eines Pilgers, die im Gebet gefaltet sind. Er ging mit langsamem, feierlichem Schritt von Ost nach West, während die frechen Wirbelwinde der heißen Nachmittagsluft respektlos seinen langen Bart in die Gegenrichtung seines tranceähnlichen Ganges wehten. Als der kritische Augenblick kam, wurden seine Handgelenke weiß vor Anstrengung, die Astgabel festzuhalten. Doch langsam begann das Ende des Stockes zu vibrieren und zu schwanken, bis es plötzlich, trotz aller gegenteiliger Bemühung, geradewegs vor seinen Füßen zur Erde tippte und dabei zitterte wie ein Pfeil auf einem gespannten Bogen. Als das geschah, entstand unter den anwesenden Weißen ein unfreiwilliges Murmeln, und unsere ungehemmteren schwarzen Diener ließen ein bewunderndes „Je-bo!“ erschallen, dem ein Lachen folgte, das nicht nur Lachen war, sondern auch Befreiung von einer Spannung, als ob der Druck, der sich in den Adern des alten Mannes so mysteriös verstärkte hatte, auch aus ihnen entwich, weil er unerträglich war.

Unberührt durch die Reaktion der Zuschauer blieb der Alte an dieser Stelle stehen, zog mit seinem Finger auf dem Boden eine Linie von Osten nach Westen, ging dreißig Schritte in südlicher Richtung zurück und wiederholte den angespannten, hypnotischen Gang, dieses Mal nach Norden. Die Gabe ließ ihn nicht im Stich. Der Stock tippte ein zweites Mal zur Erde, und an dieser Stelle zog er eine Linie von Süden nach Norden. Wo die beiden Linien sich kreuzten, bohrte er den Hacken in den Grund und sagte zu unserem Vater: „Hier ist gutes Wasser. In ungefähr dreißig Meter Tiefe treffen sich zwei starke Adern.“

Ich hatte gerade mein erstes Jahr Jura studiert, und die Miene unkomplizierter Sicherheit des alten Mannes reizte meinen eben erst erwachten Verstand. Ich nahm an, er habe seine Rolle nur gespielt, um eine bloße Vermutung zu verbergen, die nicht begründeter sein konnte als wenn sie von uns gestammt hätte. Das flüsterte ich meinem Bruder zu, der mir aber ungerührt und ganz ruhig widersprach: „Du hast Unrecht, Ouboet.“

„Sei nicht so albern, wie kann das jemand wissen?“ erwiderte ich gereizt.

„Ich weiß es“, antwortete er mild. Als er aber sah, daß ich nur umso gereizter wurde, fügte er merkwürdig überrascht hinzu, als wäre auch für ihn seine Erklärung neu: „Ich weiß es, weil – weil ich glaube, daß auch ich es könnte.“

„Was?“ Ich sah zu ihm hinab, aber es konnte kein Mißverständnis geben: er meinte es todernst. „Dann beweise es“, sagte ich schnell und dachte, es könne ihm nichts schaden, sich selbst zum Narren zu halten.

Sofort lief er ohne eine Spur von Verlegenheit zu dem Wünschelrutengänger und fragte: „Oom, würde es dir etwas ausmachen, wenn ich es auch mal versuche?"

Der alte Mann sah ihn ziemlich überrascht an. Dann warf er mir, bevor er sich wieder meinem Bruder zuwandte, einen Blick zu, der mich irgendwie beunruhigte, und sagte: „Sicher. Hier ist der Stock. Achte darauf, daß du ihn so hältst." Er legte die Gabel in die Hände meines Bruders. „Halte sie fest. Schau auf die Spitze und laufe vorsichtig. Bei jedem Atemzug einen Schritt, und dann wirst du schon die Ungläubigen in unserer Mitte beschämen und eines Besseren belehren."

Wir drehten uns alle um und beobachteten, wie mein unbeholfener, schwerfälliger Bruder die Verrichtung des Rutengängers nachahmte.

Unerklärlich zwar, doch zweifellos begann sich meine mißbilligende Einstellung auf die anderen zu übertragen, und es verstärkte sich das Gefühl, man habe dem Jungen erlaubt, sich zuviel anzumaßen. Mein Bruder schien davon nichts zu merken. Trotz seiner Jugend war in seinem Verhalten eine seltsame Autorität zu spüren. Er wiederholte die Zeremonie des Rutengängers fehlerlos, zum Schluß krümmte sich die Astgabel zur Erde, und wo der alte Mann sich niedergebeugt hatte, um sein Kreuz zu machen, zeichnete auch mein Bruder eines mit dem Zeigerfinger auf den Boden. Dann stand er auf und sah uns an, zweifellos in der Erwartung, irgendeine Anerkennung zu bekommen; aber als ob stillschweigende Übereinstimmung darüber bestand, daß zuviel Lob seinen jungenhaften Dünkel nur noch stärken würde, gingen wir sofort zu einer lebhaften Diskussion über, welche Vorkehrungen für eine Bohrung an dieser Stelle nötig wären.

Ich weiß nicht, was mein Bruder damals empfunden hat, aber dieses Bild ist mir im Gedächtnis geblieben, und oft habe ich mich in schuldbewußten Augenblicken daran erinnert, wie er sich umständlich bückte und mit seinem plumpen Finger zum ersten Mal das Zeichen des Kreuzes in den durstigen Sand malte. O, diese geheimnisvolle Unausweichlichkeit der Kreuze! Zuerst das Flammenschwert eines Erzengels, ein Kreuz über dem Tor zum verbotenen Garten unseres verlorenen Selbstes. Dann ein Kreuz über dem Eingang des ersten Ghettos, um fernzuhalten den Engel des Todes in der Nacht des Terrors vor dem Auszug aus der Nichtigkeit, aus der Knechtschaft in Ägyptens Überfluß, zu einem anderen, fremden Land jenseits der Wüste, wo das Unwahrscheinliche verheißen war. Und wieder ein anderes Kreuz, die Verheißung selbst, über dem sich schroff die Finsternis sammelt. Und immer steht es als Zeichen für eine lange Reise aus einer Knechtschaft in ein noch unbekanntes Land: die Verneinung, die zur Bejahung nur werden kann, wenn sie ans Kreuz genagelt wird. So war auch hier, am Beginn der Entwicklung des Jungen zum Mann, ein Kreuz in den Sand gezeichnet, um die Möglichkeit von Wasser zu markieren.

Wenn wir auch an jenem Tage die Gabe meines Bruders zu übersehen versuchten, er blieb ungerührt.

Er kam zu mir und sagte: „Sieh mal, Ouboet. Es war viel stärker als ich!"

Unwillig sah ich, daß sich durch die Drehung in seiner Faust die Rinde vom Ölbaumast gelöst hatte, während in der breiten Hand, die meinen skeptischen Augen hingehalten wurde, die Stigmata der Tat zu sehen waren: zerschundene Haut und Fleisch, rot und wässrig von dem fürchterlichen Kampf mit dem erdverbundenen Holz.

„Sieht aus, als hättest du dich ein bißchen geritzt", sagte ich kühl.

Doch als wir auf dem weiten, offenen *stoep* das Lager teilten und zum klaren Himmel aufschauten, an dem die Sterne knisterten und von dem die Milchstraße herabfloß wie ein Strom, der über die Ufer tritt, bat ich ihn um Verzeihung. Widerwillig gab ich zu, daß er recht gehabt haben könnte – obwohl die Ursache eine andere sein müsse, als er und der Rutengänger glaubten.

Er antwortete: „Oh, das war doch weiter nichts", und indem er sich auf die andere Seite drehte, schlief er ein und überließ mich dem Wachsein und der Unzufriedenheit.

Es gibt verschiedene Grade der Nichtigkeit. Bei diesem Vorfall gab es etwas Bestimmtes, für das ich ihn um Verzeihung bitten konnte; aber das eigentliche Nichts ist so ungreifbar, daß die Frage oder der Gedanke des Verzeihens gar nicht auftaucht.

Zwei wesentliche Unterschiede zwischen meinem Bruder und mir gilt es noch zu berichten, aber zuvor möchte ich erwähnen, daß zu der Zeit, als mein Bruder Mann wurde, Wünschelrutengänger in unserer entlegenen Welt sehr gefragt waren. Er stellte seine Dienste jedem zur Verfügung, der sie benötigte, nahm aber niemals eine Belohnung dafür. Fühlten sich reiche Leute verlegen, weil sie sich in seiner Schuld glaubten, so sagte er: „Ich darf keine Bezahlung dafür nehmen. Die Gabe gehört nicht mir. Wenn ich Geld dafür nähme, würde sie mich verlassen."

Ich habe schon erwähnt, daß ich von guter Statur und mein Bruder weniger begünstigt war. Jetzt aber muß ich bekennen, daß er eine leichte Verunstaltung hatte. Sie fiel keineswegs ins Auge, und meine Mutter verstand es, sie fast völlig zu vertuschen, indem sie die Kleider meines Bruders in den Schultern immer leicht auspolsterte. Sie war nicht eigentlich als Verunstaltung zu erkennen; trotzdem bildete sie nicht nur einen Sammelpunkt für alles, was an seiner Erscheinung wunderlich war, sondern auch für all das, was in ihm mit der Welt im Widerstreit lag. Erstaunlicherweise wurden auch andere – ob sie von der Existenz dieses Fehlers wußten oder nicht – durch Wesen und Verhalten meines Bruders früher oder später auf diese Stelle zwischen den Schultern aufmerksam. Ich weiß nicht, wer von uns beiden in diesem Punkt der empfindlichere war, er oder ich; jedenfalls nannten wir die Mißbildung nie beim Namen; wir bezeichneten sie immer durch eine atmosphärische Auslassung in unseren Sätzen. So sagte ich etwa: „Aber wenn du schwimmen gingest, würden sie doch den ... deutlich sehen.“ Oder er fragte mich: „Glaubst du, daß man in einem Leinenjackett den ... sehr sieht?“

Wir wußten dann, daß der messerscharfe Buckel zwischen seinen Schultern gemeint war. Dieser körperliche Fehler war eine Bresche im Selbstvertrauen meines sowieso schon verschlossenen Bruders, deren er niemals Herr wurde; jeder Feind, der sie bemerkte, konnte nach Belieben durch sie eindringen.

Wie gesagt waren wir beide in diesem Punkt äußerst empfindlich, genauer gesagt hatte er Angst, eine unerklärliche Angst vor dem, was die andern dachten, fühlten und wie sie sich dazu verhalten würden. Meine Empfindlichkeit dagegen war, obwohl ich sie vor mir selbst als eine Art „Sorge um ihn“ abtat, anders als seine. Sie gehörte letzten Endes zu meinen eigenen Problemen. Ich konnte es nicht ertragen, daß die Blicke der Leute hinter den breiten Schultern meines Bruders an dem messerscharfen Buckel hafteten, denn ich befürchtete wohl, daß dies auch mich in ein ungünstiges Licht setzte. Ich konnte nicht ertragen, daß irgend etwas im Zusammenhang mit mir nicht zum Besten gehören sollte. Ich hatte nicht gelernt, körperliche Fehler zu fürchten, wie mein Bruder seine Mißbildung fürchtete. Und was das Aussehen anging, schlug die Waage zu seinem Ungunsten aus. Wir konnten niemals irgendwo erscheinen, ohne daß die Leute daran erinnert wurden. Obwohl nicht ich sondern das Leben diese Ungleichheit verschuldet hatte, blieb die Tatsache bestehen, daß sie durch mich, wenn auch unfreiwillig, offenkundig wurde. Wieder denke ich an den Mann aus Palästina, der gesagt hat: „Es muß ja Ärgernis kommen; doch weh dem Menschen, durch welchen Ärgernis kommt!" ER hätte diese Worte für mich gesagt haben können. Mein Unbehagen wurde noch durch einen anderen starken Impuls gespeist. Instinktiv erkannte ich, daß viele Leute zwar Mitleid mit meinem Bruder empfanden, in ihrem Innern aber, in der spontaneren Welt ihrer Emotionen, wegen seines Abweichens von der Norm oft bestürzt waren und sich sogar bedroht fühlten. Ja, sie konnten das sogar heimlich übelnehmen und ihn aus dem Weg wünschen. Ich sage dies aus Überzeugung, weil ich seitdem bei mir und anderen erfahren habe: je notwendiger ein individuelles Abweichen von der erstarrten Normalität ist, um so mehr bekämpfen und ärgern wir uns über diejenigen, die diesen Unterschied repräsentieren. Ich habe dieselbe Tendenz selbst im Verhalten der Tiere bemerkt, und ich denke besonders an ein Tier, das eine kurze, rätselhafte Rolle in meiner Entwicklung gespielt hat. Hier kann ich dazu nur bemerken, daß meine Umgebung und ich dieses paradoxe Gesetz durch unser Verhalten gegenüber meinem Bruder bestätigten, ohne zu wissen, was wir taten. Ich wuchs in äußerster Besorgnis über die Verunstaltung meines Bruders heran und glaubte fest, daß ich *seine* Gefühle schützen wollte; aber ohne es mir zu vergegenwärtigen, machte ich unaufrichtig Werte geltend und verteidigte Gefühle, die *meiner* Welt angehörten. Und indem ich das tat, wurde ich von meinen Mitmenschen gut gelitten. Mein Bruder wurde im besten

Falle geduldet. Betrat er einen Raum, in dem ich mich in Gesellschaft anderer befand, so zog im gleichen Augenblick die Hemmung mit ihm ein wie der Winternebel. Sofort begann ich ihn unabsichtlich zu verteidigen und zu rechtfertigen. Meine Freunde fühlten sich dann verpflichtet, die Wirkung seiner seltsamen Erscheinung zu leugnen, und bald wurde die Unterhaltung zu künstlich und befangen, als daß sie noch erfreulich gewesen wäre. Mein Bruder wuchs auf als ein Mensch, der einsam war und keine Freunde hatte. Ich dagegen schien manchmal mehr Interessen und Freunde zu haben, als mein Leben zu fassen vermochte.

Und nun komme ich zum letzten Unterschied. Ich war unmusikalisch, ich konnte die Melodie nicht halten. Es mag sich unwichtig anhören; aber für mich bedeutete das eine schwere Benachteiligung. Insgeheim machte es mich unglücklich, daß ich jedesmal den Gesang verdarb, wenn ich versuchte einzustimmen. Beharrte ich aber darauf mitzusingen, wie ich es als Kind oft tat, forderte ich nur ein Kichern heraus, so daß ich rasch wieder verstummte. Es war eine Ironie, daß ich, der sich so gut seiner Umwelt angepaßt hatte, beim Singen isoliert war, während mein Bruder, dessen Wesen immer in solchem spitzen Winkel der Isolierung stand, durch das Singen mit der Umwelt völlig eins wurde. Schon als Kind hatte er einen klaren, treffsicheren Sopran, der sich, als er älter wurde, zu einem männlichen und wohlabgerundeten Tenor entwickelte.

Ich erinnere mich – es war am ersten Tag unserer langen Sommerferien –, wie ich zu Hause in den Garten ging, um nach ihm zu sehen. Der Garten war riesig, und ich zweifelte, ob ich ihn bald finden würde. Kaum war ich aber bis zum Rand des Obstgartens mit den großen gelben Aprikosen, mit rubinroten Pfirsichen, purpurnen Pflaumen und Feigen, Birnen, scharlach- und rosafarbenen Kirschen und Granatäpfeln gekommen, die alle wie persische Juwelen in der Morgensonne leuchteten, da hörte ich seine Stimme mitten aus dem Garten, sie klang so lieblich wie nie zuvor. Er sang etwas, das ich nicht kannte, das aber jenen merkwürdig einfachen und dennoch drängenden Auf-und-ab-Rhythmus der afrikanischen Mundart hatte. Meinen Ohren klang es wie primitive Musik, die von Geist und Welterfahrung noch unberührt war.

Ich stand da, lauschte seinem Gesang und fühlte mich mehr und mehr von ich weiß nicht was ausgeschlossen – es war aber etwas, das mir wesentlich war. Am Ende überwältigte mich nicht Heimweh nach der Vergangenheit (die einfach im Inhalt unserer Bewußtheit liegt) sondern verzehrende Sehnsucht nach der Zukunft, deren Kommen in unseren Herzen noch beschleunigt wird durch ein Gefühl für das, was wir unvollendet zurückgelassen haben. Das kleine Lied wurde für mich zu einem Pausenzeichen – um mich eines gängigen Ausdrucks zu bedienen – zu einem Pausenzeichen, das mich stets an meinen Bruder und an meine eigenen unverwirklichten Sehnsüchte erinnert.

‚Ry, ry, deur die dag,
Ry, deur die maanlig;
Ry, ry deur die nag!
Want ver in die verte
Brand you vuurtjie
Vir iemand wat lang al wag.‘

Wie man sieht, sind die Worte einfach genug – selbst wenn man unsere Muttersprache nicht versteht. Ich will sie hier frei in Prosa übersetzen: ‚Reite, reite durch den Tag, reite durch das Mondlicht, reite, reite durch die Nacht. Denn in der Ferne brennt dein Feuer für jemand, der lange gewartet hat.‘

„Wo in aller Welt hast du das Lied her, von wem stammen die Worte dazu?“ fragte ich ihn, als ich ihn gefunden hatte – er war gerade dabei, die Saatbeete neben einem Baum zu gießen, der sich unter dem Gewicht seiner gelben Früchte quälte.

„Ach, Ouboet!“ antwortete er lächelnd zur Begrüßung, stellte seine Gießkanne auf den Boden und richtete seine absurde Gestalt auf. „Es ging mir eines Tages, als du nicht da warst, so durch den Kopf.“

Als er sprach, hatte er den gleichen Gesichtsausdruck wie damals, als er sein Kreuz neben das des Rutengängers in den Sand malte. Aber wenn er auf irgendeine anerkennende Bemerkung von mir gewartet hatte, mußte er wiederum enttäuscht sein.

„Es ist nicht schlecht“, erwiderte ich.

„Freut mich, daß es dir gefällt“, antwortete er. Bevor er aber wieder zur Gießkanne griff, sah er mich einen Augenblick lang nachdenklich an.

Ich glaube, daß der erste ernste Zusammenstoß meines Bruders mit der Welt nicht zufällig verursacht wurde durch sein Gefühl für Unmusikalität.

Die Familie, die in der Kirche die Bankreihe hinter uns einnahm, hatte zwar beachtlich laute Stimmen, aber kein Gefühl für Melodie. Alle sangen sie die Choräle lautstark, wobei sie gewöhnlich ein wenig später als die Gemeinde einfielen und außerdem fast um eine Terz falsch, wie mein Bruder sagte. Eines Sonntags morgen sangen sie so prächtig unbekümmert um die Gesetze der Harmonie, daß mein Bruder zunächst verstummte und dann kichernd dasaß; und bald schüttelten wir beide uns in jener krampfhaften Lustigkeit, wie sie einen manchmal an Orten überfällt, wo Lachen strengstens verboten ist. Nach der Kirche warf uns die ganze unmusikalische Familie einen sehr harten, mißbilligenden Blick zu, an den ich aber nicht mehr dachte. Doch vom Montag an hatte ich das unbehagliche Gefühl, daß irgend etwas in unserem Dorf nicht mehr stimmte. Ich wies dieses Gefühl als Einbildung zurück, wann immer es auftrat, und brachte es bestimmt nicht in Zusammenhang mit jener Episode in der Kirche. Aber trotz meiner Entschlossenheit, dieses Gefühl nicht aufkommen zu lassen, verstärkte es sich immer mehr. Unglücklicherweise wußte ich damals noch nicht, – was ich jetzt weiß – wie zuverlässig und wortlos ein Umschwung in der öffentlichen Stimmung sich denen mitzuteilen vermag, die am meisten von ihm betroffen sind. Während unserer Schulferien hatten weder mein Bruder noch ich viel Gelegenheit, auf die Straße zu gehen, aber jedesmal wenn ich ins Dorf ging, kehrte ich mit einem Gefühl des Unbehagens zurück. Es war, als ob sich eine feindliche Macht insgeheim gegen uns mobilisierte. Gelegentlich ertappte ich mich, wie ich auf der Hauptstraße am hellichten Tage über die Schulter zurückblickte, weil ich plötzlich den Verdacht hatte, jemand würde mir folgen. Dann lachte ich über mich, daß ich so nervös war, denn beständig sah ich nur die vertrauten Gestalten der Dorfburschen geschickt hinter die glitzernden Pfefferbäume schlüpfen, oder geschwind um die Ecke eines Mauervorsprungs, der wie ein Fels aus dem Meer der Sommerhitze ragte. „Sie spielen offenbar Versteck", sagte ich zu mir selbst. Und so lächerlich schien jede andere Auslegung zu sein, daß ich meine Wahrnehmungen niemand mitteilte. Auch brachte ich sie nicht in Verbindung damit, daß sich mein ohnehin zurückhaltender Bruder noch mehr verschloß.

Eines Mittwochs morgens, als ich die Straße betrat, um einige Besorgungen für das Haus zu machen, hatte sich dieses Gefühl leise verstärkt. Die Art, wie man mich grüßte im Dorf, die Blicke, die man mir zuwarf, die Worte, die zu mir gesprochen wurden, alles schien eine neue Zuspitzung auszudrücken, deren Vorhandensein ich nicht länger leugnen konnte. Am Nachmittag mußten mein Bruder und ich Pferde zum Schmied bringen, der ein kurzes Stück außerhalb des Dorfes wohnte. Das Dorf war sehr still und schlief halb in der Sommerhitze. Die Straßen waren leer, und der Hufschlag unserer Pferde hallte laut von den Wänden der weißen Häuser wider. Im Schaufenster des größten Geschäftes lag zwischen Scheibe und heruntergelassener Jalousie eine große, orangefarben getigerte Katze schlafend in der Sonne. Als wir vorüberkamen, wurde die Jalousie an der Seite plötzlich hochgezogen, und es erschien der rote Kopf des Ladenbesitzersohnes, der zweifellos sehen wollte, wer zu so feierlicher Tagesstunde beim Ausreiten solchen Lärm machte. Er erkannte uns und zog sich so rasch wieder zurück, daß die Jalousie beim Zurückschnellen der schlafenden Katze einen heftigen Schlag in die Seite versetzte, so daß sie mit einem Riesensprung vom Fenstersims verschwand. Kurz danach tauchte ohne Kopfbedeckung der Rotkopf an der Ladentür auf, sprang die Stufen hinunter und kam uns nachgelaufen.

„He!“ rief er laut, und dann, als er uns eingeholt hatte, fragte er atemlos: „Jetzt schon auf die Plantage?“

Nun ja, jeder fragte jeden auf der Welt, was er vorhabe, und so schien mir die Frage nicht mehr zu sein als übliche Neugier.

„Bringen nur die Pferde zum Schmied“, anwortete ich.

Er stand einen Augenblick da und wiederholte leise die Worte ein paarmal. Dann warf er meinem Bruder einen hinterhältigen Blick zu, brach die Unterhaltung überstürzt ab, sagte: „Gut ich muß jetzt fort – Totsiens*“ und verschwand in einer goldenen Staubwolke am Ende der Straße.

* Auf Wiedersehen

Wieder war mir unbehaglich, aber ich zuckte nur mit den Schultern. Was bedeutete das alles?

Man hatte mir aufgetragen, die Pferde beim Schmied zu lassen und mit meinem Bruder gleich nach Haus zurückzukehren, weil uns am Nachmittag einige Vettern besuchen wollten. Aber als es soweit war, hatte ich einen seltsamen Widerwillen, den Heimweg anzutreten. Die Schmiede lag an der Hauptstraßenkreuzung am Rande des Buschveldes, ungefähr eine Meile vom Dorf entfernt. Zögernd lehnte ich am offenen Eingangstor der Schmiede und blickte auf das menschenleere Land zwischen uns und dem Dorf. Nur ein Esel und eine Kuh mit ihrem Kalb bewegten sich träumend gemächlich vorwärts im Nachmittagsschlaf, während ein noch hungriger, grauer Falke, der in der Verzückung des blendenden Blaus hing, über ihren Köpfen rüttelte. Es war alles so ruhig und still, daß ich weiter stehenblieb, damit sich mein seltsames Unbehagen durch den Anblick dieser vertrauten Szene zerstreue. Dann sah man durch das vibrierende Licht deutlich einen Hahn auf den Gemarkungen unseres Dorfes krähen. Dieser Laut gehörte nie zu meinen Lieblingstönen. In der Stunde der Morgendämmerung zwischen Schlaf und Erwachen klingt er schon schlimm genug; jetzt war es fast mehr, als ich ertragen konnte. Er schien das angemessene Präludium zu unvermeidlichem Schmerz. Ich sah zur Turmspitze unserer Dorfkirche, auf der ein Hahn mit üppigem Kamm aus rostfreiem Stahl prunkte, und aus irgendeinem Grunde fühlte ich mich durch den Anblick gleichermaßen getadelt und gewarnt.

Ich rührte mich. Ich konnte nicht den ganzen Tag hier stehenbleiben, aber ich drehte mich noch einmal um und warf einen letzten Blick auf die Schmiede. Der Schmied zog gerade ein Hufeisen aus der Esse, das im Feuer glühend gemacht worden war. Er legte das golden leuchtende Eisen auf den schwarzen Amboß und bog es fachmännisch für den Huf eines der Pferde zurecht, die draußen im Schatten stampften. Auf die Griffe des Blasebalgs gestützt, lächelte ein schwarzer Gehilfe mir zähneblitzend zu. Auch mein Bruder beobachtete den Schmied, und seine Augen spiegelten erregt die Glut des Feuers wider.

Ich winkte meinem Bruder zu, dann drehten wir uns um und gingen auf der Straße zurück zu unserem Dorf. Kurz bevor die Straße das Dorf erreicht, fällt sie steil gegen ein trocknes Flußbett ab, verschwindet darin und taucht etwa hundert Meter weiter fast am Anfang der Hauptstraße wieder auf. Während wir gingen, bemerkte ich, wie in der Ferne dunkle Gestalten in Gruppen zu drei oder vier eilig das Dorf auf der Straße verließen, die hinunter in das Flußbett führte. Ich maß dem keine Bedeutung bei, bis ich feststellte, daß keine der Gestalten auf unserer Seite des Flußbettes wiederauftauchte.

Ich blieb stehen und wandte mich meinem Bruder zu. Als ich zu ihm niederblickte, sah ich, daß sein Gesicht unter dem bräunlichen Teint plötzlich weiß geworden war. Er hatte die Augen weit aufgerissen, sie spiegelten nackt die Qual einer namenlosen Angst wider.

„Hast du das auch gesehen?“ fragte ich, wobei meine Lippen merkwürdig trocken waren.

Er nickte.

„Weißt du, was das bedeuten soll?“ fragte ich knapp.

„Ja, Ouboet. Sie sind hinter mir her.“ Vor Gewißheit war seine Stimme ruhig wie tiefes Wasser.

„Was?“ rief ich aus und spürte, wie das Unbehagen der letzten paar Tage sich rasch in diesem Ausruf befreite, wie um seine Antwort noch zu bekräftigen.

Im selben Atemzug fragte ich: „Aber warum?“

„Wegen der Sache am Sonntag“, antwortete er langsam. „Ich habe am Sonntag in der Kirche über sie gelacht. Sie sagen, ich hätte sie beleidigt und sie müßten mir eine Lektion erteilen."

„Unsinn", protestierte ich. „Und was ist mit mir? Ich habe auch gekichert."

„Sie sind hinter mir her, nicht hinter dir", sagte er geheimnisvoll. „Dich können sie gut leiden, aber mich mögen sie nicht. Zwei Jungen der Familie haben mich am Montag im Dorf angehalten und gefragt, was es am Sonntag denn für einen großen Spaß gegeben hätte. Als ich es ihnen erzählt habe, sind sie so böse geworden."

„Du hast ihnen die Wahrheit gesagt?" rief ich aus und traute meinen Ohren kaum.

Er schien durch den harten Tonfall meiner Stimme aufrichtig überrascht. „Ich habe ihnen nur erzählt, was vorgefallen war", erklärte er, „und daß ich lachen mußte. Natürlich habe ich gesagt, daß es mir leid täte, wenn – wenn ich sie dadurch verletzt hätte – aber es – hat sich so komisch angehört – "

Er brach ab, aber aus Verzweiflung über seinen Mangel an Taktgefühl stachelte ich ihn zum Weitersprechen an: „Und was haben sie dazu gesagt?"

„Sie haben so vieles gesagt und so schnell gesprochen, daß ich mich kaum daran erinnern kann, Ouboet", antwortete er unglücklich. „Sie haben gesagt, ich sei ein Lügner, und ich solle es nur nicht wagen, das noch einmal zu wiederholen. Sie fragten mich, ob ich mehr vom Singen verstehe als ihre Eltern ... und als ich erwiderte, daß – ehrlich gesagt – sie alle – "

„Aha", unterbrach ich ihn. Mehr brauchte ich nicht zu wissen. „Und jetzt warten sie alle unten im Flußbett, um dir oder uns beiden eine Lektion zu erteilen, he?"

Er nickte feierlich mit dem Kopf. Dann fügte er hinzu: „Nicht uns beiden, Ouboet, nur mir. Dich können sie gut leiden, bestimmt, aber mich mögen sie nicht. Die

Sache mit dem Singen ist wirklich nur ein Vorwand, um ..."

Er stockte. „Sie wollen mich nicht einmal verprügeln ... sie wollen mir ..." Er flüsterte nur noch. „Mir die Kleider vom Leib reißen und sich lustig machen über ... du weißt."

„Nein! Nein!" protestierte ich erschrocken, denn nach all dem hatte sich das gleiche Schreckgespenst in die Tiefen unserer beiden Seelen verkrochen. Einen Augenblick dachte ich, daß wir uns in die Schmiede zurückziehen und dort auf unsere Pferde warten sollten, um dann in vollem Galopp nach Hause zu jagen, mitten durch den Haufen junger Burschen hindurch, die sich zu ihrer Lieblingsbeschäftigung, zu einem Krawall, zusammengerottet hatten. Ich dachte auch an einen Umweg, um die Überquerung des ausgetrockneten Flusses zu vermeiden, der zwischen uns und unserem Haus lag. Aber gerade in diesem Augenblick, als hätte das Schicksal es so befohlen, stieg einer der älteren Jungen aus dem Flußbett, kletterte auf einen Geröllblock, der wie ein märchenhafter Granat in der Sonne funkelte, sah uns, legte seine Hände an den Mund und rief uns laut und herausfordernd eine unmißverständliche Kampfansage zu.

Ich habe mir diesen Augenblick seitdem viele Male vergegenwärtigt. Heute weiß ich, daß es immer noch das Klügste gewesen wäre, dem Haufen Jungen aus dem Wege zu gehen oder zu warten, bis der Sturm sich gelegt hatte, wie es manchmal bei solchen Aufwallungen im Dorf geschah. Aber nun, da mich der Junge einmal gesehen hatte und wußte, daß ich ihn gesehen haben mußte, war ich in meinen Handlungen nicht länger frei, sondern ein Gefangener der Situation. Ich konnte unmöglich etwas anderes tun als weitergehen, denn jeder erwartete das und nichts anderes von mir. Welchen Preis auch immer das Drama von uns allen fordern würde, es wurde vorausgesetzt, daß ich meine Rolle genau so spielte, wie ich es tat. Einem alten Verhaltensschema gemäß, das sie seit jenem verhängnisvollen Sonntag seelisch vorbereitet hatte, fanden sich unsere Dorfjungen ohne besondere Aufforderung oder Führerschaft zu einer Verschwörung zusammen, in der jeder von selbst und ohne Mitwirken Erwachsener seinen Platz einnahm, als es meinen Bruder und mich zu stellen galt. Aber damals wußte ich davon nichts. Ich wußte nur, daß ich unter dem leeren, blauen Himmel, der keine Augen besaß und aus dem selbst der hungrige Falke als einziger Zeuge verschwunden war, weiterzugehen hatte und mit meinem unbeholfenen Bruder an jener Stelle das Flußbett überqueren mußte, so gut es ging.

Mit einem Gefühl von Übelkeit im Magen ging ich weiter. Mein Bruder war immer noch bleich von dem Anblick, der sich bot. Er faßte mich mit seiner breiten Pflügerhand beim Arm, um mich zurückzuhalten, und sagte mit ungläubiger Stimme: „Aber, Ouboet, wenn du weitergehst, werden sie mir die Kleider vom Leib reißen und mich verspotten wegen ..."

Derb stieß ich seine Hand fort und sagte in bitterer Resignation: „Für alles andere ist es jetzt zu spät. Aber ich werde nicht zulassen, daß sie dich anrühren, wenn es irgend geht. Paß auf! Wenn wir zum Flußbett kommen, dann geh' geradeaus weiter. Versprich mir, daß du auf dem kürzesten Weg nach Hause gehst ... und dich nicht umdrehst, was auch geschehen mag. Stimmt es, daß sie auf mich nicht wütend sind, dann brauchst du dir keine Sorgen zu machen."

Er öffnete den Mund, um zu protestieren, aber ich schüttelte ihn und sagte: „Um Christi willen tu, was ich dir gesagt habe. Du hast schon genug Scherereien gemacht."

Diesem Fluch fügte er sich. Er ist unter anständigen Leuten in meiner Heimat streng verpönt, und ich glaube nicht, daß ich ihn zuvor schon einmal ausgesprochen hatte. Bis zum heutigen Tage finde ich es merkwürdig, daß ich ihn gebraucht haben soll und daß mein Bruder, als er ihn hörte, widerspruchslos mit mir weiterging und wie ein Schatten nicht von meiner Seite wich.

Einige Minuten bevor wir die Stelle erreichten, wo die Straße abfiel, vernahmen wir das lebhafte Gemurmel einer aufgeregten Menge. Der Laut stieg hoch auf in die helle Luft um uns und fügte sich unheimlich dem fiebernden Licht und dem unaufhörlichen Sirren der Hitze ein, die in der Nachmittagsstille unseres Buschveldes ständig zittert. Als wir näher kamen, löste sich das Gemurmel rasch aus dem großen Rhythmus des Tages und traf uns wie das Geräusch einer demonstrierenden Menge. Unmittelbar nachdem mein Bruder und ich am Flußufer aufgetaucht waren, rief jemand nichtsdestoweniger freudig aus: „Dort, Ouboetjies, sie sind da!“

Sofort wurde die Menge still wie ein Grab. Ich sah kaum noch Einzelheiten und bemerkte nichts als den finsteren Schatten und das Erdbebengrollen der dunklen Notwendigkeit, die meinen Bruder und mich vorantrieben. Als ich die Masse der erwartungsvollen Gesichter überschaute, die sich halbmondförmig in dem ebenen Flußbett gruppierten, stellte ich fest, daß kein Junge unter sechzehn aus unserem Dorf fehlte und daß einige picklige ältere Jungen dazugekommen waren, um das großzügige Maß vollzumachen, das das Schicksal für solche Gelegenheiten bereithält. Ich erinnere mich auch, daß der wilde Blick, der auf meinen Bruder und mich gerichtet war, beseelt zu sein schien von einem lodernden Kannibalenhunger, den ich nie zuvor auf einem menschlichen Gesicht gesehen hatte, — heute kenne ich ihn nur allzu gut. Dann entdeckte ich rasch, daß zwei Gestalten abseits von den anderen standen und uns musterten. Bitter erkannte ich die Hauptfiguren der Ansammlung: es waren die beiden Kräftigsten von denen, die auf der Bankreihe hinter uns saßen. Als ich sie ansah, verlagerte der eine verlegen sein schlaksiges Körpergewicht auf den anderen Fuß, während sich der zweite, offensichtlich nervös, die Lippen leckte.

„Denk' dran", flüsterte ich meinem Bruder zu. „Kein Wort zu irgend jemand. Geh hinter ihnen vorbei und direkt nach Hause. Ich werde alles Notwendige sagen."

Er erwiderte nichts. Schweigend näherten wir uns. Obwohl wir alle schon seit jeher kannten, grüßte keiner; sie saßen einfach da oder räkelten sich an der Uferböschung und sahen uns an, wobei sonderbare Gier aus ihren Augen sprach. Mein Bruder, durch das unpersönliche Massenstarren völlig verstört, suchte verzweifelt nach Trost in einem Auge, das ihn nicht feindlich ansah. Aber die Gesichter starrten nicht so sehr auf uns als vielmehr auf das Ereignis, dessen Zustandekommen sie ersehnten. Schließlich gelangten wir zu den beiden, die abseits in der Mitte des Flußbettes standen und warteten. Ich konnte ihr mühsames Atmen hören. Mein Bruder und ich machten einen Bogen, um an ihnen vorbeizugehen. In diesem Augenblick ertönte aus dem Haufen ein Zischen wie Dampf aus einem Kessel unter hohem Druck. Automatisch packte der Größere der beiden meinen Bruder am Arm und sagte: „Nicht so schnell — du krüppliger Bastard!"

Als ob ich meine Rolle schon lange vorher einstudiert hätte, trat ich zwischen sie, stieß ihn beiseite und sagte ruhig zu meinem Bruder: „Denk an dein Versprechen." Im gleichen Augenblick wandte ich mich seinem Gegner zu.

Die Menge seufzte erleichtert auf. Zungen leckten erwartungsvoll über Lippen wie die unserer Eidechsen, wenn sie mit ihren Safranmäulern flink ein ausgewachsenes Insekt aus der Luft schnappen. Das Geschehen entwickelte sich zu ihrer Zufriedenheit.

„Geh mir aus dem Weg, Vetter", knurrte der Bursche mich an. „Nicht mit dir haben wir Streit, sondern mit dieser Mißgeburt von Bruder, die zu dir gehört."

„Ich werde dir nicht aus dem Weg gehn", erwiderte ich, und mein Herz schlug wild. „Du wirst meinen Bruder nicht anfassen. Er ist viel jünger und kleiner als du."

Ich habe vergessen zu sagen, daß mein Gegner auch ein gutes Stück größer als ich war.

Einen Augenblick lang stand er unentschlossen da und sah zuerst mich und dann meinen Bruder an, der inzwischen schnell auf die andere Uferböschung und in Richtung auf das Dorf lief. Er zeigte dabei eine Entschlossenheit, die sich von seinem Widerwillen, das Versprechen zu geben, so sehr unterschied, daß selbst ich überrascht und irgendwie auch schockiert war. Dann wandte mein Gegner den Blick von meinem Bruder ab und sah wieder in das *eine* Auge der Menge, aus dem er seine Instruktionen ablas. Es blieb mir gerade noch Zeit, um zu beobachten, wie mein Bruder die Uferböschung hochkletterte und zu rennen begann, da brach mein Feind in einen rauhen, sarkastischen Tonfall aus: „Also gut, du hast es gewollt!" Und bei diesen Worten stürzte er auf mich los und schlug rasend mit beiden Fäusten auf mich ein.

Aufregung brachte die Menge in Bewegung, alle eilten herbei und stellten sich gierig im Kreis auf. Mein Gegner war, wie gesagt, größer als ich, und es bestand keine Hoffnung, ihn zu besiegen – ganz abgesehen davon, daß sein Bruder um uns herumtanzte, ihn anfeuerte, mir den Rest zu geben, und selbst einzugreifen drohte, falls er unterliegen sollte. Ich weiß nicht, wie lange der Kampf dauerte. Später wurde mir erzählt, daß ich nach ein paar Minuten eindeutig der Verlierer war, aber ich war mir dessen nicht bewußt. In mir hatte ein Unbekannter die Oberhand gewonnen. Er dachte und schlug für mich und beraubte mich allen Gefühls. Jawohl, irgend jemand mit unendlich weit zurückreichender Erfahrung bemächtigte sich meiner. Dann nahm ich plötzlich an der Peripherie meiner stürmischen Sinne einen neuen Laut wahr.

Jemand brüllte wie ein Stier den Haufen Jungen an und schlug auf ihn ein. Gleichzeitig hörten wir zu kämpfen auf, und als wir uns verblüfft umschauten, sahen wir, wie der Haufen schnell auseinanderlief und die große Gestalt des Laienpredigers aus dem Dorf, dicht gefolgt von meinem Bruder, sich uns näherte, wobei sie mit einer Pferdepeitsche rechts und links um sich schlug.

„Ist dir was passiert, Ouboet?" fragte mein Bruder flehend, noch ehe er bei mir war.

Ich weiß nicht, warum bei seinen Worten die Wut in mir überkochte wie das Wasser in einem Kessel. „Das war nicht deine Sache", keuchte ich ihn wütend an, „ihn hierherzuholen!" Der Dorfmoralist verfolgte immer noch die fliehende Menge mit seiner Peitsche. „Warum bist du nicht nach Hause gegangen, wie ich es dir gesagt habe?"

Ein paar Jungen, die noch nicht geflohen waren, mußten meine Worte gehört haben, denn auf dem Heimweg wurden mir, wenn wir in den Straßen an Gruppen aufgeregter Jungen vorüberkamen, die über den Kampf und die Vorzüge der beiden Beteiligten diskutierten, anerkennende Blicke zugeworfen. Mein Bruder hingegen wurde nur mit Verachtung angesehen. Er protestierte nicht, sondern ging schweigend wie ein Verurteilter neben mir. Manchmal merkte ich, wie er versuchte, meinen Blick auf sich zu lenken; ich aber hielt meine Augen wütend auf die Straße gerichtet und beobachtete, wie unsere Schatten durch die weit im Westen sinkende Sonne länger und länger wurden, wie der Scharlachstaub der afrikanischen Erde sich verfärbte und die rosa, rote und weiße Farbe der Beeren des stark duftenden Pfefferbaumes annahm, die wie Perlen eines zerrissenen Halsbandes zu unseren Füßen lagen. Bis auf den heutigen Tag brauche ich nur einen leisen Hauch grünen Pfeffers in der Luft zu riechen, um unsere Schatten im hungrigen Staub vor mir zu sehen und wieder das unterdrückte Gefühl der Verdammung im Herzen zu spüren.

Als wir zu Hause ankamen, lief mein Bruder geradewegs zu meinem Vater und berichtete ihm, was vorgefallen war. Er stellte mich als eine Art David hin, der einem Dorf-Goliath gegenüber gestanden hatte. Bevor er noch zum Ende kam, war schon die ganze Familie beisammen und hörte gespannt seinem Bericht zu. Als ich dann ins Badezimmer ging, um mein zerboxtes Gesicht zu waschen, hörte ich ihr spontanes Beifallsgemurmel. Der Klang ihrer Worte durchwärmte mich wie Wein. Aber ich merkte auch, daß niemand sich anerkennend über meinen Bruder äußerte, weil er mich aus meiner Bedrängnis gerettet hatte.

In jener Nacht, als wir in unseren Betten auf dem *stoep* lagen und den Schakalen lauschten, die in rasender Trauer am Rande unseres kleinen, so tief im schwarzen Buschveld-Meer gelegenen Dorfes bellten, hörte ich mei nen Bruder schluchzen.

„Was ist los, ou klein Boetie*?" fragte ich schnell drehte mich zu ihm um.

Die unerwartete Teilnahme, die aus meiner Stimme sprach, war zuviel für ihn. Er begann hemmungslos zu schluchzen, und dann stieß er die Worte hervor: „Ich will nicht, daß du für mich kämpfst ... Bitte, kämpfe

* wörtlich: alter kleiner Bruder: Koseform

niemals für mich. Wenn du es tust, wirst du mich eines Tages hassen. Und, und ich will nicht, daß du mich haßt, Ouboet ..."

Dann war ich Zeuge der paradierenden Sternenimpu* der Nacht, die ihre Speere herunterwarfen und den heroischen Himmel Afrikas mit ihren zartesten Tränen netzten.

(Anm. d. Übers.)

III

Die Einweihung

Als mein letztes Schuljahr halb verstrichen war, entschied meine Familie, meinen Bruder zu mir auf die Schule zu schicken. Er hätte gut ein weiteres halbes oder ganzes Jahr auf der Dorfschule bleiben können, weil er mit seinem Pensum noch zurück war, aber meine Familie dachte, es wäre für ihn leichter, wenn ich ihn in das Leben eines großen öffentlichen Institutes einführte und ihm behilflich wäre, seine unbeholfenen Schritte zu lenken. Ich wurde nicht nach meiner Meinung gefragt, mir wurde lediglich die Entscheidung mitgeteilt, denn meine Familie sah es wohl für selbstverständlich an, daß mir diese Idee gefiele. Es war ein weiteres Beispiel für das, was jeder von mir erwartete, und soweit ich mich erinnere, nahm ich die Entscheidung mit einer Sorglosigkeit auf, die meine Wertschätzung durch Familie und Lehrer noch erhöhte.

Das Schuljahr war für mich gut verlaufen. Niemals hatte ich mehr Erfolge bei Jungen und Lehrern eingeheimst. Ich befand mich unter den elf Besten, führte die Mannschaft der fünfzehn besten Sportler an, gewann die Victor-Lodorum-Medaille bei den jährlichen Leicht-

* halbmondförmige Schlachtordnung der Zulus oder Matabele

athletikmeisterschaften der Schulen und war Bester in meiner letzten Klasse. Ich war ‚Ältester' des Seniorenhauses und wäre wohl Schulältester geworden, wenn ich nicht ein oder zwei Jahre jünger gewesen wäre als die meisten Kameraden in meiner Klasse. Lehrer wie Jungen prophezeiten, daß mir am Ende des Jahres die meistbegehrte Auszeichnung ‚Bester All-round-Mann des Jahres' verliehen würde. Es war zu diesem brillanten und erlebnisreichen Zeitpunkt, als ich mit meinem sonderbaren Bruder aus den Ferien zurückkehrte.

Wir trafen am Nachmittag vor der Wiedereröffnung der Schule ein. Ich war nicht übermäßig empfindsam, außer vielleicht wenn es darum ging, wie meine Umgebung auf mich reagierte; aber als man in der Schule langsam merkte, daß der linkische, häßliche Schatten neben mir tatsächlich mein Bruder war, mußte selbst ich mir eingestehen, daß sich auf einmal Überraschung in das allgemeine Mitleid mischte. Ich bekam eine dunkle Ahnung von dem Gefühl der Erleichterung, das durch die Herzen der vielen geht, wenn sie bei einem ihrer populären Helden die Verwicklung in ein tragisches Geschick zu vermuten beginnen. Meine Altersgenossen waren überrascht, und einen Augenblick lang konnte ich beobachten, wie bereitwillig der Masseninstinkt die Gelegenheit ergreift, gerade das herunterzuziehen, was er emporzuheben nötig hätte. Vielleicht glaubte ich mich außerhalb dieser Einflüsse, aber sie übten ihre Wirkung auf mich aus. Um es milde auszudrücken: sie waren nicht geeignet, die Liebe zu meinem Bruder oder zu mir zu vertiefen. Ich war jung und hoffte, daß seine Wunderlichkeit im Alltag akzeptiert würde, daß jene Qualitäten, die ihn unserer Familie lieb und wert machten, zum Vorschein kämen, sobald er einmal die harte Zeit der Einweihung mit ihren verschiedenen Riten durchlaufen hatte, wie sie die Schultradition für Neulinge vorschrieb.

Aber der Start war vom ersten Abend an nicht ermutigend. Für Jugendliche ist der erste Eindruck wichtig, niemals aber so sehr, als wenn es Einweihungsriten zu bestehen gilt.

Einweihungszeremonien haben die Aufgabe, dem Opfer durch öffentliche Demütigung seinen Unwert vor Augen zu führen und ihm dann in Form einer Schmerzprobe den Beweis für seinen Mut abzuverlangen, der es allein berechtigt, aus seiner schmachvollen Vereinzelung erlöst zu werden durch Aufnahme in die privilegierte Gemeinschaft. Unter den Einzuweihenden befindet sich nach meiner Erfahrung stets einer, der einer außergewöhnlich schweren Prüfung vorbestimmt zu sein scheint, weil in seiner Person jene Vereinzelung besonders deutlich sichtbar wird, die erniedrigt und geopfert werden muß. Mit Vorbedacht wähle ich den Ausdruck „sichtbar wird", weil in meiner Schule erster Eindruck und Äußeres den Grad des Rituals bestimmten, den der Kandidat auszuhalten hatte. Alle Massen erlegen dem zukünftigen Opfer mit instinktiver, diabolischer Treffsicherheit gerade die Prüfung auf, die ihm am schwersten fällt. Meine Schule machte keine Ausnahme. Beim besten Willen hätte ich nicht übersehen können, wie jeder, der meinem Bruder begegnete, seinen Blick bald irritiert auf jene Stelle richtete, wo das gepolsterte Jackett den Geburtsfehler verbarg.

Ich beobachtete, wie ein Junge nach dem anderen zu ihm ging und mit den üblichen Fragen herausplatzte: Name, Alter, Adresse, Klasse, Spiele, Lieblingsbücher, Steckenpferd und so weiter. Auf seine schlichte Weise antwortete mein Bruder, ohne etwas zu verschweigen. Ja, sein Name sei derselbe wie meiner: er sei tatsächlich mein Bruder. Ob das so überraschend sei? Er wäre elf und in der ersten Klasse. Ja, vermutlich hätte er schon längst in der nächsten Klasse sein sollen, aber ihm wären

Bücher fremd. Nein, er spiele keine Spiele. Er habe Spiele nie besonders gemocht und hätte sich freiwillig nie an ihnen beteiligt. Seine Steckenpferde seien Musik und Gärtnerei, wenn man das Steckenpferde nennen könne!

War dieser Katalog von unorthodoxen Fragen gestellt, so eilten die Fragesteller davon, um als Neuigkeit zu verbreiten, was für ein merkwürdiger Fisch im Schatten seines Bruders, des Seniorenhausältesten, an den Strand der Schule gespült worden war. Bald zweifelte ich nicht mehr, daß man ihm die schwersten Aufgaben bei der Einweihungsprüfung stellen würde, sobald die Schüler Gelegenheit hätten, ungestört ihren Willen durchzusetzen. Nur *ein* Hindernis stand zwischen meinem Bruder und solch einem unvermeidlichen Schicksal: die Tatsache, daß er mein Bruder war.

Gerechterweise muß ich bemerken, daß ich die Einweihungszeremonien viele Male mit meinem Bruder besprochen hatte. Er wußte alles, was man darüber zu wissen hatte; er kannte die Einzelheiten auswendig und erinnerte sich sogar an einige, die ich vergessen hatte; er war so darauf vorbereitet, wie es ein Neuling überhaupt nur sein konnte. Auch besaß er große körperliche Kräfte und konnte Schmerzen ertragen. Nichts was ich ihm erzählt hatte vom Spießrutenlaufen im Pyjama durch zwei lange Reihen von Schülern hindurch, wobei man hart geschlagen würde mit nassen Handtüchern, die zu peitschenähnlichen Enden zusammengedreht wären; vom plötzlichen Aufwachen nachts, weil man von einigen Jungen den Kopf mit Kissen zugedeckt bekäme, während andere einem eine Schlinge aus Angelschnur um die Zehen legten, an der einer nach dem anderen zöge, bis ringförmig Blut aus ihnen hervorträte; nichts was ich ihm erzählt hatte davon, daß man an seinem freien Nachmittag die Strecke von der Schule bis zur Stadt mit seiner Zahnbürste auszumessen oder Schnürsenkel anstatt der Krawatte im Ort zu tragen hätte, oder daß man gezwungen würde, ohne zu blinzeln so lange in die Sonne zu sehen, wie ein älterer Junge es befehlen würde, oder gefesselt die ganze Nacht auf dem frostigen Balkon des Schlafsaales zu verbringen – nichts von alledem, wiederhole ich, hatte ihn übermäßig erschreckt. Es gab nur eine Sache, vor der er sich wirklich fürchtete: Bloßstellung und Verspottung.

Als uns mitgeteilt wurde, daß er zu mir auf die Schule kommen solle, war seine erste Frage: „Sie werden sich doch nicht lustig über mich machen wegen . . . du weißt . . . nicht wahr?“

„Bestimmt nicht“, hatte ich entschieden geantwortet. „Du kommst in eine anständige Schule und nicht in ein Dorf-Kalwerhok.*“

Die Erleichterung, die aus seinen Augen sprach, war so groß, daß ich schnell wegsah. War weit hinten im langen Tunnel meiner Seele ein schwaches Hahnenkrähen zu hören? War ich meiner Behauptung wirklich so sicher? Aber ich ließ keinen Zweifel in mir aufkommen und wiederholte bestimmt: „Unsere Schule gehört überhaupt nicht zu jener Sorte.“

Als am Tage unserer Ankunft der Zug am Bahnsteig zum Stehen kam und wir uns anschickten, das Abteil zu verlassen, packte mich seine breite Hand wiederum beim Arm, und er fragte: „Das tun sie doch nicht, Ouboet, nicht wahr?“

Bei dieser Gelegenheit gab ich zum erstenmal vor, seine Frage nicht zu verstehen.

Ich rief gereizt aus: „*Was* nicht tun?“

Er war äußerst bestürzt. Einen Augenblick lang starrte er mich sprachlos an, dann flüsterte er ängstlich:

* Kälbergehege

„Mich verspotten, weil – o Gott, du weißt es doch, Ouboet!“

„Ach deswegen!“ antwortete ich und merkte, wie schwer er sich die Sache zu Herzen nahm. Dann fuhr ich fort, als sei die Angelegenheit nicht der Rede wert: „Ich habe dir schon gesagt, daß wir nicht zu jener Sorte Schule gehören.“

Vermutlich war die Frage wieder auf seinen Lippen, als ich an jenem Abend als letztes die Runde durch die Schlafsäle machte. Aber wenn dies der Fall war, so wagte er nicht, die Frage noch einmal zu stellen. Er sah mich nur mit solcher beredten Besorgnis an, daß ich mich rasch von ihm abwandte und ihm ein knappes ‚Gute Nacht‘ zuwarf.

Nach dem Rundgang gesellte ich mich den Ältesten der anderen drei Häuser zu, die sich im Arbeitszimmer des Schulältesten trafen. Ich war diesen Weg zwischen meinem Haus und der Schule schon viele Male gegangen, aber an diesem Abend kam es mir vor, als ginge ich ihn zum erstenmal. Jede Einzelheit unterwegs war zu etwas Geheimnisvollem geworden. Der Mond war so hell, daß ich viele Meilen entfernt den Schatten unserer größten Berge am Ende der Ebene erkennen konnte. Die runden, weiß gewaschenen Steine neben dem Kiesweg hätten Totenschädel sein können, die den Zugang zu einem barbarischen Gericht schmücken sollten. Der Kaktus mit zum Himmel ragenden Ästen im Steingarten war ein Mayapriester, der ein Messer in der Hand hielt und dem Mond ein Opfer brachte. Die Schatten der Bäume waren tintige Lachen von Flutwasser, die zwischen glitzernden Felsen zurückgeblieben waren, und die ganze Nacht zischte erregt, als sei das Mondlicht das Meer und die Erde ein auslaufendes Schiff, das die Brandung an der Mole eines Hafenausgangs zerteilt. Zwischen der Schule und der fernen Stadt schrieen ständig Nachtkiebitze wie die Möwen über dem stürmischen Kap.

All das übte solch einen überwältigenden Eindruck auf mich aus, daß ich eine Weile vor der Tür des Schulältesten voller Staunen stehenblieb. Selbst die Sterne kreisten, als ob sie funkelnde Botschaften sandten, die verschlüsselt waren in ihrem eigenen Geheimcode. Als ich dies sah, wurde ich heftig von einer Vorstellung gequält, die mich wie ein Wachhund in der Dunkelheit verfolgte: daß sie mir vielleicht wirklich eine besondere Botschaft mitzuteilen hätten. Ungeduldig wies ich diese Idee als ganz absurd zurück. Ich war hingegangen, um mit dem Schulältesten und den anderen die üblichen fälligen Angelegenheiten zu besprechen. So hatten wir fünf uns in den vergangenen achtzehn Monaten jeweils am Abend des ersten Tages nach den Ferien getroffen. Die Vorstellung, daß diese Zusammenkunft eine besondere Bedeutung hätte, machte mich trotz der nächtlichen Pracht ungeduldig.

Ich klopfte an die Tür, trat ein und wurde vom Schulältesten und den Ältesten der anderen drei Häuser herzlich begrüßt. Nach fröhlich geschäftigen ein oder zwei Stunden sagte der Schulälteste: „Das bringt uns jetzt auf das nebensächliche Thema der morgigen Einweihung. Ich nehme an, ihr habt die Neulinge in euren Häusern alle befragt. Habt ihr irgend welche Jungen, die nach eurer Meinung befreit werden sollten?“

Ja, sagte der Älteste neben mir, er habe einen Jungen mit einem schwachen Herzen, der darüber eine ärztliche Bescheinigung gebracht habe. Murrend sagte der nächste, bei ihm gäbe es einen Burschen, der so blind sei wie eine Fledermaus und so dicke Brillengläser trage, daß sie sogar noch für einen Siebzigjährigen ausreichen würden! Man solle ihn lieber von allen physischen Proben befreien, obwohl es keinen Grund gäbe, warum er den

Rest des Spaßes nicht mitmachen sollte. Der dritte plädierte auf ähnliche Weise für einen Jungen, der von einem langen Fieber noch nicht ganz genesen sei. Dann kam ich an die Reihe. Mit Entschiedenheit sagte ich, bei mir gäbe es niemand zu entschuldigen.

Der Schulälteste sah mich scharf an: „Niemand?"

„Nein", wiederholte ich, wobei ich ihm unbeirrt in die Augen sah und vorsichtig die Überraschung verbarg, die ich bei seiner Frage verspürte. Aber zu meinem Erstaunen ließ er es nicht dabei bewenden.

„Du hast doch deinen jungen Bruder bei dir im Haus, nicht wahr?" fragte er.

„Das habe ich", war meine Antwort, während mein ganzes Wesen sich vor Aufmerksamkeit spannte.

„Was ist mit ihm?" fragte der Schulälteste.

„Nun, was ist denn mit ihm?" parierte ich so scharf, daß die anderen lachten.

Der Schulälteste lächelte. „Ich hatte nur Zweifel, ob er tauglich ist..."

„Natürlich ist er tauglich." Meine Antwort war sehr leidenschaftlich, dennoch ließ der Schulälteste nicht locker.

„Verzeih mir, alter Junge", erwiderte er fast scheu. „Ich will dich nicht quälen. Wenn du sagst, daß er tauglich ist, dann wird das von uns allen akzeptiert. Aber wie wir dich kennen, wärst du der letzte, der um eine ausnahmsweise Befreiung eines Verwandten bitten würde. Wenn du also irgendeinen Grund hast, deinen Bruder morgen von der Einweihungszeremonie zu entschuldigen, dann wird das niemand von uns als Bevorzugung auffassen."

Ein spontanes Beifallsgemurmel lief um den Tisch.

„Schrecklich anständig von euch, aber es gibt wirklich keinen Grund."

„Also gut, das wär's dann", sagte der Schulälteste,

offensichtlich zufrieden, wie alles geregelt worden war, und wünschte uns herzlich eine gute Nacht.

Auf dem Weg zurück war ich beunruhigt, doch nicht ein bißchen traurig, und ich konnte mir das nicht erklären. Erst jetzt weiß ich, daß zwischen meinem ungeduldigen Klopfen an die Tür des Schulältesten und dem Augenblick, da sie sich öffnete und wieder hinter mir schloß, als ich in den unglaublichen Mondschein jener kreisenden Nacht hinaustrat, das Nichts, von dem ich schon gesprochen habe, mich eingeholt hatte.

Zu einem zweiten Beispiel dafür — falls es erlaubt ist, eine so positive Bezeichnung für ein so negatives Phänomen zu gebrauchen — kam es am nächsten Morgen unmittelbar vor Unterrichtsbeginn.

Nach dem Morgengebet kam der Schulälteste zu mir und sagte: „Gleich nach dem Unterricht muß ich heute nachmittag eine Sache beim Chef erledigen. Würdest du dich ein wenig um alles kümmern, bis ich zurückkomme?"

Er hatte dabei sicherlich das ‚Zusammentreiben' der Neulinge im Auge, das immer am ersten Schultag zwischen der letzten Unterrichtsstunde und der ersten Vorbereitungsstunde stattfand.

„Bist du böse, wenn ich nein sage?" antwortete ich sofort.

„Natürlich nicht." Er machte eine Pause. „Ich habe nicht ernstlich angenommen, daß du es tun würdest. Aber weil du Ältester des Seniorenhauses bist, wollte ich dich fragen." Er lächelte und legte mir freundschaftlich die Hand auf die Schulter, bevor er weiterging.

Ich ahnte seine Empfindungen, aber meine Vertrauten achteten darauf, daß ich bald die volle Bedeutung seiner Worte erfuhr. Anscheinend hatte der Schulälteste nach unserem Gespräch erzählt, daß ich nicht die Schulaufsicht während des ‚Zusammentreibens' übernehmen wollte, und erklärt, er sei sicher, ich hätte so aus Respekt vor der Schultradition gehandelt und um zu gewährleisten, daß durch meine Anwesenheit als Autoritätsperson die Menge nicht beeinflußt würde, meinen Bruder anders zu behandeln als sonst irgendeinen unprivilegierten Neuling. Er hatte sogar hinzugefügt, daß er genau das erwartet habe von jemandem, der einen so ausgeprägten Sinn für *fair play* besitze.

Langsam verstrich an jenem ersten Schultag die betriebsame Mittagsstunde. Vom frühen Morgen, als ich vor dem Frühstück außerhalb seines Schlafsaales ein übereifriges Handgemenge zwischen größeren Jungen beendet hatte, bis wenige Minuten vor Schulschluß am Abend sah ich meinen Bruder nicht mehr. Natürlich gab es Dutzende guter Gründe, warum der Älteste eines großen Hauses am Eröffnungstag der Schule für private Dinge keine Zeit hatte. Wenn mich jemand des Versuchs bezichtigt hätte, meinem Bruder aus dem Weg zu gehen, wäre mir eine Widerlegung dieser Behauptung leicht gefallen. Heute sehe ich das Ergebnis meiner Handlungsweise als ausreichenden Beweis für meine wahren Beweggründe an, gleichgültig wie verborgen sie für mich selbst auch waren. Ich habe keine Ahnung, was mein Bruder während jenes geschäftigen Tages empfand, denn wir sprachen niemals darüber. Auf eine Art kann ich es mir vorstellen, wenn ich an meine eigenen Erfahrungen am ersten Schultag denke. Doch mußte ich damals den Start in der Schule ohne einen Bruder ertragen, der mich tröstete, und später hatte sich viel Gutes für mich aus solcher Bewährungsprobe ergeben. Es gab einleuchtende Gründe genug, meinen Bruder sich selbst zu überlassen. Zwar hatte er seine besonderen Schwierigkeiten, indem er seine Ängste zum Entsetzen steigerte, aber – man mag es glauben oder nicht – seit dem Augenblick auf dem Bahnsteig, als ich mich geweigert hatte, seine Frage zu verstehen, war dieser Aspekt meinem Gedächtnis entglitten, als hätte ich insgeheim beschlossen, mich nicht an ihn zu erinnern.

Als ich ihn schließlich sah, war gerade der Unterricht zu Ende. Er lehnte an einem Pfeiler dicht bei der Tür zum naturwissenschaftlichen Laboratorium der Oberstufe, wo meine Klasse ihr chemisches Praktikum absolvierte. Wie immer, wenn er mit einem einzigen Gedanken beschäftigt war, stand er sehr still. Ab und zu ließ er die Tür aus den Augen und versuchte, durch die Fenster des Laboratoriums zu sehen, aber da das Licht in dem kühlen farbigen Glas flackerte und flammte, konnte er die Schatten dahinter nicht unterscheiden. Offenbar wartete er, bis die Klasse herauskam und er mich sprechen konnte, bevor das ‚Zusammentreiben' begann, das, nach dem Lärm des auf der anderen Seite des Laboratoriums gelegenen Schulhofs zu urteilen, schnell in Gang kam.

Einen Augenblick lang empfand ich verzweifeltes Mitleid. Er war den Verhältnissen nicht gewachsen und sah so hilflos aus, sein junger Arm umklammerte den Eisenpfeiler, um Halt zu finden. Ich wußte aber auch, daß er keine Chance hatte, mich zu sehen. Einige Minuten zuvor war ich zum Chemielehrer gegangen und hatte ihm angeboten, nach Schluß des Unterrichts zu bleiben und das Laboratorium für den nächsten Morgen aufzuräumen. Die Idee war mir ganz plötzlich gekommen. Ich konnte sie zwar als reinen Impuls betrachten, jedenfalls beraubte er mich der letzten Möglichkeit, meinen Bruder vor dem ‚Zusammentreiben' noch zu sehen, und garantierte, daß irgend welche Pflichten mich zurückhielten, bis alles vorüber war.

Als sich die Tür des Laboratoriums öffnete und die Klasse hinausrannte, musterte mein Bruder verzweifelt die sich stoßenden Gestalten, um mich ja nicht zu verfehlen. Als der Letzte an ihm vorübereilte und ich nicht dabei gewesen war, trat der gleiche Ausdruck äußerster Ratlosigkeit in seine Augen wie an jenem Nachmittag, als er vor Überquerung des trockenen Flußbettes fast lautlos gesagt hatte: „Sie sind hinter mir her, Ouboet.“ Er stand da und starrte in die Leere, die ihn umgab, als könne er seinen Augen nicht trauen. Ich zweifle, ob er bemerkt hatte, wie der Chemielehrer herauskam und ihm die Tür des Laboratoriums beim Schließen fast ins Gesicht schlug. Er stand einfach da und sah hoffnungslos verloren aus, während ich ihn, ohne selbst gesehen zu werden, von drinnen beobachtete und eigensinnig leugnete, daß er mich benötigte oder daß ich ihm helfen könnte. Tatsächlich spürte ich plötzlich, daß sich meine Seele gegen ihn verhärtete. Ich hatte den Wunsch, daß er gehen und sein alltägliches Schicksal auf sich nehmen würde, wie wir alle vor ihm auch gezwungen waren, es zu tun . . .

Fast gleichzeitig mit dem Auftauchen meines Wunsches ertönte ein frohlockender Schrei in der Nähe. Dann war ein Hasten und Jagen von schweren Schulstiefeln zu hören: Köpfe und Gesichter junger Burschen erschienen draußen vor dem Fenster. Es folgte ein Schreien, Spotten, Kreischen, Zerren, sie zogen meinen Bruder zu sich hinaus. Er stolperte. Als er hinfiel, sah sein Gesicht aus wie das eines Nichtschwimmers, der von einer unerwarteten Strömung ins offene Meer hinausgetragen wird.

Ich drehte mich mit dem Rücken zum Fenster und dachte: „Gut, das ist es also. Es wird bald vorüber sein, und es ist besser, wenn er diese Erfahrung macht.“ Ich begann aufzuräumen, aber ich kam nicht weit damit.

Ich stand, eine Retorte in der Hand, und lauschte. Aus dem Lärm, der vom Schulhof kam und der vorher wie ein großes Gebrüll geklungen hatte, war jetzt ein neuer, unterdrückter Ton herauszuhören. Nicht daß dieser Ton erstarb. Im Gegenteil, immer wieder brandete er an und hielt sich auf der gleichen wilden Höhe. Es war der Laut von Menschen, die alle *eines* Geistes waren — oder die überhaupt *keinen* Geist hatten. Ja, diese vereinte Stimme kam aus einem Gefühl, das den Geist noch nicht kannte; sie war angefüllt mit dem fremden kannibalischen Hunger derer, die ihr Leben noch nicht gelebt haben. Es war der Laut von verschiedenen Wesen, die durch dieselbe Gier eins wurden, und obwohl er aus jungen Kehlen erscholl, war er dennoch alt und durch die Zeit abgenutzt. Er war sogar älter — das fühlte ich — als der alte graue Berg, der auf unsere Schule herabsah.

Oft genug hatte ich bei diesem ‚Zusammentreiben' geholfen; nun mußte ich zum erstenmal abseits und allein zuhören. Zum erstenmal hatte auch mein eigenes Fleisch und Blut diesen Hunger zu stillen. Bei diesem Gedanken ließ ich beinah die Retorte fallen. Schnell überlegte ich, was mein Bruder wohl von mir gewollt haben konnte. Welchen Vorteil hätte es haben können, wenn er mich gesprochen hätte? Würde ihm das vertraute Gesicht des Bruders im Meer der unbekannten Gesichter das Gefühl gegeben haben, er sei nicht ganz allein? Wäre er dank meines Wissens um seiner geheimsten Ängste in gewissem Maße vor den Ausschreitungen des Pöbels innerlich sicher gewesen? Das kam mir so phantastisch vor, daß ich mir ungeduldig sagte: ‚Überlegungen sind gut und schön, aber jetzt muß er einfach damit fertig werden. Meine Anwesenheit könnte alles nur noch schlimmer machen.'

Auf diese Weise wurde ich ganz zum Verräter. So sicher fühlte sich meine Verleugnung, daß sie nicht einmal fürchtete, durch Überlegungen bloßgestellt zu werden. Als sie sich aber in mir eingenistet hatte, überfiel die Schule plötzlich eine große Stille. Ich kannte sie. Es sollte verkündet werden, wer zum Opfer, zum Symbol ausersehen war, um das das Herdenritual kreiste. Trotz aller gegenteiligen Entschlüsse ging ich an das Fenster zum Schulhof hin. Ich sah hinaus. Ohne Kopfbedeckung, mit aufgelöstem Haar und weißer als ich ihn jemals gesehen hatte, wurde mein Bruder von ein paar älteren Jungen über die Schultern emporgehoben. Im gleichen Augenblick, als ihn die Menge sah, erscholl neues Gebrüll, und jeder begann, ihn zu verspotten wie er gerade Lust hatte, bis blitzartig alle Rinnsale der Beleidigung und Demütigung sich zu einem Strom vereinigten und die ganze Schule, als mein Bruder durch die Menge getragen wurde, spöttisch anfing zu singen:

„Warum ist er denn so schön,
Warum überhaupt gebor'n?"

Am hinteren Ende des Schulhofes standen zwei lange, tiefe Wassertröge, Überbleibsel aus der Pionierzeit, als bärtige ‚Jungen' mit Gewehren über den Schultern auf Pferden zur Schule ritten. Über jedem Trog waren zwei Paar Wasserhähne an der Wand. Traditionsgemäß wurde dieser Platz bevorzugt, um mit den Neulingen Spaß zu treiben. Auf den Wasserhähnen konnte man gut jemanden zur Schau stellen, und die Tröge eigneten sich zum Untertauchen. Mein Bruder wurde gezwungen, auf die Wasserhähne zu steigen und, derb an die Wand gepreßt, der Menge ins Gesicht zu schauen.

Ich war zu weit weg, um seinen Gesichtsausdruck erkennen zu können. Ich weiß nur, daß er aus der Entfernung wie die Karikatur eines Schuljungen aussah. Sein dunkles, erschreckend bleich gewordenes Gesicht wirkte durch den Kontrast zu seinem dichten schwarzen Haarschopf nur noch weißer. Seine Nase konnte ich nicht erkennen, aber sein Mund und die großen schwarzen Augen hoben sich wie drei dunkle Flecken von seinem mondweißen Gesicht ab. Sein Kopf hing ungeschickt seitlich herunter; er sah ganz wie ein Clown aus. Als er auf den Wasserhähnen einen sicheren Stand gefunden hatte, stieg ein älterer Junge auf den Trog neben ihm, hob Ruhe gebietend die Hand und sagte: „Jungs, der Neue soll was für unsere Unterhaltung tun. Was darf's denn sein?"

Nach kurzem Überlegen riefen mehrere Stimmen: „Er soll singen. Er sagt, er singt gern. Laßt ihn singen!"

„Gut!" Prompt wandte sich der Sprecher meinem Bruder zu, als erwartete er, daß er auf der Stelle anfangen würde zu singen. Mein Bruder, fürchte ich, schluckte schwer vor Nervosität und war noch längst nicht soweit. Der Sprecher schlug ihm mit der Faust auf die Schulter und brüllte: „Los, Grünschnabel, du weißt, was du zu tun hast. Sing schon, verdammt noch mal, sing schon!"

Nun war ja Musik meines Bruders ureigenste Sache. Die Absicht, zu singen, schien ihm selbst in dieser Situation wieder Mut zu machen. Er gehorchte sofort und begann:

„Reite, reite durch den Tag,
Reite durch das Mondlicht,
Reite, reite durch die Nacht,
Weit, weit . . ."

Die ersten Töne waren vielleicht ein wenig unsicher, aber noch vor dem Ende des ersten Verses hatte sich seine musikalische Begabung klar durchgesetzt. Bei der zweiten Zeile bereits klang sein kleines Lied gut und wirklich flüssig. Aber er ahnte ja nicht, der arme Teufel, daß gerade diese Makellosigkeit das Schlimmste war, was ihm passieren konnte. *Seine* Rolle im Ritual war die eines Sündenbocks. Er sollte nicht nur so aussehen, sondern sich auch entsprechend benehmen. Alles andere zerstörte seinen Wert als Symbol und beraubte die Menge jeder Rechtfertigung ihres Spaßes. Die Jungen, die sich durch den klaren, so ungewöhnlich selbstbewußten Gesang um den üblichen Spaß betrogen fühlten, ließen bald ein entsetzliches Geheul des Mißfallens ertönen.

Mein Bruder stockte. Selbst aus meiner Entfernung konnte ich erkennen, wie bestürzt er war. Er versuchte noch einmal zu singen, aber der Lärm war zuviel für ihn. Da hörte er ganz auf, seine langen Arme hingen wie Sägemehlglieder herab, verwirrt und sehr aufgeregt suchte er den Schulhof von einem Ende zum anderen nach meinem Gesicht ab, — so schloß ich aus der plötzlichen Übelkeit, die ich im Magen spürte. In diesem Augenblick fühlte sich die Menge wieder eines Sinnes.

Das Mißfallensgeheul wurde jetzt zu einem Gebrüll der Erleichterung und Freude, die Jungen drängten gegen die Tröge und sangen fröhlich:

„Grünschnabel lügt, betrügt,
Er kann nicht einen Ton.
Grünschnabel lügt, betrügt,
Ertränkt ihn drum zum Lohn!"

Einen Augenblick lang hob sich das weiße Gesicht meines Bruders im feurig flammenden Nachmittagslicht vor der roten Backsteinwand des Schulhofes ab, seine Augen suchten unaufhörlich in dem schreienden, pfeifenden Pöbel der Schuljungen. Dann verschwand er wie im gierigen Meer das letzte Stückchen Segel eines sinkenden Schiffes. Ich weiß nicht, ob du jemals allein und getrennt vom Anlaß ihrer Emotion einer schreienden Menge zugehört hast. Immer ist es eine ernüchternde Erfahrung. Wenn sich aber dieses Schreien gegen das eigene Fleisch und Blut richtet... In jenem Augenblick schienen mir Herz, Verstand und Sinne plötzlich zu vergehen.

Ich konnte nicht erkennen, was geschah. Meine Erfahrung sagte mir, daß mein Bruder in den Trögen kräftig untergetaucht würde, wie es zuvor mit uns allen ebenso geschehen war. Ich wußte, daß das ‚Ertränken' im Lied in Wirklichkeit ‚Untertauchen' bedeutete. Dennoch war ich äußerst nervös. Ich beobachtete das Gezappel und den Tumult von Schultern und schreienden Köpfen am Wassertrog und fragte mich, ob es überhaupt kein Ende nehmen wolle.

Plötzlich erstarrte die Menge und schwieg. Einige der Breitschultrigeren am Trog hoben etwas hoch, ein Arm ragte mit einem nassen Jackett und Hemd in die Höhe, und dahinter erschienen langsam das keuchende Gesicht und der nackte Oberkörper meines Bruders.

„Seht, Jungs!" rief eine Stimme dicht neben ihm in merkwürdigem Tonfall. „Seht! Grünschnabel hat ein Buckelchen."

Es herrschte eine Sekunde lang Stille. Die Jungen starrten meinen Bruder an, der triefend in ihrer Mitte zappelte. Wie auf ein Signal hin begannen dann alle zu lachen, sich zu schütteln, zu winden und vor hysterischem Vergnügen im Kreis zu drehn.

Ich hatte noch nie zuvor erlebt, daß meine Mitschüler in dieser Form bis zum Äußersten gegangen waren. Ich stand wie auf dem Boden festgenagelt am Fenster, während die Ausgelassenheit sich in eines der beliebten Lieder umwandelte:

„Grünschnabel hat ein Buckelchen, Buckelchen, Buckelchen,
Grünschnabel hat ein Buckelchen: eins und zwei und drei und
Grünschnabel hat –"

Dann hörte der Gesang auf. Der Ton verhallte, und die Menge auf dem Schulhof wurde vor Verlegenheit still. Im zweiten Stock des Hauptgebäudes war ein Fenster aufgeworfen worden. Kopf und Schultern des Englischlehrers beugten sich weit heraus.

„Wer, möchte ich wissen“, fragte er mit bestimmter, vor Ärger eisiger Stimme, „wer führt die Aufsicht heute nachmittag?“

„Ich, Sir“ antwortete der Älteste eines bestimmten Hauses zerknirscht.

„Gut, schicken Sie den Haufen fort und kommen Sie sofort herauf und berichten mir“, sagte der Lehrer und knallte das Fenster zu.

Es war jedoch kaum nötig, die Jungen fortzuschicken; sie waren schon von allein auseinander gegangen. Von sich aus hatte sich die Ansammlung zerstreut, und auch mein Bruder war verschwunden.

Eine Weile blieb ich in unschlüssiger Erregung am Fenster stehen. Ich wollte hinausrennen und irgend etwas tun, um das Geschehene wiedergutzumachen; ich war zornig und gekränkt und wollte mir alle miteinander vornehmen, meinen Bruder nicht ausgeschlossen; ich wollte auch hinauslaufen und meinen Bruder trösten. Aber alle Überlegungen liefen auf die Tatsache hinaus, daß ich im Laboratorium noch zu tun hatte. Das Pflichtgefühl siegte. Ich räumte das Laboratorium auf, stellte den Apparat für den Versuch am nächsten Morgen bereit und kam im Verlauf meiner Beschäftigung zu dem bequemen Schluß, daß ich meinem Bruder am allerbesten helfen würde, wenn ich sein Erlebnis auf die leichte Schulter nähme.

Es wurde Abend, bevor ich ihn wiedersah. Er verließ gerade das Zimmer der Heimmutter und trug eine komplette Garnitur neuer Kleidung über dem Arm. Der lange Flur wurde nur vom Widerschein eines flammenden, sintflutähnlichen Sonnenuntergangs erleuchtet, der sich in den großen Fenstern über der Haupttreppe am anderen Ende des Treppenabsatzes spiegelte. Mein Bruder, der meine Schritte erkannte, blieb in der offenen Tür stehen. Das Licht aus dem Zimmer der Heimmutter fiel seitlich auf sein Gesicht und ließ seine übrige Gestalt in der beginnenden Dämmerung nur undeutlich erkennen. Er stand so regungslos, daß sein Gesicht wie die antike Maske aussah, die an der Tür hinter ihm hing. Ich erwartete, daß er mich wie sonst grüßen würde, aber er stand nur schweigend da.

„Nun", sagte ich und heuchelte fröhliche Nonchalance, weil ich entschieden hatte, daß sie ihm gut tun würde. „Wie ist es dir heute ergangen?"

„Dann warst du gar nicht da?" Seine Frage war klar.

„Wo?" erwiderte ich und suchte die Antwort durch eine Ausflucht hinauszuschieben.

„Beim ‚Zusammentreiben'." Er sah mich im Zwielicht durchdringend an.

„Ach dort!" antwortete ich leichthin. „Nein, am Nachmittag war ich die meiste Zeit im Labor. Hatte für den Chemielehrer was zu tun. Bin wirklich eben erst fertig geworden."

Ich verstummte. Etwas in seinem Gesicht, das mich aus einem vergangenen und vergessenen Lebensabschnitt anblickte, ließ mich verstummen. Wir starrten uns gegenseitig in solcher Stille an, daß ich selbst den Wecker der Heimmutter ticken hören konnte, der in ihrem Zimmer auf dem Tisch stand.

„Ich verstehe", sagte er schließlich, wobei in seiner Stimme ein Ton von Endgültigkeit mitschwang, der für einen so jungen Menschen ungewöhnlich war. „Gut, ich muß mich jetzt beeilen, sonst komme ich zu spät zum Abendessen."

Er ging an mir vorbei und rannte zur Treppe. Ich war so überrascht, daß ich ihn gar nicht anhielt. Ich wäre ihm sogar nachgelaufen, wenn die Heimmutter, die meine Stimme gehört hatte, mich nicht zu sich hereingerufen hätte, um mit mir eine unbedeutende Angelegenheit zu besprechen.

Spät am Abend sah ich ihn wieder. Er lag im Bett und schlief oder stellte sich schlafend. Vor vierundzwanzig Stunden noch hätte ich ihn ohne Zögern sanft beim Namen gerufen. Jetzt hatte ich irgendwie nicht das Zutrauen, es zu tun; und so schwand die letzte natürliche Gelegenheit, um mit mir ins Reine zu kommen.

Für die Schule war der Vorfall nicht ohne weiteres abgetan. Einige Tage lang wurde ich von Kameraden mit lammfrommen Gesichtern angehalten, die dann irgendeine Art von Entschuldigung murmelten.

Am Abend nach dem ‚Zusammentreiben' wandte sich der Schulälteste bei der Zusammenkunft der Klassenordner unter Beifallsgemurmel an mich und sagte: „Ich bin sicher, alter Junge, daß ich nicht zu sagen brauche, wie die Schule über den heutigen Nachmittag denkt. Wir sind schrecklich beschämt, weil wir dich im Stich gelassen haben, zumal du so viel Vertrauen in uns gesetzt hattest", und dergleichen mehr.

Aber niemand bat meinen Bruder um Verzeihung. Ich schien durch diesen Vorfall an Popularität noch zu gewinnen, nicht so mein Bruder. Ihm gegenüber benahm man sich, als wäre er selbst und nicht die Schüler verantwortlich für die Ausschreitungen – fast so, als hätte er sie zu Taten verleitet, zu denen sie sonst nicht einmal im Traum fähig gewesen wären.

Als ich an jenem Abend, getröstet durch den herzlichen Empfang bei der Zusammenkunft der Klassenordner und durch das Mitgefühl des Schulältesten, gerade dabei war einzuschlafen, hörte ich plötzlich die Stimme meines jungen Bruders, der in einem noch nie gehörten Tonfall sagte: „Ich verstehe."

Sofort war ich hellwach. Das war eine Redensart, die er zuvor nie gebraucht hatte. Immer wenn in der Vergangenheit etwas zwischen uns schiefgegangen war, hatte er mit den Schultern gezuckt und gesagt: „Ist nicht weiter schlimm, Ouboet.“ Jetzt aber verfolgte mich eine neue Erkenntnis wie ein Geist über die schwache Schwelle meines Schlafes. Lieber Himmel, hatte meine Wahrheit für meinen Bruder immer Un-Wahrheit sein müssen? Und meine Un-Wahrheit seine Wahrheit? War etwas *dieser* Art stillschweigend miteingeschlossen in jedem Verrat?

Am Ende des Jahres erhielt ich meinen Preis. Außer dem Kuratorium der Schule waren mein Vater und meine Mutter gekommen, um den Direktor eine hübsche kleine Rede halten zu hören, bevor er bekanntgab, daß ich zum ‚Besten All-round-Mann des Jahres‘ gewählt worden sei. Mitten im stürmischen Applaus der Lehrer und Schüler stieg ich auf das Podium, um zum letzten Mal die Auszeichnung zu empfangen. Ich fühlte mich berauscht vor Befriedigung über meine Errungenschaft, doch als ich mich umdrehte, um auf meinen Platz im Saal zurückzugehen, wurde ich durch den Anblick zweier Gesichter in der applaudierenden Menge sofort ernüchtert. Das eine war das meines Bruders. Er klatschte, als feierte er seine eigene Leistung, doch in seinem Blick lag etwas, das mir Unbehagen bereitete. Das andere war das des Lehrers, der am Tage des ‚Zusammentreibens‘ das Fenster aufgeworfen und zugunsten meines Bruders eingegriffen hatte. In der Folge hatte er sich für meinen Bruder eingehend interessiert, und jetzt sah er mich mit einem rätselhaften Ausdruck in seinem feinfühligen Gesicht an, während er höflich in die Hände klatschte. Es kam mir so vor, als blickte er fast mit Bedauern auf mich.

Am Abend ging ich zum erstenmal mit meinen engsten ‚Kumpels' in eine Bar im ersten Hotel der Stadt. Während wir kräftig tranken, gelobten wir dort: allezeit stünde einer für alle und alle für einen. Am Morgen verließen viele von uns – auch ich war darunter – mit merkwürdig schmerzlichen Gefühlen die Schule für immer.

Als ich meinen Freunden vom Bahnsteig aus ‚Lebt wohl' zurief, spürte ich einen Kloß in der Kehle und bemerkte, daß selbst die Augen des Schulältesten ungewöhnlich glänzten. Dann kletterten mein Bruder und ich mit unseren Eltern in den Zug und reisten zum letzten Male alle gemeinsam nach Hause. Aber selbst als wir unter uns im Familienkreis waren, sprachen wir niemals darüber, was meinem Bruder an seinem ersten Schultag zugestoßen war. Weder ich noch er erwähnten den Vorfall im Gespräch mit meinen Eltern, noch unterhielten wir uns jemals darüber. Beide benahmen wir uns, als wäre unser sehnlichster Wunsch, den Vorfall so schnell wie möglich zu vergessen. Aber mit dem Geschehnis selbst rechneten wir nicht.

Das ist eine andere Eigentümlichkeit des Verrats. Er hat einen eigenen Willen, der sich gerade von jenem Willen nährt, der ihn zu leugnen sucht. Es wäre mir vielleicht gelungen, das Ereignis zu vergessen, wenn es mich nicht so hartnäckig immer wieder an sich erinnert hätte. Und was meinen Bruder angeht, glaube ich, daß es ihm ebenso erging.

Da war zum Beispiel die Episode mit ‚Stummelchen'.

Auf den weiten Äckern des Hochlandanwesens meines Vaters gab es ungeheure Herden von Springböcken. Anders als viele unserer Nachbarn hatten mein Vater und vor ihm sein Großvater das einheimische Wild auf ihrem Land mit größter Liebe und Sorgfalt gehegt. Nach welcher Richtung man auch blicken mochte von unserem *stoep*, der oben rings um unser weißes Haus lief, stets sah man eine Gruppe von Springböcken friedlich in sicherer Entfernung grasen. Niemals war es mir über, sie zu beobachten. Sie standen selten still, wirkten aber niemals unruhig, denn ihre Bewegungen waren von gleichmäßigem Rhythmus. Die Figuren, zu denen sie sich auf dem blauen und goldenen Veld formierten, wirkten eigentümlich heraldisch, und an einem unserer kristallenen Tage schien sich aus der Entfernung die Herde zu öffnen und zu schließen wie die Blume des Rittertums. Im Sommer, wenn die Weiten in der Sonne flammten, wenn Gras, Buschwerk und Goldsavannen sich in der Quecksilberluft in einer unaufhörlichen Folge von knisternden, bunten Flammen spiegelten, blieben die Springböcke deutlich und in pastellner Zartheit inmitten des Tumultes sichtbar. Im Winter, wenn die Flammen des Sommers entwichen waren und der feine Staub ausgebrannter Asche blau und hoch in der Luft stand, waren sie immer noch da als Glut eines lebendigen Feuers auf dem ausgeräumten Herd meines Heimatlandes.

Im Frühling wurde die Szene mit dem leidenschaftlichen Schub neuen Lebens in den flackernden Herden zum eindringlichen Erlebnis. Zuerst tauchten die jungen Böcke auf, um die alten Widder herauszufordern. Hinausstürmend lösten sie sich aus der Herde wie Ballettänzer aus der Kulisse der Zeit. Mit gekrümmtem Rücken und einer Krause von weißem, magnetischem Haar, das sich auf dem bebenden Rückgrat teilte, um wie Schnee auf ihre feurigen Flanken zu fallen, tanzten sie ihre Herausforderung vor den in der Herde anerkannten, aber alternden Widdern. Die älteren übersahen sie so lange wie möglich, aber schließlich wurden sie von der Geringschätzung, die aus den großen, wachsam auf das Ergebnis wartenden Augen der Herde sprach, dazu getrieben, der unerbittlichen Choreographie des Frühlings in ihrem Blut zu gehorchen. Der Kampf, der dann folgte, war tödlich. Die Hörner der beiden männlichen Tiere hakten blitzartig ineinander und schlugen zusammen wie Schwerter von Helden auf irgendeinem keltischen Schauplatz im Dämmerlicht. Die entzückte Herde folgte in leidenschaftlichem Gedränge den Kämpfern dicht nach und nutzte jeden Vorteil der Bodenbeschaffenheit aus, der ihr bessere Sicht auf die Kämpfer gewährte. Oft habe ich auf meinem Pferd gesessen und den Kampf beobachtet, während die ganze Herde, die normalerweise vor Menschen solche Angst hat, sich dicht um mich drängte, um die Kämpfer besser sehen zu können, wobei die Tiere vor Erregung und Spannung schnaubten und seufzten. Wenn der Kampf vorüber war, sah ich dann die weiblichen Jungtiere, in deren hieroglyphischen Augen unter langen Wimpern die Spannung des Frühlings draußen und die Furcht vor dem unnachgiebigen Feuer in ihnen leuchtete, den Sieger mit ihren Reizen betören. Immer wieder schritten sie vor ihm auf und ab, wobei ihre Blicke fest auf den Boden gerichtet und die Schwänze in wachsender Züchtigkeit eng an die Schenkel gelegt waren.

Im Herbst aber zogen sich die Herden zusammen und bildeten aus alt und jung einen Kreis, der aus ihrer Angst vor dem Tod im nahenden Winter entstand. Alle Unterschiede zwischen ihnen verschwanden. Sie machten um die Gehöfte immer weitere Bögen und beobachteten besonders vorsichtig unsere Bewegungen, als merkten sie, daß auch für uns die Saison des Tötens begann.

Es gab jedoch ein seltsames Phänomen, das nach meiner Beobachtung einige Jahre lang bei den jahreszeitlich bedingten Zusammenschlüssen unserer Herde aufgetreten war. Es befand sich ein Bock bei ihr, dem unter keinen Umständen erlaubt wurde, sich zur Herde zu gesellen. Immer wenn er der Herde näherkam, trieben ihn die jungen und alten Böcke gemeinsam mit einer Wildheit davon, die für diese sanfte und liebenswürdige Tierart ganz ungewöhnlich war. Ein oder zwei Jahre lang versuchte er, oft mehrere Male am Tag, wieder Anschluß an die Herde zu gewinnen, aber jedesmal wurde er mit derselben entschlossenen Wildheit verjagt. Am Ende gab er die Versuche auf, und man konnte beobachten, wie er dem Haupttrupp seiner Gefährten in stets sicherer Entfernung folgte. Erst dachte ich, es handle sich um einen alten Widder, der sich ungewöhnlichen Haß zugezogen hätte, weil er über die normale Zeitspanne hinaus eine beherrschende Stellung in der Herde einnahm. Aber bald fand ich heraus, daß das falsch war.

Eines Tages, als ich auf der Lauer lag, um einen besonders listigen Schakal zu erlegen, der seit langem sowohl unter den Schafen als auch unter den Springböcken große Verheerungen angerichtet hatte, kam der Haupttrupp der Herde beim Grasen meinem Versteck so nah, daß ich die Böcke mit flinken Lippen das Gras rupfen und ihre gefräßigen Mäuler knirschen hören konnte. Ich kenne keinen anziehenderen Laut, hat er mir doch stets das Gefühl wiedergeschenkt, dem bleibenden Rhythmus und der Obhut der Natur anheimgegeben zu sein. Als der Laut schwand und mich mit dem schwachen Seufzen der Nachmittagsluft in den funkelnden Ginsterbüschen, worin ich lag, allein zurückließ, fühlte ich mich merkwürdig einsam. Ich wollte gerade mein Versteck verlassen, da näherte sich mir ein weiterer leise malmender Laut. Zu mir kam, näher selbst als die Herde, der einzelne Bock. Ich war erstaunt darüber, daß er überhaupt nicht alt war. Er war jung und hatte ein liebliches, leuchtendes Fell und ein glänzendes, schwarzes Samtmaul. Immer wenn er aufhörte, wählerisch zu grasen, sah er zuerst verloren zur Herde, bevor er den ungeheuren, schimmernden Horizont absuchte, der am

Rand des Hochlandveldes zitterte wie eine sich erweiternde Wellenkräuselung in einem Teich mit blauem Wasser. An seinem Heimweh konnte es keinen Zweifel geben. Er fuhr fort, Gras zu rupfen, und erst als er mir unmittelbar gegenüberstand, blieb er stehen, hob den Kopf und drehte ihn in meine Richtung. Da erkannte ich, warum er von der Herde abgelehnt wurde. Er war mißgestaltet. Ein Horn lag krüppelig hinter dem safrangelben Ohr, während das andere verkümmert war und krumm in die Luft ragte. Und die Augen — An jenem Tag war ich nicht bereit, mir einzugestehen, an was sie mich erinnerten.

Mein Bruder machte sich nicht viel aus Tieren, besonders aus Wild nicht, aber als ich ihm das alles zum erstenmal erzählte, war er sehr interessiert. Dieser Bock nahm fortan einen festen Platz in seiner Phantasie ein. Er begann ihn genau und liebevoll zu beobachten. Er war es, der den Bock zuerst ‚Stummelchen' nannte. Bald überraschte er mich damit, daß er Dinge von dem Bock erzählte, die selbst ich nicht bemerkt hatte. So fand er eines Tages heraus, daß ‚Stummelchen' durch das Verstoßensein noch enger mit der Herde verbunden war als irgendein anderes Tier. Sie alle paarten sich, kämpften und wanderten dahin in auseinandergezogenen, futtersuchenden Rudeln mit verhältnismäßiger Freiheit. Aber ‚Stummelchen' fühlte sich verpflichtet nur das zu tun, was die versammelte Herde tat. Wenn wir bei der Jagd den Haupttrupp der Böcke einkreisten und vor die Linie der Gewehre trieben, die im Anschlag auf sie warteten, nahm ‚Stummelchen', obwohl wir ihn absichtlich übersahen und außerhalb des Kreises berittener Treiber in Sicherheit ließen, denselben fatalen Weg wie die Herde und kam, ohne sich durch das Gewehrfeuer vorn abschrecken zu lassen, mit außerordentlichem, ja einzigartigem Mut von hinten herangejagt, um ebenfalls vor den tödlichen Gewehren Spießruten zu laufen. Er wäre viele Male abgeschossen worden, wenn wir nicht alle das Mitleid mit ihm gehabt hätten, das seine eigene Gattung ihm so augenfällig verweigerte. So wurde er geschont, um eine Art Mondexistenz zu führen, ein vom Schicksal verhängtes Satellitendasein, durch das er verdammt war, für immer das Ganze zu umkreisen, das ihn ausstieß. In dieser Rolle war er von großem Wert für die Herde. Der Gefahr durch Mensch und Tier ausgesetzt, ständig allein, entwickelte er eine bemerkenswerte Intelligenz und ein verfeinertes Vorgefühl für Gefahren. Er war immer der erste, der sie spürte und dann Alarm schlug, indem er eine Reihe von erstaunlichen Luftsprüngen vollführte, wobei sein pastellfarbenes Fell, der Meerschaumbauch und die schwarz lackierten Pansbeine in der Sonne blitzten. Oft hätte ein verärgerter Schütze ihn fast abgeschossen, weil er auf diese Art unsere Chancen verdarb und wir zu leeren Töpfen zurückkehren mußten. Doch ein seltsames Mitleid für das mißgestaltete Tier hielt uns immer zurück.

Dann kamen die Ferien nach Abschluß meiner Schulzeit. Am ersten Morgen trat ich in der Dämmerung aus dem Haus und sah die große Herde milchig flimmern auf dem schattigen Veld. Ich holte tief Atem. Es war wundervoll, alles genau wiederzusehen wie es immer gewesen war. In diesem Augenblick fiel der erste waagerechte Strahl auf Stummelchen und ließ ihn wie eine Statue auf einem Sockel goldener Erde weit links von der Herde erscheinen. Sofort wich das Gefühl der Zufriedenheit. Ich fand keine Erklärung dafür. Irgendwie verdarb er mir die Aussicht. In der Vergangenheit neigte ich dazu, der Herde eine Art Vorwurf zu machen und dem einsamen Bock dankbar zu sein, daß er uns ständig wieder die Möglichkeit gab, eine gewisse Großherzigkeit gegenüber dem Leben zu zeigen. Jetzt störte mich sein Anblick in der Landschaft, die ich so lange geliebt hatte. Ich sah das nur als eine vorübergehende Empfindung an, aber meine Reaktion nahm an Heftigkeit eher zu, als daß sie sich milderte.

Am Ende der Ferien fuhr ich ab, um meine Studien an der Universität fortzusetzen. Ein halbes Jahr lang dachte ich überhaupt nicht an Stummelchen. Ich kam in den Ferien zurück und war wie immer bereit, mich in der vertrauten Umgebung einzurichten. Zufällig war es die erste Jagdsaison nach Abschluß meiner Schulzeit. Am Abend meiner Ankunft wurden mein Bruder und ich gefragt, ob wir am nächsten Tage nicht versuchen könnten, Abwechslung in die Monotonie unserer Winterdiät zu bringen durch das schmackhafte Wildbret, das wir alle so gern aßen. Kaum waren wir hinausgeritten, als ich in der Ferne die verlorene Gestalt Stummelchens auf Wacht sah.

„Er hat uns gesehen“, bemerkte ich mit einer Spur Verärgerung zu meinem Bruder, der mir daraufhin einen überraschten Blick zuwarf. „Er wird jedes Jahr listiger. Ich möchte wetten, daß es für uns heute schwierig sein wird, an die Herde heranzukommen.“

Ich hatte kaum ausgesprochen, als Stummelchen plötzlich in die Höhe sprang, für einen Augenblick unseren erschrockenen Blicken fast entschwand und dann blitzend hoch in der blauen Luft wieder zu sehen war. Er mußte sich während dieses größten Sprunges seines Lebens ganz um sich selbst gedreht haben. Stets aufs neue wiederholte er diese erstaunliche Darbietung, bis der feurige Schimmer auf den Fellen der Herde blieb und sie zu einer festen Flammenfront einte. Einen Augenblick lang blieb alles so: tausend edle Köpfe bewegten sich vor und zurück zwischen uns und jenem fernen, leeren Hang, wo Stummelchen tanzte, um die Herde zu warnen. Dann schlugen auch die Herzen der anderen Tiere Alarm.

Angst ist unser tiefster Strudel, sie führt ihren eigenen verheerenden Tanz auf. Immer wieder werde ich darüber staunen, wie Angst die Tierseele plötzlich, mit der Geschwindigkeit eines Wirbelwindes, nach innen kehrt, einem leeren Mittelpunkt zu. Die Geschwindigkeit, mit der sich die Herde vor uns nach einem Zyklus von Jahreszeiten, die frei von Furcht waren, jetzt sammelte, kam mir ungewöhnlich vor. Sie wirbelte über das schläfrige Veld gleich einem Feuerzyklon und drehte sich wie ein Uhrzeiger um die eigene Achse vor und zurück, als glaubte sie, diese andächtige Bewegung besäße im Gegensatz zur Sonne genügend magische Kraft, um die Zeit zu ihrem elysischen Ursprung zurückzudrehen und die bedrohliche Gegenwart hinter sich zu lassen.

„Hab ich dir gesagt", bemerkte ich mit verdrießlicher Genugtuung zu meinem Bruder, der neben mir ritt. „Es hat keinen Zweck mehr." Ich machte eine Pause. „Außer wenn du allein weiterreitest und die Herde auf die andere Seite der Farm treibst. Erinnerst du dich an den Ameisenhaufen in der Nähe des Grenzzaunes, wo wir im letzten Jahr den Ameisenbär ausgegraben haben? Ich werde mich dort auf die Lauer legen, und wenn du die Herde zwischen dem Ameisenhaufen und dem Zaun durchjagen kannst, werde ich das übrige tun."

Ich hatte keine Befürchtung, daß mein Bruder den Vorschlag ablehnen würde, denn er hatte großen Abscheu vor dem Schießen; aber zu meinem Erstaunen zögerte er.

Ich fragte schroff: „Nun, was ist?"

„Verzeihung, Ouboet, ich habe gerade überlegt..." Er machte keine Anstalten, loszureiten.

„Was?"

„Ich weiß nicht..."

Ich fragte wohlüberlegt: „Willst du lieber schießen, und soll ich sie zusammentreiben?"

Ein Schauer des Abscheus durchfuhr ihn. „Nein, ist alles in Ordnung. Wir machen es so, wie du zuerst gesagt hast.“ Er ließ sein Pferd losgaloppieren und ritt davon.

Als ich ihn wegreiten sah, tat er mir fast leid. Armer Teufel, er ritt so schlecht! Zwischen seinem Gesäß und dem Sattel konnte ich bei jedem Ausgriff des Pferdes Tageslicht sehen. Dann wendete ich und ließ mein Pferd in lebhaftem Kanter auf die Hügel zureiten.

Die lange Hügelkette vor mir nannten mein Bruder und ich die ‚Dinosaurier-Hügel‘. Wir nannten sie so, weil sie im Götterdämmerungslicht der afrikanischen Sonnenuntergänge wie Wirbelknochen märchenhafter prähistorischer Fossilien aussahen. Ich ritt rasch zwischen den Hügeln hindurch, Weihrauchduft wilder Ölbäume und schwarzen Leopardenfarns brannte mir in der Nase, und der Hufschlag meines Pferdes durchbrach die Stille mit fast blasphemischem Laut. Allein erreichte ich jenseits der Hügel die große Ebene, wo ich auf dem seidigen Pergament des Grases einen arabischen Schnörkel las, geschrieben vom Wind. Es war, als hätte ich die Barriere der Zeit durchbrochen und wäre in eine Welt gekommen, die *vor* dem Wort und dessen Artikulation durch den Menschen bestanden hatte. So weit das Auge reichte, war die Ebene leer. Nicht einmal die einsame Staubwolke eines Wanderers schwebte darüber. Der Himmel oben war bis zum Horizont blau, nur die Morgenluft jammerte leise in mein Ohr mangels anderer Laute.

In gleichmäßigem Trab ritt ich über die Ebene auf eine große Gruppe wildwachsender Rosinenbüsche zu, die nahe dem schon erwähnten Ameisenhaufen standen. Bei den Büschen angekommen, stieg ich vom Pferd, brachte es in Deckung und ging zu meinem vorbereiteten Versteck hinter dem Ameisenhaufen. Ich war nicht zu früh gekommen, denn als ich mein Gewehr von der Schulter nahm, es umsichtig zurechtlegte, daß es nicht in der Sonne funkelte, und aufstand zu einem letzten Blick in die Runde, da tauchte gerade die Spitze der Herde in dem dunklen Paßeinschnitt zwischen den Hügeln auf. Einen Augenblick lang stand ich regungslos da und beobachtete sie. Alle unsere Hochlandböcke haben von Geburt aus Angst vor räumlicher Einengung. Diese Angst ließ sie jetzt, nervös auseinandergezogen, in langer Reihe durch die Paßenge hindurchjagen, so schnell sie konnten. Aus dieser Entfernung waren die Hügel von rauchig purpurner Färbung, und die Böcke schimmerten rosa und weiß, aber einer folgte dem anderen so dicht und schnell auf die glitzernde Ebene hinaus, daß sie aussahen wie ein Seidenfaden, der sich durch ein altes Nadelöhr windet. Einmal durch die Paßenge hindurch, wurden sie langsamer, blieben stehen, bildeten wieder einen dichten Kreis und wandten sich um.

Sie hatten das kaum getan, als Stummelchen auf das freie Veld herausgejagt kam. Nicht weit hinter ihm folgte mein Bruder. Der ausgestoßene Bock sah ihn zuerst. In wiederholten Riesensprüngen ließ er hoch in der Luft seine Farben zur Warnung blitzen. Die unruhige Herde brauchte nicht erst gewarnt zu werden. Fast gleichzeitig setzten sich die Böcke wieder in Bewegung, wobei sie nicht in vollem Tempo fortjagten, sondern mit ihren leichten, eleganten, weit ausgreifenden Schritten davontrotteten. Ab und zu blieben sie stehen und blickten schnell über die Schulter zurück, als wollten sie sich vergewissern, ob tatsächlich ein Pferd und ein Reiter mit Gewehr ihnen auf der Spur waren. Dann drängte sie der Anblick meines Bruders, der immer noch verbissen folgend das Blau ihres Tages verdunkelte, in Panik zusammen und ließ sie unsicher umherlaufen, als forderten sie vom leeren Himmel und der einsamen Ebene Auskunft, womit sie ihr Los verdient hätten. Unvermeidlich jedoch tauchte dann ein natürlicher Führer auf und veranlaßte die Herde, ihm im Trott wieder weiter auf das offene Veld hinaus und so in meine Nähe zu folgen.

Das war für mich immer ein äußerst bewegender Anblick, der mich in heftige Spannung versetzte. Bis zum allerletzten Augenblick konnte ich nie sagen, was die Herde tun würde. Oft, wenn die Böcke in vernünftige Reichweite der Gewehre kamen, änderten sie plötzlich ihren instinktiven Plan, drehten im rechten Winkel ab, liefen um ihre Treiber herum und schlugen wieder die Richtung ein, aus der sie gekommen waren. Mein Bruder brauchte nur einen einzigen Fehler zu machen, um diese Situation herbeizuführen. Er brauchte nur ein wenig zu stark zu drängen oder sie zu eifrig zwingen zu wollen, sich um den einen Flügel zu drehen anstatt um den anderen, schon würden sie seine geheime Absicht ahnen. Blitzartig würden sie dann wenden, durch die weite Lücke zwischen ihm und mir durchbrechen und zu dem vertrauten Weidegrund zurückkehren, von dem sie vertrieben worden waren. Wenn man bedenkt, wie gleichgültig mein Bruder gegenüber einem Sport dieser Art war, bestand immer ein gewisses Risiko, daß sich so etwas ereignete. Vielleicht machte mich das Wissen davon überängstlich und brachte mich, als ich ihre weiteren Bewegungen beobachten wollte, in Versuchung, mich einmal zu oft über der Brüstung des Ameisenhügels zu zeigen. Plötzlich begann Stummelchen zu rennen wie nie zuvor und lief schnell zur anderen Flanke der Herde hinüber, während die Tiere immer noch unbekümmert auf mich zutrotteten. Bald erschien er an der Spitze und führte mit gekrümmtem Rücken und schimmerndem Fell seinen Warntanz auf, so daß die ganze Herde es sah. Die Tiere stoppten, standen in einer aufgelösten, schwankenden Linie und blickten rasch von Stummelchen zu meinem Bruder und zurück. Wieder sprang Stummelchen in die Höhe. In diesem Augenblick war er kaum zweihundert Meter von mir entfernt, und als seine schön geformte und prächtig gewölbte Gestalt hoch über dem Gras erschien, – die weiße Krause auf seinem pastellfarbenen Fell war durch die Heftigkeit des Sprunges weit aufgeweht worden – sah ich, wie sich seine zart angedeuteten Füße in der Luft zweimal kreuzten und wieder lösten, bevor er auf den Boden zurückkam. Es war ein schwieriger und tapferer Akt, herrlich ausgeführt und möglich vielleicht nur einem einsamen Ausgestoßenen, dem andere Formen, das Leben auszudrücken, verschlossen sind. Aber unglücklicherweise versetzte mich der Bock an jenem Tag nur in Wut.

Er hatte den Boden noch nicht erreicht und war aus seinem Sprung in einem unglaublichen Winkel noch nicht wieder heruntergekommen, als die Herde schon reagierte. Sie schwenkte nach rechts ein wie ein Bataillon der *Royal Guards* bei der Parade und stürmte mit unglaublicher Geschwindigkeit in die Richtung davon, die Stummelchen ihnen wies, geradewegs auf die Hügel und die unsichtbaren heimatlichen Weidegründe zu. Tatsächlich änderte die Herde ihre Richtung so schnell und jagte mit solcher Geschwindigkeit davon, daß sie sich zwischen meinen Bruder und Stummelchen schob, der im Gehorsam gegen das Herdentabu jetzt nicht mehr sprang, sondern langsam hinter der Herde einherlief, deren Hufe die Ebene immer noch wie eine Trommel vibrieren ließen. Als er den gebührenden Abstand von der schnell fliehenden Herde hatte, folgte er ihr nicht nach, wie es normalerweise geschah, sondern drehte sich um und hielt an, so daß er seitlich von mir stand. Von diesem Standpunkt aus blickte er zuerst auf die rosa Meeresschaumbrandung der Böcke am Rande der blauen

Hügel und dann zurück zu meinem Ameisenhaufen, wobei, wie ich glaubte, reiner Triumph aus seiner Haltung sprach. Es war mehr, als ich ertragen konnte.

Auf meine Art war ich, waren wir alle gut zu dem Bock gewesen. Doch bevor ich wußte, was ich tat, hatte ich ihn aufs Korn genommen und dachte: ‚So hast du es verdammt noch mal haben wollen!' Dann zog ich am Abzug. Immer habe ich den Aufschlag der Kugel genossen, wenn sie ein Wild traf, das ich verfolgte, besonders wenn es ein Wild war, das meine Geduld und mein weidmännisches Können auf die Probe gestellt hatte; auch in diesem Falle genoß ich es, aber nur solange der Knall in meinem Ohr nachhallte. Stummelchen ertrug den Schlag der Kugel ohne hochzuspringen oder zu wanken. Eine Sekunde lang blieb er stehen und sah mich ohne Überraschung an, als ich hinter meinem Ameisenhaufen aufstand. Dann gaben seine Vorderbeine nach. Er kämpfte, um sich aufrecht zu halten, und warf einen letzten, wilden Blick auf die Hügel, wohin die Herde geflohen war, bevor er in die Knie sank. Wie der Bug eines Zerstörers in das weiche Wasser taucht, so glitt der Tierleib rasch nach vorn, sank jäh in das zischende Gras und entschwand meiner Sicht.

Sofort rannte ich los, um ihn von unnötigen Schmerzen zu erlösen. Aber als ich zu ihm kam, war er schon tot; mit weit geöffneten, großen braunen Augen, aus denen der Schmerz sprach und die zwischen dem Blau des Tages draußen und dem Einbruch der Nacht innen purpurn geworden waren, lag er auf der Seite. Schnell schnitt ich ihm die Kehle durch. Ich stand auf, um Hände und Messer abzuwischen. Das letzte Tier der Herde verschwand gerade im Paß. Hinter mir schnaubte ein Pferd, seine Zaumzeugkette klimperte. Es war mein Bruder, der mit kreideweißem Gesicht auf seinem Pferd saß und auf Stummelchen blickte.

„Nun?“ sagte ich und tat so, als ob ich es für selbstverständlich hielt, daß er vom Pferd steigen und mir beim Ausnehmen des Bockes helfen würde. „Nicht gerade eine große Beute für all die Mühe, die wir hatten, stimmt's?“

Er gab keine Antwort, sondern starrte von hinten weiter auf die blutbefleckte Erde.

Das trieb mich in die Defensive. „Was beißt *dich* denn?“ sagte ich. „Willst du mir nicht helfen?“

Er schüttelte den schweren Kopf und sagte mit Mühe, während seine Augen von dem unwiderlegbaren Argument der Tränen glänzten: „Nein, Ouboet. Ich helfe nicht.“ Dann brach er plötzlich in die Worte aus: „Wie konntest du das tun? Wie konntest du so etwas tun?“

„Sei kein Narr“, antwortete ich, mehr beunruhigt als ich zeigen wollte. „Stummelchen hat es so haben wollen. Außerdem habe ich ihm wahrscheinlich einen Gefallen getan. Er kann nicht sehr glücklich gewesen sein. Niemand wollte ihn um sich haben.“

Da wurde mein Bruder heftiger als ich ihn jemals erlebt hatte. „Woher weißt du das?“ fragte er leidenschaftlich. „Das Leben muß ihn gewollt haben, oder er wäre nie geboren worden.“

Dieses Mal konnte er die Tränen nicht zurückhalten. Das brachte mich so außer Fassung, daß ich ihn allein nach Hause schickte, weil ich dachte, ich würde Stummelchen dann in Ruhe ausweiden und zusammenbinden können. Aber die ganze Zeit verfolgte mich der Blick glühenden Schmerzes, der immer noch in den Augen des toten Bockes schimmerte. Ich schien diesen Blick mein ganzes Leben gekannt zu haben, obwohl ich ihn nie so eindringlich oder aus solcher Nähe gesehen hatte. War mir nicht vor einem Jahr in der Schule etwas Gleiches in den Augen meines Bruders begegnet? Diese Frage traf meine Seele, wie einen der erste winterliche

Frost trifft im Schatten, der von einer wäßrigen Herbstsonne stammt. Ich fröstelte und versuchte, diese Assoziation als reine Phantasie abzutun. Doch von diesem Zeitpunkt an habe ich am Schießen, obwohl ich es jahrelang weitertat, nie wieder die Freude gehabt wie zuvor. Ich schoß nur noch aus reiner Gewohnheit. Meine Begeisterung endete an jenem Morgen, da Stummelchen vor der prähistorischen Hügelkette, im Hintergrund die weißen Mauern unseres Hauses, auf der weiten Ebene lag. Und meine Sympathie für Stummelchen? Wie und wann hatte sie geendet? War Stummelchen vielleicht an jenem Nachmittag verurteilt worden, als ich meinen Bruder dem sonderbaren Hunger der Schule überließ? Aber Fragen fällt mir leichter als Antworten. Ich weiß nur, daß durch solche vieldeutigen Geringfügigkeiten die ‚Nichtigkeit', von der ich gesprochen habe, genährt wird und wächst.

IV

Das Nichts wächst

Mein Bruder und ich sprachen nie wieder von Stummelchen. Der Vorfall schien ganz natürlich an jenen Ort zu gleiten, wo sich die andere unaussprechliche Episode befand, um mit ihr zusammen ein Zwillingspaar zu bilden, das im Schatten meiner Seele auf die Nacht seiner Wiedergeburt wartete. Es gab sogar lange Zeitabschnitte, in denen es mir glückte, sie völlig zu vergessen. Vorschub leistete mir, daß das Leben die Jugend mit Begierden und Sehnsüchten plagt, die so heftig und lebhaft sind, daß sie der Illusion, sie besäßen Dauer und ihre Befriedigung sei Zweck genug, Realität verleihen. Ich mußte auf die Universität, dann mein Rechtsstudium beenden und schließlich eine eigene Anwaltspraxis aufbauen. All dies tat ich auf eine Weise, die die hohen Erwartungen befriedigte, die jedermann in mich gesetzt hatte. Am Ende meiner juristischen Examen bemerkte ich allerdings zum erstenmal ein leichtes Nachlassen meines Interesses am mechanischen Lernen. Von Zeit zu Zeit kamen mir Zweifel, ob meine Tätigkeit wirklich so wichtig und dringend sei, wie sie sich ausnahm. Das mag selbst an den Ergebnissen meiner Examen zu merken gewesen sein; aber die Veränderung war so gering, und meine vielseitigen Interessen lieferten so zahlreiche triftige Entschuldigungen, daß sie nicht bemängelt wurde. Doch manchmal machte sich mitten in meiner Beschäftigung und in den sonderbarsten und unerwartetsten Augenblicken etwas im Schatten bemerkbar: die längst vergessenen Dinge regten sich, als wollten sie mich erinnern, daß sie immer noch auf den Anbruch ihrer Nacht warteten. Dieses Bewußtsein war stets begleitet von einem Gefühl unbestimmbaren Mißbehagens — mein ganzes Wesen erschrak. Und ich gewöhnte mich niemals daran. Vielleicht weil das, was wir ‚Vergeßlichkeit' und ‚Vernachlässigung' nennen, etwas in uns mit Vorliebe nährt. Es kam vor, daß mein Schritt in einer verkehrsreichen Straße plötzlich stockte, weil Lichtflecken auf einer weißen Wand mich an den Morgen erinnerten, als mein Bruder und ich durch das weiße Tor hinausritten, um hinter den Hügeln auf der großen Ebene zu jagen. Manchmal fing ich in einer Gerichtsverhandlung auf dem Höhepunkt einer schwierigen Verteidigungsrede an zu stottern und war, um Zeit zu gewinnen, gezwungen, ganz unnötigerweise ein Glas Wasser zu trinken, weil mich der Blick in die schwarzen Augen eines gefesselten afrikanischen Häftlings, der darauf wartete, in die Anklagebank zu treten, eindringlich an meine eigene Vergangenheit mit meinem Bruder erinnert hatte. Ich sagte mir, es sei absurd, ja ungerecht, solch weit zurückliegenden Ereignissen in meinen Gedanken einen so festen Platz einzuräumen; aber keine dieser zweifellos zutreffenden Überlegungen übte eine Wirkung auf mich aus. Jahr um Jahr hielten sie sich und gediehen eigenwillig und mit dunkler Logik abseits vom Hauptstrom meines Lebens, und zur rechten Zeit schien ihre Verlautbarung dringlicher zu werden. Doch schlimmer als ihr beunruhigendes Wiederauftauchen im Bewußtsein war ihr unsichtbares Zerstörungswerk.

Als ich älter wurde, hatte ich mehr und mehr Angst davor, allein oder ohne Beschäftigung zu sein. Ich fand, daß meine Mußestunden von seltsamem Unbehagen und von Ödigkeit heimgesucht waren. Besonders konnte ich nicht während der Nachmittagsstunden allein sein; diese Zeit kam mir öde vor und schien sich unabhängig von mir zu verwirklichen. Das Wehen des Windes (ein Laut, den ich immer geliebt hatte) konnte ich nicht mehr hören, ohne mich unsagbar traurig zu fühlen, weil meine Seele jetzt unfähig schien zu antworten. Und beim Krähen des Hahnes, selbst am hellichten Tag, glaubte ich in einem Dämmerschlaf dahinzutappen, auf dem ein ewig namenloser Schrecken lastete.

Damals erkannte ich diese Sabotage in den unsichtbaren Bereichen meines Wesens natürlich nicht. Das kam erst viele Jahre später. So wurde ich ein Leidender, dem selbst der Trost verwehrt war, den Namen seiner Krankheit zu kennen; und dieses Gefühl der Unsicherheit pflanzte unverzüglich seine Ableger auf dem Hauptacker meiner Seele. Ich wurde, wenn man so will, ein von Geistern Heimgesuchter. Jawohl, ich weiß, was Geister sind. Wir reden nur deshalb abfällig von ihnen, weil wir sie uns falsch vorstellen. Wir sehen sie als leibhaftige Rückkehr der Gestorbenen aus ihren Gräbern an. Aber die Toten brauchen nicht in das Leben zurückzukehren, denn sie sind nicht tot. Was einst der Seele

Leben verlieh, kann im Bereich der Seele nie wieder tot sein. So sehe ich es. Wir halten fälschlich den Schatten für den Stoff und verwechseln Spiegelung und Realität. Geister sind keine Folge des physischen Todes, sondern gehen eher dem Leben voraus. Der einzige Tod der Seele ist die Verweigerung der Geburt für etwas, das geboren werden will: jene Realitäten in uns, denen wir Leben nicht zugestehen. Die wahren Geister sind fremde, beharrliche Bettler an einer schmalen Tür, die um Geburt betteln, die immer und immer wieder an der Pforte unseres Lebens um Einlaß bitten. Geister solcher Art waren bei mir, und daher wurde ich – jenseits aller Vernunft – weiter von Geistern heimgesucht.

Es half nichts, daß ich hart arbeitete, daß ich danach trachtete, nie ohne Beschäftigung und selten allein zu sein, daß ich gewissenhaft meine Pflicht erfüllte, wo immer ich sie klar erkannte, daß mir von meinen Mitmenschen in fast gleichem Maße Neid und Achtung entgegengebracht wurden, daß ich regelmäßig meine Ferien in guter Gesellschaft am Meer verlebte ... Der leise Schauer von ‚Nichtigkeit', der kalt und gespenstisch gegenwärtig war und schweigend immer wieder die Klinke meiner Tür zu drücken versuchte, ließ mein glühendes Leben lau werden. Wahrscheinlich vermutete viele Jahre lang keiner meiner Altersgenossen, daß mit mir etwas nicht stimmte. In fröhlicher Gesellschaft überfiel mich manchmal eine Frau mit der neugierig drängenden Frage: „Was ist passiert? Sie sehen aus, als ob etwas Entsetzliches geschehen sei!" Ich lachte über solche Fragen; wie konnte ich erklären, daß ich keine Ahnung von der Wahrheit hatte und daß in der Vergangenheit der Versuch, die Antwort aufzuspüren, nur zu einem Durcheinander zusammenhangloser Einsichten geführt hatte.

Nur der jugendliche Schwung und die sichtbare und unsichtbare Unterstützung durch den Beifall und die Erwartungen unserer Gemeinschaft ermöglichten es mir, bis zu meinem zweiunddreißigsten Jahr ohne Schwanken weiterzumachen. Dann war ich zum erstenmal nicht nur niedergeschlagen, sondern hatte auch Angst. Das Spielerische in mir verlor an Wichtigkeit. In zunehmendem Maße bedrückte mich der Gedanke, daß alles, was ich erreicht hatte, bedeutungslos und mein Erfolg eine Illusion sei. Ich wachte in den armseligen Morgenstunden auf und wußte nicht, wo oder wer ich war. Ich erschien im Gericht oder übte eine öffentliche Funktion aus mit dem Gefühl, daß ich überhaupt nicht wirklich da war. Ich sah auf die Kirchturmuhr und dachte: ‚Das ist überhaupt nicht *meine* Zeit; das ist nicht die Stunde, wie sie mir schlägt.‘ Oder ich blickte auf den Wetterhahn, der sich selbstzufrieden auf seiner gefährlichen Stange drehte und danach sehnte, krähen zu können, während mir der Gedanke durch den Kopf ging: ‚Lehre, um Himmels willen, deine Artgenossen, so still zu sein wie du.‘

Zum erstenmal gab es auch in meiner Umwelt Anzeichen dafür, daß man Befürchtungen hatte. Eines Tages hielt mich ein alter Bekannter im Club am Knopf fest und sagte mit schmeichelnder Besorgnis: „Sie wissen, junger Freund, wir alle sind der Meinung, daß Sie die Dinge ein wenig übertreiben. Nur Arbeit und kein Vergnügen macht aus Hans einen dummen Jungen! Haben Sie nicht Lust, mit mir nach Norden zu fahren, einen Monat Pause zu machen auf meiner Farm und auf die Jagd zu gehen?“

Ich konnte nur Einspruch erheben und mit höflicher Dankbarkeit ablehnen. Unmöglich klarzumachen, daß ich schon seit Jahren nur um des Bedarfs willen auf die Jagd gegangen war, denn wenn wirklich etwas mehr als anderes Schuld daran trug, daß mein Leben eine endlose Wiederholung nach einer sinnlosen Schablone schien, waren es gerade diese jedes Jahr von selbst wiederkehrenden langen Jagdausflüge in den Norden.

Später drängten mich zwei ältere Frauen, die um mein Wohlergehen besorgt waren, ich solle heiraten. „Sie können Ihre Sachen nicht selbst richtig in Ordnung halten. Sie brauchen jemand, der sich um Sie kümmert.“ Und mit einem Anflug von Schalkhaftigkeit fügten sie hinzu: „Warten Sie nicht zu lange!“ Ich brach in Gelächter aus über ihre Besorgtheit und gab zurück, ich würde nicht zögern, sobald die Richtige käme. Aber in solchen Augenblicken tauchte gleich die alte Frage auf: ‚Wie mit einem anderen Menschen zusammenleben, wenn ich nicht einmal mich selbst kenne?‘

Ja, das Paradox, das meine Nächte unruhig machte, war dies: mein alltägliches Selbst war mir fremd, und je tiefer ich das fühlte, umso weniger war ich geneigt, auf Besuch nach Hause zu fahren. Solange meine Eltern noch lebten, besuchte ich sie gelegentlich, wenn auch immer mit Widerstreben. Als sie starben, verkaufte ich das Haus im Dorf, wo ich geboren war. Nur einmal noch fuhr ich in meine Heimat, um meinen Bruder auf der Farm zu besuchen, die er geerbt hatte. Deutlich erinnere ich mich an ein Ereignis: abends, nach einem Essen, bat ich meinen Bruder, uns etwas vorzusingen. Bevor er antworten konnte, sagte das Mädchen, das er heiraten wollte, voller Überraschung: „Aber weißt du denn nicht, Vetter, daß er gar nicht mehr singt.“ Die Antwort drang wie ein Messerstich in der Finsternis tief in mich ein.

Danach besuchte ich ihn nie wieder, obwohl ich wiederholt dazu aufgefordert wurde und ebenso oft versprach, es zu tun. Ich entschuldigte mich mit Arbeitsüberlastung, was in der Vergangenheit ein vernünftiger Grund gewesen wäre. Doch zu dieser Zeit war der bittere Prozeß der Entwertung in mir an einem Punkt angelangt, wo es Wochen gab, in denen ich kaum die Energie aufbringen konnte, morgens aufzustehen oder, wenn ich angezogen war, den Tag zu überstehen. War der Tag vorüber, so war ich oft nicht mehr fähig, mich auszuziehen und ins Bett zu gehen. Der Lebensekel, der sich zu meiner Furcht vor diesem Ekel gesellte, wuchs in meinem Herzen wie der Abendschatten, den ich hinter mir auf die große gelbe Ebene des Hochlandveldes warf. Als schließlich in einem September der afrikanische Frühling kam, erschreckte er meine zerrissenen und zerfetzten Sinne, als klopfe an meiner Tür ein Polizist mit einem Haftbefehl. Ich war am Ende mit meinem Verstand – und der war, wie meine Karriere zeigte, nicht unbeträchtlich.

In diesem Augenblick brach der Krieg aus.

Krieg gehört zum Tierreich, nicht zum Pflanzen- oder Mineralreich. Er sollte auch von dem Tier verkündet werden, das die apokalyptische Trompete bläst und scharlachrote Herolde auf pechschwarzen Pferden aussendet, um die Nachricht von einem bis zum anderen Ende der Länder zu verbreiten, so daß alle ihn erkennen können als das, was er ist.

Uns erreichte die Nachricht jedoch auf ganz andere Weise. Wir lasen die Neuigkeit, als wir uns an einem Sonntag vor dem Mittagessen, ein Glas Wein in der Hand, um den Clubfernschreiber versammelten, dessen Hauptaufgabe darin bestand, uns über die neuesten Marktpreise auf dem laufenden zu halten. Auch ich stimmte in die vielen Ausdrücke des Entsetzens ein, die im Raum erklangen; auch ich nannte ihn ein Verbrechen gegen Gott und die Menschheit. Leidenschaftlich pflichtete ich unserem ältesten Clubmitglied bei, als es, während Tränen seine glatten, rosa Wangen hinunterliefen, den Himmel zum Zeugen anrief, daß nicht wir den Krieg gewollt hätten, sondern daß er uns aufgezwungen worden sei trotz ehrlicher Bemühungen, ihn zu vermeiden. Trotzdem entdeckte ich ein kaum wahrnehmbares Gefühl der Erleichterung in mir, ein Gefühl, als ob ein Hindernis, das die Wasser des Lebens eingedämmt und sie zur Stockung gezwungen hatte, jetzt durchbrochen sei, so daß der Strom wieder zügig dem Meer zu fließen konnte.

Nicht daß ich übertreiben möchte. Es handelt sich um den Ausbruch eines Krieges, und ich möchte äußerst gewissenhaft sein. Aber das ist nicht einfach. Um das sein zu können, muß ich mich einer Währung bedienen, die ein zivilisierter Christ als unecht ansieht; muß ich Gedankengängen nachgehen, zu denen niemand mit ‚ehrbarer Gesinnung' sich wissentlich bekennen will. Doch an jenem Sonntagmorgen hatte ich den Eindruck, daß die im Fernschreiberraum Versammelten ein Nachlassen der Spannung spürten wie ich. Das hatte natürlich seine Berechtigung. Lange Zeit hatte die Furcht vor dem Krieg über unseren Köpfen gehangen: das Fortfallen dieser Unsicherheit wurde begleitet von einer gewissen Erleichterung. Doch jetzt, da es nichts mehr zu zweifeln gab und das alte, so lange geschlossene Theater wieder öffnete, um ein weiteres großes Drama zwischen Leben und Tod aufzuführen, war es bemerkenswert, wie die Empfindung, man habe eine bestimmte Rolle in einer Weltpremiere zu spielen, den vielen Männern im Raum ein neues Gefühl von Wichtigkeit gab, wobei alte Differenzen überwunden wurden. Ich sah, wie zwei erbitterte Feinde, die jahrelang miteinander nicht gesprochen hatten, sich im Club feuchten Auges mit einem Glas Wein zutranken. Ich spürte, wie der Druck der Sinnlosigkeit wich, der in letzter Zeit so alarmierend in mir zugenommen hatte, und wie der Wohlgeschmack auf meine Zunge zurückkehrte. Ich fühlte, daß mein Leben einen neuen Sinn bekommen hatte und daß Hoffnung bestand, es werde künftig größere Bedeutung erlangen.

Ich stand am Fenster des Clubraumes. Für einen Augenblick allein, lauschte ich in Gedanken versunken den Sirenen und Dampfpfeifen der Fabriken, die die Sonntagsruhe unterbrachen, um die Nachricht zu verkünden. Die Töne unheimlicher Hysterie übten ihre Wirkung auf die ganze Gemeinde aus. Leute, die auf der Straße spazierengingen, fingen plötzlich an zu laufen, Autos verdoppelten ihre Geschwindigkeit, der ganze gemächliche Sonntagsverkehr begann sich zu überstürzen. Ich beobachtete, wie ein Polizist offenkundige Verstöße gegen die Verkehrsregeln übersah und wie Menschen aller Art und aus allen Bevölkerungsschichten, die nie zuvor miteinander Umgang hatten, sich spontan an den Straßenecken versammelten, mit ungewöhnlicher Lebhaftigkeit sprachen und auf eine Weise dramatisch gestikulierten, die bei uns unbekannt war. Auch hinter mir, im Club, war eine Unruhe wie in einem Bienenstock. Der Laut erinnerte mich an – an – Ich konnte nur an das Geräusch auf dem Schulhof an jenem Nachmittag kurz vor Beginn des ‚Zusammentreibens' denken. Ich spürte, wie mein Körper erstarrte, als der Finger der unerbittlichen Erinnerung mich berührte. Absichtlich zwang ich mich zur Entspannung. Der Krieg – wirklicher Kampf – sagte ich mir wild, würde bald mit diesem Schattenboxen Schluß machen, das ich so viele Jahre ertragen hatte. Ja, ich verspürte sogar eine Art von grimmiger Befriedigung bei dem Gedanken. Gerade wollte ich zu meinen Freunden gehen, die mich an die Bar zurückriefen, als mein Blick von einer unauffälligen Szene zwischen den draußen lebhaft vorübereilenden und rasch wechselnden Gestalten festgehalten wurde. Eine Frau mit Kind saß, zweifellos auf einen Mann wartend, abseits von der Menge in den wirbelnden Straßen auf einer Eisenbank unter der Königspalme vor unserem imposanten Eingangstor. Die Frau hatte ihren Arm beschützend um das Kind gelegt. Ihre Schultern zitterten. Es war deutlich zu sehen, daß sie weinte. Als ich mich abwandte, weinte sie immer noch. Es war eine Szene, die ich nie vergaß, sie glitt in meine Seele hinab zu den anderen Schatten, die um ihre Deutung kämpften.

Den ganzen Sonntag über arbeitete mein Geist mit einer Kraft und Präzision, wie ich sie seit langem nicht mehr gekannt hatte. Um meine persönliche Sicherheit machte ich mir überhaupt keine Sorgen. Ich hatte die Vorstellung, ich gehöre auf das Schlachtfeld und sei für das Handwerk des Tötens besonders geeignet. Die Ursprünge dieser schrecklichen Gier des Lebens nach Tod, aufflackernd in dem lodernden Streit, der über uns gekommen war, ließ ich außer acht, weil ich nichts von ihnen wußte. Mein Instinkt für rasches Handeln und meine Zuversicht schienen unverzüglich zurückzukehren. Nach einem rasch eingenommenen Essen verließ ich den Club, ging in mein Büro und regelte meine Angelegenheiten. Ich hinterließ meinen Angestellten und jüngeren Mitarbeitern detaillierte schriftliche Anweisungen, wie während meiner Abwesenheit weitergearbeitet werden sollte. Es war fast Mitternacht, als ich fertig war, und doch fühlte ich mich seit Jahren zum erstenmal nicht müde. Immer noch merkwürdig munter, ging ich nach Hause, weckte meine Wirtschafterin und traf auch dort meine Vorkehrungen. Vor vier Uhr morgens kam ich nicht ins Bett. Um sieben Uhr war ich bereits wieder auf und hatte einen kleinen Koffer mit den notwendigsten Sachen gepackt. Bald darauf, immer noch erfüllt von diesem seltsamen neuen Eifer, meldete ich mich auf der Ortskommandantur. Ich kam fast eine Stunde zu früh. Ein schläfriger Sergeant, der ungeduldig auf seine Ablösung wartete, gab mir das zu verstehen. Ich jedoch bestand mit solch anmaßender Autorität darauf, einen der diensthabenden Offiziere zu sprechen, daß ihm keine andere Wahl blieb, als einen von ihnen zu holen. Das hatte zur Folge, daß ich der erste Kriegsfreiwillige unserer Stadt war. All das führte ich aus, als handelte ich nach einem Plan, der schon Jahre zuvor für eben einen solchen Ernstfall ausgearbeitet worden sei. Nie dachte ich darüber nach, was als nächstes zu tun sei; jeder Schritt bot sich mir von selbst in einer offensichtlich vorherbestimmten, logischen Folgerichtigkeit an – bis hinunter zur Frage des Freiwilligmeldens und des Eintritts in die Armee als einfacher Soldat. Ich nahm, glaube ich, nicht an, daß man mich lange im Mannschaftsstand lassen würde. Hätte ich das wirklich angenommen, so würde ich mich gleich als Offizier beworben haben, was in meiner Heimat ohne weiteres möglich war. Wahrscheinlich wäre es normaler gewesen, in aller Ruhe ein Offizierspatent zu beantragen und geduldig mit meinen anderen Freunden darauf zu warten. Doch mein Instinkt für das Dramatische des Anlasses, mein Verlangen, mich dicht an meine wiedererwachte Zielbewußtheit zu halten, wollten davon nichts wissen. Ich forderte diese übereilte Geste einfach von mir und überredete mich gleichzeitig, daß meine Handlungsweise ganz natürlich sei. Die so gewonnene Überzeugung schien mehr als berechtigt, denn als ich in nagelneuer Uniform abends in der Kaserne vor der Abendzeitung saß, konnte ich lesen: *Jüngster Rechtsanwalt der Stadt eilt als erster zu den Fahnen – Berühmter Strafverteidiger geht zur Armee.*

Am nächsten Tag wurde ich zum Kommandeur befohlen. Ich hätte für die Dauer des Krieges einen guten Verwaltungsposten beim rückwärtigen Stab haben können. Man sagte mir, dies sei der Platz, wo man meine Erfahrungen und mein Wissen am besten gebrauchen könne. Aber ich lehnte entschieden alle derartigen Vorschläge ab und bestand darauf, so lange im Mannschaftsstand zu bleiben, bis ich als Offizier zur Infanterie käme. Ob man denn nicht wüßte, fragte ich grinsend, daß ich das Handwerk des Tötens und nicht das der Federfuchserei betreiben wollte? Meinem Wunsch wurde entsprochen, und innerhalb weniger Tage war ich in Offiziersuniform wieder im Club, stieß dort zum Abschied mit einem Glas nach dem anderen an und vernahm von jedermann Lob und Anerkennung für mein Verhalten.

Selbst mein Bruder hatte in einem seiner seltenen Briefe am Tag der Kriegserklärung geschrieben: ‚Wir haben eben die Nachricht vom Ausbruch des Krieges gehört, und wenn Dich dieser Brief erreicht, wirst Du schon bei der Armee sein, nehme ich an. So will ich mich beeilen, Dir Gottes Beistand zu wünschen. Ich kann natürlich nicht mit euch ziehen. Jemand muß zurückbleiben und das tägliche Brot anbauen, und ich glaube, es ist richtig, wenn ein Bursche wie ich dieser ‚Jemand' ist. Ich kann Dir nur versprechen, daß der Gedanke an das, was tausende von tapferen Kerlen wie Du für die Daheimgebliebenen tun werden, mich härter arbeiten lassen wird als jemals zuvor. Ich habe überlegt, wie Neuland unter den Pflug gebracht werden kann, so daß sich unser Ertrag verdoppeln, wenn nicht verdreifachen wird. Ich nehme nicht an, daß Du Zeit haben wirst, den weiten Weg zu uns wegen eines Besuches zu machen, und ich bin sicher, daß es falsch wäre, Dich zu drängen. Aber bitte denke immer daran, daß wir stets in unseren Gedanken und Gebeten bei Dir sind. Schreibe, wenn Du einen Augenblick Zeit hast, und Gott segne Dich, Ouboet.'

Versteht man jetzt? Indem ich so handelte, erfüllte ich sogar die Erwartungen meines Bruders. Kein Wunder, daß ich im Augenblick beruhigt, ja sogar zufrieden war. Doch den Brief beantwortete ich nie. Von Tag zu Tag verschob ich die Antwort, und schließlich schickte ich ihm am Tage unserer Verschiffung nur ein Telegramm.

Überspringen werde ich die Wochen der Ausbildung, die folgten, die Einschiffung mit der ersten Infanteriedivision und unsere Fahrt mit dem Schiff zu den Schlachtfeldern Nordafrikas. Das tue ich nicht etwa, weil diese Zeit uninteressant war, sondern weil sie belanglos für meine Geschichte ist. Hier geht es nur um den Verrat, um die Saat der Verneinung in mir, um diese Art von Botanik meiner eigenen Seele wie der menschlichen überhaupt. In diesem Zusammenhang habe ich meinem Bericht bis zum Augenblick meiner ersten Kostprobe eines Stoßtruppunternehmens nichts hinzuzufügen. Dieses Unternehmen war keine große Sache, außer für mich und mein Bataillon. Überdies war meine Rolle dabei von mir selbst gewählt worden. Seit Tagen hatte sich der Chef des Nachrichtendienstes über den Mangel an Gefangenen beklagt, von denen man militärisch wichtige Auskünfte bekommen könnte. Wir waren neu an der Front und nahmen das Drängen dieser Sonderabteilung beim Stabe wirklich ernster als wir es vielleicht später getan hätten. Mein Oberst schien sehr beunruhigt, und so meldete ich mich eines Nachts freiwillig, um die Führung eines Sonderkommandos zu übernehmen und die Gefangenen herbeizuschaffen, die unser Nachrichtendienst haben wollte.

Mein Angebot wurde freudig angenommen, und wieder war ich verblüfft, wie leicht ich diese Operation plante und ausführte. Es war, als ob ich das alles schon tausendmal vorher getan hätte. Dieses Gefühl und die lebenslange Erfahrung bei der Pirsch in meiner Heimat ließen die Aufgabe einfach und den Erfolg sicher erscheinen. Nachdem ich eine vorgeschobene Postenstellung des Feindes einige Tage lang beobachtet hatte, nachdem einige Luftaufnahmen von ihr beschafft worden waren und ich das Gelände zwischen uns und ihr nachts selbst ausgekundschaftet hatte, kroch ich mit einer Gruppe von sieben ausgesuchten Männern hinter mir in einer mondlosen Mitternacht aus unserer Stellung.

Nach einer halben Stunde waren wir, immer noch unentdeckt, dicht an unserem Ziel. Eine nicht unangenehme Erregung durchflutete meine Adern. Ich fühlte mich verjüngt, meine Empfindungen waren so frisch und lebendig wie an jenem Tag vor nahezu zwanzig Jahren, als ich mich an meinen ersten Kudubullen heranpirschte und ihn tötete. Ich ließ den Stoßtrupp halten. Die Männer mußten sich, um auszuruhen, auf den Rükken legen, damit die Gewähr bestand, daß wir alle genug Atem hatten, wenn wir uns, um sie entweder zu töten oder gefangenzunehmen, auf die Vorposten stürzten, deren niedrige Erdwälle sich im Dunkel vor uns abhoben wie die Rücken einer Herde wiederkäuender Kühe. Ich bemerkte, daß auch die Sterne an diesem Wagnis Anteil nahmen und auf Zehenspitzen vor Aufregung zitterten. An diesem unbekannten nördlichen Himmel waren sie mir größtenteils Fremde und schienen alle am falschen Platz zu stehen, aber wie zur Ermutigung glitt dort mein Lieblingssternbild, der große Jäger Orion, mit seiner Indianerschwinge sanft durch die schwarze Kulisse am Rande der Milchstraße, ohne auf den klaren Gesang und das helle Gezwitscher der kleineren Sterne auf der glänzenden Bühne vor sich zu achten. Niemals habe ich einen reineren und vollkommeneren Augenblick erlebt als damals. Ich erwähne das, weil ich jetzt überzeugt bin, daß dies ein Teil eines größeren Planes war, und um die Ironie dessen zu erhöhen, was folgen mußte.

Die Wüste ringsum, ein dem bankrotten menschlichen Geist so geeignet erscheinender Schauplatz für den Krieg, war seltsam still. Als ich so lag, durchbrach plötzlich das Geräusch eines Flugzeuges, das hinter den feindlichen Linien hervor schnell auf uns zukam, die Stille.

„Wir springen auf, wenn es über uns ist", flüsterte ich meinen Männern zu. „Bei dem Krach wird man uns nicht hören. Ist das klar? Ihr drei nehmt die Messer und kommt zuerst. Die anderen folgen und geben Feuerdeckung; aber nicht schießen, wenn es irgend geht."

Ich drehte mich um. Das Messer in der rechten Hand, nahm ich vorsichtig die Ausgangsstellung ein wie ein Läufer, der sich am Rand des Startlochs abstützt und auf den Startschuß wartet. Drei dunkle Schatten formierten sich neben mir. Das Flugzeug flog niedrig und schnell auf uns zu. Kurz bevor es über uns war rief ich: „Jetzt!" und sprang auf. Die feindliche Stellung war nur ein flaches Maschinengewehrnest, das aus dem harten Wüstengeröll herausgekratzt war. Im Laufen machte ich eine Flanke über den Erdwall und landete mitten in einer Gruppe von schlafenden feindlichen Soldaten. Meine Füße hatten kaum den Boden berührt, als das Flugzeug fast unmittelbar über uns ein Landesignal abschoß. Sofort war die flache Grube, das Durcheinander von staubigen kleinen Männern und auch die Wüste weithin von hellem Magnesiumlicht erleuchtet. Der Posten, der an der Böschung des Erdwalles lehnte, schreckte mit entsetztem Gesicht aus seinem verzweifelten Schlaf hoch. In dem fremdartig phosphoreszierenden Licht, das auf uns herabflutete, konnte ich jede Linie seines unrasierten Gesichtes erkennen. Es war ein kleiner dunkler Mann mit breitem Gesicht, seine Augen waren weit aufgerissen vor Entsetzen. Bei seinem Anblick verhärtete sich sofort etwas in mir, als wäre er keine Realität des Krieges draußen, sondern eine Figur im Schattenspiel meines eigenen Inneren. Er riß das Gewehr hoch, vielleicht um sich zu verteidigen, vielleicht um sich zu ergeben, und versuchte zu rufen. Der Laut wurde in seiner Kehle erwürgt. Ich habe immer außergewöhnlich schnell auf Situationen reagiert. Obwohl es Zeit benötigt, den Hergang zu schildern, ereignete sich alles ohne jede Unterbrechung in einem einzigen Augenblick. Ich sprang auf ihn zu, und noch bevor er von der Böschung fort war, unterlief ich sein Gewehr, preßte ihn gegen die Erde und stieß ihm mit aller Wucht das rasch hochgerissene Messer unterhalb der Rippen in den Leib. Für den Bruchteil einer Sekunde trat Stille zwischen uns ein, zweifellos jene Stille, in der Gottes Wächter auf ihren Horchposten am Rande der Welt einen Sperling fallen oder selbst den ersten leisen Schritt des Bösen hören könnten, wenn er sich auf seinen labyrinthischen Weg begibt. In dieser Stille hörte ich, wie seine Haut sich an der Messerspitze scheuerte und dann zurückschnappte wie ein Gummiband. Sein Gesicht sah aus, als ob der Schwanz einer Krähe darüberhuschte – und einen Augenblick lang erinnerte er mich an meinen Bruder. Blitzartig tauchten Visionen von meinem Bruder auf, von Stummelchen, von der weinenden Frau unter der Königspalme – sie erschienen und verschwanden in meiner Phantasie wie Kinder, die in der Dämmerung Versteck spielen. Gerade zur rechten Zeit wichen sie. Wie Automaten folgten meine Männer meinem Beispiel und griffen mit ihren Messern die entsetzten Soldaten an, die mit erhobenen Händen aus dem Schlaf taumelten. Ich mußte sofort

Einhalt gebieten. Mehr noch fürchtete ich, daß der Rausch des Tötens die vier erfassen würde, die uns mit ihren Feuerwaffen Deckung gaben. Wenn sie das Feuer eröffneten, würde es keine Überlebenden geben, und die Chancen, zu unseren Linien zurückzukommen, wären auf ein Minimum zusammengeschrumpft. Als ich den Befehl zum Einhalten gab, verlosch das Landesignal, und tiefe Finsternis senkte sich, Gott sei Dank, auf uns alle herab. Wir entwaffneten die siebzehn feindlichen Soldaten, die noch am Leben waren. Sie mußten die Stiefel ausziehen und auf Socken flink zu unseren Linien laufen. Meine Männer huschten hinter ihnen drein und schnurrten über ihren Triumph wie junge Katzen. Ich ging wie jemand, der in Gedanken verloren mit einem Fuß auf dem Bürgersteig und mit dem anderen in der Gosse läuft; die eine Hälfte von mir teilte die Zufriedenheit meiner Männer, die andere hingegen war hoffnungslos und fühlte sich auf seltsame Weise in eine andere Zeit verschlagen. In dieser Zeit-Gosse meines Ichs schienen die Gefangenen vor mir frei, ich dagegen ein Gefangener meiner selbst und mein eigener Aufseher zu sein. Erwies sich der Krieg, an den ich so glühende Erwartungen geknüpft hatte, bei erstem Kennenlernen nicht als das Schlachtfeld, was ich gesucht hatte? Würde er mir keine Gelegenheit bieten zu töten, was für mich zu töten notwendig war? Betrog er mich nur, indem er mich feindliche Stellvertreter meines Bruders morden ließ? War er nichts anderes als wieder nur eine Drehung der gleichen sinnlosen Schraube?

Als wir in unserer Stellung waren, kam der Oberst, um uns zum Gelingen des Unternehmens zu gratulieren, aber zum erstenmal fand ich Lob hart zu schlucken. Ich war fast unhöflich zu ihm. Als die anderen Offiziere meine erste Erwähnung im Tagesbefehl mit mir feiern wollten, konnte ich mich kaum zwingen, mit ihnen zu trinken.

So ging es weiter. Ich wurde im Töten besser und besser. Da ich insbesondere Fähigkeiten für Angriffe jener Art entwickelte, wie ich sie beschrieben habe, wurde ich von meinem Bataillon zum Stab versetzt, um Angriffe zu planen und zu führen, die weiter und tiefer hinter die feindlichen Linien reichten. Jedesmal wenn ich zurückkam, lehnte ich Urlaub und Schonung ab, ich wollte nur immer wieder eingesetzt werden. Für jede schwierige und gewagte Operation meldete ich mich freiwillig. Über ein Jahr lang war ich ununterbrochen entweder mit Unternehmungen gegen den Feind selbst oder mit deren Planung beschäftigt. Meine Zeit widmete ich nichts anderem als dem Krieg und hoffte dadurch, meinen Schatten zu entkommen, aber sie waren zu flink für mich. Nach dem Erwachen – mitten in der Schlacht – auf den Gesichtern der Männer, die hinter einer Sanddüne die Bajonette aufpflanzten – in dem seelenlosen Laut, wenn sie zum Sturmangriff brüllten – beim Anblick der Feinde, die sich in unserem Feuerüberfall wie Springböcke überschlugen – oder beim Anblick einer Bauersfrau, die mit ihrem Kind neben der schwelenden Ruine ihres Hauses saß – im tiefsten Schlaf und im Herzstück meiner süßesten Träume – überall tauchten flink die Schatten auf und ließen im Vorübereilen ihre langen Gewänder flattern und rascheln. Ich weiß nicht, wo das geendet hätte, wenn ich nicht, trotz meines Widerstrebens, für eine Spezialaufgabe aus der Wüste plötzlich nach Palästina abkommandiert worden wäre.

V

‚Der Tag hat sich geneigt'

In der Stille schlafloser Nächte hat mich oft der Gedanke eingeschüchtert, mit welcher Präzision Zufall und Umstand im menschlichen Leben zusammenwirken. Zum Beispiel bringen sie zuwege, daß ein Mann wie der Maori, den ich kannte, zur rechten Zeit auf der anderen Seite der Erde geboren wird, um dreißig Jahre später in der libyschen Wüste eine deutsche Kugel in die Stirn zu bekommen, während ich, der ihn führte, ein ebenso menschenfreundliches Werk wie das von ihm erlittene gerade an seinem Gegner vollbringen wollte. Aber von den vielen eindrucksvollen Beweisen für die Arbeit dieser Präzisionsinstrumente des Lebens hat keiner mich so betroffen wie der, welcher mich nach Palästina brachte. Ich kam gegen meinen Willen dorthin, und trotzdem hätte kein Auftrag besser in das Mosaik meiner Verzweiflung passen können als der, den diese Versetzung nach Palästina mit sich brachte. Ich war in einem Kloster stationiert, das Imwosch hieß. Die Mönche waren erst wenige Tage zuvor in ihr Stammkloster umgezogen, das ungefähr eine Meile entfernt bei einem Ort namens Latrun lag. Ein jahrhundertealter Duft von Weihrauch und Myrrhe hing noch in den kühlen Korridoren und grauen Steinhallen, als ich mit meiner Bande von Meuchelmördern einzog.

Einige Wochen lang lehrten ich und andere Männer, die zwar jünger waren als ich, aber schon ältere Gesichter hatten, diesen schrecklichen Gestalten jene Art des Tötens und der Geheimkriegsführung, in der wir uns zu Spezialisten entwickelt hatten. Es war ein sonderbarer Haufen; alle hatten ihre eigene Vorstellung vom Töten und ihre besondere Begabung dafür. So war der beste Schütze unter ihnen ein Junge, der schielte und den Körper eines Schlangenmenschen hatte; sein Vater war Jude und seine Mutter Araberin; beim Zielen peilte er mit dem rechten Auge, während das Gewehr an seiner linken Schulter lag. Bei ihm war, wie bei allen, das Normale mit einer makabren Logik ins Gegenteil verkehrt und diente dadurch noch besser der Mission zu töten. Morgens marschierte ich mit ihnen hinaus und lehrte sie Sprengkörper handhaben, Scheinminen und Zeitzünderbomben legen, außerdem waffenlos kämpfen und noch andere Kniffe des geräuschlosen Tötens. Nachmittags hielt ich ihnen Vorträge über eigene Erfahrungen und versuchte, ihre Phantasie mit dem Hintergrund vertraut zu machen, vor dem sie ihren Auftrag zu erfüllen hätten. Nachts führte ich sie dann in die Hügel hinter dem Kloster und übte in den tiefen Schluchten, Wadis und in den Oliven- und Feigenbaumhainen auf den Terrassen der Abhänge das Anschleichen an menschliches Wild. Vor Sonnenuntergang, zwischen theoretischem Unterricht und Nachtmanöver, marschierte ich gewöhnlich mit ihnen noch einmal hinaus, um das Explodieren der Zeitzünderbomben zu beobachten, die wir am Morgen gelegt hatten. Der Staub der Explosionen hing dann golden zwischen uns und der sinkenden Sonne in der windstillen Luft. Immer hatte ich geglaubt, das Licht unseres afrikanischen Hochlandes sei das reinste der Welt. Ich hatte mich geirrt. Nichts ist so lieblich wie das Licht an einem Herbstabend in Palästina. Ich erinnere mich noch an den ersten Abend, wie ich abseits von meinen Soldaten stand und auf die Öl- und Feigenbäume, auf Weinberge und schlanken Zypressen jenseits des Staubes blickte, während die Explosionen in mir nachbebten, und wie ich dachte, daß dies eine merkwürdige Art sei, mit heiligem Land umzugehen. Fast unerträglich verschärft wurde einmal dieses Gefühl durch den Anblick einer Gazelle, des lieblichsten aller schlanken Böcke von den Hügeln Palästinas, der, von den Detonationen aufgeschreckt, hoch auf einen purpurnen Hügel sprang, genau wie Stummelchen es auf der großen Ebene hinter den prähistorischen Hügeln einst getan hatte. Oh, immer war er gegenwärtig, dieser Stachel der Erinnerung, der wie die Nadel eines Chirurgen ausgeglüht war im Alptraum des Verrats in mir. In solchen Augenblicken war ich dankbar, wenn eine geballte Ladung nicht explodiert war und ich hingehen und nachsehen mußte. Als kommandoführender Offizier war ich es, dem diese gefährlichste aller Aufgaben unseres Lehrganges zufiel.

Eines Abends – er war so still und klar, daß das Licht zwischen den Hügeln ringsum kristallnem Wasser glich, das durch die leichte Abendbrise schwach, aber rhythmisch bewegt wurde, als würde ein klarer Bergteich vom Flossenschlag eines Fisches gekräuselt – zählte ich wieder die Explosionen und fühlte mich fast erleichtert, als ich feststellte, daß ein Blindgänger dabei war. Gerade als ich mich ihm mit raschen Schritten näherte, ging er los, und ein Felsbrocken von der Größe eines Rugbyballes flog haarscharf an meinem Kopf vorbei. Nachdem der Staub verflogen war und mein Schock sich gelegt hatte, sah ich, ungefähr zweihundert Meter entfernt, auf einem Geröllbrocken einen Mann in Zivil sitzen, der dort ganz und gar nichts zu suchen hatte. Unverzüglich ging ich auf ihn zu. Es war ein Mönch, aber trotz seiner Priesterkleidung sprach ich in strengem Tonfall mit ihm, so erleichtert fühlte ich mich, jemanden gefunden zu haben, an dem ich mein aus Schock und Ärger gemischtes Gefühl abreagieren konnte. Er war groß, ein Mann mittleren Alters mit leicht gebeugter Haltung, blondem, kurz geschorenem Haar und einem Paar schöner blauer Augen unter einer hohen Stirn. Und weil er auch einen dichten Bart trug, ging das einzige Licht in seinem Gesicht von den Augen und der Stirn aus.

Er hörte mir geduldig zu. Als ich fertig war, sagte er auf Englisch mit deutschem Akzent: „Es tut mir leid, Sir, wenn ich etwas Verbotenes getan und Ihnen Sorge bereitet haben sollte. Aber bevor unsere Oberen in Jerusalem unser Kloster für ‚dreißig Silberlinge‘ an die Militärbehörden übergaben, bin ich viele Jahre jeden Abend hierhergekommen, um den Blick auf das Kloster und die Landschaft zu genießen. Sie brauchen keine Angst zu haben, daß ich irgend etwas Törichtes tun werde. Über Sprengkörper weiß ich Bescheid. Ich war früher auch Soldat. Aber wenn Sie es verbieten, komme ich nicht wieder her.“

Bei diesen Worten wandte er sich um, als wollte er in Richtung des Stammklosters davongehen, das eine gute Meile entfernt am Fuße eines Hügels hinter flimmernden Zypressen, glitzernden Ölbäumen und inmitten von herbstlich goldenen Weingärten versteckt lag. Seine Art hatte jedoch solchen Eindruck auf mich gemacht, daß ich in etwas versöhnlicherem Ton fragte: „Sie sagen, Sie seien auch Soldat gewesen? Wo und wann denn?“

Er drehte sich wieder um und sagte langsam: „Ich war deutscher U-Bootoffizier im Krieg 14–18.“

„Und in diesem?“ fragte ich, während meine Aggressivität wieder zunahm.

Der Wechsel des Tonfalls berührte ihn nicht. Er sagte: „Ich bin 1919 Mönch geworden und seitdem ununterbrochen im Heiligen Land.“

Er schwieg. Wir standen da und sahen einander an.

Er brach als erster das Schweigen und fragte: „Glauben Sie, daß Sie mir möglicherweise sagen können, wie der Krieg weitergeht?“

Bereitwillig wollte ich ihm die letzten Nachrichten mitteilen, ohne mir klarzumachen, daß ich auf der falschen Fährte war.

Wieder unterbrach er mich und sagte: „Verzeihung, ich meinte nicht diesen Krieg. Ich meinte Ihren Krieg."

„Und auch den Ihres Landes", antwortete ich scharf, wobei mir der Gedanke durch den Kopf ging, daß er, wie viele Deutsche, die Verantwortung dafür ablehnte.

„Entschuldigen Sie", erwiderte er ruhig, „auf Grund meiner priesterlichen Rechte habe ich mir zuviel angemaßt und bin in Ihre privaten Angelegenheiten eingedrungen. Aber ich glaubte einen Zug in Ihrem Gesicht zu erkennen, der mich an meinen eigenen Zustand 1917 erinnerte ..." Er machte eine Pause. „Damals wurde mir zum erstenmal klar, daß der Krieg, an dem ich teilnahm, schon lange in mir getobt hatte, bevor er draußen in der Welt ausgebrochen war. Ich erkannte, daß ich ihn – ach, wie heißt das noch auf Englisch? – in einer anderen Dimension der Realität austrug."

„Ja, ja, schon ganz richtig", gab ich unbehaglich zur Antwort, ganz und gar nicht gewillt, einer so beunruhigenden Wendung der Unterhaltung mit diesem Fremden zu folgen, wenn er auch Priester war. So ging ich zu einem anderen Thema über und sagte: „Also, wenn Sie jeden Abend hierhergekommen sind, dann wollen wir diesen Brauch beibehalten. Ich kann es leicht einrichten, daß meine Männer die Sprengkörper in sicherer Entfernung zur Explosion bringen."

Bei diesen Worten bekamen seine schwermütigen Augen einen neuen Ausdruck. Er dankte mir und sagte, er wisse diese Erlaubnis sehr zu schätzen. Dann bat er, mir erklären zu dürfen, warum er so großen Wert darauf lege, abends hierherzukommen. Seit zwanzig Jahren tue er dies, weil diese Senke in der Landschaft, wo wir unsere Übungen abhielten, für ihn das heiligste Stück

Erde von ganz Palästina sei. An diesem Ort, sagte er, sei Christus nach seiner Auferstehung den Jüngern zum erstenmal erschienen. Er wies mit der Hand, die von den vielen Jahren im Ärmel der Kutte fast durchsichtig weiß war, auf das Gelände unter uns. Die Sonne ging gerade unter, und die Schatten in den Wadis wurden schon tief wie fließendes Wasser. Er sagte, genau dort, wo das Kloster stünde, seien die Jünger in Furcht versammelt gewesen: einige von ihnen infolge ihrer Unschlüssigkeit und Ausflüchte während der kritischen Stunden zwischen der Gefangennahme Christi und der Kreuzigung genauso betäubt wie durch die Kreuzigung selbst, und alle wie Schafe, die beim Einbruch der Nacht in einer Welt von Wölfen den Hirten verloren hätten. Dann sei plötzlich aus dem vom Sonnenuntergang gefärbten Himmel Er gekommen und seinen schmerzerfüllten Anhängern erschienen.

Sie erkannten ihn nicht, aber in ihrem tiefen Leid und in ihrer Furcht waren sie froh über jeden, der sich ihnen anschließen wollte, und so hießen sie ihn willkommen und sagten: „Bleibe bei uns; denn es will Abend werden, und der Tag hat sich geneigt."

Hier entstand eine Pause. Dann fuhr mein Gesprächspartner fort und erzählte, daß er jeden Abend hierherkäme, um jene Stunde wiederzuerleben. Er käme, um nachzudenken über seine eigenen Ausflüchte und sein Versagen vor dem Auferstandenen im Laufe des Tages und um zu warten, bis er bereit sei, auf die Knie zu fallen und um Vergebung zu bitten für das, was er täglich aus Unglaube tue.

„Aber woher wissen Sie, daß es hier war?" fragte ich unvermittelt.

Im Kloster hatte plötzlich die große Glocke begonnen, die Stunde der Nacht zu schlagen, und ich war mit meiner Frage herausgeplatzt, weil ich fühlte, daß die

Emotion, die durch seine Erzählung und die Art seines Erzählens in mir entstand, mich beunruhigen würde, wenn ich mich nicht an das klammerte, was ich immer noch als die Hauptfakten des Lebens ansah.

„Die ersten Pilger haben die Stelle entdeckt und markiert", antwortete er. „Dann folgten die Kreuzfahrer und errichteten über der markierten Stelle ihre erste Kirche und das Kloster, genau dort, wo Sie jetzt Ihren Lehrgang abhalten."

Seine Worte verursachten mir von neuem Unbehagen. Seine Fähigkeit, mich außer Fassung zu bringen, schien unfehlbar, trotzdem wollte ich ihm noch mehr sagen. Doch er entschuldigte sich freundlich und fragte, ob ich nicht die Glocke gehört hätte? Das sei für ihn der Ruf zur Pflicht, so wie ich meine dort drüben hätte. Er zeigte dorthin, wo am Abhang meine Männer in ruhelosem Durcheinander beisammen kauerten. Wenn ich es wolle, schloß er, könnten wir uns an derselben Stelle an irgendeinem Abend, der mir paßte, wiedertreffen, denn jetzt, da ich so gut gewesen wäre, ihm die Erlaubnis zu erteilen, würde er bei seiner alten Gewohnheit bleiben. Und mit diesen Worten ging er, immer noch im Seemannsgang auch unter der Mönchskutte, in die wachsende Finsternis, während die Glocke die ganze Zeit läutete und die braune Luft durch Woge um Woge ihres eindringlichen Klanges erzittern ließ.

Aber ich sah ihn nicht wieder. Am nächsten Morgen wachte ich mit einem meiner periodisch wiederkehrenden Malariaanfälle auf, es war der schlimmste, seitdem ich das Buschveld verlassen hatte. Meiner Abteilung war kein Arzt zugeteilt, denn wir waren nur eine kleine, sorgfältig ausgewählte Einheit von Mördern – wenn man will, eine Art Aristokratie –, aber ich erlaubte auch meinem Adjutanten nicht, wegen eines Arztes nach Jerusalem zu telefonieren. Ich hatte in der Vergangenheit so häufig Malaria gehabt, daß ich besser als jeder Arzt Bescheid zu wissen glaubte, was am besten zu tun sei. Ich nahm eine Dosis Chinin und sagte meinem Burschen, er solle Wolldecken und Mäntel auf mein Bett türmen; dann legte ich mich hin und wartete vertrauensvoll darauf, daß mein Schüttelfrost aufhören und der Schweiß ausbrechen möge, damit das Fieber nachließe. Aber im Laufe des Tages wurde bald deutlich, daß es sich um keinen gewöhnlichen Anfall handelte. Der Schüttelfrost wurde schlimmer, die Temperatur stieg, und kein Schweißausbruch linderte das Fieber.

Am Nachmittag schien eine Eiszeit sich meines Blutes zu bemächtigen und meine Knochen durchzuschütteln. Wenn ich wirklich krank bin, sucht mein Instinkt immer beim Leben selbst und nicht bei den Menschen Hilfe. Wenn ich einmal sterbe, hoffe ich, daß es im Freien sein wird, im Angesicht von Himmel und Sternen, um meine Seele ihrem Hüter, dem Wind, ohne Vorbehalt überlassen zu können.

So schleppte ich mich mit Hilfe meines Burschen mühsam hinaus und legte mich unter freiem Himmel nieder, vor mir der windgeschützte Abhang, wo der Mönch und ich uns am Abend zuvor getroffen hatten. Dort spürte ich endlich, daß mein Fieber genug Raum hatte, um seine Schwingen auszubreiten. Denn das ist, was das Fieber braucht. Fieber ist seltsame Schwinge gewordene Zeit – Geist, der gefiedert ist, um die großen Entfernungen zwischen einem qualvollen, zerbrechlichen Augenblick der Gegenwart und jenem ersten Fallen ins Sein, womit das Leben begann, durchmessen zu können. Kaum lag ich im Freien, als diese Art Bewußtseinszustand mich beflügelte. Ich vergaß meine Schmerzen, mein Schüttelfrost schwand, und ich eilte mit einer einzigen, alles verdrängenden Absicht zurück bis zu dem Augenblick, wo sich einst große Finsternis versammelt hatte über dem Land, auf dem ich lag. Ich konnte fühlen, wie sich neben meinem Ohr die Erde vor Qual hob, konnte hören, wie die Schläfe barst bei einem blitzartigen Laut, dem eine schreckliche Stille folgte, deren Rauschen einzig dem Blut entsprang, das im Ohr zischte wie ein aufgepeitschtes Meer zwischen Felsen. Die Stille wurde so beängstigend, und jene Nichtigkeit, von der ich gesprochen habe, breitete sich so sehr in ihr aus, daß ich sie nicht länger zu ertragen vermochte und mich in meinem Lager aufbäumte, um nach etwas Ausschau zu halten, das sie füllen konnte.

Ich sah die Sonne untergehen und erkannte, daß mein Fieber mich gerade in dem Augenblick ins Freie getrieben hatte, als eine kleine Schar vom Leid betroffener Jünger sich auf die Nacht vorbereitete an jenem Ort, wo das Kloster, meine spätere Werkstatt des Kriegshandwerks, gebaut werden sollte. In meinem Fieber sah ich zuerst die Schar der Männer, dann Ihn selbst, wie Er einen Fußpfad herunterkam, der sich durch Feigen- und funkelnde Ölbäume wand, genau wie es mir der Mönch beschrieben hatte. Der Sonnenuntergang glich einem Heiligenschein um Seinem Kopf. Und doch war jetzt, als Er gekommen war, das Ganze eine so alltägliche Angelegenheit – es überraschte mich nicht, daß Er nicht erkannt wurde. Wie schwer ist zu lernen, daß unser eigenes kleines Wunder nicht im Himmel geschieht, sondern in den Sandkörnern zu unseren Füßen; daß das Wunderbare nicht in den Sternen liegt, sondern in dem furchtsamen Fleisch und Blut, das um die mondweißen Knochen unter unserer schrumpfenden Haut gewölbt ist. Die Männer, die sich jetzt um Ihn drängten, konnten das Wunderbare nicht erkennen, denn in ihrer Furcht blickten sie entweder zu hoch oder zu weit.

Dann hörte ich einen von ihnen, trostlos vor Schmerz, zu Ihm sagen: „Bleibe bei uns, Bruder, denn der Tag hat sich geneigt."

Doch aus seinem Tonfall sprach kein Wiedererkennen.

Als ich dies beobachtete, während Seine Gegenwart in meinen Sinnen knisterte wie Feuer, begann ich besser zu verstehen, warum sie Ihn nicht wiedererkannten. Er war zwar derselbe: aber Er war übersetzt. Das vergängliche Manuskript Seiner Person war irgendwo in den Archiven um Gethsemane zurückgeblieben; nur die Übersetzung war jetzt vorhanden. Er war in ein neues Idiom übertragen worden, daß man noch nicht zu lesen verstand. Darum war es keine Überraschung für mich, daß Er, anstatt gleich auf die Einladung einzugehen, plötzlich fragte: „Aber warum seid ihr nicht alle hier?"

„Freilich sind wir *alle* hier", antwortete einer von ihnen.

Entschieden verneinend schüttelte Er den Kopf und antwortete: „Judas ist nicht hier."

Das Erstaunen auf ihren Gesichtern war groß, teils vielleicht, weil aus Seinem Tonfall gefolgert werden konnte, daß Er die Anwesenheit des Judas wünsche; teils vielleicht auch, weil Er vom Schicksal des Judas, das im ganzen Land bekannt war, nichts zu wissen schien.

Dann sah ich in meinem Fieber, wie einer von ihnen sich langsam zu Ihm begab und antwortete: „Aber ... Meister ... du weißt doch, daß Judas tot ist. Er hat sich erhängt."

An seinen Worten wie an seinem Tonfall erkannte ich, daß der Fragende Klarheit erlangt hatte.

Der Auferstandene drehte nun dem Sprecher Seinen Rücken zu und sagte offen, doch mit Schmerz: „Das kann nicht wahr sein. Wenn Ich hierin scheitere, scheitere Ich in allem anderen auch." Er blickte gen Himmel. „Vater, dieses Leben, das Du über den Menschen verhängt hast, braucht Judas genauso, wie es Mich braucht. Auch seine Tat ist erlöst durch die Liebe, die sie ihm abverlangt hat."

Als Er dies sagte, wandte Er sich wieder halb um, und ich konnte sehen, daß Seine Augen ganz erloschen waren. Während die anderen, noch benommen von der Offenbarung, sich zusammendrängten, stand ich unverzüglich auf, ging fröstelnd zu Ihm hin, kniete nieder zu Seinen Füßen und sagte: „Viele Gerüchte, die nicht wahr sind, gehen um in Jerusalem und Rom. Sieh, ich bin Judas ... ich lebe und bin hier."

Wie ich sprach, kehrte der Glanz in Sein Gesicht zurück. Er beugte sich vor, nahm meine beiden Hände und half meinem fiebergeschüttelten Körper auf die Füße. Aufblickend rief Er dann aus: „Vater, hab Dank. Jetzt können wir beide endlich frei sein."

„Aber ich bin nicht frei", fügte ich schnell hinzu. „Einst hatte ich einen Bruder, und ich verriet ihn –"

„Geh zu deinem Bruder", sagte Er auf einmal, „und schließe Frieden mit ihm, genau wie Ich es tun mußte mit der Not, die Ich durch dich erlitt."

Bei diesen Worten merkte ich, wie mir der Schweiß aus den Poren brach und den Leib hinunterlief wie tropischer Regen. Langsam wurde ich wieder warm, und ich konnte den kühlen Wind der einbrechenden Herbstnacht hören, der den Hang herunterfegte und das Laub rascheln ließ.

Lange Zeit hatte ich mich vor der Stimme des Windes gefürchtet, doch jetzt war ich dankbar für den Laut. Es war schon fast dunkel, und die Sterne ließen ihr Licht wie Tränen des Mitleids auf die Nacht fallen. Erstaunt sah ich mich um. Es war niemand zu sehen. Ich war ganz allein, obwohl ich mich zum erstenmal seit vielen Jahren nicht einsam fühlte. Ich legte mich zurück in meine Decken und beobachtete, wie die Sterne hinter dem Hügel zwischen Imwosch und Bethlehem niedergingen. Ich glaube nicht, daß ich überhaupt geschlafen habe, aber trotzdem war es die kürzeste Nacht, die ich jemals erlebte. Der Tag kam so schnell, daß die Nacht nur der Schatten einer Wolke hätte sein können, die an der Sonne vorüberzog. Meine eigene Finsternis war endlich eingeholt worden.

Als der Morgen kam, war mir klar, was ich tun würde. Ich fühlte mich wie ein Schiff, das lange still lag und nun im Wind schaukelte, der die Segel gefunden hatte. Ich brach sofort zu meinem Bruder auf. Der Krieg und das Aufeinanderprallen der Armeen der Welt schienen unbedeutend im Vergleich mit dieser leicht zu leistenden Tat. Zum erstenmal hatte ich Angst, ich könnte getötet werden, bevor ich die Tat ausgeführt hätte. Der Tod, erkannte ich jetzt, war ein Augenblick höchster Wahrheit, dem man nur mit ebenbürtiger Wahrheit begegnen konnte. Ich betete, daß ich dieses Geheimnis, diese Lüge meines Verrats nicht mit mir in den Tod nehmen müsse.

Meine Findigkeit, die ich so rückhaltlos der Zerstörung geweiht hatte, war jetzt in eine ganz andere Richtung geleitet. Noch vor dem Frühstück hatte ich einen Arzt aus Jerusalem rufen lassen. Am selben Tage hatte ich seine Anweisung für einen Genesungsurlaub von einem Monat in der Tasche. Obwohl jeder erklärte, daß dies unmöglich sei, brachte ich es mit Hilfe alter Freunde in der südafrikanischen Air-Force fertig, von Palästina nach Ägypten und von Ägypten in Etappen nach Hause zu kommen.

Knapp vierzehn Tage später stieg ich eines Morgens auf dem kleinen Nebengleis der Eisenbahn nahe der Farm meines Bruders aus. Jeder starrte fragend auf meine Uniform, die man ebenso schwer zu identifizieren vermochte wie mich. Ich mietete mir einen alten

Wagen für den Tag, denn mehr Zeit konnte ich mir nicht nehmen, wenn ich vor Ablauf des Urlaubs zurück sein wollte, und fuhr zur Farm meines Bruders. Während der ganzen Fahrt hatte ich kaum einen Blick für die Welt draußen übrig gehabt, aber jetzt fiel auch mir auf, wie trocken alles war. Auf dem Feld gab es kein Gras mehr, das Buschwerk hatte sich zusammengekrümmt und war im Feuer der Sonne zu schwarzen Strünken verbrannt; die Schafe und das Rindvieh waren so dünn, daß ihre Rippen und Knochen das straffe Fell zu durchbohren schienen. Geier, Krähen und Bussarde kreisten am Himmel, wo immer ein Tier der Dürre zum Opfer gefallen war, und jedesmal wenn ich aus dem Wagen sprang, um ein Tor zu öffnen, stieg mir der Geruch des Todes in die Nase. Aber trotz der Tragödie des verdurstenden Landes und der halb verhungerten Tiere begann eine merkwürdige Erregung in mir aufzusteigen, je später es am Vormittag wurde und je mehr ich mich über große graue Ebenen zwischen schimmernden blauen Hügeln hindurch dem Haus meines Bruders näherte. Im Nordwesten, aus welcher Richtung bei uns der Regen kommt, sah ich die Schneegipfel einer am Himmel sich auftürmenden Gewitterfront; als ich am Haus meines Bruders angekommen war, hatten sie sich zu einem Schwarz verfärbt. Fast in ihrem Schatten fuhr ich eine Allee zitternder Pappeln hinauf, die seit meinem letzten Besuch groß und breit geworden waren, bremste scharf vor dem geräumigen *stoep*, sprang heraus und rannte die Stufen hinauf. Bevor ich klopfen konnte, öffnete sich die Eingangstür, und die Frau meines Bruders kam heraus.

Ich hatte sie nie sehr gut gekannt, aber mir fiel auf, wie ernst sie durch ihren gemeinsamen Kampf mit den Schwierigkeiten des Bodens geworden war. Sie erkannte mich sofort wieder, doch im gleichen Augenblick verhärteten sich ihre Gesichtszüge auf eine Weise, die nichts Gutes verhieß. Sie bot mir nicht einmal ihre Wange zum Kuß, sondern reichte mir kühl die Hand, fing sich dann aber und sagte: „Ist das eine Überraschung! Komm herein, ich werde deinen Bruder holen. Er wird höchst erstaunt sein, dich zu sehen. Warum hast du uns keine Nachricht gegeben, daß du kommst?"

„Das ist eine lange Geschichte", erwiderte ich schnell, „später kann ich das erklären. Aber wo ist er denn? Ich werde ihn suchen gehen."

„Dann werde ich mich weiter um das Essen kümmern", antwortete sie ohne Erleichterung. „Er ist hinten im Garten und leitet unser letztes Wasser an die Bäume und zum Gemüse. Wir haben eine schreckliche Zeit gehabt, wie du, nehme ich an, schon bemerkt haben wirst. Ein Jahr lang keinen Regen. Schafe und Rinder sind am Sterben, und der ganze liebliche Garten ist praktisch verdorrt." Sie sah mich an, als wäre ich inzwischen, anstatt im Krieg zu kämpfen, irgendwo zu meinem Vergnügen gewesen.

„Es muß schrecklich gewesen sein", pflichtete ich sofort bei. „Aber es sieht so aus, als käme jetzt endlich Regen."

„So ist er schon ein dutzendmal heraufgezogen und ist dann am Abend wieder vom Wind fortgeblasen worden", antwortete sie grimmig.

Nach dieser Bemerkung verließ ich sie und ging, um nach meinem Bruder zu sehen. Ich fand ihn mitten im Garten, wo er mit unendlicher Geduld und Behutsamkeit ein spärliches Rinnsal Wasser von einem ausgedörrten, vertrocknenden Baum zum anderen leitete. Ich sah ihn, bevor er mich sah. Natürlich sah er älter, gebeugter aus, er war tatsächlich beinahe so gekrümmt wie einer der einheimischen Dornenbüsche unseres durstigen Landes. Er schien so sehr ein Teil der Erde zu sein, daß er aus ihr hätte hervorgegangen sein können. Ich bemerkte, daß der Buckel auf seinem Rücken deutlicher ausgeprägt war als je zuvor. In diesem Augenblick hörte er mich und drehte sich um mit einer Gewandtheit, die so unerwartet war bei jemand mit einer so unbeholfenen Gestalt, daß sie einen außer Fassung brachte. Er sah mich und war reglos vor Erschütterung. Seine dunklen Augen blickten in meine blauen, und ich sah, daß ihr Glanz immer noch gefangen war in einem Augenblick, der weit zurücklag. Wie gut ich das kannte, und wie klar ich das verstand jetzt, da ich frei war. Hatte ich nicht kürzlich gelernt, daß der Tod nicht am Ende unseres Lebens liegt? Er ist das Gefangensein in einem Augenblick der Zeit, das Eingesperrtsein in einer einzigen gefühllosen, unversöhnlichen Tat oder Seite von uns. Tod ist das Ausgeschlossensein von der Erneuerung unseres heutigen Ichs. Ihm folgen weder Himmel noch Hölle. Hölle ist Zeit, die innen gefangen ist und sich weigert, mit dem Wind und den Sternen zu ziehen. Himmel ist das Wegrollen des Felsbrockens, um neues Leben freizulassen; er ist der erneuerte Mensch, seinen vier Jahreszeiten einverleibt, die sich zur Ewigkeit runden.

So ging ich zu meinem Bruder, legte ihm beide Hände auf die Schultern und sagte: „Es ist gut, dich wiederzusehen, Ouboet – und immer noch bei der Arbeit im Garten."

Er stammelte: „Oubeot, ich wünschte, ich hätte gewußt, daß du kommst. Ich hätte dich gerne abgeholt. Aber komm ins Haus. Du mußt müde sein. Kannst du lange bleiben?"

„Nein, Ou Boetie", sagte ich und erklärte rasch, „in einem gewissen Sinn dürfte ich überhaupt nicht hier sein. Es hat mich vierzehn Tage gekostet, um herzukommen, und ich bin froh, wenn ich rechtzeitig wieder an der Front bin, sonst bekomme ich schweren Ärger. So fahre ich also in ein paar Stunden los, um den Nachtzug in Richtung Norden zu erreichen. Herzu habe ich den Weg durch die Luft ‚per Anhalter' zurückgelegt. Ich bin nur gekommen, um dich zu besuchen und diese paar Stunden bei dir zu sein."

„Wirklich, Ouboet?" sagte er, als könnte er seinen Ohren nicht trauen. „Ist das wirklich so?"

„Bestimmt", erwiderte ich, wobei mein Griff um seine Schultern noch fester wurde, und ich empfand, daß ich nicht einmal Zeit hatte, mich dem konventionellen Gang einer solchen Begegnung anzupassen. So ging ich geradeswegs auf den Kern der Sache zu und erzählte ihm, ich sei gekommen, um ein großes Unrecht einzugestehen, das ich einst an ihm begangen haben, und ich wolle ihn dafür um Verzeihung bitten.

„Oh, aber bestimmt, Ouboet", begann er zu protestieren, aber ich war sicher, dies entsprang mehr der Gewohnheit als seinem wirklichen Gefühl. So unterbrach ich ihn, bat ihn zuzuhören und fuhr fort, ohne Pause oder Ausflucht die Geschichte meines Verrats zu erzählen, wie ich sie sah.

Er hörte mir ohne zu unterbrechen und mit wachsender Anteilnahme zu. Eine Stille schien dem schnell sich nähernden Sturm vorauszueilen. Nicht einmal ein leises Grollen des fernen Donners durchbrach das Schweigen des verdorrten Gartens.

Als ich geendet hatte, drehte er sich um und starrte mich an, und ich sah, daß ihm Tränen in den Augen standen.

„Ouboet", sagte er mit einer Stimme, die ich seit den Augenblicken der Versöhnung nicht wiedergehört hatte, da wir als Kinder zusammen unter den Sternen schliefen. „Du sagst – du – du hast den ganzen Weg hierher gemacht, du hast deinen einzigen Urlaub seit

Kriegsanfang geopfert, nur um zu kommen und mir das zu sagen?“

Ich nickte, denn ich war zu sehr außer Fassung, um zu sprechen. Auch befürchtete ich plötzlich, daß das, was ich gesagt hatte, zu wenig schien für eine so schwerwiegende Sache. Ich sah in die Ferne, wo hinter den verwelkten Obstbäumen die dunklen Wolken im abnehmenden Blau sich schwerfällig wieder auseinanderzogen, und überlegte, was ich tun würde, wenn auch er meine Worte unzureichend finden sollte.

Dann fühlte ich meine Hände in die rauhen Finger eines Pflügers genommen. „Ouboet, du hast viele gute Taten getan“, sagte er sanft, „aber keine war mutiger als die heutige.“ Er machte eine Pause. „Ich hatte das alles immer schon die ganze Zeit gefürchtet, aber die Gewißheit bekam ich an dem Tag, als du Stummelchen erlegtest.“

Er brach ab, und ich starrte ihn an.

„Du wußtest es?“

Er nickte. „Aber jetzt sind wir durch dich von dem allem frei.“

Ich machte mir erstaunt klar, daß weitere Worte zwischen uns unnötig waren. Dann hörte ich, wie mein Bruder mit typischer Besorgtheit eilig sagte: „Aber du siehst todmüde aus. Wir wollen ins Haus zurückgehen. Du kannst schon vorgehen. Ich will nur noch das Wasser abstellen. Wir können uns nicht leisten, auch nur einen Tropfen zu vergeuden.“

Bei seinen Worten überkam mich physische Erschöpfung, trotzdem wurde sie einer neuen Wärme einverleibt, die durch die Auslösung der alten Zärtlichkeit zwischen uns entstand.

Die Frau meines Bruders wartete auf mich unter dem *stoep*, in ihren angespannten Gesichtsausdruck mischten sich Besorgnis und Neugier. Aber bevor sie oder ich etwas sagen konnte, hörte ich meinen Bruder im Garten singen, wie ich ihn seit meiner Kindheit nicht mehr singen gehört hatte. Er sang das Lied, das mir schon bekannt war und das er selbst komponiert hatte:

„Reite, reite durch den Tag,
Reite durch das Mondlicht,
Reite, reite durch die Nacht,
Denn in der Ferne brennt das Feuer
Für einen, der zu lang gewartet hat.“

Dann begann er eine zweite Strophe, die neu für mich war:

Ich ritt durch das Mondlicht,
Ich ritt durch die Nacht
Zu dem Feuer in der Ferne,
Und neben dem Feuer saß,
Der so lang gewartet hat.“

Ich war von dem Lied zutiefst gerührt, und auch die Frau neben mir reagierte fast heftig. „Lieber Himmel“, rief sie aus, „weißt du denn, daß er noch nie einen Ton gesungen hat, seit wir verheiratet sind? Ich habe nie für möglich gehalten, daß er so singen könnte.“

In diesem Augenblick grollte der Donner tief und lang zwischen den Hügeln vom einen Ende der Ebene bis zum anderen. Es war, als ob der Himmel selbst gesprochen hätte. Als der Laut in der nachfolgenden Stille erstarb, hörten wir nur den Wind in der Ferne stöhnen. Die Frau meines Bruders sah mich an, ihr Gesicht war plötzlich sanft geworden wie das eines jungen Mädchens. „Ich bin froh, daß du gekommen bist“, sagte sie rasch. „Aber komm herein und ruh dich aus. Ich bin so froh, daß ich zufällig ein recht gutes Essen heute habe, und ich glaube, du hast uns Glück gebracht. Ich glaube, es wird endlich regnen.“

Wir drehten uns um und blickten zum Himmel über dem Garten. Es war kein Zweifel mehr möglich. Die Kavallerie der großen Wolkenarmee war dabei, die letzten vereinzelten Reste des Blau einzukreisen. Der Donner grollte lang und laut wieder und wieder, und die einsamen Hügel am Ende der Ebene wurden weiß durch den vordringenden Schleier des Sturms. Dann sahen wir den Regen rasch heraufziehen. Er nahte mit einem Laut, als käme der Wind des ersten Lebensodems, um noch einmal über das ausgedörrte und lang verschmähte Land zu streichen, auf dem wir standen.

VI

Das Säen der Saat

„Die Fragen, die dieses beunruhigende Dokument in mir aufwirft", sagte Lawrence zu mir, als wir am Nachmittag wieder allein waren, „tauchen so schnell auf, daß ich kaum weiß, wo ich beginnen soll. Die erste lautet: ging Celliers wieder in den Krieg? Ich entnehme diesem Bericht, daß er sich verpflichtet fühlte, seinen Urlaub nicht zu überschreiten. Aber solch eine – eine Offenbarung muß doch bestimmt eine Wandlung in ihm bewirkt haben?"

„Sie hat es und hat es nicht", antwortete ich ihm. „In einem gewissen Sinn schien er genauso weiterzumachen wie vorher."

„Das überrascht mich. Es läßt an einen Kompromiß denken – kannst du dir das erklären?" Lawrence sah beinah enttäuscht aus, so beeilte ich mich, ihm zu erzählen, was ich wußte.

Es war wirklich nicht viel. Ich war überzeugt, daß Celliers noch mehr über sein Leben schreiben wollte, daß er aber daran gehindert wurde aus Gründen, die bald klar würden. Über seinen Zustand nach der Rückkehr aus dem Urlaub konnte ich nichts Sicheres sagen, denn zu der Zeit, als er nach Nordafrika zurückkam, hatten die Japaner in Südostasien losgeschlagen, und ich befand mich auf dem Weg nach Burma. Tatsächlich hatte ich ihn nicht wieder gesehen, bis die Kempeitai, die mächtige, japanische Geheimpolizei, ihn halbtot in mein Gefängnis auf Java brachte.

„Stand das Lager unter dem Kommando des berüchtigten Yonoi?“ fragte Lawrence schnell.

„Ja“, erwiderte ich, „so war es.“

Zufällig hielt ich mich eines Nachmittags in der Nähe des Lagertores auf, als die Japaner Celliers, der kaum noch lebte, ohne jede Förmlichkeit oder Ankündigung hineinstießen. Aus dem Verhalten der koreanischen Wachen, die zu unserem Leidwesen die japanischen abgelöst hatten, entnahm ich, daß etwas Ungewöhnliches im Gange war. Wie Lawrence gut wußte, war dies bei Gefangenen überall ein unangenehmes Gefühl, nirgends aber konnte es schlimmer sein als unter dem unberechenbaren Yonoi. Natürlich wußte ich nichts. Aber ich war auf der Hut, denn ich hatte entdeckt, daß man das Unglück unter Umständen abwenden konnte, wenn man bei solchen Gelegenheiten schnell und im richtigen Augenblick etwas unternahm.

„Ich weiß, ‚gewußt wann‘ war äußerst wichtig“, stimmte Lawrence mir lebhaft zu. „Aber wie schwierig was das einigen von unseren Jungs klarzumachen.“

Ich erzählte Lawrence weiter, daß ich beobachtend dort am Tor herumgestanden hatte, als es sich plötzlich öffnete. Ich hatte schon erwartet, eine Kompanie Infanterie würde im Laufschritt zu einer der Lagerdurchsuchungen hereingestürzt kommen, aber es war nur eine einzelne, große, breitschultrige Gestalt in einer zerfetzten dschungelgrünen Uniform mit unordentlichem Haar, das im Vergleich zu unserem geschorenen üppig bis zur Obszönität aussah, die durch das Tor hereingestoßen wurde. In der einen Hand baumelte ihm ein leerer Tornister und an der Hüfte eine Feldflasche, während er versuchte, ohne die Hilfe der zwei Kempeitai-Soldaten neben ihm aufrecht zu gehen. Sogar die Wachen waren überrascht. Sie hatten die Wagen der Geheimpolizei ankommen und abfahren sehen und daraus geschlossen, daß man etwas viel Wichtigeres als die Entlassung eines Gefangenen aus der Haft der Geheimpolizei vorhatte. Und in einem gewissen Sinne hatten sie recht, denn ich bekam hinterher heraus, daß wir an jenem Tage der Hinrichtung Celliers' hatten zusehen sollen, daß er aber, hauptsächlich durch das Eingreifen Yonois, im letzten Augenblick begnadigt worden war.

„Durch Yonois Eingreifen!“ rief Lawrence ungläubig aus. Er pfiff durch die Zähne und fragte dann, scheinbar gar nicht damit im Zusammenhang: „Celliers war hellblond, nicht wahr?“

Ich sagte: „Ja“, und fragte dann: „Warum?“

Er lächelte auf seine ernste Weise. „Im richtigen Augenblick werde ich es dir auseinandersetzen“, versicherte er mir. „Ich glaube, du hast mir den Schlüssel zu etwas gegeben, das der rätselhafte Yonoi einmal von mir zu tun verlangte. Ja. Ich habe Yonoi bei späterer Gelegenheit gesehen. Aber du hattest zu der Zeit schon die Insel verlassen. – Erzähl weiter!“

Ich erzählte, daß ich Celliers nicht gleich erkannt hatte, allerdings war er sehr verändert. Diese Veränderung war natürlich teilweise darauf zurückzuführen, daß er von den Japanern gefoltert worden war, daß sie ihn monatelang im Dunkeln hungern ließen und seine akute Ruhr und Malaria nicht entsprechend behandelten. Da ich von seiner inneren Entwicklung nicht wußte, was wir jetzt wissen, sah ich die Ursache der ganzen Veränderung tatsächlich nur in jener Behandlung. Wie dem auch sei, ich hatte mich geirrt. Aber um zu dem Nachmittag zurückzukehren: Celliers, so schwach er war, erkannte mich und rief mich beim Namen. Bevor ich antworten konnte, hatte der Korporal der Wache mir gebieterisch mit der Hand gedroht und grob gerufen: „*Kura! Lakas!* Du da! Schnell, komm her!"

Selbstverständlich lief ich sofort hin, um von der Wache mit dem Handrücken ins Gesicht geschlagen zu werden. Koreanische Wachen mußten vor der Geheimpolizei japanischer als die Japaner selbst sein. Plötzlich aber erscholl ein lautes Brüllen hinter mir. Yonoi war unauffällig durch ein Seitentor erschienen und hatte, als er sah, was sich ereignete, gerufen, man solle sofort aufhören damit.

„Ich kann mir genau vorstellen, wie er rief", sagte Lawrence. „Er war stets ein großer Verfechter der Disziplin. Er mißbilligte Strafen, es sei denn, sie waren von ihm selbst angeordnet."

„Bei dieser Gelegenheit ging er sogar noch viel weiter", erzählte ich Lawrence. „Er befahl dem Korporal stillzustehen und schlug ihn dann mit seinem Stock, mit jenem Stückchen javanischen Rottangs, daß er stets bei sich trug, ganz fürchterlich über den Kopf und ins Gesicht, kannst du dir das vorstellen?"

Ich bin sicher, in diesem Augenblick hatten wir beide Yonois Gesicht lebendig vor Augen. Er schlug viel, darin stimmten wir überein, und war vielleicht der ansehnlichste Japaner, den wir jemals gesehen hatten. Er hatte ein asketisches, beinah priesterliches Gesicht, einen runden Schädel und eine Adlernase. Seine Augen hatten einen ausgewogenen Abstand voneinander, und obwohl sie seiner Rasse entsprechend geschlitzt waren, lag in ihnen etwas strahlend Zwingendes. Er war auch größer als die meisten und von geradem Wuchs. Außerdem war er der sauberste japanische Offizier, den ich gekannt habe, seine Uniform gut geschnitten und immer fleckenlos, und seine Schaftstiefel waren stets geputzt und glänzten. Er gab sich bewußt würdevoll, was die meisten von uns als Eitelkeit auslegten, was aber – sagte ich jetzt zu Lawrence – einer besonderen, uns unzugänglichen Ehrvorstellung entspringen mochte.

Lawrence nickte zustimmend und bemerkte, daß niemand etwas von Yonoi und seinem Volk verstehen könne, wenn er nicht ein wenig vertraut sei mit der tiefen Mondverehrung, von der ihr kleines, beengtes Leben inmitten der großen Finsternis ringsum geleitet würde. Das gehörte zu den Dingen, die das Leben für uns Kriegsgefangene so schwierig gemacht hatten. Durch vieles waren wir getrennt von denen, die uns gefangen hielten, nicht zuletzt aber durch unseren Ehrbegriff. In Yonois Ehrenkodex bedeutete es absoluten Ehrverlust, wenn ein Soldat in Gefangenschaft geriet. – Aber er schweife ab, sagte Lawrence und bat mich fortzufahren.

Nachdem er die Wache geschlagen hatte, dauerte es eine Weile, bis Yonoi seine Selbstbeherrschung wiederfand. Sein Gesicht war weiß geworden, er stand da und murmelte irgend welche Laute, die nicht von seiner Zunge oder aus seiner Kehle kamen, sondern wie die eines Bauchredners unmitelbar aus dem Magen. Obwohl dem Koreaner das Blut aus der Nase, den Ohren und von der Stirn floß, war er auf weitere Schläge gefaßt. Er konnte sich gerade noch aufrecht halten. Schließlich kehrte ihm Yonoi den Rücken und sprach zu mir. Außer ihm habe ich keinen einzigen Kommandeur eines Kriegsgefangenenlagers gekannt, der versuchte, Englisch zu sprechen.

„Du! Offizier!" sagte er bestimmt und sprach die Worte unter Schwierigkeiten und mit großen Pausen des Erinnerns und Neuansetzens zwischen den einzelnen Worten aus. Dann zeigte er dorthin, wo Celliers unsicher auf seinen Füßen schwankte. „Diese Person auch Offizier ... Dieser Offizier sehr schwach ... Gut kümmern! Mach gut! *Lakas*! Schnell!"

Er beobachtete mich mit zusammengekniffenen Augen, als ich zu Celliers ging. Erst als ich ihn fest beim Arm gepackt hatte, drehte er sich um und ging in das Wachlokal, wo er der gesamten Wachmannschaft laut einen Verweis erteilte. Er war immer noch dort, als ich Celliers zu den überfüllten Unterkünften half, die wir als Lazarett eingerichtet hatten. Wie üblich, wenn Anzeichen für ‚einen Haßausbruch' bestanden, hatten sich alle meine Mitgefangenen in ihre Baracken zurückgezogen. Ich konnte hinter den dünnen Bambuswänden ihr gespanntes Flüstern hören, als sie darüber diskutierten, was dieses Spektakel am Tor zur Folge haben möchte, wo Yonoi immer noch knurrte wie ein aufgebrachtes Tier.

„Nun, Straffer", sagte ich und versuchte, meinen Schock über sein verändertes Aussehen zu verbergen. „Das ist eine Überraschung! Du siehst ganz – aber das werden wir bald hinbekommen. Wir haben ein oder zwei erstklassige Ärzte hier im Lager. Auch mit Medikamenten steht es nicht schlecht. Und von Zeit zu Zeit können wir für die Kranken Lebensmittel von den chinesischen Kaufleuten draußen kaufen. Du wirst bald wieder gesund werden!"

Ein leises Lächeln huschte über sein verstörtes, von der Sonne faltig gewordenes Gesicht. „Bin glücklich, daß ich überhaupt hier bin. Dachte, mir würde heute der Kopf abgehauen – bin tatsächlich heute morgen rausgeholt worden, um öffentlich hingerichtet zu werden. Aber aus irgendeinem Grund haben sie entweder meinen

Erwartungen nicht entsprochen oder ihre Absichten nicht verwirklicht."

Er sagte dies mit einer ungezwungenen Fröhlichkeit, die auch zu anderen Zeiten bemerkenswert gewesen wäre. Ich erinnere mich, daß ich damals dachte, der alte ‚Straffer' Celliers, den ich in der westlichen Wüste kannte, hätte nicht so reagiert. Ein Teil von ihm hätte sich vielleicht über einen solchen Gnadenakt sogar geärgert.

Wie dem auch sei, zu jener Zeit hatte ich keine Ahnung, wie tief die Wandlung bei ihm war, und so bemerkte ich erstaunt: „Aber wie hast du das nur geschafft? Erst kürzlich haben sie ein paar von uns hingerichtet. Wie hast du das denn angestellt?"

„Ich habe überhaupt nichts dazu getan", antwortete er und lächelte wieder. „Ich glaube, sie haben mich begnadigt, weil ihnen mein Äußeres gefiel."

„Hat er das gesagt?" rief Lawrence aus.

„Und ganz ohne Bitterkeit", antwortete ich.

„Nun, im Hinblick darauf", Lawrence tippte mit dem Finger auf das gelbe Manuskript, das auf seinen Knien lag, „muß das für dich doch interessant gewesen sein?"

„Aber ich kannte das Manuskript damals noch nicht", sagte ich. „Alles, was ich zu jener Zeit dachte – wenn ich überhaupt etwas dachte – war, daß der neue ‚Straffer' genau genommen ebenso erleichtert war, dem Tode entronnen zu sein, wie jeder andere von uns auch."

Ich schloß damit, daß ich Celliers sagte, eines Tages müsse er mir erzählen, was wirklich vorgefallen sei, denn sein Zustand erlaubte dies zu jenem Zeitpunkt nicht. Lawrence wußte aus eigener Erfahrung, wie der körperliche Zustand Celliers' nach längerer Haft und Folterung gewesen sein mußte – so konnte ich mir die Einzelheiten ersparen. Unsere Ärzte waren erstaunt darüber, daß er noch lebte und sein Organismus keinen bleibenden Schaden erlitten hatte. Doch körperliches Wohlbefinden schien Celliers' besonderer Vorzug zu sein.

Durch Pflege und die reichlich bemessenen Rationen unserer Lazarettkost, die wir in jenen ersten Tagen für unsere Kranken und Verwundeten noch von den Chinesen kaufen durften, genas er. Seit Yonoi täglich nach ihm fragte, sah ich ihn regelmäßig, wenn ich zum Rapport ins Hauptquartier ging. Daß der Kommandeur eines Kriegsgefangenenlagers ein solches Interesse an einem Gefangenen nahm, war vorher niemals vorgekommen, und es machte großen Eindruck auf mich. Ich konnte es nur nicht verstehen. Noch stärker verwirrte es mich, als der Arzt mir berichtete, daß Yonoi von Zeit zu Zeit unangemeldet im offenen Eingang der Lazarettunterkunft erschien, dort stehenblieb und zur Ecke sah, wo Straffer lag, ohne dabei von irgend jemandem sonst Notiz zu nehmen. Er stand einfach nur da und starrte auf Straffer, als ob sie – wie ein australischer Arzt zu mir äußerte – beide zu demselben Menschenschlag gehörten. Der Arzt fügte noch hinzu: „Das beunruhigte mich. Irgend etwas nicht ganz Gesundes war dabei."

Das Seltsame war, daß Yonoi trotz seines Interesses bei keiner Gelegenheit mit Straffer sprach. Wenn er einige Zeit im Eingang gestanden hatte, ließ er den Arzt vom Dienst rufen und sagte: „Offizier dort: mach gesund!" Er schloß mit dem ausdrucksvollen malaiischen Wort: „*Lakas!* Schnell!"

Es schien, daß auch Yonois Seele auf ihre Art zur Eile getrieben war.

Aber um zu Celliers' Geschichte zurückzukehren ... Ich erfuhr in den folgenden Tagen von ihm, daß ihm etwas Bedeutungsvolles widerfahren war, das ihn rasch auf Urlaub zu seinen Angehörigen nach Südafrika hatte fahren lassen. Celliers erzählte mir, daß er eine Zeitlang einen schrecklichen Kampf mit sich selbst auszufechten hatte, um Klarheit zu gewinnen, welche Stellung er gegenüber dem Krieg einnehmen sollte. Viele Pläne waren ihm durch den Kopf gegangen, und er hatte sogar erwogen, zu einer Sanitätseinheit überzuwechseln. Doch am Ende hatte er alle diese Lösungen verworfen. Er hatte sich gesagt, ein Mann mit seiner Geschichte dürfe sich nicht plötzlich aus einer Situation zurückziehen, die er mitverursacht habe, nur um sich eine private geistige Lösung herauszunehmen. Er war vielmehr überzeugt, daß wir alle mitschuldig an der Tatsache des Krieges seien und daß wir, war der Krieg erst einmal Tatsache geworden, unserer eigenen Rolle in ihm nicht ausweichen könnten. Ich erinnerte mich an eine Formulierung, die er oft in unseren Diskussionen im Lazarett gebraucht hatte. Niemand von uns, behauptete er, sei rein genug, um für sich eine besondere Lösung außerhalb des eigenen menschlichen und zeitlichen Zusammenhangs beanspruchen zu dürfen. Keiner von uns könne es sich ohne fatale Maßlosigkeit der Seele leisten, irgendein Stadium auszulassen. das das Leben selbst durchlaufen mußte. Der Kampf der Seele um das Leben sei so wichtig, daß man die Herausforderung annehmen müsse, auf welcher Ebene sie auch auftrete, gleichgültig, wie hoch oder niedrig oder schrecklich diese auch sei. Man müsse sogar das Bedürfnis der Seele nach Tod in verschiedenen Lebewesen respektieren und einfach auf sich nehmen, was Anstand und Maß einem beim Töten zugestehen könnten. Celliers erhob nicht den Anspruch, daß dies die letzte Antwort sei, aber er habe den Gedankengang soweit vorangetrieben, sagte er, wie dies im Augenblick für ihn möglich sei.

„Lieber Himmel!“ unterbrach Lawrence an dieser Stelle und schüttelte traurig den Kopf. „Haben wir nicht alle den gleichen Weg zurückgelegt? Und ist das alles, was jemals dazu gesagt werden kann?“

Ich erzählte ihm weiter, daß zu der Zeit, als Celliers nach Nordafrika zurückkehrte, die Japaner Burma und Malaya überrannt hatten; Singapur war gefallen, und Java und Sumatra hatten fast kampflos kapituliert. Überall sah die Zukunft düster aus. Dann hatte das trübsinnige Hauptquartier in Kairo Celliers, weil er Holländisch sprach, gefragt, ob er bereit wäre, mit einer kleinen, ausgesuchten Mannschaft über Java mit dem Fallschirm abzuspringen, um dort einen Partisanenkrieg zu organisieren, der die Japaner ‚belästigen‘ sollte. Er hatte zugestimmt, und einige Monate später war er mit vier Begleitern über einem fernen Tal in Bantam abgesprungen. Über die Zeit danach schwieg er sich aus. Selbstverständlich hatten wir nicht viel Gelegenheit, uns zu unterhalten, weil er nicht sehr lange bei uns war, außerdem mußte die Erfahrung noch zu neu und schmerzlich sein: sie war der Grund gewesen, warum ihn die Geheimpolizei so lange in Haft gehalten und gefoltert hatte. Die Wunde der Erinnerung war noch so frisch, daß jede Frage sie wieder zum Bluten brachte. Trotzdem reichten seine Äußerungen aus, um entnehmen zu können, daß seine Mission ein völliger Mißerfolg gewesen war.

Das Unternehmen war in der Annahme geplant worden, die Bevölkerung auf Java würde mit ihm gegen die Japaner zusammenarbeiten. Statt dessen hatte sie nicht nur mürrisch Distanz gehalten, sondern auch seine beiden Spezialisten brutal ermordet. Das Versprechen des Generalstabs, mit einem U-Boot würden Unterstützung und Nachschub geschickt, war nie gehalten worden. Selbst auf die Funksignale Celliers‘ wurde nie reagiert, obwohl er zwei Monate lang Colombo und Delhi zur festgesetzten Stunde auf der vorgesehenen Wellenlänge anzupeilen versuchte. Er gab dies alles ohne besondere Erregung zu: schon längst schien er seinen Frieden damit gemacht zu haben. Im ganzen hatte er nur ein einziges ernsthaftes Gefecht mit den Japanern gehabt.

Eines Tages hatte er mit einem Zug ambonesischer Infanterie, der sich durch den tiefen Dschungel schlug, Kontakt aufgenommen. Lawrence konnte sich an diese kräftigen Eingeborenensoldaten von der Insel Ambon gut erinnern, denn viele von ihnen waren mit uns in Gefangenschaft gewesen. Sie waren die besten Soldaten der alten niederländischen Ostindienarmee, ergebene Christen und geborene Söldner im besten Sinne des Wortes. Sie und die Menadonesen, die ihnen so verwandt sind, waren fast die einzigen Kolonialtruppen, die an Kampfhandlungen teilgenommen hatten. Dieser Zug nun war gerade auf Patrouille in Westbantam, als die wahnwitzige Kapitulation kam. Der holländische Offizier hatte das Kommando einem Feldwebel übergeben und war fortgegangen, um Einzelheiten über die Kapitulation in Erfahrung zu bringen. Er war nie zurückgekehrt, und die Ambonesen machten keinen Hehl daraus, daß sie glaubten, er sei desertiert und habe sich Zivilkleidung beschafft, um der Internierung zu entgehen. Sie hatten keine klare Vorstellung, was aus ihnen werden würde, waren aber instinktiv zusammengeblieben und den Japanern ausgewichen. Sie waren geradewegs zum wildesten Teil von Bantam aufgebrochen, bekamen unterwegs von den Bauern Reis, und sangen jeden Abend, wenn es dunkel wurde, feierliche holländische Choräle. Daß sie Celliers trafen, einen Offizier, der Holländisch sprach, obwohl er eine britische Uniform trug, schien ihnen eine direkte Antwort Gottes auf ihre Gebete zu sein. Sie schlossen sich ihm sofort mit einer Bereitwilligkeit an, die ihn zutiefst rührte. Ihre Vorräte waren zusammengeschmolzen, Geld und Medikamente aufgebraucht, und Celliers' kleiner Gruppe ging es noch schlechter.

In der Erkenntnis, daß sie unter diesen Umständen nicht lange durchhalten würden, schlug Celliers vor, man solle einen der japanischen Transporte überfallen, die regelmäßig Nachschub von der Reede bei Palaboehanratoe* zum Anschluß an die Hauptstraße bei Soekaboemi** brachten. Der Plan wurde sogleich ausgeführt, hatte aber ein fragwürdiges Ergebnis. Zwar bekamen sie die Verpflegung, das Geld und die Munition, die sie benötigten, aber die japanische Begleitmannschaft leistete so tapferen Widerstand, daß drei Ambonesen und einer von Celliers' Offizieren getötet wurden. Ein anderer wurde so schwer verwundet, daß ihn Celliers, um ihn nicht dem Feind zu überlassen, mit einer tödlichen Dosis Morphium von seinen Qualen erlöste.

Da er wußte, daß die Japaner rasch in großer Stärke Vergeltung üben würden, zog sich Celliers mit seiner Abteilung nach Westen zurück. Mit seinen treuen, Choräle singenden gelben Soldaten allein, drang er tiefer in den dichten, schweigenden Dschungel des südlichen Sundalandes vor, das von riesigen, rauchenden Vulkanen bewacht wurde. Träge bliesen sie ihren Rauch wie Zigarrenqualm in das Antlitz der großen weißen Gewitterwolken, die hoch am Himmel über sie hinwegzogen. Die erhöhte Luftaufklärung und die Art, wie sich die Bauern vor ihnen zurückzogen, während selbst die Kinder in den langgestreckten, strohgedeckten Bambuspfahlbauten über dem blitzenden Wasser der Reisfelder verschwanden, sobald sie sich näherten, waren für Celliers immer neue Warnungszeichen, daß starke feindliche

* ‚Der Ankerplatz'

** ‚Begehrte Erde'

Kräfte, die zur Vergeltung entschlossen waren, in der Nähe sein mußten.

Eines Abends hatten sie ihr Lager auf dem Gipfel eines Berges über einem lieblichen Tal aufgeschlagen, viele straßenlose Meilen entfernt vom nächsten bekannten Zentrum sundanesischen Lebens. Der Berg wurde Djaja Sempoer genannt: ‚Spitze des Pfeiles', und das Tal Lebaksembada: ‚Das, was gut gemacht ist'. Celliers war zuversichtlich, daß sie mit den Japanern im ungeheuren Dschungel und in den Urwäldern, die in großen Wogen wie grünes Ozeanwasser vor einem Taifun durch Täler und über Vulkangipfel rollten, unbegrenzt Versteck spielen könnten. Die ambonesischen Soldaten sammelten sich um einen alten Oberfeldwebel, der bei den Abendandachten auch ihr Laienprediger war. Die Sonne ging unter, und Celliers betrachtete sinnend ihr zartes Licht auf dem abgebrochenen Gipfel des schrecklichen Vulkans Krakatau, der weit im Westen der Sundastraße gerade noch sichtbar war. Als er ihn tief in Gedanken versunken beobachtete, begannen die Ambonesen auf Holländisch zu singen: „Blyft met my, o Heer!": ‚Bleibe bei mir, o Herr!'

Sofort trug es Celliers weit in die Erinnerung zurück zu den Hügeln in Palästina, und in einem Augenblick der Offenbarung hatte er erkannt, was er mit einem anderen Begriff seinen ‚Verrat' nannte. Jetzt noch, erzählte ich Lawrence, könnte ich mich genau an die Worte erinnern, die er gebraucht hatte: „Als ich diesen einfachen Christen zuhörte, die in den heidnischen Wäldern ihre Choräle sangen", sagte er, „wurde mir bewußt, daß ich gegen meine eigene Lebensbewußtheit nicht gehorsam gewesen war."

„Mein Gott!" rief Lawrence aus, der für einen Augenblick aus seiner Rolle als gespannter Zuhörer aufgerüttelt wurde.

Ja, bekräftigte ich, das hatte er gesagt, und später im Lazarett hatte Celliers mir erklärt, er sei zu der Erkenntnis gelangt, daß das Leben keinen Sinn habe, es sei denn, man würde der eigenen Bewußtheit vom Leben gehorsam sein. Er führte das Gefühl der Sinnlosigkeit, das seine Welt vor dem Krieg betrübt hatte, auf eben diese Tatsache zurück, daß es ungehorsam gewesen sei gegen die eigene höhere Bewußtheit. Ich fragte ihn, was diese ‚Bewußtheit' für ihn bedeutet hatte, als er zur Stunde des Sonnenuntergangs dort auf der ‚Spitze des Pfeiles' gesessen habe. Er hatte geantwortet, es sei leichter zu sagen, was sie nicht sei, als was sie sei! Sicherlich sei sie weder eine Bemühung oder Leistung des Hirns noch was wir Wissen nennen würden, denn, wie er es sähe, neige unser Wissen dazu, uns festzunageln, uns in etwas gefangenzusetzen, das nicht mehr sein sollte als eine Grenzsituation. Was er unter ‚Bewußtheit' verstehe, sei vielleicht ein Gefühl für die noch unbegriffene Ganzheit des Lebens; ein Anerkennen dessen, daß man frei nur auf den Grenzen des eigenen Seins leben kann, wo das Bekannte noch im unendlich Unbekannten enthalten ist und wo die versuchsweisen Grenzen fortwährend nach innen und außen überschritten werden können, als sei man ein einsamer Jäger, der von gefahrvollem Aufenthalt in den großen Wäldern zurückkehrt. Sie sei, um es bildlich auszudrücken, eine Art des Lebens, die ausgerichtet ist nicht nur nach Mond- oder Sonnenschein, sondern auch nach dem Sternenlicht. Er sprach mit großer Anteilnahme und sagte, daß ihm, als seine Männer dort auf dem Berggipfel Choräle gesungen hätten, die Erkenntnis gekommen sei, er müsse künftig vor allem die Notwendigkeit lieben lernen, nach größerer Ganzheit des Lebens zu suchen. Seine Tragödie, wie die vieler seiner Generation, wäre, daß man ihnen nicht dazu verholfen hätte, die

Liebe in ihrem wahrhaft heroischen Sinn zu begreifen. Er, wie auch die anderen, seien verdammt durch das, was er den ‚Verrat am natürlichen Bruder ihres Lebens' nannte, und er könne nur wenig in der Welt ringsum erblicken außer dem Haß, der durch Zurückweisung verursacht werde.

Hier drang Lawrence auf mich ein, nach Möglichkeit keine Einzelheit der Unterhaltung auszulassen, was mich ziemlich verlegen machte. Als Celliers nämlich mit mir gesprochen hatte, gab es eine Menge, das ich nicht verstanden hatte, das ich jetzt aber zu verstehen glaubte. Es hätte mich aber äußerst unangenehm berührt, Lawrence über das alles aufklären zu wollen. Meine ganze Erziehung und Tradition wandten sich gegen eine solche offene Aussprache. Ich glaube, zum Schluß empfand Celliers selbst etwas von den unausgesprochenen Vorbehalten, die ich hatte, denn ziemlich abrupt hatte er mit der Bemerkung geschlossen, wie er es sähe, wäre die erste Notwendigkeit im Leben, aus dem Universellen das Spezifische, aus dem Allgemeinen das Besondere, aus dem Kollektiven das Individuelle und aus dem Unbewußten in uns das Bewußte zu machen.

Dann war er zum weiteren Verlauf seiner Geschichte zurückgekehrt. Gerade in dem Augenblick abends auf dem Berg, als er gespürt hatte, er würde die Grenze seines eigenen Verstehens überschreiten, sei der Gesang der Ambonesen plötzlich abgebrochen.

Die Ambonesen waren zu ihren Karabinern gelaufen, als ein Mann aus dem Tal unten kriechend und voller Angst am Rande ihrer Lichtung im Riesenfarnkraut erschienen war. Er gehörte zu den Bauern, die aus ihrem Tal nie herausgekommen waren und die ein paar Tage zuvor etwas von ihrem Reis an Celliers verkauft hatten. Er war in einem schrecklichen Zustand, denn man hatte ihn übel geschlagen. Seine Brust wogte so stark, daß er kaum sprechen konnte, und der Schweiß mischte sich mit dem Blut, das über seine kaffeebraune Haut aus den Wunden rann, die sich durch die Anstrengung wieder geöffnet hatten. Er fiel zu Füßen Celliers' in die Knie und schluchzte in gebrochenem Malaiisch immer wieder: „Tuan besar, großer Herr, bitte erschieß mich nicht. Tuan Herr, ich kann nicht dafür. Tuan, bitte töte mich nicht!" Erst dann wagte er einen Brief abzugeben, den er in der Hand hielt.

Die Ambonesen stellten sich dicht um sie im Kreis auf und lauschten gespannt, während Celliers den Brief laut vorlas. Er kam von dem japanischen Oberst, der die Truppen in den Tälern unten kommandierte. Darin wurde Celliers kurz mitgeteilt, daß die Japaner ihm die Frist setzten, bis zum Mittag des nächsten Tages zu kapitulieren. Wenn er dies innerhalb der festgesetzten Frist nicht getan hätte, würde das ganze Dorf am Fuße des Berges für seinen Verrat, ihn und seine Männer mit Reis versorgt zu haben, erschossen werden. Wenn er jedoch kapitulierte, würde man das Dorf begnadigen, und er könnte sich vor einem Kriegsgericht verantworten. Das war alles. Celliers kannte den Feind gut genug, um zu wissen, daß es kein Bluff war.

Zu seiner Erleichterung fand er die Entscheidung sofort: hier war zumindest ein Universelles, aus dem er ein Spezifisches machen konnte. Er erklärte den Ambonesen, so milde er konnte, daß er mit dem Mann aus dem Tal würde hinuntergehen müssen, um zu kapitulieren. Einige von ihnen baten ihn mit Tränen in den Augen, es nicht zu tun. Aber er blieb fest bei seiner Entscheidung und forderte sie überdies auf, ihre Uniformen abzulegen, die Waffen zu vergraben und sich unter die einheimische Bevölkerung zu mischen, wie dies, ohne daß sie erkannt würden, leicht geschehen könnte, bis der Krieg zu Ende wäre. Nach diesen Worten, erzählte mir

Celliers, sahen sie schrecklich desillusioniert aus. Am schwersten zu ertragen waren an jenem Abend die vorwurfsvollen Blicke seiner treuen kleinen Schar gelber Soldaten. Jedenfalls nahm er seine paar Sachen, drehte sich um und ging den Berg hinunter in das Tal, das schon angefüllt war mit feindlichen Truppen und überfloß von den Schatten der Nacht.

Als er die Ambonesen verlassen hatte, fingen sie mit noch größerer Insbrunst als zuvor wieder Choräle an zu singen, zweifellos um das Gefühl des Verlustes und Verlassenseins zu überwinden. Er sagte, in den letzten Tönen des Chorales, den sie während seines Abstiegs sangen, habe etwas von der Verzweiflung mitgeklungen, als stürze nicht nur die Nacht auf die Gipfel hernieder, sondern das ganze imposante Gefüge einer stolzen Epoche. So tief war dieser Eindruck, daß, als der Gesang schließlich durch die Entfernung und die Stille und durch das hysterische Schnattern der nervösen Affen in den hohen Baumwipfeln um ihn herum verschluckt wurde, dieser neue Laut wie die Begrüßung eines Neuankömmlings in der Hölle durch die Teufel klang.

Nach dieser Episode gab es nur wenig von seiner Gefangennahme zu erzählen. Die Dorfbewohner wurden nicht massakriert, und er wurde in ein Gefängnis abtransportiert.

Die Japaner waren überzeugt, er sei die Vorhut einer größeren Invasion und kenne deren Zeitpunkt und Landeplatz, und so wurde er vor der Gerichtsverhandlung wochenlang gefoltert, um Informationen von ihm zu erhalten, die er glücklicherweise nicht besaß. Schließlich wurde er vor Gericht gestellt unter der Anklage von ‚Wagamamma' – Lawrence wußte gleich, daß es das schlimmste Verbrechen war, dessen in japanischen Augen ein Soldat sich schuldig machen konnte – des ‚Geistes des Eigenwillens'. Und im Gericht saß unter Celliers' fünf Richtern Yonoi.

In dem Augenblick, als dessen Blicke auf ihn fielen, bemerkte Celliers, wie ein Ausdruck von Anteilnahme auf seinem edlen Gesicht erschien, der sich rasch in etwas wie Bestürzung wandelte. Auch die anderen Richter starrten ihn lange und streng an, wenn auch nicht so sonderbar wie Yonoi. Celliers war überzeugt, daß sie sich im Geist ein Bild von ihm gemacht hatten, dem seine Erscheinung widersprach. Im Geiste hatten sie ihn schon auf Grund des Kempeitai-Berichtes von seinem Verhalten im Dschungel und im Gefängnis als einen ausländischen Teufel verurteilt, der schlimm genug war, um der Armee Ihres Erhabenen Abkömmlings der Sonnengöttin im Geist des Eigenwillens und des Ungehorsams zu begegnen. Aber vom Beginn der Verhandlung an waren die Richter im allgemeinen und Yonoi insbesondere irritiert, weil seine Erscheinung im voraus bei ihnen Sympathien erweckte.

„Das überrascht mich nicht", unterbrach Lawrence an dieser Stelle. „Im Umgang mit Menschen, deren Sprache man nicht spricht, kann die physische Erscheinung von größter Wichtigkeit sein. Und zumal die Japaner haben einen angeborenen Blick für Schönheit aller Art. Ich kann mir genau vorstellen, wie ein Mann von ‚Straffers' Aussehen ihre Phantasie bewegte."

Im Verlauf des Tages sah Celliers die Anzeichen für den Konflikt im Innern seiner Richter deutlicher werden. Nach jenem ersten strengen Starren hatten sie versucht, ihn nicht mehr anzusehen. Während sie ihre Fragen stellten und seinen Antworten zuhörten, richteten sie ihre Augen auf einen Punkt knapp über seinen Schultern. Den ganzen Tag über beobachtete er diese ungreifbare Auseinandersetzung zwischen dem Trieb, ihn ansehen zu wollen, und dem Vorsatz, ihn nicht anzusehen.

Das war mir sofort vertraut, als Celliers mir davon erzählte. Aus bitterer Erfahrung wußte ich, daß die Japaner im täglichen Umgang ein plötzliches Widerstreben zeigten, uns in die Augen zu sehen. Dies geschah aus Vorsicht, damit ja nicht ein einziger Blick eines offensichtlich wehrlosen Menschen ihr Abgeschirmtsein durchstoßen und der Karikatur widersprechen konnte, die sie als eine Art teuflisches *a priori* Bild von uns in sich trugen. Je näher der Sturm kam, um so intensiver arbeitete dieser Mechanismus. Am deutlichsten konnte ich ihn in den Augen eines japanischen Offiziers beobachten, der sich über einen verurteilten ambonesischen Soldaten beugen und dessen lange schwarze Haare vom Genick nach vorn über Kopf und Augen wegstreichen mußte, bevor er sein Schwert ziehen und ihm den Kopf abschlagen konnte. Ehe er den Hieb ausführte, war er gezwungen gewesen, unmittelbar über den Kopf des Verurteilten nach vorn zu blicken, aber er sah weder ihn noch uns, die wir zerlumpt in einer langen Linie vor ihm standen. Als jedoch der Hieb vollbracht war, fühlte er sich frei – wenn man ein solches Wort für einen so versklavten Zustand gebrauchen kann – und konnte uns wieder ins Gesicht sehen, ohne Gefahr, diejenigen in uns zu sehen, die wir waren. Er war sicher, in uns nur das schreckliche Bild zu finden, das ihm im Innern herausgefordert hatte.

Dennoch war ich erstaunt, daß Celliers schon bei erster näherer Bekanntschaft mit den Japanern einen solch subtilen Zug so lebendig zu spüren vermochte. Als ich ihm das sagte, erhielt ich eine Antwort, die mich befriedigte. Er selbst sei viele Jahre in Afrika Rechtsanwalt gewesen, unterrichtete er mich, und habe oft bemerkt – besonders wenn es sich um einen schwarzen Angeklagten handelte, dem wahrscheinlich die Gesetze, die Gebräuche, Vorschriften und die Sprache des Gerichts völlig unbekannt waren –, wie die Richter über einen solchen Mann häufig hinwegstarrten, wobei sie denselben Gesichtsausdruck hatten, als würden sie sich lieber auf die kalte Idee der Gerechtigkeit, die ihnen anvertraut war, konzentrieren als auf das schwache Fleisch und Blut, das mit so stummer Beredsamkeit sich gegen den Urteilsspruch wandte, den sie gerade verkünden wollten. O ja, versicherte mir Celliers, er habe den Blick gut gekannt! Ironischerweise habe er diesen Blick nie verstanden bis zu dem Tag, als er es gewesen sei, der vor Gericht um sein Leben bangte. Damals sei es auch gewesen, daß er zum erstenmal die Bedeutung eines Grußes erkannt habe, mit dem viele primitive schwarze Leute in Afrika sich grüßten. Der Fremde ruft dann: „Ich sehe dich, Kind einer schwarzen Mutter, ich sehe dich." Der andere erwidert darauf: „Ja, ich sehe dich auch, Sohn eines schwarzen Vaters, ich sehe dich." Er habe damals erkannt, daß sie sich gegenseitig auf diese Weise grüßten, weil der Instinkt ihnen sage, im wirklichen Sehen und Gesehen-werden als solchem liege eine Vergewisserung des Fleisches und Blutes. Die bloße Erinnerung an das Grüßen war an jenem schicksalsschweren Tag so süß für ihn, daß ihm darob die Augen schmerzten.

In dieser Stimmung hatte er beobachtet, daß es zwar den meisten von Yonois Kollegen gelang, seinem Blick auszuweichen, zu seinem Glück aber Yonoi selbst nicht. Ich fragte, was nach seiner Meinung der Grund dafür sei, daß es Yonoi nicht gelang, während die anderen ihrem Vorsatz treu blieben. Er hatte eine lange Pause gemacht und dann langsam gesagt: „Ich glaube, Yonoi und ich waren Vögel der gleichen Art, die sich beide von ihrem glänzenden Gefieder gefangennehmen ließen.

Auch er war ein Flüchtling vor dem eigenen inneren Gesetz – genau wie ich.“ Er zwang sich zu lachen. „Erzähl dem alten Schulschlips was von Treue. Nicht ein Flecken besudelt ihn.“

Als der Tag der Gerichtsverhandlung weiter voranschritt, bemerkte Celliers, wie es dem gut aussehenden Yonoi immer weniger gelang, seinen Blick von ihm zu lassen. Als schließlich der Augenblick der Urteilsverkündung gekommen war (und Celliers hatte keinen Zweifel, daß es auf Tod lauten würde) hatte Yonoi den Mut gefunden, sich an irgendeine haarspalterische Gesetzesauslegung zu klammern und diese mit eigentümlicher Beharrlichkeit und Geschicklichkeit zu verteidigen, um ein milderes Urteil zu erreichen. Die Anklage wegen ‚Eigenwillens‘ fußte auf der Tatsache, daß er weitergekämpft hatte, nachdem die vorgesetzten Offiziere im alliierten Zentralkommando auf Java übereingekommen waren, bedingungslos zu kapitulieren. Yonoi jedoch vertrat seine abweichende Meinung mit so großem Geschick, daß der Gerichtspräsident ihm schließlich die Erlaubnis gab, dem Gefangenen einige Fragen zu stellen. Zum erstenmal hörte Celliers bei dieser Gelegenheit das silbenverschluckende, langsame, unerbittliche Englisch Yonois:

„Du!“ sagte Yonoi: „Du – du sagst, du kommen auf Befehl mit Fallschirm Java. Wer gab Befehl?“

„Ich erhielt meine Befehle vom Oberkommandierenden in Indien“, antwortete Celliers.

Yonoi machte eine kurze Pause, um den anderen Richtern das Gesagte zu übersetzen, und fuhr dann fort:

„Du nicht unter Kommando von General auf Java?“

„Wie konnte ich das sein?“ fragte Celliers. „Ich kam von Kairo nach Colombo und flog zwei Monate nach der Kapitulation von Colombo nach Java. Ich habe den

Befehlshaber auf Java nie gesehen und habe niemals Verbindung zu seinen Offizieren gehabt."

Als Celliers das sagte, sah er in Yonois prächtigen Augen ein Blitzen der Genugtuung. Er wandte sich mit Takt und Leidenschaft an die Richter und legte ihnen nahe, die Anklage wegen ‚Eigenwillens' fallen zu lassen, weil Celliers, wie jeder Soldat es tun müsse, nur den Befehlen seines eigenen Oberkommandierenden in Indien gehorcht habe, der jedoch nicht kapituliert habe. Er habe keinerlei Befehle von dem General empfangen, der auf Java kapituliert habe. Durch die Ausführungen wurden die Richter zweifellos zufriedengestellt, obwohl sie sich nicht von ihnen beeinflussen ließen. Sie fanden im Gegensatz zu Yonoi Celliers schuldig, stimmten aber soweit mit ihm überein, daß der Urteilsspruch vertagt werden solle, vermutlich um die Weisungen einer höheren Instanz einzuholen.

Nach der Gerichtsverhandlung lag Celliers wochenlang in seiner halbdunklen Zelle allein, aber er hatte das Gefühl, daß die Bedenken Yonois und die Vertagung der Urteilsverkündung Kräfte wachgerüttelt hätten, die treu an seiner Seite kämpften. Ich selbst hatte im Gefängnis beobachtet, daß unsere Wächter, wenn irgend etwas ihren spontanen Tatendrang verhinderte, unfähig zu sein schienen, sich noch lange auf einen Entschluß zu konzentrieren, und hatten sie erst einmal gezögert, so neigten sie bald dazu, ihn fallenzulassen. Wiederholt bekam Celliers gesagt, er werde hingerichtet, wiederholt wurde er aus seiner Zelle geholt, um der Hinrichtung verurteilter Männer und Frauen zuzusehen, doch bis zum Abend seiner Begnadigung glaubte er nicht, daß die Reihe an ihn käme.

An jenem Tag hatte die Geheimpolizei ihn grob aus seiner Zelle in den Wachraum geführt, wo der Kempeitai-Offizier, der die Hinrichtungen beaufsichtigte, mit

Yonoi zusammen saß. Yonoi warf ihm wieder diesen sonderbaren, eindringlichen Blick zu, sagte aber kein Wort. Der Kempeitai-Offizier öffnete seine Akte und ließ ihm durch den Dolmetscher einige Fragen stellen. Als das geschehen war, schloß der Sergeant die Akte und sah Yonoi an. Yonoi, tief in Gedanken versunken, nickte und starrte weiter feierlich auf Celliers. Etwas Neues war in dem Blick, sagte er, doch als die Wachen ihn in seine Zellen zurückstießen und lachend zu ihm auf Malaiisch sagten: „Morgen du sterben!" glaubte er es wirklich.

Seine Reaktion, erzählte er mir, war ein Gefühl wirklicher Erleichterung: einer Erleichterung darüber, daß die Ungewißheit ein Ende hätte und das Ertragen physischer Schmerzen bald vorüber wäre; am meisten aber war er erleichtert, weil es zwischen ihm und seinem Ende keinen Verrat mehr geben könne. Und doch, berichtete er mir mit einem Lächeln, hätte er entdeckt, daß des Menschen Herz seine eigenen brennenden Wünsche im Hinblick auf den Tod habe. Er wollte nur auf eine Art sterben. Er hatte die Hinrichtung so vieler Menschen erlebt: sie wurden erwürgt, gehängt, enthauptet, erschlagen, zu Tode gehungert, ertränkt und mit dem Bajonett durchbohrt. Auf keine dieser Arten wollte er sterben. Mit einer Leidenschaft, die er zuvor nie gekannt hatte, sehnte er sich danach, erschossen zu werden; seine Augen sollten weit geöffnet sein für die einfache und schöne Realität des ihm noch verbleibenden Tages. Als er zu diesem Schluß gekommen war, zielte sein ganzes Trachten auf den Versuch, seine Henker zu überzeugen, sie möchten ihm diesen letzten leidenschaftlichen Wunsch erfüllen.

Sofort fiel ihm Yonoi ein. Bestimmt würde Yonoi mit seiner Hinrichtung zu tun haben. Als letzten Wunsch würde er verlangen, Yonoi zu sprechen; dann würde er ihm sein Anliegen vortragen. Irgendwie war er überzeugt, daß solch ein Appell Erfolg hätte; und danach hatte er Frieden.

Eine Weile lag er wach auf dem feuchten Boden seiner Zelle und lauschte dem großen nächtlichen Gewitter, das heraufzog. Für Augenblicke war seine Zelle von den Blitzen so hell, daß sie sich wie ein massiver Goldwürfel gegen die purpurne javanische Nacht abhob. Er glaubte, nie hätte ihm Licht schöner geleuchtet und nie hätten ihm Laute wunderbarer geklungen. Als dann der Regen fiel und sein Geräusch sich den anderen Lauten zugesellte, brachte ihm das großen Trost und erinnerte ihn, daß bei Anbruch der letzten Stunde die bleibende Antwort nicht der Mensch gäbe, sondern das Leben; die wahre ‚Macht und Herrlichkeit' lag jenseits des Kommens und Gehens der Menschen, wie gebieterisch und beeindruckend sie auch auftreten mochten. Dann schlief er ein und mußte beim Morgengrauen von den Posten wachgerüttelt werden.

Die Wachen waren sanfter zu ihm als je zuvor, was nur seine Überzeugung bestärkte, daß er sterben müsse. Entschlossen, selbst die letzte Notwendigkeit zu lieben, bat er um Erlaubnis, sich vor der Hinrichtung waschen und rasieren zu dürfen, worauf einer der Posten ihm eine Schüssel mit lauwarmem Wasser holte und ihm ein spärliches Stück Seife gab. Sauber und erfrischt kam er in den Kempeitai-Wachraum. Der Offizier zur Beaufsichtigung der Hinrichtung vom Abend zuvor war bereits mit dem Dolmetscher und einem Posten da. Er warf Celliers einen kurzen, berufsmäßig abschätzenden Blick zu, wobei seine Augen auf dessen Nacken verweilten.

„Wissen Sie", ließ er Celliers durch den schläfrigen Dolmetscher fragen, „woran ich denke, wenn ich Sie sehe?"

„Ich bedaure, daß ich keine Ahnung davon habe", antwortete Celliers.

„Ich sehe mir Ihren Nacken an, seine Länge, seinen Umfang und wie er zu Ihrem Kopf und den Schultern paßt ... und ich überlege, wie dieser Kopf am besten mit einem Schwerthieb abzuschlagen ist!" Er sagte das ganz fröhlich und lachte zum Schluß, als ob es ein großer Scherz wäre.

Zu seinem eigenen Erstaunen sah sich Celliers durch die mutwillige Grausamkeit des Scherzes aus der heiteren Gemütsruhe der Nacht herausgerissen. Der alte ‚Straffer' flackerte wieder in ihm auf und sagte rasch: „Und wissen Sie, was ich denke, wenn ich Sie ansehe? Ich denke, wie gut wird sich die Schlinge des Henkers um Ihren Hals legen, wenn ihr den Krieg verloren habt."

Aber gleich als er das sagte, fühlte er sich tief traurig, daß er aus seiner Heiterkeit von zuvor herausgerissen worden war.

Indessen, der Gegenangriff war so unerwartet gekommen, daß das Gelächter sofort auf allen Kempeitai-Lippen verging. Der Offizier schnappte nach Luft, sprang dann wütend auf und schlug Celliers nieder. Als er fiel, dachte Celliers: „Nun ist alles aus: meine letzte Hoffnung, erschossen zu werden, ist dahin."

Nach japanischer Sitte hätten alle anderen im Raum sich ebenfalls auf Celliers stürzen müssen. Aber in diesem Augenblick trat der Kommandant des Gefängnisses ein. Jeder war gezwungen, Haltung anzunehmen und sich zu verbeugen, während Celliers versuchte, sich aufzurichten. Stundenlang ließ man ihn, auf seinen Füßen schwankend, so stehen, während alle möglichen Offiziere und Beamte kamen und gingen. In dem einen Augenblick schien es sicher, daß er hingerichtet werden sollte; in dem anderen wiederum, daß das Ende noch nicht in

Sicht war. Gegen elf Uhr erschien Yonoi und eilte durch den Wachraum. Wieder warf er Celliers denselben schwermütigen Blick zu, bevor er im Zimmer des Kommandanten verschwand. Eine neue unendliche Wartezeit folgte; dann flüsterte der Posten, der ihm das Stückchen Seife geliehen hatte, Yonoi habe dienstlich darum ersucht, daß Celliers begnadigt werden und in sein Lager kommen solle, um dort das Kommando über die Gefangenen zu übernehmen. Yonoi machte geltend, daß keiner der Offiziere unter seinen Gefangenen wüßte, wie er die eigenen Männer richtig in der Hand behalten könne. Er argumentierte, nur ein Mann von Celliers Qualitäten sei imstande, die notwendige Disziplin herzustellen.

Als Celliers mir das erzählte, wollte ich darauf hinweisen, daß dies vielleicht Yonois Interesse an ihm erklären könne. Lawrence dagegen wendete gleich ein, er sähe dieses Argument nur als rationalistische Erklärung für eine mehr zwanghafte Identifizierung mit Celliers an. Nichtsdestoweniger hatte Yonoi uns wirklich häufig klargemacht, wie würdelos er unsere Art Lagerleben fand. Mir selbst war bewußt, daß wir unbedingt einen einfallsreichen Führer brauchten, denn Yonois Vorwürfe gegen uns waren, kurz bevor Celliers unter uns auftauchte, strenger und unerträglicher geworden. Rückblickend zweifle ich nicht daran, daß er damit seiner Forderung, Celliers solle unser Anführer werden, Nachdruck verleihen wollte; so stützte er das Argument, das er an jenem entscheidenden Morgen der Vernehmung vorgebracht hatte. Wie dem auch sei, die Kempeitai, die schon zu lange gezögert hatte, um noch wirklich an dem Fall interessiert zu sein, gab ohne weiteres nach. Yonoi tauchte wieder aus dem Zimmer des Kommandanten auf und eilte an Celliers vorbei, ohne ihm den erwarteten Blick zuzuwerfen.

Dies ließ in Celliers, weit entfernt davon, ihn zu beruhigen, ein Gefühl völliger Hoffnungslosigkeit aufkommen. Aber er hatte sich geirrt. Einige Stunden später wurde er entlassen und ohne Federlesen durch das Lagertor gestoßen, wie ich es geschildert habe.

Während der ersten Tage in unserem improvisierten Lazarett schlief Celliers die meiste Zeit und schien sich Medikamente, Nahrung und Injektionen verabreichen zu lassen, ohne dabei wach zu werden. Aber als er schließlich aufwachte, schien er rasch zu genesen. Gern wäre er sofort aufgestanden, um das Lagerleben mit uns zu teilen, aber die Ärzte bestanden darauf, daß er mindestens noch vierzehn Tage im Lazarett bleiben müsse. Bereitwillig fügte er sich der ärztlichen Anordnung und verbrachte seine Tage meistens damit, das Toilettenpapier vollzuschreiben, das wir ihm beschafften.

Während dieser Zeit wurden die Nachfragen Yonois immer ungeduldiger. Er stellte nicht mehr die gespannte Frage: „Kranker Offizier? Gesundheit wie?" sondern fragte mehr und mehr erzürnt: „Kranker Offizier nicht gut? Warum? Warum nicht gut? *Lakas!* Schnell! *Lakas!*" Eines Abends, der Lazarettaufenhalt Celliers' näherte sich seinem Ende, war er so böse, als ich ihm meldete, Celliers sei für den Lagerdienst noch nicht tauglich, daß ich glaubte, er würde mich schlagen. Er stand vor mir, atmete kurz ein, stieß die Luft zischend zwischen den Zähnen hindurch wieder aus und wiegte den Kopf von einer Seite zur anderen. Ein fremdartiges Bauchrednerbrummen war aus seinem Magen zu hören, dann schrie er plötzlich: „Offizier nicht gut, weil euer Geist schlecht! Geist von alle Gefangenen schlecht! Geist so schlecht, daß nichts wächst in Lagergarten! Alle, alle, sehr, sehr schlecht."

Eine ganze Weile fuhr er auf diese Art fort, aber er schlug mich nicht. Statt dessen verfügte er, daß alle

Gefangenen vierundzwanzig Stunden ohne Verpflegung oder Wasser in den Unterkünften zu bleiben hätten: das könne auf den Geist wirken und das Denken reinigen.

Nach diesen vierundzwanzig Stunden hatte sich die Atmosphäre stark verschlechtert. Allgemein wurde angenommen, wir stünden kurz vor der Verlegung in ein anderes Lager. Ein solches Ereignis spannte die Nerven unserer Leute stets auf das äußerste an, weil dies Inspektionen durch höhere Stellen und tausenderlei andere Extraarbeiten in der Lagerverwaltung mit sich brachte. Da allen Verlegungen eine gründliche Durchsuchung des Lagers vorausging, trafen wir die üblichen Vorkehrungen und vergruben nachts unsere wesentlichen schriftlichen Aufzeichnungen unter der Barackenpflasterung. Celliers' Autobiographie, die Lawrence jetzt auf den Knien vor sich hatte, wurde mit den Lazarettberichten von den Ärzten vergraben. Aber noch bevor zwei Tage später Celliers aus dem Lagerlazarett entlassen wurde, war mir klar, daß etwas Ernsteres als nur eine Verlegung von einem Lager in ein anderes auf dem Spiel stand.

Als ich eines Morgens zum Rapport in Yonois Hauptquartier erschien, bemerkte ich zu meiner Bestürzung, daß selbst der freundliche Stabsgefreite mir nicht in die Augen sehen konnte. Yonoi sah uns nicht ein einziges Mal an, als er den Rapport anhörte, und verschmähte sogar, zu unseren demütig vorgetragenen Wünschen Stellung zu nehmen. Bald übertrug sich die Unfähigkeit, uns ansehen zu können, auch auf die koreanischen Wachposten. An diesem und den folgenden Tagen griff der merkwürdige Mechanismus des Nicht-ansehen-könnens immer weiter um sich, bis es mir schien, als bewege sich Yonoi wie ein in Trance versetztes Medium und als gingen die Wachposten im Gänseschritt zwischen unserem Lagertor und ihren Unterkünften wie schlafwandelnde Gestalten auf und ab, wobei ihre Bewegungen alptraumhaft übertrieben wären.

Auch auf uns wirkte der Gemütszustand jener, die uns so völlig in ihrer Gewalt hatten. Die jüngsten unter unseren Soldaten packten ihren besten Freund oft beim Arm, als wollten sie sich vergewissern, daß unsere Gefangenschaft keine Illusion des Wahnsinns sei. Tatsächlich war alles plötzlich so erschreckend unwirklich und der fest umrissene Tagesablauf so ziellos, daß es einer energischen Willensanstrengung bedurfte, damit unsere Männer sauber, umsichtig und tätig blieben. Obgleich wir alle hungrig waren, empfanden viele plötzlich keinen Appetit mehr; selbst die Luft, die so klar und unergründlich über unseren undurchdringlichen Mauern stand, schien sich wie vor einem Gewitter zu verfinstern.

An jenem Abend entließen unsere Ärzte Celliers aus dem Lazarett, weil sie glaubten, sein Zustand rechtfertige nicht länger irgendwelche Risiken im Hinblick auf die wachsende Ungeduld Yonois. Ich hatte keinen Zweifel, daß bald etwas geschehen würde und daß wir es auf keine Weise würden verhindern können. Daß ich nicht allein so empfand, zeigte die ungewöhnliche Stille, die in allen Diensträngen unter unseren Gefangenen herrschte. Jeder sprach mit gedämpfter Stimme, als wüßte er, daß wir eine seelische Landschaft beträten, wo schon lautes Sprechen eine tödliche Lawine von Schnee und Felsen auf alle im dunklen Tal unten herabstürzen lassen könnte.

Nach unserer abendlichen Reismahlzeit ging ich mit Celliers langsam mehrmals um unser Gefangenenlager. Ich hatte schon viele schöne Abende auf Java erlebt, aber keiner war schöner gewesen als dieser. Die Sonne ging gerade unter, und jenseits unserer Mauern, mitten in der Ebene unterhalb unseres Lagers, kroch die Flut purpurnen Lichtes wie tiefes Meereswasser, das vom Mond angezogen wird, die Abhänge des großen Berges von Malabar hinauf. Seine Spitze, so ähnlich den Zinnen der großen Kreuzfahrerfestung des Craques Chevalier, die Celliers am Rande des heiligen Landes gesehen hatte, flammte im Licht auf. Der Himmel war ein tiefer, smaragdgrüner Ozean, in dem eine ungeheure Gewitterwolke auf den Berg zusegelte, ein richtiges Kriegsschiff, dessen Segel alle gesetzt und geschwollen waren im Wind, der in dieser Höhe über die gestillte javanische Erde dahinstreicht, eine Erde, die nach Sandelholz und Gewürzen der äußeren Inseln duftet und weich ist wie Seide unter dem schnittigen Licht. Der dunkle Leib der Wolke bebte wie der eines Schiffes, wenn die See am Bug zerschellt, und die Blitze zuckten mit der Beständigkeit einer Signalisierlampe zwischen den goldenen Segeln auf. Unmittelbar hinter den Mauern unseres Lagers stand die dunkle Spathodias, die die unsichtbaren Straßen säumte, in voller Blüte; ihre scharlachroten Blumen flakkerten wie Flammen, als erzitterten sie unter den fernen Breitseiten der Blitze und des Donners, der zwar nicht hörbar war, sich aber dennoch der empfindlichen Luft mitteilte.

Der Sonnenuntergang, das zielbewußte Weitersegeln der Wolke und das Erzittern der Blüten zwischen den dunklen Blättern verlieh dem Abend eine spürbare Vorbedeutung und betonte auf ungreifbare Weise unser Ausgeschlossensein vom normalen Rhythmus der Dinge. Als es dunkel wurde, ließen sich die Fledermäuse, eine nach der anderen, kopfabwärts aus ihren schattigen Mansarden in den dunklen Bäumen fallen und suchten auf ihrem Flug von einer schwarzen Höhle zur anderen fieberhaft den sterbenden Tag. Bald gesellten sich die Titanen ihrer Welt, die fliegenden Hunde, zu ihnen, und vereint gaben sie kaum wahrnehmbare Warnschreie von sich, die wie das Zerreißen steifer Seide durch die pochende Stille klangen. Sie ließen den Abend häßlich, verhext und alt empfinden, und ich war erleichtert, als Celliers meine Aufmerksamkeit auf den Abendstern lenkte, der so groß und hell in der verblichenen Bahn der Sonne hing, daß es aussah, als wäre er durch seine eigene Schwere aus dem schauernden Himmel herabgefallen.

„Es ist seltsam", sagte Celliers, „wie dieser Stern mir immer nachzufolgen scheint. Du hättest ihn sehen sollen, als ich ihn im Winterhimmel über dem afrikanischen Hochlandveld oder nachts über den Hügeln vor Bethlehem erblickte. Ich konnte ihn im Dschungel von Bantam selbst am hellichten Tag ausfindig machen – aber nie habe ich ihn lieblicher gesehen als jetzt. Er hat heute abend soviel Licht, daß er einem beide Hände bis zum Überfließen füllen könnte." Er brach ab und suchte aufmerksam den Boden zu unseren Füßen ab, wo die Erde von einem Platzregen am Nachmittag noch feucht war und glitzerte. „Sieh mal!" rief er mit einer vor Erstaunen jungen Stimme aus. „Er wirft einen Schatten. Dreh dich nur um und sieh auf den nassen Boden. Da findest du deinen Sternenschatten, der dir treu überallhin folgt. Wie seltsam, daß sogar ein Stern einen Schatten wirft."

„Sieh mal, Straffer", wechselte ich unvermittelt das Thema, weil in Celliers' Stimme ein schicksalsergebener Unterton mitschwang. „Du weißt doch, daß man dich jetzt jeden Augenblick dazu heranziehen kann, das Kommando im Lager zu übernehmen?"

„Daran habe ich auch schon gedacht", antwortete er. „Doch ich will versuchen, drum herum zu kommen, es sei denn, ihr alle würdet zustimmen. Aber was werden die rangälteren Offiziere dazu sagen, falls Yonoi darauf besteht?"

„Ich weiß es nicht", gab ich zu. „Bei uns herrscht ganz und gar keine Einmütigkeit, wie du schon bemerkt haben wirst. Du bist in einem sehr kritischen Augenblick zu uns gekommen. Ich bin ziemlich sicher, daß irgend etwas Schreckliches unmittelbar bevorsteht. Unter diesen Umständen werden die Meinungsverschiedenheiten zurücktreten und jeder wird bereit sein, eine neue Lagerleitung zu akzeptieren."

„Du sagst, irgend etwas Schreckliches stehe unmittelbar bevor?" Celliers blieb stehen, drehte sich rasch um, sah mich an und fragte: „Was denn? Warum?"

„Ich weiß es nicht", sagte ich. „Ich habe keine Ahnung. Ich bin nicht einmal sicher, ob das, was ich befürchte, wirklich eintrifft. Ich weiß nur, daß wir nichts tun können, um es aufzuhalten, und daß du, wenn es kommt, plötzlich ganz ungerechtfertigt in die Verantwortlichkeit mit hineingezogen wirst."

Ich sprach auf einmal ganz offen aus, was ich empfand, und zu meinem Erstaunen machte Celliers zum erstenmal, seit ich ihn kannte, den Eindruck auf mich, daß ich ihm wirklich ein Stück nähergekommen war. Er packte mich herzlich beim Arm und sah mir nachdenklich in die Augen.

„Natürlich", unterbrach mich Lawrence. „Ich kann mir denken, warum – du nicht?"

Ich schüttelte den Kopf, und er sagte schnell: „Sicher war es, weil du aus deiner eigenen Erfahrung, aus deinem eigenen Leid heraus sprachst und somit anfingst, in dem ‚Idiom' zu sprechen, das er gelernt hatte. Wenn wir nur alle wieder lernen könnten, aus unserem gemeinsamen Leid und aus unserer gemeinsamen Not heraus zu sprechen, dann würden auch wir überrascht merken, wie nahe wir einander sind."

Lawrence' Bemerkung warf grelles Licht auf den Aufruhr der Gefühle, der sich an jenem Abend meiner bemächtigt hatte, als ich mit Celliers Arm in Arm dort im Lager stand, neben dem Sternenschatten in der Nacht. Immer noch klang mir im Ohr, wie Celliers sanft sagte: „Vor der ungerechtfertigten Verantwortung, die ich zu tragen hätte, habe ich keine Angst. Aber ich bin dir sehr dankbar für deine Besorgtheit. Es gibt Situationen, in denen es völlig belanglos ist, ob man ‚gerechtfertigt' oder ‚ungerechtfertigt' in sie mit hineingezogen wird. Und die jetzige Situation könnte gut eine von dieser Art sein. Aber bitte sage mir – wenn du mir eine so ketzerische Frage verzeihen kannst – warum du so sicher bist, daß etwas Unangenehmes bevorsteht?"

Er gebrauchte das Wort ‚ketzerisch' in einem vertraulich neckenden Tonfall. Ich erzählte ihm, der Mechanismus des Nichtansehen-könnens sei bei den Japanern wieder in Bewegung. In diesem Augenblick wurden den Posten am Haupttor laut Kommandos zugerufen.

„Hörst du?" fragte ich Celliers. „Wenn du diese Laute so gut kennst wie ich, wird dir auffallen, daß sie anders sind als sonst. Die Wache wird abgelöst, wie jede Nacht zu dieser Stunde. Aber der Tonfall der Kommandos ist anders. Er ist scharf vor innerer Spannung, erfüllt von dem, was sich in ihnen allen aufbaut, genau wie das Gewitter über dem Berg."

„Ich verstehe", sagte er gelassen. „Ich fürchte, ich bin deiner Meinung. Das ist genau die Atmosphäre vor einer Hinrichtung. Wir können nur warten, bis es soweit ist. Falls ich das Kommando übernehmen muß, werde ich es ohne Zögern tun, das verspreche ich dir. Dann können wir weitere Überlegungen anstellen ..."

Wir verharrten still auf unserem Fleck. Aus einer Baumhecke stoben Leuchtkäfer wie ein Funkenregen, der einem Feuer tief in der Erde zu entstammen schien. Wieder zerrissen jene sonderbaren Solarplexuslaute der Wachen am Tor die Nacht. Das letzte Tageslicht war verloschen, nur die Sterne und das Zucken ferner Blitze trübten die Finsternis. Der feuchte Boden zu unseren Füßen war jetzt wie ein antiker Spiegel, und wir standen mitten zwischen Sternen.

Noch einmal bemerkte Celliers ruhig: „Du weißt, ich kann einen Stern, der in die Nacht getaucht ist wie der da und einen Schatten wirft, nicht einfach außer acht lassen."

Dann gingen wir Arm in Arm langsam weiter, um die letzte Runde um das Lager zu vollenden.

Es begann schon am nächsten Tag, bald nach dem Frühstück, das aus dünnem Tapiokaschleim bestand. Gerade hatte ich Celliers den Hut eines Offiziers gegeben, der vor einem Monat hingerichtet worden war. Wie ich mich überzeugte, war es ein Australier gewesen, der den Hut als Andenken aus der westlichen Wüste mitgebracht hatte. So schmückte ihn der Kopf eines metallenen Springbocks, wie ihn die südafrikanischen Soldaten an ihren Mützen trugen. Ich hatte das Abzeichen an den Hut gesteckt; es war leicht beschädigt, die Spitze des einen Horns gebrochen, doch so leicht, daß es kaum zu sehen war. Doch Celliers fiel die beschädigte Stelle sofort auf. Damals glaubte ich, dies sei nur ein neuer Beweis für seine wachen Sinne. Jetzt merkte ich genau wie Lawrence, daß noch etwas anderes dahintersteckte. Ich zweifle nicht, daß er an Stummelchen dachte, als er auf das Abzeichen starrte. Nachdem er mir herzlich gedankt hatte, schien er etwas zu murmeln wie: „Höchst merkwürdig ..." Wie dem auch sei, in diesem Augenblick kam die Ordonnanz vom Dienst im Laufschritt zu mir und überbrachte, daß Yonoi alle Lagerkommandanten sofort in seinem Hauptquartier sehen wolle.

Bald standen wir alle in einer Reihe vor Yonois Schreibtisch: die Sektionskommandanten der englischen, amerikanischen, australischen, holländischen, chinesischen, ambonesischen und menadonesischen Gefangenen. Der Schreiber an seinem Tisch in der Ecke, der Posten an der Tür und der Oberfeldwebel vom Dienst hatten uns nicht ein einziges Mal angesehen, seitdem wir das Dienstzimmer betreten hatten. Yonoi selbst stand mit dem Rücken zu uns am Fenster und schwieg fast eine Viertelstunde. Die Uhr im Zimmer tickte in der unnatürlichen Stille so laut, daß sie in meinem Kopf wie das Hämmerchen eines Zahnarztes auf den Zähnen klang. Als Yonoi schließlich das Schweigen brach, tat er dies, indem er, weiterhin abgewandt, durch einen Dolmetscher zu uns sprach, stets ein schlechtes Zeichen, weil es anzeigte, daß sich ein Nicht-anhören-wollen dem Nicht-ansehen-können zugesellt hatte.

„So!" sagte er, „es gibt also keine Büchsenmacher, Waffenschmiede oder Rüstungsfachleute unter den viertausend Kriegsgefangenen, die die kaiserliche japanische Armee gnädig genug war zu verschonen?"

Er bezog sich auf einen Befehl des Armeekommandos, den er uns vor einigen Wochen bekanntgegeben hatte; er verlangte von uns eine vollständige Liste aller Offiziere und Mannschaften dieser Berufe. Die Forderung hatte im Lager Bestürzung hervorgerufen, denn sie konnte nichts anderes bedeuten, als daß die Japaner diese Fachleute für ihre Rüstung einsetzen wollten. Nach internationalem Recht durften sie dies nicht, doch jeder wußte aus bitterer Erfahrung, daß die Verweigerung der angeforderten Liste entsetzliche Folgen für unsere Männer haben würde. Nichtsdestoweniger wollten einige von uns Yonoi höflich aber bestimmt sagen, daß der Befehl illegal sei und wir ihn nicht ausführen würden. Andere meinten, wir sollten lügen und sagen, daß es keine Waffenschmiede unter uns gäbe. Während langer Stunden hatten die den einzelnen Lager vorstehenden Offiziere aller Nationalitäten das Thema diskutiert, bis es klar wurde, daß keine Einigkeit zu erzielen war. Schließlich wurde durch Mehrheitsbeschluß entschieden, daß eine Falschmeldung gemacht werden solle. Und nun kehrte der Lügenvogel zu seinem schrecklichen Rastplatz in unserer Mitte zurück.

Ich habe zuvor schon gesagt, daß uns richtige Führerschaft fehlte. Deutlicher war mir das nie als in dem Augenblick, da ich die Reihe der ängstlichen leeren Offiziersgesichter neben mir entlangblickte. Um gerecht zu sein: Hicksley-Ellis (von dem Lawrence sagte, er sähe aus wie die ausländische Karikatur eines Engländers: kein Kinn, vorstehendes Gebiß, unordentlicher Schnurrbart, rosa Gesicht und große Kulleraugen) schien bereit, zu handeln. Ich kannte seinen unfehlbaren Kniff, Yonoi zu irritieren, und wollte ihm gerade zuvorkommen, als Yonoi, der seine Stimme kaum noch beherrschen konnte, noch einmal fragte und ohne auf Antwort zu warten befahl, daß wir innerhalb von fünf Minuten mit allen unseren Männern auf dem Appellplatz des Lagers anzutreten hätten. Wir rannten ins Lager zurück, denn wir wußten, das Schlimmste stand bevor und unsere einzige Chance, es abzuschwächen, war, den Befehl schnell und genau auszuführen. Ich hörte, wie ein ambonesischer Offizier zu seinem menadonesischen Kollegen sagte: „Sprich rasch deine Gebete, Bruder, denn Gott allein kann uns heute helfen."

Wir waren noch nicht in unseren Unterkünften, da begann die Klingel am Tor des Hauptquartiers rasend zu läuten und die Gebäude außerhalb des Gefangenenlagers, wo die Wachen und japanische Infanterie untergebracht waren, hallten von den seltsamen, aus dem Bauch heraus geschrieenen Kommandos wider. Kaum waren wir auf dem Appellplatz angetreten, vor jeder Mannschaft die Offiziere, da sprangen die Tore auf und hereingestürmt kamen von allen Seiten japanische Soldaten. Bis auf die fehlenden Granatwerfer waren sie kampfbereit. An allen vier Ecken des Appellplatzes wurden schwere schwarze Maschinengewehre in Stellung gebracht, die dazugehörigen Mannschaften legten sich einsatzbereit daneben, während die übrigen Soldaten ihre Bajonette aufpflanzten. Dann klickte unheilverkündend das metallene Schnappen der von den Maschinengewehrmannschaften eingesetzten Magazine und entsicherten Abzüge. Tiefe Stille senkte sich über das Lager.

Eine Stunde lang standen wir so da, während die lodernde Sonne auf uns niederbrannte und wir auf die schweigenden japanischen Infanteristen blickten. Die schwarzen Maschinengewehrmündungen waren auf unsere dichten Reihen gerichtet und strichen von Zeit zu Zeit an den gedrängten Formationen entlang, wenn die Schützen ihr Ziel probeweise anvisierten. Weder Yonoi noch irgendein Offizier vom Dienst ließen sich blicken. Jede Abteilung mußte zuvor ihre Anweisungen erhalten haben und stand oder lag unter dem Kommando eines Unteroffiziers einsatzbereit an ihrem Platz.

Wieder hatte ich, stärker als je zuvor, ein Gefühl der Unwirklichkeit. Der große glitzernde Tag, der sich rings um uns öffnete, und die Gewitterwolken, die wie Explosionen von der See her hoch über die rauchenden Vulkangipfel auf uns zu rollten, verkündeten, daß das Universum seinem üblichen Tagwerk nachging. Die Vögel um uns sangen so klar und schrill wie immer. Die leuchtende Luft über den glühenden Reispflanzen draußen summte wie eine Gitarrenseite von den brennenden Flügeln der Myriaden Libellen und Wasserinsekten. Und selbst aus dem großen Baum am Lagertor unmittelbar hinter einer der Maschinengewehrstellungen begannen die fliegenden Eidechsen anmutig von den Ästen niederzugleiten, wo sie auf der Suche nach Futter waren. Nur wir schienen von dem überwältigenden Seegang des

Lebens um uns ausgeschlossen zu sein, und mein Herz verfinsterte sich bei dem Gedanken, daß unser Schicksal die Welt so gleichgültig ließ.

So verging eine ganze Stunde. Wir wagten nicht zu sprechen, denn wir wußten aus Erfahrung, wie leicht jeder Laut oder jede Körperbewegung die Wachen bei solchen Gelegenheiten herausfordern konnte.

Da flüsterte Celliers, der mir am nächsten stand: „Was kommt jetzt? Machen sie das öfters? Und warum?“

Ich brachte es fertig, ihm zu erklären, daß eine solche Aktion mit einer so großen Machtdemonstration noch nie zuvor erfolgt sei, klärte ihn kurz über die offenkundigen Gründe auf und fügte hinzu: „Es tut mir leid, daß dies gleich am ersten Tag nach deiner Entlassung geschieht. Aber es ist nicht gut zu leugnen, daß alles zu jeder Zeit geschehen kann. Es ist sogar möglich, daß sie uns alle massakrieren wollen.“

Als ich zu ihm hinschielte, bemerkte ich zu meinem Erstaunen fast ein Lächeln auf seinem Gesicht. In einem Flüsterton, der so zuversichtlich war, daß mein mattes Herz wieder auflebte, sagte er: „Unsinn. Ich werde es nicht zulassen, daß sie irgendeinen von uns massakrieren. Ich glaube, ich weiß, wie man ihnen Einhalt gebieten kann.“

„Du weißt wie?“ fragte ich, und meine Stimme klang mir in den Ohren wie die eines Fremden.

„Ich weiß es. Aber sei vorsichtig“, flüsterte er zurück und machte lange Pausen zwischen den Sätzen. „Ich mag die Art nicht, wie der Kerl, der das Kommando über das Maschinengewehr dort drüben hat, uns beobachtet. Er hat mein Gesicht die letzten paar Minuten nicht aus den Augen gelassen.“

Wir schwiegen. Nach einer Stunde fragte mich Celliers: „Ob du es wohl auch hören kannst?“

„Was?“ fragte ich, alarmiert durch den drängenden Ton seiner Frage.

„Die Musik“, antwortete er.

Verwirrt lauschte ich noch aufmerksamer. Außer den normalen Luftschwingungen jener tropischen Insel und dem Pochen ihres vulkanischen Herzens, das an die Schläfen der dünnhäutigen Erde schlug, war kein Laut zu hören.

Ich sagte ihm das, aber er wollte nichts davon wissen und erwiderte: „In meinen Ohren klingt die bezauberndste Musik. Sie umgibt uns. Sie ist lieblich und ist überall.“

Obwohl er noch im Flüsterton sprach, war seine Stimme voll seltsamer Begeisterung. Ich warf ihm einen kurzen verstohlenen Blick ins Gesicht; sein Ausdruck war kaum noch von dieser Welt. Damals vermutete ich (solange bis ich kürzlich in Celliers Heimat war und mit der Frau seines Bruders sprach), daß der Schrecken rings um uns, der für ihn so schnell auf die bei der Geheimpolizei ausgestandenen Qualen folgte, das Gleichgewicht seiner Sinne gestört hätte. Jetzt bin ich mir nicht mehr so sicher. Seine Schwägerin erzählte mir, sie hätte auf Grund des Datums und der Umrechnung der Ortszeit – wie Lawrence wußte, bestand eine große Differenz zwischen japanischer und südafrikanischer Zeit – festgestellt, daß sie in jener Nacht genau zu dem fraglichen Zeitpunkt aufgewacht sei und bemerkt habe, ihr Mann liege nicht mehr neben ihr im Bett. Und als sie plötzlich, von Angst gepackt, versucht hätte, eine Kerze anzuzünden, habe aus der Dunkelheit ihr Mann zu ihr gesprochen und gesagt: „Tut mir leid, ich wollte dich nicht wach machen. Ich bin hier am Fenster.“

Vor dem Fenster, das zwischen ihm und der Nacht schwach geglitzert habe wie Wasser im Sternenlicht, sei seine dunkle Silhouette gerade noch erkennbar gewesen.

Aber seine Stimme hätte so beunruhigt geklungen, daß sie ihn gefragt habe: „Warum stehst du da? Was ist los?“

„Ich weiß es nicht“, habe er geantwortet. „Ich wurde durch Musik aus dem Schlaf geweckt. Hörst du sie nicht auch? Immer noch ist sie dort draußen irgendwo hinter den Sternen zu hören.“

Sie habe den Kopf geschüttelt, da sie aber von der seltsamen intuitiven Veranlagung ihres Mannes gewußt hätte, habe sie Angst empfunden.

Dann, bevor sie hätte antworten können, habe er wieder gesagt: „Du lieber Himmel, hörst du sie nicht? Ich möchte wissen, was das ist?“ Er habe eine Pause gemacht und sich umgedreht. „Oh! Ich habe plötzlich solche Angst um Ouboet ... Zum erstenmal mache ich mir Sorgen um ihn.“

Bei diesen Worten habe er den Kopf gesenkt und still zu weinen begonnen. Die Tränen seien so ungehemmt geflossen, als ob ihr Mann ein überlaufendes Wassergefäß gewesen sei. Sie habe ihn nicht trösten können, und sie hätten die Nacht nicht mehr geschlafen. Fast eine ganze Woche lang sei er herumgelaufen und habe jenes kleine Lied gesungen, das er sich dreißig Jahre zuvor in seines Vaters Garten ausgedacht habe; plötzlich sei er dann zu ihr gekommen und habe mit ruhiger Gewißheit gesagt: „Ich glaube, Ouboet ist in schrecklicher Bedrängnis.“ Nachdem er dies fast eine Woche lang so fortgeführt habe, habe er plötzlich damit aufgehört und das Lied nie wieder gesungen.

Ohne dies zu wissen, stand ich an jenem schrecklichen Morgen im grellen Sonnenschein neben Celliers und war nicht wie er getröstet durch den Glauben, eine Harmonie von Klängen und Stimmen zu hören. Ich schwieg, weil ich fühlte, daß er schon genug gelitten hatte und daß er, wenn er wie die Jungfrau von Orleans Trost darin fand, himmlische Stimmen zu hören, verdiente, bei seinem Glauben gelassen zu werden. Auch hatte ich keine Zeit mehr, etwas zu sagen, denn eine Reihe von Kommandos erscholl am Tor, und die Wache präsentierte das Gewehr. Yonoi, gefolgt von seinem Oberfeldwebel, einem Veteranen der Kriege in der Mandschurei und in China, kam mit einem Dolmetscher ins Lager. Er erwiderte flüchtig die Ehrenbezeigung der Wache und lief geradewegs auf die Mitte des Appellplatzes zu, ohne nach rechts oder links zu blicken. Als er dort angekommen war, wandte er sich uns zu, stemmte die geschmeidigen, in glänzenden Schaftstiefeln steckenden Beine weit gespreizt fest auf den Boden und legte die Hände auf dem Rücken übereinander. Er stand uns fast genau gegenüber und ungefähr fünfzig Meter entfernt. Ich war bestürzt, denn aus der Haltung seines Kopfes war zu entnehmen, daß er, obwohl sein Gesicht uns zugewandt war, über unsere Köpfe hinwegblickte.

„Ich habe befohlen“, ließ er uns durch den Dolmetscher sagen, wobei seine Stimme streng und scharf wie eine Peitsche klang und das S wie die Zunge einer Schlange zischte, „daß *alle* Männer anzutreten haben. Sie lügen nicht nur, sondern sind auch ungehorsam und widerspenstig. Es werden *alle* Männer antreten.“

Bevor ich ihn aufhalten konnte, trat Hicksley-Ellis aus dem Glied hervor und sagte: „Aber wir sind alle hier.“

Ohne auf den Dolmetscher zu warten, zischte Yonoi, dessen edles Gesicht vor Groll fast funkelte wie das eines ganzen Volkes mit einer langen, gewalttätigen Geschichte: „Komm her!“

Wir beobachteten alle, wie der x-beinige Offizier zu Yonoi stakste und einen Meter vor ihm stehenblieb.

„Ich fürchte, jetzt ist es aus“, flüsterte ich aus dem

Mundwinkel, und mein Herz war schwarz vor Schrekken.

Ich hatte kaum ausgesprochen, als Yonoi, ganz außer sich, schrie: „Du! Du lügen wieder! Ich sagte, alle, alle Leute! Wo sind Lazarettleute?“

Ich dachte, er würde sein Schwert ziehen und Hicksley-Ellis auf der Stelle durchbohren, aber statt dessen schlug er ihm nur ein dutzendmal mit seinem Stock über Kopf und Hals, bevor er anordnete: „Nun hol *alle* Leute!“

Der Befehl wurde augenblicklich vom Dolmetscher wiederholt. Wir mußten unsere Ärzte veranlassen, alle Kranken aus dem behelfsmäßigen Lazarett auf den Appellplatz in die grausamste Sonne hinauszubringen. Sie versuchten, den Befehl möglichst rücksichtsvoll für die Kranken auszuführen und trugen die schwersten Fälle auf Tragbahren hinaus. Aber Yonoi wollte das nicht. Erfüllt vom Geist der Ungerechtigkeit gegen uns und das Leben, ging er zu den Ärzten und befahl, alle Kranken sollten aufstehen. Der Chefarzt protestierte und wurde dafür sofort bewußtlos geschlagen. Yonoi schrie: „Ihr nicht krank! Ihr lügt! Ihr, ihr alle lügt. Euer Geist schlecht, sehr schlecht. Ihr nicht krank!“

Glücklicherweise hatten wir gerade keine frisch Operierten im Lazarett. Aber auch so war es schlimm genug. Es gab Männer, die infolge der ständigen Unterernährung fast vierzig Grad Fieber hatten. Sie standen wie Betrunkene schwankend auf ihren Füßen, und nach kurzer Zeit fielen manche ohnmächtig um und lagen stöhnend am Boden, wo sie gerade hingefallen waren. Zuerst versuchte Yonoi, sie mit Fußtritten zum Aufstehen zu bewegen, aber als er damit keinen Erfolg hatte, stampfte er vor Ekel nur mit dem Fuß und ließ sie liegen, denn er war begierig, es mit uns zum äußersten zu treiben.

Die ganze Zeit über stand Celliers wie geistesabwesend neben mir, auf seinem Gesicht lag ein Ausdruck von Erleuchtung und Größe. Er schwieg, glaube ich, weil er seiner Illusion von kosmischen Stimmen und Sphärenmusik lauschte. Als sich Yonoi jedoch umdrehte, um mit uns die Schlußabrechnung vorzunehmen, merkte ich, daß Celliers trotz allem bei uns war. Er murmelte, Yonoi benehme sich nur so, weil er wie wir tat, was man von ihm erwartete. Celliers fügte hinzu, daß Yonoi, seine Männer und wir nur gerettet werden könnten, wenn Yonoi dem Unerwarteten gegenübergestellt würde. Nur das Gegenteil von ihm sein, wäre nicht gut. Es würde nur bedeuten, daß wir alle in unserem eigenen Geist ertränken wie Schwimmer, die sich aneinander klammern.

„Uns steht mehr bevor als ein Ertrinken im eigenen Geist", erwiderte ich grimmig, weil ich fand, dies sei denn doch zu beschönigend für das, was sich hier abspielte. „Paß auf! Jetzt kommt es!"

Yonoi hatte Hicksley-Ellis zur Mitte des Appellplatzes zu sich kommen lassen.

„Fragen Sie ihn", sagte Yonoi zum Dolmetscher, „wieviel Waffenschmiede und Waffenmeister-Offiziere er in seiner Gruppe hat."

Wie vereinbart, antwortete Hicksley-Ellis natürlich: „Keine."

Da platzte Yonoi. Er fesselte Hicksley-Ellis die Hände auf dem Rücken und ließ ihn barhäuptig vor sich auf dem Boden niederknien. Dann trat Yonoi zurück, zog sein Schwert, hob es blitzend hoch in die Sonne und sprach, mit den Lippen am Stahl, ein an das Schwert gerichtetes Gebet, wie ich es bei anderen Offizieren vor anderen Hinrichtungen gesehen hatte. Die Maschinengewehrmannschaften entsicherten, die vier Maschinengewehre klickten laut, als sie durchgeladen wurden. Nichts würde das Hereinbrechen des Unglücks mehr verhindern können, dachte ich. Ein Kopf nach dem anderen würde fallen, bis irgendeiner das Schweigen brechen würde – aber selbst das würde kein Ende bedeuten. Diese Gier nach Unheil würde erst befriedigt werden müssen, und nicht vor ihrer Sättigung würde der Gefräßige in Yonoi und den anderen ablassen. Was immer wir von jetzt an auch tun würden, es wäre falsch und würde alles nur noch schlimmer machen für die, die den Tag überlebten – wenn es überhaupt welche gäbe.

In meiner Verzweiflung wandte ich mich offen zu Celliers.

Bevor ich sprechen konnte, sagte er mit tiefer, beruhigender Stimme, als habe er noch immer die Musik in den Ohren: „Ich werde jetzt eingreifen und dem ein Ende machen. Es wird richtig sein. Aber was auch geschehen mag, unternimm nichts um meinetwillen. Merke dir, *nichts*. Leb wohl."

Ich hatte weder Zeit, noch war ich geistesgegenwärtig genug, um die Bedeutung dieses ‚Leb wohl' zu erfassen, auch erkannte ich es nicht als ein klares Anzeichen dafür, daß er wußte, was ihm bevorstand. Noch während er sprach, trat er aus dem Glied, auf dem Kopf den neuen Hut, dessen beschädigtes Abzeichen in der Sonne blitzte. Sein Gang war, wie Lawrence bereits bemerkt hatte, von eindrucksvoller Schönheit. Ohne Eile bewegte er sich auf Yonoi zu, als ginge er zu Hause über eine Pferdekoppel, um weiter nichts zu tun, als einen stolzen Hengst zu übernehmen.

Die Wirkung in den Reihen der Gefangenen war überraschend. Kein Laut war zu hören, aber die Atmosphäre lockerte sich. Ich wußte das, ohne daß ich mich umzusehen brauchte. Celliers Ruf hatte sich schon im Lager ausgebreitet, und Hoffnung flammte wieder in unseren Reihen auf. Selbst ich, obwohl ich keine Ahnung hatte, was er tun könnte oder würde, empfand, wie süße Erregung mich durchströmte, als ich seinen leichten, fast nonchalanten Gang verfolgte. Er war wirklich wundervoll: vollendet in Maß und Bewegung. Jedes schnellere Gehen hätte die Soldaten alarmiert; jedes langsamere ihnen Zeit gelassen, zu sich zu kommen. Hätte er einen früheren Zeitpunkt gewählt, wäre sein Vorhaben gescheitert, weil Yonoi und seine Männer noch unbefangen gewesen und vorgestürzt wären, um ihn aufzuhalten. Da sie sich aber gebunden fanden durch ihren einmal gefaßten Beschluß, fühlten sie sich im Stich gelassen, zögerten, starrten nur auf Celliers und warteten auf Yonoi, daß er als erster handele.

Als Yonoi nach seinem kurzen Gebet an den Geist, den Maru seines Schwertes, die Augen wieder öffnete, war Celliers keine fünfzehn Meter mehr entfernt. Verwunderung durchzuckte ihn wie der Schock eines jähen Zusammenpralls. Langsam erbleichte er und starrte verdutzt und ungläubig auf Celliers. Zum erstenmal seit Tagen zwang ihn die unergründliche Identifizierung mit Celliers, jemanden außerhalb seiner selbst zu sehen. Dann wich die Verwunderung der Bestürzung, und er schrie auf Englisch ein Kommando, das gleichzeitig auch eine Bitte war: „Du – Offizier – geh – zurück, geh zurück, geh zurück!"

Aber Celliers ging weiter, trat zwischen Hicksley-Ellis und Yonoi und sagte ruhig und ohne Hast etwas zu Yonoi.

Yonoi schien ihn nicht gehört zu haben. Er kreischte wieder: „Du – geh zurück, zurück, zurück!" wie jemand, der versucht, einen Geist zu verscheuchen.

Celliers schüttelte ruhig den Kopf und fuhr fort, ihn unablässig anzustarren, wie ein waffenloser Jäger einem brüllenden Löwen direkt ins Gesicht starren mag. Vielleicht mehr aus Schrecken als aus Angst hob Yonoi sein

Schwert und schlug Celliers mit der flachen Klinge nieder. Der Schlag auf den Kopf klang wie ein Pistolenschuß, ihm folgte eine weitere Ermahnung, zurückzugehen. Celliers, der benommen war, schaffte es unter Anstrengungen, wieder auf die Füße zu kommen, er schwankte und wandte sich halb um, als ob er gehorchen wolle – drehte sich dann aber plötzlich wieder um. Er ging ein paar Schritte zurück auf Yonoi zu, legte die Hände auf dessen Arme und küßte ihn auf beide Wangen, wie ein französischer General einen Soldaten nach Verleihung einer Tapferkeitsauszeichnung küßt.

Der Schock dieser sonderbaren Aktion war unglaublich. Ich weiß nicht, wer außer Yonoi am meisten schockiert war: die Japaner oder wir.

„Mein Gott, dieser Bastard!“ rief bitter hinter mir ein australischer Infanterieoffizier aus.

Hier unterbrach mich Lawrence, dessen Gesicht ganz weiß geworden war. „Soweit ist Straffer gegangen –“

Ich nickte und beschrieb, wie Celliers dann einen Schritt zurückgetreten war und wieder schweigend vor Yonoi gestanden hatte. Sicherlich wird keiner von uns jemals erfahren, was in Yonoi vorging, aber es war das einzige Mal, seit ich ihn kannte, daß er, der stets so schnell Herr der Lage wurde und Befehle erteilte, offensichtlich nicht wußte, was er tun sollte. Er machte den Eindruck, als ob er vom Blitz getroffen wäre. Sein Gesicht hatte alle Farbe verloren und sah aus, als sei er vor Schrecken gestorben. Er schwankte auf den Füßen und wäre vielleicht sogar gestürzt, wenn sein Oberfeldwebel nicht für ihn gehandelt hätte. Dieser alte Veteran mehrerer Kriege stieß plötzlich jenen menschenaffenähnlichen Schrei aus, der immer einem japanischen Bajonettangriff vorausgeht, sprang vor und begann, Celliers zusammenzuschlagen. Unvermeidlich ahmten die Unteroffiziere, die das Kommando über die Maschinengewehre führten, und der Obergefreite der Wache sein Beispiel nach. Klares, teilnahmsloses Mittagslicht stand über unserem Lager, und es erschollen Geräusche, die ich nur im Dschungel gehört habe, wenn er die Angst vor der anbrechenden Nacht zu übertönen versucht. Höchst merkwürdig versuchte einer den andern zu übertreffen beim Zusammenschlagen Celliers, der schon halb bewußtlos war.

Und doch nicht so merkwürdig, bemerkte Lawrence an dieser Stelle, denn die ganze Angelegenheit wurde ja sofort zur Ehrensache. Ob ich nicht wüßte, daß Celliers Yonoi vor seinen Männern beleidigt hatte? Ob ich mich nicht erinnern könne, daß die Japaner den Kuß zwischen Mann und Frau, selbst auf die allernatürlichste Art, als die obszönste aller Gesten ansähen? Ob ich vergessen hätte, wie Hara befohlen hatte, die wenigen Romane, die im Lager waren, einer Zensur zu unterziehen und aus den beanstandeten Büchern alle jene Seiten herauszureißen, auf denen vom Küssen die Rede war? Sicherlich verstünde ich jetzt, wie weitgehend Yonoi sein Gesicht verloren haben mußte, in solchem Ausmaß, daß er sogar das Recht auf Ahndung der Beleidigung verwirkt hatte. Nach dem Sittenkodex konnten nur seine Männer für ihn handeln, und sie mußten es tun, sollten nicht auch sie der Ehre verlustig gehen. Viel wichtiger aber sei gewesen, fuhr Lawrence fort, daß Celliers, indem er Yonoi küßte, uns und die Japaner von dem befreit hatte, was unsere Seelen so verhängnisvoll aneinandergekettet haben mochte. Wir seien zwei Hälften eines einzigen Dinges gewesen, Gegensätze, die voneinander auf dunkle Weise abhängig waren, zwei elektrische Drähte, die sich gegenseitig induzierten, bis Celliers die Kluft überbrückte und die verhängnisvolle Spannung ableitete.

Tatsächlich war es stark spürbar, stimmte ich Lawrence zu, wie die ganze Situation sofort zu einer Angelegenheit zwischen Celliers und den Japanern geworden war. Die krisenhafte Zuspitzung, derentwegen wir auf dem Appellplatz antreten mußten, schien hinter uns zu verschwinden wie Abfall, der über das Heck eines Schiffes geworfen wird und rasch im Kielwasser versinkt. Nur eines quälte sowohl uns wie die Japaner: das ausgefallene, nicht vorauszusehende Verhalten Celliers gegenüber Yonoi.

Es betraf uns genauso wie die Japaner. Ich habe bereits die Bemerkung des australischen Offiziers wiedergegeben. Jetzt, als Celliers schrecklich mit Fäusten geschlagen, Stiefeln getreten und Knüppeln gehauen wurde, war selbst auf den verständnisvollsten Gesichtern in meiner Nähe nicht nur Widerwillen gegen die Strafe zu erkennen, sondern auch Abscheu vor der Art, wie sie ausgeführt wurde.

An diesem Punkt mußte ich, aufgewühlt durch die Erinnerung, aufhören zu sprechen.

Lawrence setzte schnell fort: „Armer alter Straffer. Er versuchte, ein Meer dunkler Möglichkeiten in der Nußschale einer einzelnen lichten Tat zu fassen. Um seine eigenen Worte zu gebrauchen, er war endlich seiner ‚Bewußtheit' gehorsam und machte aus einer kollektiven Situation eine individuelle. Und vergiß dabei Yonoi nicht! Ich würde sagen, es handelte sich nicht so sehr um den Gegensatz zwischen Celliers und allen anderen, als vielmehr um den zwischen Celliers und Yonoi. Er hatte Yonoi gezwungen, seiner Identifizierung mit ihm ins Auge zu sehen. Es war nicht länger eine Angelegenheit zwischen Rassen, sondern zwischen Individuen . . . Wie dem auch sei, was geschah weiter?"

Es war bald vorüber. Yonoi, obwohl noch zutiefst erschüttert, gebot Einhalt und befahl der Wache, Celliers in das Wachgebäude hinüberzutragen. Der war ohnmächtig und nur an seinem langen blonden Haar zu erkennen. Dann drehte Yonoi uns wie ein völlig Erschöpfter den Rücken und ging mit gesenktem Blick langsam zum Lagertor hinaus. Kurz danach wurde auch die Infanterieabteilung zurückgezogen. Wir blieben auf dem totenstillen Appellplatz allein zurück und fürchteten uns zu sprechen. Bei Anbruch der Nacht kam Yonois Oberfeldwebel und befahl uns, wieder in die Unterkünfte zu gehen.

Offiziell sahen wir Yonoi nicht wieder. Von dem verhängnisvollen Befehl, der den Vorfall ausgelöst hatte, hörten wir nichts mehr, aber am nächsten Abend erschien im Lager ein neuer Kommandant. Inzwischen verbreitete sich unter unseren eigenen Dolmetschern das Gerücht, Yonoi habe *Harakiri* begangen oder beabsichtige, es zu tun. Im Hinblick darauf, was Lawrence gesagt hatte, wäre das keine Überraschung gewesen, aber (wie er bereits wußte) Yonoi hatte nicht *Harakiri* begangen.

Am Morgen des dritten Tages nach dem Vorfall bekamen wir den Befehl, in der Mitte des Appellplatzes ein Loch auszuheben. Ich hatte gleich die Befürchtung, daß wir Celliers Grab gruben. Als das geschehen war, mußten unsere Tischler einen stabilen kreisförmigen Holzzaun im Durchmesser von dreißig Metern darumbauen und an diesem Stacheldraht befestigen. Da wußte ich, daß ich mich geirrt hatte und daß das Loch unmöglich ein Grab sein könne. Aber wozu sonst sollte es dienen?

Uns wurde alles klar, als wir am Nachmittag wieder auf dem Appellplatz antreten mußten. Dort wurde Celliers aus seiner Zelle inmitten einer ganzen Abteilung von Wachposten mit aufgepflanzten Bajonetten, die halb marschierten und halb ihn zerrten, geradewegs zum Rand der Grube gebracht, die in dem kreisförmigen Zaun aus Holz und Stacheldraht ausgehoben war. Er sah mehr oder weniger sauber, aber von den Schlägen blau im Gesicht aus, krümmte sich und konnte kaum gehen.

Für einen Augenblick wurden seine Hände von den Fesseln befreit, und, kaum glaublich, er ergriff die Gelegenheit, sich aufzurichten und uns mit zitternder Hand zuzuwinken, wobei er zu lächeln versuchte. Aber sofort wurde seine Hand von einem Posten ergriffen, heruntergerissen und mit der anderen auf seinem Rücken mit einem Stück Seil fest zusammengebunden. Auch seine Füße wurden auf diese Weise gefesselt. Dann packten ihn zwei Posten und zwängten ihn aufrecht in das Loch hinein. Sie hielten ihn wie zwei Förster, die einen jungen Baum umpflanzen, während einige ihrer Kameraden die Gewehre zusammenstellten und zu den Spaten griffen, um die ausgehobene Erde, die fruchtbare Mitternachtserde des javanischen Zentralplateaus, in das Loch zurückzuschaufeln. Sie taten dies behutsam und mit erfahrenem, rituellem Eifer; hin und wieder machten sie eine Pause, um die Erde rings um Celliers mit den Füßen festzustampfen, bis er bis zum Hals eingegraben war und nicht die geringste Möglichkeit mehr hatte, sich zu bewegen. Nur sein unbedeckter Kopf, das Kinn und der Hals ragten aus dem Boden, aber es war zu sehen, daß er den Kopf aufrecht hielt und daß sein Gesicht trotz aller Schwellungen seltsam ruhig wirkte, als ob es etwas jenseits der Zeit sähe, das es ab und an den Versuch machen ließ, zu lächeln.

Das lebendige Grab war schließlich fertig. Zwei Posten mit aufgepflanzten Bajonetten wurden vor dem Eingang der Umzäunung aufgestellt. Unser neuer Lagerkommandant ermahnte uns dann in einer Ansprache, Celliers anzusehen und über die Folgen unserer geistigen Unsauberkeit und unserer falschen Gedanken nachzudenken. Dann befahl er uns voller Verachtung, ihm aus dem Blickfeld zu weichen und wegzutreten. Die makabren Umstände jenes schrecklichen Nachmittags wurden noch vermehrt, als plötzlich Musik aus dem Lautsprecher des Radios ertönte, das im Wachraum eingeschaltet wurde, sobald das Lagertor sich hinter dem neuen Kommandanten schloß. Von einem Ende des Lagers zum anderen ertönte laut und deutlich von einer abgespielten Schallplatte Rene Clairs ‚Sous les toits de Paris', von sehnsuchtsvoller Akkordeonmusik begleitet. Ich brach fast zusammen ob dieser mutwilligen Steigerung der Tragödie des gequälten Celliers.

Doch ich konnte es ruhig Lawrence' Phantasie überlassen, sich unsere schrecklichen Empfindungen vorzustellen, die wir völlig machtlos waren, Celliers in den nun folgenden Tagen zu helfen. Jeder von uns sah bei Ausübung seiner normalen Pflichten im Lager das zerschundene Gesicht und den unbedeckten, blonden Kopf, der den ganzen Tag der tropischen Sonne ausgesetzt war. Ich sagte ‚blonder Kopf', aber es wäre genauer, zu sagen ‚weiß', denn so schrecklich schien die Sonne auf Celliers während seiner letzten Tage, daß sein Haar gebleicht wurde wie die Knochen in der Wüste. Glücklicherweise, oder vielleicht auch unglücklicherweise konnten wir nicht nahe genug heran, um seinen Gesichtsausdruck zu erkennen. Die Wachposten, denen das Schreckliche der Strafe Celliers' voll bewußt war und die deutliche Angst vor einem Überfall zeigten, hielten uns in sicherem Abstand. Aber selbst so konnten wir nach dem ersten Tag an Celliers' hängendem Kopf erkennen, daß er unter diesen Umständen unmöglich noch lange leben würde. Am zweiten Abend, nachdem er lebendig begraben worden war, hielten die Geistlichen aller Nationalitäten einen Sondergottesdienst für ihn ab, an dem das ganze Lager teilnahm. Der Gottesdienst endete mit dem gemeinsamen Singen des Chorals ‚Bleibe bei uns' in vielen Sprachen. Die Ambonesen und Menadonesen sangen mit bewegender Inbrunst, und am Ende des Gottesdienstes gab es kaum ein trockenes Auge im Lager.

Trotz der gefährlichen Folgen, die sich für meine Kameraden daraus ergeben konnten, ging ich vom Gottesdienst aus direkt zum Hauptquartier des Lagerkommandanten, um für Celliers um Gnade zu bitten. Die Reaktion war so heftig (selbst die dringende Bitte, ihm etwas Wasser geben zu dürfen, rief einen gefährlichen Wutausbruch hervor), daß durch mich beinah dieselbe Situation wiederhergestellt wurde, von der uns Celliers errettet hatte. Ich erinnerte mich daran, wie Celliers in jenem entscheidenden Augenblick auf dem Appellplatz mich flehentlich gebeten hatte, seinetwegen nichts zu unternehmen, und fühlte mich gezwungen, meinen Vorstoß bei unserem neuen Kommandanten nicht zu wiederholen. Wir mußten zusehen, wie Celliers langsam den qualvollsten aller Tode erlitt. Er selbst schien es mit dem Sterben nicht eilig zu haben, oder vielmehr, sein zäher, ausdauernder Körper hatte keine Eile, sich aufzugeben. Da er den Kopf regungslos hängen ließ, wußte ich, daß sein Geist abwesend war, und ich hoffte von ganzem Herzen, er sei ganz und gar außer Reichweite des Schmerzes. Niemals ließ er ein Stöhnen, Klagen oder Jammern hören, aber am Abend nach dem Gottesdienst, als die Wache gerade zur Ablösung an das Lagertor gegangen war, näherten sich einige holländische Soldaten Celliers. Sie erzählten, daß Celliers zu singen versuchte. Zu ihrem Erstaunen wimmerte er mit heiserer, gebrochener Stimme in einer Art Holländisch etwas vor sich hin. Deutlich konnten sie vernehmen:

„Ich ritt die ganze Nacht
Und fand das Feuer in weiter Ferne,
Und neben dem Feuer den, der so lang gewartet . . ."

Sie wären gern nähergetreten, aber die Ankunft der Ablösung zwang sie, schnell weiterzugehen.

Bedeutsam war die Art und Weise, wie die Wachposten in jenen letzten Stunden ihre Haltung gegenüber Celliers änderten. Zuerst hatten sie ohne Mitleid auf ihn geblickt und ihm den Rücken zugewandt. Nach dem ersten Tag aber beobachtete ich zu meinem Erstaunen, daß jeder Wachposten, der zur Ablösung an das lebendige Grab kam, zuerst den beerdigten Mann anblickte, Haltung annahm und respektvoll den Kopf vor Celliers verneigte. Schließlich berichtete am Ende des dritten Tages unsere Nachtwache vom Dienst aus den Unterkünften, die Celliers am nächsten lagen, das Allermerkwürdigste.

Es war Vollmond, und der Appellplatz erglänzte in seinem Licht. Um drei Uhr morgens war unsere Wache überrascht, Yonois elegante Gestalt an der Umzäunung auftauchen und die Posten zum Tor wegschicken zu sehen. Einen Augenblick lang glaubte unser Posten, einen Geist zu erblicken, weil er wie viele der Meinung war, Yonoi hätte einige Tage zuvor *Harakiri* begangen. Doch es war Yonoi; Gang und Körperbau waren unverkennbar.

Nachdem er lange vor Celliers gestanden und ihn schweigend angesehen hatte, steckte er die Hand in die Tasche und holte etwas heraus, das wie Silber im Mondlicht blitzte. So merkwürdig es sich auch anhören mochte, unsere Wache war überzeugt, daß es eine Schere war, denn Yonoi schien sich über Celliers zu beugen, sein langes Haar in die Hand zu nehmen und etwas davon abzuschneiden ...

Hier mußte ich Lawrence, der immer mehr in Erregung geriet, bitten, nicht zu unterbrechen. Ich versicherte nachdrücklich, daß unser Posten das Klicken der Schere in der Mondscheinstille gehört habe. Eine

Weile noch war Yonoi tief in Gedanken versunken stehengeblieben, bevor er sich tief vor Celliers verbeugte, wie er sich sonst vor der aufgehenden Sonne am Geburtstag seines Kaisers verneigte. Als er das getan hatte, ging er langsam zum Tor und rief die Wache wieder zurück. Das war das letzte Mal, daß wir Yonoi sahen.

Am Morgen war Celliers tot. Nach dem morgendlichen Reisschleim wurden wir ins Lagerhauptquartier gerufen, es wurde uns gesagt, daß wir den Leichnam zur Beerdigung haben könnten. Der neue Kommandant hätte sich bei der Zusammenkunft nicht rücksichtsvoller zeigen können. Er sah uns geradewegs in die Augen, wobei er den Ausdruck eines Menschen hatte, dem plötzlich alle Sünden erlassen waren und der ein ungetrübtes Bild vom Leben wiedergewonnen hatte. Seine Götter hatten ihr Opfer bekommen, und im Augenblick war er zutiefst zufrieden. Fröhlich wie ein Kind vor einem Fest informierte er uns: „Ich werde ihnen eine typisch japanische Totensitte zeigen.“ Ein Hornist und ein militärisches Salutpeloton bekamen den Befehl, auf dem Friedhof die letzte Ehre zu erweisen, dem Ort, den die Javaner *Tanah Abang* ‚Totenerde‘ nannten, und so beerdigten wir Celliers an jenem Nachmittag beim Grollen des Donners, den er so sehr liebte, wenn er über der Purpurzitadelle von Malabar zu hören war.

Ich muß gestehen, daß ich versucht habe, das Geschehene zu vergessen, und wenn ich jetzt auf alles zurückblicke, kann ich mir vorstellen, daß ich nicht allein stand mit diesem Verlangen. Geflissentlich schienen wir im Lager das Gespräch über diesen Mann zu meiden, der aus der Dunkelheit plötzlich in unser Gefangenenleben wie eine Sternschnuppe geschossen kam und so glänzend und schnell vor unseren Augen ausgebrannt war. Ich glaube, die ganze Episode war so schmerzlich und so sehr dazu angetan, Bilder in uns hervorzurufen, die beunruhigende Verwicklungen in unserem künftigen Leben auslösen konnten, daß die Seelen der Gefangenen, die ohnehin schon zu viel zu tragen hatten, ihr instinktiv auswichen. Ich glaube, daß der Vorfall einige Monate später, als mir Lawrence begegnete, bereits so wirkungsvoll verdrängt war, daß ich ihn ihm gegenüber gar nicht erwähnte. Bei meiner Entlassung wurde der Verdrängungsprozeß bestärkt durch die Aufregung der Heimkehr und Wiederaufnahme eines friedlichen Lebens. Doch vergessen habe ich Celliers nie. In den verschiedensten unvorhergesehenen Augenblicken tauchte er so frisch und lebendig in meiner Erinnerung auf, wie er es im Leben gewesen war, und ließ dieselben dringenden Fragen vor mir aufsteigen, die auch ihn bewegt hatten. Als mich sein Manuskript erreichte, fühlte ich mich gezwungen, sofort zu seinem Bruder aufzubrechen und ihm zu erzählen, was ich wußte.

Ich kam zu spät; der Bruder war tot. Die Witwe war allein auf der Farm mit einem Sohn, der, wie sie sagte, spät geboren wurde wie der Sohn Sarahs, gerade ein Jahr nach Celliers' überraschendem Besuch. Über den Tod ihres Mannes war sie nicht eigentlich unglücklich, ja sie sagte, es wäre für ihn an der rechten Zeit gewesen zu sterben, denn sein Leben war an ein natürliches Ende gekommen, als Celliers gestorben war. Natürlich wußten sie von seinem Tod, wenn auch keine Einzelheiten. Sie war tief bewegt von meinem Bericht. Am Ende unserer Unterhaltung war ihr junger Sohn mit einem Gewehr in der Hand vom Veld gekommen und hatte mich durch eine starke Ähnlichkeit mit Celliers überrascht.

Mit einem tiefen Unbehagen kehrte ich nach Hause zurück und spürte, daß ich, wollte ich ehrlich bleiben gegenüber mir selbst, die Implikation von Celliers' Geschichte mit meinem eigenen Leben nicht länger leugnen konnte. Bis zum vorhergehenden Abend, als Lawrence mir von Hara erzählte, hatte ich nicht erkannt, wie tief dieses Unbehagen saß. Aber jetzt gesellten sich zu Celliers und seinem Bruder in meiner Erinnerung auch Hara und Yonoi; aus zwei waren vier geworden. Was bedeutete ich ihnen, und was sie mir? Und was konnte ich damit anfangen?

Lawrence gab mir keine direkte Antwort. Statt dessen erzählte er mir, was er offensichtlich schon lange hatte erzählen wollen. Nach seiner Entlassung – er kehrte wieder in den aktiven Dienst zurück – wurde er eines Tages aufgefordert, sich einem Untersuchungsrichter für Kriegsverbrechen als Dolmetscher in einem Gefängnis für japanische Offiziere zur Verfügung zu stellen, die irgend welcher Greueltaten verdächtig waren. Dort fand er unter anderen Yonoi. Er wolle mich nicht mit Einzelheiten langweilen, sagte Lawrence, sondern gleich zur Sache kommen. Yonoi, der Lawrence' fließendes Japanisch hörte und angetan war von der Art, wie er mit den angeklagten Männern umging, war spontan zu ihm gekommen und hatte ihn gebeten, ihn allein sprechen zu dürfen. Nachdem Lawrence von Yonois Ansehen erfahren hatte, war er überrascht, ihn so gebrochen und merkwürdig zerstreut zu finden. Ein noch größeres Rätsel hatte Yonoi Lawrence mit seinem Anliegen aufgegeben, und das Rätsel blieb ungelöst, bis ich Lawrence von Celliers erzählt hatte.

Als sie allein waren, hatte Yonoi Lawrence anvertraut, daß er bei Kriegsende Kommandant eines Frauengefängnisses gewesen sei. Offenbar war das die demütigende Folge des Vorfalls zwischen Celliers und ihm gewesen. Als man ihn nach Kriegsende ins Gefängnis gesperrt und ihn dort einer Leibesvisitation unterzogen hatte, wurde ihm etwas weggenommen, das größeren

Wert für ihn besaß als alles andere. Ob Lawrence es ihm nicht wiederbeschaffen könne, hatte er gefragt. Was es denn wäre, hatte Lawrence seinerseits gefragt.

Statt zu antworten, hatte Yonoi ihm in die Augen gesehen und gebeten: „Ich bin Offizier und bereit, zu sterben. Könnten Sie bitte so gut sein und mir die volle Wahrheit sagen. Werde ich wie die anderen gehängt werden?"

„Ich weiß es nicht", hatte Lawrence geantwortet. „Ich fürchte, Ihre Chancen sind nicht gut."

„In diesem Fall", bettelte Yonoi, „werden Sie uns Japaner verstehen und wissen, wie wichtig mir das ist. Mein letzter Wunsch wäre, holen Sie die Sache wieder zurück und schicken Sie sie zu mir nach Hause, damit sie den Geistern der Ahnen im Schrein meiner Väter geopfert wird."

„Wenn ich kann, werde ich es tun, aber Sie dürfen das nicht als feste Zusage auffassen, bevor ich nicht weiß, worum es sich dabei handelt", erwiderte Lawrence.

Yonoi hatte eine Pause gemacht, völlig im klaren darüber, daß dies die letzte Chance war, etwas zu erreichen, das so außerordentliche Wichtigkeit für ihn hatte. Dann gab er nähere Erläuterungen. Es handelte sich lediglich um eine Strähne blonden Haares. Der britische Soldat, der es bei ihm gefunden hatte, hatte irgend welche Geschichten gehört, wonach Yonoi sich brutal an den weiblichen Gefangenen vergangen haben sollte, und war der Meinung gewesen, Yonoi habe die Strähne vom Kopf eines seiner Opfer. Er hatte sie Yonoi aus der Hand gerissen und ihn dann mit der Faust geschlagen. Yonoi beschwerte sich nicht darüber. Eine Rolle spielte nur die Tatsache, daß der Soldat unrecht hatte. Es war nicht das Haar einer Frau, sondern das eines Mannes. Es war eine Locke vom Haar des bemerkenswertesten Mannes, dem er jemals begegnet sei, einem Feind, und überdies einem jetzt toten Feind, aber nichtsdestoweniger einem Manne, der so bemerkenswert war, daß er ihn nie vergessen würde.

Er hatte die Haarsträhne säuberlich vom Kopf des Toten geschnitten, damit der Geist des Mannes geehrt würde und eine angemessene Heimstatt im Jenseits fände. Es war seine Absicht gewesen, diese Haarsträhne nach Kriegsende in die innerste Halle seiner eigenen Vorfahren zu bringen. Aber ach, nach dem, was Lawrence ihm jetzt erzählt habe, bestand keine Hoffnung mehr, das auf die geplante Weise durchzuführen. Yonoi fragte Lawrence, ob er es nicht statt seiner tun könne, denn nur dann könnte er sterben, wie es der Sitte entspräche.

Lawrence hatte versprochen, es zu tun. Da Yonoi sieben Jahre Gefängnis anstatt der erwarteten Todesstrafe erhielt, hatte Lawrence das Haar den anderen Beweisstücken entnommen und es für ihn aufbewahrt. Als dann nach vier Jahren Yonoi begnadigt und entlassen wurde, hatte Lawrence ihm das Haar nach Japan geschickt. Sofort hatte Yonoi zurückgeschrieben und sich überschwenglich bedankt. Das Haar war dem heiligen Feuer im Familienschrein übergeben worden. Dieser lag, so schrieb Yonoi, an einem wunderschönen Platz am Ende einer langen Gräberstraße zwischen steilen, mit Ahornbäumen bestandenen Hügeln, die an dem herbstlichen Tag der Zeremonie wie ein Waldbrand leuchteten. Ein langer, anmutiger Wasserfall ergoß sich aus wolkiger Höhe herab und speiste am unteren Ende des Schreins den Strom und die Teiche, die von Karpfen und flinken Forellen wimmelten. Die Luft dort duftete nach Laub und Kiefern und war durch das viele Wasser ganz rein. Er hoffe, schrieb Yonoi, daß auch Lawrence diesen Ort angemessen für solch einen Geist halte. Er, Yonoi, habe zu diesem Anlaß ein Gedicht verfaßt.

Er sei zum Schrein gegangen, habe sich tief verneigt, laut in die Hände geklatscht, um sicher zu sein, daß die Geister ihn bemerkten, und habe diese Verse niedergelegt, damit die Vorfahren sie lesen könnten:

„Im Frühling,
Gehorsam den Erlauchten Geistern,
Zog ich aus zum Kampf mit dem Feind.
Im Herbst,
Bei meiner Wiederkehr, bitte ich die Geister,
Empfanget auch den Feind."

„Du siehst," sagte Lawrence zu mir, und seine Stimme bebte vor Anteilnahme, „die Saat, die in jenem fernen Heimatland vom Bruder in den Bruder gesät wurde, ist an vielen Orten aufgegangen. Sie ist aufgegangen an jenem Tag in eurem Gefangenenlager auf Java. Ja, selbst in der Art, wie sie Celliers töteten, zeigten seine Feinde unfreiwillig, daß sie die Saat seiner Tat anerkannten, denn sie begruben ihn nicht nur lebendig, sondern pflanzten ihn aufrecht in die Erde wie einen neuen jungen Baum. Sogar die Art und Weise, wie sie die Tat verneinten, war nur eine Bekräftigung dessen, was sie ablehnten. Und von Yonoi wieder wurde Celliers auf die Hügel und in die Seele seines Landes gepflanzt, und auch hier bei uns ist die Saat lebendig und wächst in dir und in mir."

Ich glaube, er hätte noch weitergesprochen, wenn meine Frau nicht gerade ins Zimmer gekommen wäre, um mich zu bitten, nach den Fenstern und Türen zu sehen; durch das Radio sei die Warnung gekommen, daß sich ein Sturm mit großer Geschwindigkeit nähere. Als ich auf meinem Rundgang an das letzte Fenster im Dachgeschoß des Hauses kam, blieb ich eine Weile stehen und sah in den sterbenden Tag hinaus. Ja, die große graue Weihnachtsstille wurde schnell ausgelöscht. Vom Südwesten her kamen aus blaßgelbem Himmel die zerfetzten und zerrissenen Wolken auf uns zu geeilt. Die Elemente waren losgebunden und jagten wild heran. Wie gut war es, sie wieder einmal unterwegs zu wissen. Ich stand, und mein Herz hieß den Sturm heftig willkommen. Es war, als wäre Celliers zurückgekehrt von den Orten, wo er geboren wurde und gelebt hatte, wo er gestorben, beerdigt und in Schreinen verehrt worden war, und als stünde er wiedererstanden und erneuert hinter mir und sagte mir deutlich ins Ohr: „Wind und Geist, Erde und Sein, Regen und Tun, Licht und zwingende Bewußtheit, Donner und Wort, Saat und Säer, alle sind eins: und für den Menschen tut nur eins not, um die rechte Saat zu bitten und zu beten für den inneren Säer, auf daß es ihm gelingen möge, diese Saat auszusäen in eigenen Taten und Handlungen, und dann wird die Ernte für alle golden sein und groß."

DAS SCHWERT UND DIE PUPPE

Der Weihnachtsabend

Der Sturm, der an jenem Weihnachtsabend auf uns zueilte, als John Lawrence und ich die Geschichte Jacques Celliers' soweit zu klären versuchten, wie wir konnten, war einer der größten seit Menschengedenken. Noch bevor ich wieder unten im Wohnzimmer war, wo die schweren Vorhänge und Rolläden bereits das letzte bißchen Tageslicht aussperrten, hatte er unser Haus erreicht. Lawrence saß im Halbdunkel am großen Kaminfeuer, und während einer langen Zeit blieben wir schweigend dort sitzen und lauschten dem immer lauter werdenden Sturm. Worte schienen gerade in diesem Augenblick völlig unnötig, so sehr sprach der Wind für Hara, Celliers, Yonoi, Lawrence, mich und für uns alle. Kein Sturm hatte jemals beredter für mich geklungen, und ich dachte eine Weile darüber nach, welcher Gewalt die Natur bedurfte, um den Übergang von einer Jahreszeit zur anderen zu vollziehen. Ich überlegte, in welchem Ausmaß diese Gewalt auch Teil jener schrecklichen Notwendigkeit unserer Menschenwelt war, die zuweilen zweimal in einer Generation Kriegsstürme über sich ergehen lassen muß. Als ich an diesen Punkt meiner Überlegungen kam, bemerkte ich etwas an diesem Sturm, das ich mir zuvor nie richtig klargemacht hatte: die seltsame Harmonie, die in seinem Zentrum herrschte. In allen möglichen Phasen – manchmal im tiefsten Tal des Windes, wenn die Stimme des Sturms nur ein leises Seufzen vernehmen ließ, oder wieder auf einem Everestkamm, wenn die einzelnen Laute lebendig zerrissen wurden und von den ungeheuren Bäumen her klagten, die sich peitschend bogen auf unserer sanften, elegischen englischen Erde – mischten sich all die vielen Geräusche, und für einen oder zwei Augenblicke flutete dann reine Musik über die wogenden Wasser des Chaos und der Finsternis. Zuweilen begleitete die Musik ein schwirrender Ton, als ob die Saite einer großen Harfe gezupft worden wäre; manchmal war es wie ein dumpfes Schmettern aus Rolands Horn, das die Seele des Menschen zur Umkehr und zum Ausharren rief; dann wieder schien es ein Jagen, hinauf und hinunter, auf der Tonleiter zu sein. Aber in den sanftesten Augenblicken ähnelten die Laute dem Eingangsmotiv einer Weise auf der Shakuhachi-Flöte, wie sie von Haras Volk gespielt wird und in der nicht nur die vom Spieler gewollte Melodie erklingt, sondern auch etwas von der Quelle des Grüns, die einst durch den lebendigen Bambussprößling emporschoß, aus dem die Flöte gemacht ist.

Schweigend saßen wir so und lauschten der Harmonie, die aus solcher Gewalt entstand (so wie vielleicht Celliers die leise Andeutung von Musik hinter dem Sturm in unserem japanischen Gefangenenlager gehört hatte), da kam meine Frau ins Zimmer, knipste das Licht an und fragte: „Würde es euch etwas ausmachen, nach oben zu gehen und nach den Kindern zu sehen? Ich habe ihnen versprochen, daß ihr kommt und ihnen ‚Gute Nacht' sagt."

Obwohl wir gleich nach oben gingen, kamen wir zu spät. Weihnachten ist eben anstrengend für Kinder, und die Zwillinge, die in der Nacht vorher kaum schlafen konnten und seit dem frühen Morgen wach gewesen waren, schliefen schon fest. Das kleine Mädchen war vom Schlaf überrascht worden, als sie gerade die holländische Puppe, die sie von ihrer Großmutter bekommen hatte, aus dem Miniaturlaufstall hochzuheben versuchte. Ihr schönes, schwarzes Haar, auf dem das Licht in zartem Nachtglanz schimmerte, hing über die Kante des kleinen Bettes. Ihr ausgestreckter Arm hielt die Puppe fest in der Hand, und ihr Gesicht war in dem weißen Kissen versteckt. Ohne sie aufzuwecken, legte ich sie in eine Lage, in der sie besser schlafen konnte, aber die Puppe konnte ich nicht aus ihrem Griff lösen. Immer wenn ich das zu tun versuchte, protestierte sie sofort, indem sie im Schlaf stöhnte. Da ich befürchtete, sie ganz und gar wachzumachen, legte ich die Puppe, die sie immer noch fest in der Hand hielt, neben sie unter die Daunendecke. In diesem Augenblick ließ sie einen Seufzer der Zufriedenheit hören, und dann wurden die vom Schlaf geröteten Wangen noch rosiger, während ihre langen, dunklen Wimpern sich friedlich auf die reine weiße Haut legten.

Der Junge war unter normaleren Umständen eingeschlafen. Er lag mehr oder weniger so, wie ihn seine Mutter hingelegt hatte, aber auch er hatte eine Hand auf der Decke. Sie hielt ein Spielzeugschwert, das aus seiner Scheide gezogen war, fest umklammert. Sein langes blondes Haar lag in Unordnung auf dem Kissen, und die Bleisoldaten waren verstreut auf dem Bett, wo er wieder einmal einen Feind bis an das Tor zum Schlaf verfolgt hatte.

„Welch herrlicher Anblick", bemerkte Lawrence, als wir auf Zehenspitzen zur Tür gingen, um das Licht auszuschalten. „Merkwürdig, daß du Zwillinge bekommen mußtest, die so gegensätzlich in ihrem Äußeren sind, eines so dunkel, und eines so hell. Aber das läßt sie auf eine Art vollkommener erscheinen, als wenn sie völlig gleich wären."

Es lag ein heimlicher Unterton von Neid in seiner Stimme. In diesem fließenden, verwundbaren Zustand, da wir eine Vertraulichkeit wiederentdeckten, die im letzten Krieg bei den verschiedensten Gelegenheiten des

Lebens und Todes erprobt war, machte mich seine Bemerkung aufmerksamer als je zuvor auf die einsame Rolle, die seine Lebensweise ihm auferlegte.

Aber alles, was mir einfiel zu sagen war: „Ich wünschte, du sagtest das zu ihrer Mutter. Vielleicht würde sie das erfreuen, denn ich glaube, sie hätte es lieber gesehen, wenn beide blond gewesen wären."

Es ergab sich keine Gelegenheit für ihn, seine Äußerung zu wiederholen. Meine Frau, offensichtlich voller Neugier auf unsere Rückkehr, ergriff zuerst das Wort, als wir wieder bei ihr waren.

„Ich bin gespannt", sagte sie, „ob euch dasselbe aufgefallen ist wie mir, als ihr bei den Kindern wart."

„Sie schienen mir todmüde zu sein, die armen kleinen Teufel", antwortete ich. „Wie gut, daß nur einmal im Jahr Weihnachten ist!"

„Natürlich sind sie müde", erwiderte sie, etwas enttäuscht. „Aber das meinte ich nicht."

„Sie sahen sehr glücklich aus", antwortete Lawrence, als sie ihn forschend ansah. „Und außerdem ganz reizend", fügte er hinzu, „und . . ."

„Auch das ist es nicht", schnitt sie ihm lächelnd das Wort ab. Sie war sichtbar glücklich, daß ihm die Zwillinge gefielen, und vielleicht überhaupt nicht enttäuscht, daß auch er nicht ihr besonderes Anliegen getroffen hatte, denn das bestärkte sie in ihrer vorgefaßten Meinung, nur eine Frau könne an ihren Kindern sehen, was immer sie beobachtet haben mochte. „Ist Ihnen nicht aufgefallen, daß der letzte Gedanke des Mädchens, wie auch ihr erster, der Puppe galt; und der des Jungen dem Schwert?" Sie machte eine Pause. „Wieviel besser wäre die Welt, wenn sie von Frauen verwaltet würde. Wir hätten bald keine Kriege mehr. Die ganze männliche Aggression würde verschwinden." Sie wandte sich mir zu. „Du weißt, daß ich der Meinung bin, du solltest deinem Sohn kein Schwert und keine Soldaten mehr zum Spielen geben. Ich bin überzeugt, daß schon an diesem Punkt das ganze Unheil beginnt."

„Glauben Sie das wirklich?" fragte Lawrence, bevor ich antworten konnte. „Ich weiß, zahllose Leute würden Ihnen zustimmen. Aber meiner Meinung nach irren sie sich." Er machte eine Pause. „Sie sagen, wenn die Jungen keine Soldaten und Schwerter zum Spielen hätten, würde es keine Kriege geben. Würden Sie diesen Gedanken auch bis zu seiner logischen Schlußfolgerung denken und sagen, wenn man den kleinen Mädchen keine Puppen mehr zum Spielen gäbe, würden die Frauen aufhören, Babys zu bekommen?"

„Sie versetzen mich in Erstaunen", rief meine Frau aus, während ihr Geist sich zu lebhafter Verteidigung anschickte. „Sie gebrauchen die Logik auf eine typisch männliche Weise, für einen Zweck, für die sie niemals gedacht war, und das paßt gar nicht zu Ihnen."

„Ich glaube nicht, daß ich das tue", entgegnete Lawrence und lachte wie sie. „Ich sprach aus meiner Erfahrung heraus. Obwohl ich weiß, daß viele Leute Ihnen zustimmen würden. Ich glaube nicht, daß das Schwert des Jungen und die Puppe des Mädchens auf den Geisteszustand schließen lassen, den Sie meinen."

Er machte eine Pause, als ein starker Windstoß das Haus erschütterte, so daß die dicken Wände um uns zu wackeln schienen. Ein Laut wie von Pferdehufen und ein Schlachtruf, als ob alle Walküren Germaniens sich draußen zum Krieg sammelten, schallte in unseren Ohren, und die Flammen im Kamin flackerten, zu Boden gedrückt. Lawrence fuhr fort und sagte, ihm schienen Schwert und Puppe in gleicher Weise Ausdruck eines Modells zu sein, das seit jeher in der Tiefe des Lebens ruhe. Sie seien Objekte der äußeren Welt, dazu gemacht, der großen und unsichtbaren Notwendigkeit Ausdruck zu verleihen, der Männer und Frauen gleichermaßen unterworfen seien. Nur indem sie Lehrlinge dieser meisterlichen Notwendigkeit wären, hätte das Leben der Männer und Frauen einen Sinn. Darum auch seien diese beiden Dinge nicht ohne Beziehung zueinander, sondern stellten zwei Hälften eines Ganzen dar. Das sei auch der Grund, warum die beiden Kinder einen so vollkommenen Eindruck auf ihn gemacht hätten, nicht nur weil das eine dunkel und das andere hell sei, sondern auch durch die Wahl ihrer Spielzeuge. Jawohl, Schwert und Puppe gehörten zusammen: ohne das Schwert hätte die Puppe kein Leben; ohne die Puppe verlöre das Schwert seinen Sinn.

Ich bemerkte, wie meine Frau immer mehr Anteil nahm, aber weil ihr Verallgemeinerung und Abstraktion verdächtig waren, ging sie geradewegs auf das zu, was für sie der Kern der Sache war: der menschliche Faktor in Lawrence' Erklärung.

„Sie haben gerade gesagt, Sie sprächen aus eigener Erfahrung", stellte sie eifrig fest, um dann gleich fortzufahren: „Aber welche Art von Erfahrung ist das? Allgemeine Lebenserfahrung, Erfahrung im Krieg und Menschenkenntnis? Oder denken Sie an eine ganz bestimmte Erfahrung?"

Lawrence antwortete nicht gleich. Für jemand, der ihn so gut kannte wie ich, war es offensichtlich, daß die Frage meiner Frau in seinem Inneren die Markierung einer verborgenen Zielscheibe getroffen hatte. Schweigend warteten wir, ungestört sprach der Laut des Sturmes zu uns, einmal wie ein Rudel heulender Wölfe, dann plötzlich einen Takt lang wie Engelsgesang über der wilden Tiefe, und das Feuer im Kamin kämpfte tapfer an gegen den niederdrückenden Wind.

„Natürlich habe ich aus beidem heraus gesprochen", antwortete er sehr überlegt. „Und ich muß bekennen, das Gefühl, aus dem Ihre Frage entsprang, hatte beinah unheimlich recht. Ich dachte wirklich an eine bestimmte Erfahrung. Nur war ich mir nicht sicher, ob ich über sie sprechen könnte. Ich war mir nicht sicher, ob ich diese Erfahrungen schon so verarbeitet hatte, daß ich mit irgend jemandem, selbst den engsten Freunden, über sie diskutieren könnte.“ Er machte eine Pause. „Jedenfalls ist mir die Erfahrung heute abend, als ich die Zwillinge sah, klarer geworden. Nicht nur das. Sie ist in die Nachbarschaft jener anderen Dinge gerückt, über die wir im Zusammenhang mit Hara, Yonoi, Celliers und uns selbst gesprochen haben.“

„Bitte, könnten Sie uns nicht davon erzählen?“ bat meine Frau eindringlich.

Lawrence zögerte. „Ich würde sehr persönlich werden müssen und freimütiger, als ich durch Erziehung und Anlage eigentlich bin.“

„Aber es wäre nett von Ihnen.“ Ein besonders herzlicher Blick meiner Frau machte es für ihn unnötig, sich noch weiter zu erklären.

Ich kannte diesen Blick gut, und immer wieder bewegte er mich aufs neue. Er war für mich ein Zeichen dafür, wie sehr Frauen in ihrem tiefsten Innern den Männern helfen möchten, das Unsichere, ängstlich in ihnen Verborgene ans Tageslicht zu bringen. So tief sitzt dieser Instinkt, daß sie dazu neigen, die unerfreulichen Tatsachen der menschlichen Natur weniger zu fürchten als wir und nur dem gründlich zu mißtrauen, was dem Licht der Wahrheit in uns ausweichen will. Gleichgültig, wie unerfreulich unser Geheimnis oder wie entsetzlich die Konsequenzen unserer Selbstoffenbarung für sie auch sein mögen, alles Typische einer Frau frohlockt über das Vertrauen, das das Auftauchen des Geheimnisses möglich macht. Aus dem offenen und herzlichen Blick, mit dem sie Lawrence ansah (sie war ihm erst am

Tage zuvor zum erstenmal begegnet), konnte ich mit Sicherheit ablesen, daß es weiterhin keine Schwierigkeiten mehr zwischen ihnen geben würde.

Was Lawrence anbetraf, so protestierte er nicht länger. Als er sah, wie meine Frau sich tief in ihren Sessel zurücklehnte, fing er ohne Umschweif an zu erzählen.

Die bestimmte Erfahrung, an die er gedacht hatte, erklärte er, wurde während des Krieges auf einer grün und purpurn schimmernden Insel von Insulinde gemacht. Natürlich war sie schon lange vor dem Krieg in ihm vorbereitet worden. Wenn er etwas immer schwieriger festlegen konnte, dann war es ihr Ausgangspunkt. Er wußte, daß es von äußerster Wichtigkeit war, um der Form und Gliederung willen den Anfang so genau wie möglich zu bestimmen; nichtsdestoweniger war die Festlegung von Ursprüngen eine ebenso willkürliche Abstrahierung vom inneren Zusammenhang des Lebens wie jede andere Verallgemeinerung, gegen die ja meine Frau im Verlauf der Unterhaltung schon instinktiv Einwände erhoben hatte. Dies vorausgesetzt, wollte er seine Geschichte in einem Augenblick beginnen lassen, wie wir ihn gerade bei den Zwillingen erlebt hatten. Er konnte sich an keinen Zeitpunkt seines Lebens erinnern, in dem das Bild eines Schwertes ihm nicht vorgeschwebt hätte. Bis heute hatte er den Schauder nicht vergessen, der ihn durchlief, als er Mallorys Beschreibung des großen Schwertes ‚Excalibur' und dessen Auffindung durch König Arthur las. Von da an war die Legende Arthurs von unerschöpflichem Interesse für ihn gewesen, bis zu der Stelle am Schluß, wo Excalibur widerwillig den Wassern zurückgegeben werden mußte und eine Hand in weißem Samt hervorkam und es in die Tiefe zog. Noch heute vermutete er, es sei viel mehr in dieser Legende enthalten, als er jemals entziffern und lernen könnte. Aber in seiner Jugend war er von solchen Überlegungen nicht geplagt worden, obwohl er die ganze Legende als ein entscheidendes Ereignis seiner geistigen Entwicklung ansah. Selbst der Name des Schwertes war ihm sinnvoll erschienen, denn es war für ihn nicht nur ein Gegenstand aus Metall, sondern auch die Manifestation einer lebendigen Erfahrung. Und so gab er auch seinem ersten Holzschwert einen Namen. Er hatte es ‚Glanzling' genannt, erzählte er uns lächelnd, und wenn er jetzt zurückblickte, würde er dies als eine absolute Anerkennung des Bildes Schwert deuten, die ihn als ersten einer Familie von Gelehrten, Richtern und Geistlichen Soldat werden ließ.

Als er während seiner Soldatenzeit ins Ausland kam, wurde er in seiner Überzeugung bestärkt, das Bild des Schwertes habe eine tiefere Bedeutung, denn er stellte fest, wie verschiedene Völker ihren Schwertern unterschiedliche Form gaben. Er wolle uns nicht langweilen mit möglicherweise spitzfindigen Interpretationen, aber ein paar seiner Gedankengänge würden vielleicht das Weitere klarer machen. Ob uns zum Beispiel jemals schon der Unterschied zwischen den Schwertformen zweier großer gegensätzlicher Systeme aufgefallen sei: zwischen der Schwertform des Christentums und der des Islams, dem Kreuz und dem Halbmond? Wenn dies der Fall sei, hätten wir bemerken müssen, wie das abendländische Schwert seinem Prototyp bei den Kreuzfahrern, dem Kreuz, ähnlich sehe; und wie der Krummsäbel einem zweiten Halbmond gleiche, der den Tag von der Nacht trennt. Auf dem Herflug, um Weihnachten bei uns zu sein, war er erst vor ein paar Tagen durch die engen Straßen von Damaskus gelaufen, wo das Flugzeug einige Stunden Aufenthalt hatte, und konnte dort beobachten, wie die arabischen Aristokraten immer noch ihre Purpurgewänder und einen Dolch, einen Miniaturkrummsäbel, trugen, der in goldener

Scheide wie ein zweiter Mond an ihrer Hüfte baumelte. Es bestand für ihn kein Zweifel, daß die Form des Krummsäbels durch den Mond inspiriert war, und dies, wie auch andere Moslembräuche, zeigte, welcher große Strom sich aus dem Mond in die Seele des Islam ergoß. Wiederum von Bedeutung war es, daß ein anderes mond-bewußtes Volk, die Japaner, ebenfalls ein leicht geschwungenes Schwert trug. Für ihn hielt natürlich kein Schwert den Vergleich mit dem abendländischen stand. Es war für ihn das vollendetste. Es hatte die Form des Kreuzes, das für ihn wiederum ein wesentliches Bild des Geistes war; eine graphische Veranschaulichung der Wahrheit, daß das Leben nicht nur horizontal, sondern auch vertikal gelebt werden müsse. Seinem Gefühl nach war das abendländische Schwert durch die Sonne inspiriert. Er sagte dies, weil er schon als Kind in den Strahlen der Sonne den Glanz eines Schwertes gesehen hatte. Einmal war er auf einem Urlaub in Indien an einem ungewöhnlich stillen, klaren Abend in fünftausend Metern Höhe im Himalaja herumgeklettert. Der Himmel war silberblau und durch die Schatten der Gipfel vor dem Horizont gesprenkelt wie ein alter Spiegel. Kurz bevor das Sonnenlicht hinter dem purpurnen Horizont verschwand, ließ es in der stillen Luft die Form eines Kreuzes entstehen, das wie ein großes Kreuzfahrerschwert über einem ungeheuren schwarzen Spalt in der fernen Bergkette blitzte. In Malaya verblüffte ihn die Tatsache, daß das Schwert weder geschwungen noch gerade war. Obwohl spitz zulaufend und zweischneidig, hatte es die Form einer lodernden Flamme. Sein einheimischer Name, Kris, ahmte für ihn sogar das Zischen des Feuers bei dem malaiischen Schmied nach, von dem es gemacht war. Er sagte, er könne noch viel über diese Dinge erzählen, denn sie hätten seine Phantasie viele Jahre lang beschäftigt. Aber wie dem auch sei, zurück zum Schwert ... Ob inspiriert durch Sonne, Mond oder irdisches Feuer, das Bedeutsame, das allen Gemeinsame war der Zusammenhang mit dem Licht. Seiner Meinung nach war das Schwert eines der frühesten Bilder des Lichtes der Menschen, seine eingeborene Waffe, um Unwissenheit und Finsternis draußen zu besiegen. Dies war für ihn auch die Bedeutung des Engels mit dem Flammenschwert, der am Eingang zum Garten einer verzauberten Kindheit stand, zu der es keine Rückkehr mehr geben konnte. Er hoffe, genügend gesagt zu haben, um uns einen Begriff davon zu geben, was das Bild des Schwertes für ihn bedeute. Aber es war unendlich viel mehr, als er über die Puppe sagen könne. Über die Puppe müsse eine Frau sprechen, kein Mann, aber nicht etwa, weil das Bild des Schwertes dem der Puppe überlegen sei. Er glaube, das Bild der Puppe sei genauso alt und reiche ebenso tief in das Leben hinab. Aber sie gehörte ausschließlich zum Bereich der Frau und war ihrer besonderen Sorge anvertraut, und unglücklicherweise schien zwischen dem Bewußtsein der Frau und dem des Mannes immer eine ungeheure Kluft bestanden zu haben. Bisher ist das Selbstbewußtsein der Frau, das auf dem Wissen um ihre besonderen Werte gründet, durch die Welt nicht ermutigt worden. Das Leben wurde hauptsächlich nach der männlichen Wertskala ausgerichtet. Um wieder auf sein ursprüngliches Bild zurückzukommen, sie wurde beherrscht von dem Bewußtsein vom Schwert. Jenes andere Bewußtsein, das von der Puppe, mußte seine eigenen Werte durch blinden Instinkt und durch Intuition schützen und sich unterwerfen. Glücklicherweise änderte sich die Lage, und in unserer Zeit tauchten die weiblichen Werte aus jahrhundertelangem Dunkel wieder auf. Die Männer hätten begonnen, die Notwendigkeit einzusehen, daß die Frau sich ihrer eigenen Werte bewußt wird. Da der Mann aber zu großen

Wert auf das Symbol des Schwertes lege, bestünde immer noch die Gefahr, daß er zwecks Stärkung seines eigenen Bewußtseins Leben zum Opfer brächte. Wir brauchten uns nur die Geschichte Europas anzusehen, wo die Männer sich bereitwillig für Ideen umgebracht hatten, um uns vorstellen zu können, wie weit diese männliche Hybris gehen konnte. Die Gefahr der Frau liege darin, daß sie ihr eigenes Bewußtsein dem unentbehrlichen Mann und seinem Schwert opfere. Sie strebe danach, in ihrem Mann und in ihren Kindern zu leben, die sie dadurch ihrer dunklen, unerfüllten Seele beuge und daran hindere – wie sie selbst auch gehindert werde – ihr eigenes Leben voll auszuleben. Das Gleichgewicht zwischen diesen beiden Ansprüchen sei niemals wirklich hergestellt worden und könne auch niemals hergestellt werden, solange die Frau nur einem besonderen männlichen Bedürfnis entspreche. Doch jetzt habe er das Gefühl, daß das seelische Verlangen des Mannes nach Fleisch und Blut, um sich zu verwirklichen, und das dem unmittelbaren Leben entstammende Bedürfnis der Frau nach dem Glanz des Schwertes, um diesem den Weg weisen zu können, dabei wären zu verschmelzen. Aber wie dem auch sei, er befände sich ja an diesem stürmischen Weihnachtsabend nicht hier, um zu philosophieren oder hellzusehen. Er hoffe, er habe genug gesagt, um uns seine allgemeinen Ansichten zu diesen Fragen zum Zeitpunkt des Kriegsausbruches klarzumachen. Nun könne er vom Allgemeinen zum Besonderen übergehen.

Er machte eine längere Pause, und ich hatte das Gefühl, daß seine Erklärungen, so nützlich sie zweifellos gewesen waren, um die Atmosphäre seines Berichtes anzudeuten, doch noch einem anderen Zweck gedient hatten. Sie sollten wohl auch den Augenblick hinausschieben, da er unvermeidlich vom Allgemeinen zu den

Einzelheiten übergehen mußte. Auch meine Frau hatte denselben Eindruck, wie sich zeigte, als wir uns hinterher darüber unterhielten.

Es fing am letzten Tag des Februar 1942 im Herzen von Insulinde an, begann Lawrence langsam. Er frage sich, ob jemand von uns sich noch klar daran erinnern könne, wie es damals mit uns stand. Er selbst müsse sein Gedächtnis durch eine große Willensanstrengung anspornen, um sich vorstellen zu können, welch dunkle Stunde damals war, und weil das Dunkle der Stunde für sein Erlebnis wichtig sei, hoffe er auf unsere Nachsicht, wenn er uns daran erinnere.

In Europa, Nordafrika, Malaya und im Pazfik war der Krieg eine ununterbrochene Kette von Katastrophen für uns und unsere Freunde gewesen. Pearl Harbour, die Zerstörung der Schlachtschiffe *Prince of Wales* und *Repulse*, die Invasion auf Malaya und den Philippinen, und der flutartige Vorstoß der Japaner nach Süden waren zu einer grausamen und kritischen Stunde für uns geworden. In jenem Augenblick wurde er plötzlich aus seinem Regiment an der libyschen Front herausgezogen. Weil er Japanisch sprach und in jenen Teilen der Welt gedient hatte, war er zum Südostasienkommando, das sich unter Wavell gebildet hatte, um dem japanischen Angriff Widerstand zu leisten, abkommandiert worden. Unsere Ausrüstung war so spärlich, und die Anforderungen waren so groß, daß er nicht einmal ein Flugzeug habe finden können, das ihn an seinen Bestimmungsort flog. Er war gezwungen gewesen, die Reise auf einem Frachtschiff in einem bunt zusammengewürfelten Konvoi zu machen. Das Ergebnis war, daß er in Wavells Hauptquartier erst am Abend nach dem Fall von Singapur eintraf. Direkt von einer Front kommend, wo wir gerade unseren ersten Sieg errungen hatten, durch den Rommel hinter El Agheila zurückgetrieben wurde, war er sofort von dem Gefühl erfaßt worden, daß die Lage militärisch völlig hoffnungslos sei. Zwar hatten unsere Leute weder den Mut verloren noch zweifelten sie an unserem Endsieg noch fehlte es ihnen an Widerstandsgeist, aber allen war klar, daß Insulinde gegen die Japaner nicht erfolgreich verteidigt, ja nicht einmal so lange gehalten werden konnte, bis wir irgendwo sonst unsere Verteidigung aufgebaut hatten.

Natürlich taten die Stabschefs alles, um diese düstere Erkenntnis vor den gewöhnlichen Soldaten und vor den Zivilisten geheimzuhalten. Die vereinigten militärischen Hauptquartiere waren am Abhang eines Vulkans gelegen, der, wie Lawrence sagte, den prophetischen Namen Tangkubuhanprauw, ‚Gekentertes Schiff', hatte, denn was sonst, fragte er, hätte ein geeigneteres Bild sein können für das bevorstehende Schicksal jener, die vom Taifun des Krieges im Fernen Osten überrascht worden waren. In der Umgebung des Hauptquartiers und bis zu einem gewissen Grad auch in ihm selbst war eine gewisse Nachlässigkeit im Tagesablauf zu spüren, die jemandem, der von einer so harten Front wie der in der libyschen Wüste kam, beinah leichtfertig vorkommen mußte. Die Hotels, Restaurants, Tanzdielen und Nachtclubs waren überfüllt von lachenden, lärmenden, übersättigten Leuten. Niemals hatte er so dicke, fette Leute gesehen wie die Europäer auf jener Insel. Was sie noch auffälliger, fast als Karikaturen erscheinen ließ, waren die Millionen von kleinen, wohlgestalteten, sanft sprechenden, asketisch aussehenden Einheimischen, von denen sie umgeben waren.

Eine Knappheit an Lebensmitteln oder Getränken aller Art gab es nicht, und nachdem er am ersten Morgen eine düstere Unterhaltung mit dem realistischen, aber unverzagten kommandierenden General geführt hatte, konnte er in seinem Hotel erstaunt beobachten, wie eine Anzahl von Männern in Uniform ihren Tag mit einem feurigen Bols und einigen eisgekühlten Bieren begannen. Er sah sie ein Frühstück zu sich nehmen, das aus verschiedenen Arten von geräuchertem Fleisch, aus Eiern, verschiedenen Sorten Käse und Brot und aus einem Topf Kaffee bestand, so daß man glauben konnte, sie würden bis zum Abend nichts mehr essen. Ständig den Schweiß wie Wasser von ihren Gesichtern wischend, erschienen sie jedoch um elf Uhr vormittags bereits wieder und nahmen noch mehr eisgekühltes Bier und große Teller mit dicker Bohnensuppe und Schweinefleisch zu sich. Gegen zwei Uhr nachmittags, zuvor hatte man wieder einige Bols getrunken, setzte man sich zu einem Mahl, das nach europäischen Maßstäben in Friedenszeiten ein Bankett gewesen wäre; abends trank man abermals Bols und aß knuspriges Kroepoek und andere in Öl gebratene Imbisse, um dann noch ein Bankett folgen zu lassen, das wieder von mageren, behutsamen, ernsten javanischen Kellnern serviert wurde. Die Belastungen, die sie in einem tropischen Klima ihren Körpern durch ein Übermaß an Nahrung und Getränken zumuteten, waren für Lawrence so offensichtlich, daß er sich fragte, wie sie jemals die Kraft und genug Atem finden wollten, um über weite Strecken einem so spartanischen und flinken Feind wie dem Japaner entgegenzumarschieren.

Noch während er sich diese Frage stellte, erkannte er bestürzt, was es mit diesem anomalen Essen und Trinken auf sich hatte. Diese Leute hatten Angst. Er befand sich inmitten von Menschen, die von einer so fürchterlichen, tiefgreifenden Angst gepackt waren, daß sie nicht einmal ihr Vorhandensein erkennen konnten. Diese Riesen von Männern und ihre Frauen versuchten, ihre Angst durch Essen zu beseitigen. Das ganze Eßbedürfnis hatte bei ihnen die gleiche Bedeutung wie bei einem

Kind, das sich in der Dunkelheit vor unbestimmten, unnennbaren Dingen fürchtet und immer wieder die Brust der Mutter nimmt, obwohl es längst gesättigt ist. Alle optimistischen Kommuniqués und ermutigenden, energisch betriebenen Verteidigungsvorbereitungen der resoluten Militärbehörde, die sich mutig zeigte und versuchte, die Bevölkerung durch diese Maßnahmen zu beruhigen, hatten keinen Zweck. Die ganze Verschwiegenheit einer antarktischen Nacht kann das Flüstern des Eises der Angst, das Wirklichkeit ist und sich störend bemerkbar macht, nicht verheimlichen. In ihrem Innersten war diesen Menschen die Wahrheit schon bekannt, und diese Kenntnis verbreitete sich schnell durch Nerven und Gewebe: eine große Abrechnung stand bevor, eine ganze Epoche und ein Weltreich waren im Begriff zu zerbröckeln und zusammenzustürzen. Doch wenn sie aßen und tranken, sangen sie immer wieder mit gewaltiger Lautstärke ihren augenblicklichen Lieblingsschlager: „We zyn niet bang" (Wir haben keine Angst). Genau wie sie zuviel aßen und tranken, protestierten sie mit diesem Lied auch ein wenig zu laut. Obwohl ihnen das nicht bewußt gewesen sein mochte, hatten sie mehr Angst als jemals zuvor. Alles andere war Fassade und Tarnung der Seele, die sich vor den Folgen eines Exzesses versteckte, der schon viel zu lang aus ihrem Bewußtsein verdrängt worden war. Lawrence Vermutungen darüber, was der Augenblick der Wahrheit in ihnen auslösen würde, bewegten ihn tief; er empfand nicht das Bedürfnis, sie zu verurteilen oder zu richten.

Zum Beispiel überraschte ihn einmal Fliegeralarm auf einer Hauptstraße. Plötzlich hielt ein großes Auto neben ihm. Es wurde von einem riesigen Zivilisten gefahren, außerdem saßen darin noch vier muntere, vollbusige, dralle junge Frauen, deren Gelächter viel zu laut und lebhaft war.

„Springen Sie 'rein und kommen Sie mit, den Bombenangriff beobachten. Von dem Hügel dort drüben werden wir alles gut sehen können!"

Die Einladung des Fahrers wurde in dem plumpen, leicht arroganten Tonfall hervorgebracht, zu dem in jenem Teil der Welt die reichen Europäer neigten, wenn sie mit Ausländern sprachen. Mehr noch, der Fahrer sprach in einem Tonfall zu Lawrence, als böte er ihm einen Platz in der ersten Reihe des Parketts am Abend der Uraufführung eines neuen Stückes an. Lawrence lehnte höflich ab und war über eine so wirklichkeitsfremde Haltung gegenüber dem Krieg erschüttert.

Als er weiterging, rief ihm eines der Mädchen laut hinterher: „O laßt doch den armen ängstlichen Engländer gehen! Wahrscheinlich ist er noch nicht über seine Flucht aus Singapur hinweggekommen und würde einen hübschen sicheren kleinen Bunker vorziehen."

Sofort ließ sie ihrer Bemerkung den unvermeidlichen Refrain des Schlagers folgen: „Maar wy, we zyn niet Bang." Die anderen stimmten ein, und singend verschwanden sie ihm aus den Augen.

Doch Lawrence versicherte uns, daß die Bemerkung ihn nicht berührte, so beleidigend sie auch gemeint war. Er sei überzeugt gewesen, daß die Frau ihm unbewußt die Angst zuschrieb, die sie sich selbst nicht eingestehen wollte. Erst nachdem Wavell und sein ganzes Hauptquartier mitten in der Nacht eilig und unter großer Geheimhaltung evakuiert worden war, erkannte er, wie weit und tief diese Angst reichte und wie echt sie war.

Am Abend vor der Evakuierung hatte ihn sein Oberbefehlshaber rufen lassen. Ihm wurde eröffnet, es gäbe keinen Zweifel mehr, daß die Japaner sich vorbereiteten, auf der Insel zu landen. Die holländischen und alliierten Kriegsschiffe, die holländische Luftwaffe insbesondere, hätten zwar tapfer gekämpft, seien aber durch überlegene feindliche Kräfte soweit vernichtet oder beschädigt worden, daß sie jetzt nicht mehr einsatzfähig wären. Er wünsche, sagte der Oberbefehlshaber, Lawrence versichern zu können, daß sich auch die Landstreitkräfte so tapfer hielten; aber er befürchte, ihr Widerstand werde nur schwach und leicht zu brechen sein. *Dennoch sei es von außerordentlicher Wichtigkeit, daß Widerstand solange wie möglich geleistet würde.* Jeder Tag, den man gewönne, sei kostbar. Er hoffe, ein anhaltender Partisanenkrieg gegen die Japaner werde möglich sein, selbst wenn der organisierte Widerstand aufgehört habe. Von hier ab wandte er sich direkt an Lawrence. Er wolle ihm keine Befehle erteilen, sondern ihn nur über die Situation aufklären, und dann könne Lawrence selbst entscheiden – weil es sich, wie er gleich sehen werde, um einen ziemlich harten Vorschlag handle. Er, der Oberbefehlshaber, benötige einen Offizier, der das Kommando über eine Gruppe von Freiwilligen aller Einheiten und Nationalitäten auf der Insel übernehmen wolle. Wenn zwischen Verteidigern und japanischen Invasoren die Entscheidungsschlacht entbrannt sei (zu der es immer noch kommen könne), solle diese Sondereinheit unbemerkt die Flanke des Feindes umgehen und dessen Verbindungslinien aus dem dichten Dschungel heraus stören, der die meisten Straßen auf der Insel säume. Sollte es zu keiner Entscheidungsschlacht kommen, sondern nur zum Widerstand – und das müsse ernsthaft erwogen werden – dann wäre es um so wichtiger, daß es solch eine Sondereinheit gebe und daß sie aus irgendeinem Dschungelversteck heraus aktiv bleibe. Sobald der Oberbefehlshaber wieder in Indien sei, werde er sein Äußerstes tun, um diese Partisanentruppe aus der Luft und durch U-Boote versorgen zu lassen; allerdings bezweifle er, daß er bald etwas tun könne. Darum müsse diese Truppe, um zu überleben, sich auf der Insel selbst versorgen und sich auf ihre eigene Initiative und die Geschicklichkeit ihres Kommandeurs verlassen. Es wäre unfair, vorzuspiegeln, die Chancen des Überlebens im Kampf gegen einen so unbarmherzigen Feind seien groß; aber in solch einem Dschungelland sei es vielleicht dennoch möglich. Mit Sicherheit aber könne er sagen, wenn es dieser Einheit gelänge, die Japaner vom Vorhandensein ziemlich großer Kräfte zu überzeugen, die immer noch in den Tiefen des Dschungels aushielten, und wenn diese dadurch gehindert würden, ihre Truppen an anderer Stelle einzusetzen, so wäre dies von unschätzbarem Wert für die Pläne der Alliierten. Phantasiereich weihte der Oberbefehlshaber Lawrence in alle Einzelheiten ein, um sein Anliegen notwendig erscheinen zu lassen.

Lawrence hatte erwidert, natürlich würde er tun, was sein Vorgesetzter wünsche, und war auf sein Zimmer in dem nahegelegenen Hotel, das noch voll war von feiernden und singenden Leuten, zurückgekehrt, wobei er das Gefühl hatte, auch er sei jetzt an einem Endpunkt angelangt. Er kam sich vor wie jemand, der in eine fatale Falle gerät und hört, wie sich die Tür hinter ihm schließt. Den größten Teil der Nacht über lag er wach und lauschte der Fahrzeugkolonne, die die Bergstraße vor seinem Hotel in schnellem Tempo hinunterfuhr, um den riesigen Stab des Hauptquartiers samt Gepäck zu den wartenden Schiffen und Seeflugzeugen in einem der Häfen an der Südküste zu bringen, die noch nicht von feindlichen Schiffen blockiert waren. Als sie aufbrachen, hörte es sich an, als schliche im gleichen Augenblick auf nackten Sohlen eine rachelüsterne Vergangenheit wie ein Riese mit einem Messer in der Hand herein und nähme den verlassenen Platz ein. Kaum war das Geräusch des letzten Lastwagens verklungen, wurde ein neuer Laut hörbar. Die Nachtwächter in den hölzernen Dörfern ohne elektrisches Licht, die, vom Holzkohlenfeuer widergespiegelt, im sternenübersäten Wasser der Reisfelder wie schlafende Reiher auf ihren Stelzen standen, begannen auf ihre Bambusgongs zu schlagen und dringende Signale weiterzugeben. Lawrence war sicher, daß ihn seine überbeanspruchten Sinne nicht täuschten: auch aus diesen Signalen war Angst herauszuhören. Beim Frühstück am nächsten Morgen bestätigten sich seine Wahrnehmungen. Das Gelächter und der Trotz waren aus den roten Gesichtern der gin- und biertrinkenden Männer verschwunden. Der Ausdruck, mit dem man ihn jetzt grüßte, war nichts als Angst. Aber es gab noch eine viel bedeutsamere Veränderung. Sämtliche javanischen Hotelangestellten, die sundanesischen Händler auf den Straßen, die maduresischen Büroreiniger und Straßenfeger, die Büroangestellten und Intellektuellen von Sumatra, alle hatten ihre gefälligen, bunt leuchtenden, blauen, goldenen und braunen Batikturbane, die sie jahrhundertelang als Kopfbedeckung getragen hatten, abgelegt und an ihrer Stelle den steifen, kompromißlosen schwarzen Hut der aus dem Verborgenen auftauchenden Nationalisten der Inseln aufgesetzt.

Es war schlimm genug, daß Lawrence in das verlassene Hauptquartier gehen mußte – noch am Tage zuvor hatte dort geschäftiges Treiben wie in einem Bienenstock geherrscht; jetzt war es, bis auf ihn und das Reinigungspersonal, völlig leer – um seine wenigen persönlichen Sachen abzuholen. Alles um ihn herum unterstrich, wie überstürzt die Evakuierung geschehen war. Auf dem Fußboden lagen zurückgelassene Sachen verstreut, in jedem Raum boten die aussortierten und zum Zurückbleiben verurteilten Gegenstände den Anblick eines Stillebens. Uniformen zweiter Garnitur und schmutzige Mäntel hingen schlaff über Stühlen und Tischen; Socken, Krawatten, Hemden, getragene Schuhe und Stiefel bedeckten den Fußboden; halb offene Schreibtische und Schubläden enthielten zerrissene Aktenstücke und Bände von Jane Austen und Trollope, Bücher, die von aktiven britischen Stabsoffizieren bevorzugt gelesen wurden, denn inmitten der Grausamkeiten des Krieges hatten sie ihre Sehnsucht nach Vornehmheit und Verfeinerung des Lebens entdeckt. In einer amerikanischen Marinedienststelle lagen zwei Bücher: *Forever Amber* (ein Titel, dessen Ironie einem die Sprache verschlug, besagte er doch, daß alle Lichter schon seit langem auf Rot gestellt seien) und ein dicker Band: *Gone With The Wind.* Schließlich fand er in einem britischen Stabszimmer Ausgaben von *Wer ist Wer* und *de Brett.* Beide Bücher, so schien es Lawrence, waren durch die Scham der darin Erwähnten scharlachrot geworden: ihre Besitzer hatten vor einem asiatischen Feind die Flucht ergriffen.

Er selbst hatte das Chaos des Rückzuges und der Evakuierung schon vorher kennengelernt, und so konnte ihn der Anblick der Sachen, der ihn daran erinnerte, wie einsam er jetzt war, nicht außer Fassung bringen. Aber nicht so leicht war es, sich mit den schmächtigen, lautlosen Insulanern abzufinden, die mit ihren steifen schwarzen Hüten von Zimmer zu Zimmer gingen und aufsammelten, was sie gebrauchen konnten. Ohne daß es irgend welcher Worte bedurft hätte, erkannte Lawrence plötzlich: der neue Hut symbolisierte einen neuen Geist. Über Nacht hatten sich die wimmelnden Millionen auf den Inseljuwelen der lieblichen langen Kette von Insulinde in ein ganzes Volk von Richtern verwandelt; sie setzten ihre schwarzen Hüte auf wie Richter bei einem Mordprozeß, als wollten sie das Todesurteil über jene Kultur und jene Männer und Frauen verkünden, die sie ihnen so lange Zeit aufgezwungen hatten. Wenn wir uns heute ansähen, was auf diesen Inseln seitdem geschah, wandte sich Lawrence an uns, dann könnten wir verstehen, wie berechtigt diese Angst gewesen sei. Immer wenn jemand versuchte, den Japanern, Briten, Amerikanern oder Kommunisten die Schuld am Verlauf der Nachkriegsgeschichte in jenem Teil der Welt zu geben, hatte er sich nur an die schwarzen Hüte der bescheidenen Büroreiniger in den großen verlassenen Gebäuden an den Abhängen des Berges ‚Gekentertes Schiff' zu erinnern brauchen, um die Unrichtigkeit solcher Beschuldigung zu erkennen. Er sah dann in seiner Erinnerung wieder die wendigen kleinen Gestalten, die ihre Reisigfeger wie neue Besen der Geschichte führten, um mit ihnen den Wust der Jahrhunderte von der Tür der Zukunft fortzufegen, die ihnen gehörte. Nicht von irgendeinem Eroberer erzwungen. sondern aus dem inneren Wesen eines Volkes heraus wurde an jenem Tag die Zukunft geboren, und zum Guten oder Bösen brach für uns alle eine neue Zeit an. Er erzähle dies so ausführlich, sagte Lawrence, weil, rückblickend, diese Einzelheiten für den weiteren Verlauf seiner Geschichte von größter Wichtigkeit seien. Es sei schwierig genug gewesen, sein Herz in den Kampf um ein wachsendes Verständnis für sein eigenes Schicksal zu führen, und das um so mehr, als ihm außerdem das Verständnis für das Schicksal einer ganzen Epoche und die Preisgabe der so lange zuversichtlich verteidigten Idee eines großen Weltreiches aufgebürdet worden waren. Zum erstenmal im Krieg sei er, Lawrence, in Gefahr gewesen, in seinem Tun keinen Sinn mehr zu sehen. Und dadurch habe seine Geschichte ...

Aus diesem Grunde verließ er sobald wie möglich das verlassene Hauptquartier und begann, mit freudlosem Herzen seine Einheit zu sammeln. Kurz vor Mittag setzte er sich mit der Vorhut der kleinen Truppe, die so offensichtlich dem Untergang geweiht war, in

Bewegung, um auf der großen Hochebene provisorisch in Stellung zu gehen, am Rande jener großen natürlichen Festung, die die ehemaligen Herren der Insel ‚bis zum letzten Blutstropfen verteidigen' wollten, wie sie in melodramatischer Unverfrorenheit behauptet hatten. Die Ausfallstraße aus der Stadt führte am luxuriösesten Hotel der Insel vorüber. Die große Veranda war voll von holländischen Stabsoffizieren und ihren Frauen. Der Gin, den sie zum Mittag getrunken hatten, hatte anscheinend bereits gewirkt und ihre Lebensgeister wieder geweckt, denn als sie die Lastwagen vorbeifahren sahen, fingen einige Männer im Chor an zu singen: „We zyn niet bang: wir haben keine Angst." Aber er hatte den Schlager schon überzeugender singen hören, auch beobachtete er, daß die Frauen nicht mehr mit einstimmten, und dies verstärkte noch seine eigene Bestürzung.

Die Straße zum voraussichtlichen ‚Invasionsgebiet' schlängelte sich zwischen steilen, waldigen Hügeln hindurch, durch goldene Täler und um große graue Vulkane herum, die in der heißen Sonne schliefen. Sie waren aber noch soweit tätig, daß sie den Eindruck erweckten, man könnte in ihrer Nähe das Feuer im Innern fauchen hören. Der Himmel oben war eine große makellose Perlmuttmuschel, und der schöne Tag funkelte und glühte über einer Inselerde, die so reich und freigebig war, daß sie die Menschen, die sie bestellten, alle zwei Jahre mit fünf Reisernten belohnte. Alles um ihn herum, sagte Lawrence, schien der Finsternis in ihm zu spotten. In manchen Augenblicken glaubte er, ihn drücke ein Alptraum vom Krieg und seiner ihm vorbestimmten, unausweichlichen Rolle darin. Als der Nachmittag über die glühenden Reisfelder vorrückte, bildeten sich riesige Gewitterwolken; sie lösten ihr langes vulkanisches Haar und ordneten es wieder wie

Götter, die im Quecksilberwasser ihre Spiegelbilder betrachteten. Es gab keinen Wind (wie es auch keine Jahreszeiten gab in jenem Teil der Welt), nur eine endlose Wiederholung derselben stillen Fruchtbarkeit, des Perlmuttaugenblicks in der glühenden vulkanischen Natur des Landes, durch das er fuhr. Die einzigen Spuren einer Bewegung waren das Zittern der Hitze in der Luft, als ob sich durchsichtige Pappelblätter in einer Sommerbrise bewegten, und ein fortwährendes Pochen, ein heftiges Schlagen des vulkanischen Herzens in der Tiefe dieser Erde, das sich der Stille mitteilte, die in Lawrence' Ohren sang. Die zitternde Hitze, das fiebernde Licht und das Pochen der Erde auf den Reisfeldern wurde noch belebt durch die Unruhe der dichten Schwärme blauer und silberner Libellen, die auf transparenten Flügeln über den brennenden Wassern summten. Hüfte an Hüfte bewegten sich rhythmisch auf jedem Reisfeld schlanke, bis zur Taille entblößte Frauen, deren rote Gesichter von großen gelben Strohhüten beschattet wurden, so wie Frauen es seit tausend Jahren getan hatten, wenn sie neuen Reis neben den alten pflanzten. Immer ging mit schwerfälligen Schritten irgendwo hinter ihnen ein großer Wasserbüffel, wie eine Tierstatue, die aus alter Legende zum Leben erwacht. Immer saß auch ein kleiner nackter Junge mit glänzender Haut wie das Bildnis eines jungen Buddhas auf dem breiten Rücken des Büffels, dessen ungeheure Kraft im Dienste solches zierlichen Begleiters ihren Sinn gefunden zu haben schien. So herrlich der Anblick gewesen sei, betonte Lawrence, so verstärkte sich in ihm jedoch das Gefühl, daß er zu seinem augenblicklichen Tun überhaupt keine Beziehung besitze. Bis dahin war es ihm noch nicht aufgefallen, wie sehr man in schwierigen Augenblicken von der Unterstützung durch die Landschaft, von den vertrauten Anblicken und Lauten abhängig ist, in deren Mitte man geboren wurde. Verzweifelt sehnte er sich nach einem Wunder, das ihm einen Blick auf eine Landschaft seiner englischen Heimat, und sei sie noch so unbedeutend, gewähren sollte: ein Heckenweg zwischen feuchten Wiesen, gefleckte Kühe, die Gras und Butterblumen wiederkäuen, während ihre Rücken durch die blasse Sonne in einen Schimmer getaucht werden und im Hintergrund aus einem der Fachwerkhäuschen blauer Rauch steigt wie eine Pflanze aus einem roten Schornsteintopf. Er hatte geglaubt, daß ein solcher Anblick schon ausgereicht hätte, um ihn seine Mitte wiederfinden zu lassen und um das verheerende Gefühl der Beziehungslosigkeit zu zerstören, das so tief in ihm fraß. Aber am Ende blieb nur der große leuchtende Tag, der äußerst gleichgültig ihm und seiner Mission gegenüber war. Schon ein Zeichen der Leute auf den Feldern hätte Erleichterung bedeutet, aber obwohl sie die Lastwagen gehört haben mußten, unterbrachen sie ihre Arbeit nicht, um unter ihren großen Hüten hervor einen Blick nach oben zu werfen. An einer Stelle winkte er und rief auf Malaiisch einem kleinen Jungen einen Gruß zu. Wenige Meter entfernt von der Brücke, die Lawrence überquerte, wusch er im Fluß einen liegenden Büffel, der seine Augen verzückt geschlossen hielt. Aber der Junge erwiderte seinen Gruß nicht und fuhr fort, mit seinen flinken braunen Händen Wasser über den Büffel zu spritzen, als ob er nichts gehört hätte. Der Junge, die Frauen, die stillen schlafenden Berge, die leuchtende Erde, der dampfende Dschungel und die hohen ruhigen Palmen, alles schien sich vorsätzlich vor ihm und seiner Mission zu verschließen. So aufgeschlossen und offen wie Tag und Landschaft waren, so verschwiegen und umstürzlerisch wirkten sie durch solche Abneigung. Keine Finsternis konnte so groß sein, beobachtete er, wie die Finsternis in der Sonne. Als er durch abgelegene Dörfer kam, brauchte er nicht erst den Anblick von Büroangestellten oder Straßenhändlern mit ihren schwarzen Hüten, um klar zu erkennen, daß dieses Verhalten mehr bedeutete als bäurische Gleichgültigkeit gegenüber Veränderungen. So ging es weiter bis zum Abend, als er schließlich in dem Dorf auf dem Vorsprung des Plateaus eintraf, wo er auf die japanische Invasion warten wollte: nur von dort aus konnte er übersehen, wie seine kleine Truppe am besten einzusetzen sei.

Das Dorf war an den Abhang eines riesigen, janusköpfigen Vulkans gebaut, der in beide Richtungen blickte: zum purpurnen Hochland hin, von wo er gerade gekommen war, und zum Meer. In dieser Stunde, während die rote Sonne zwischen Krakatau und Java in der Sundastraße unterging und einen riesigen Wolkenzipfel nach dem anderen in Flammen setzte, sah die Erde im Kontrast dazu schwarz und schon der Nacht anheimgegeben aus. Die Ebene und das gewonnene Marschland unterhalb des Dorfes zwischen Vulkan und Meer waren nicht länger sichtbar, aber er konnte sich nach dem nördlichen Himmel orientieren, wo durch die Wirkung des von kleinen Inseln abgeriegelten Meeres die Glut des Sonnenuntergangs plötzlich ausgelöscht wurde, während rasch feuchte Luft aufstieg und sich wie ein dicker, hellvioletter Vorhang zwischen Tag und Nacht hängte. Seine erhöhte Lage über der malariagefährdeten Ebene und seine Nähe zum Meer hatten das Dorf zu einem bevorzugten Ferien- und Erholungsort für die Privilegierten unter denen werden lassen, die in dem großen Hafen an der Korallenküste arbeiteten. Im Dorf standen verschiedene große Luxushotels und die geräumigen Ferienhäuser und Wochenendvillen vieler reicher Kaufleute und der höheren Beamtenschaft. Aber es herrschte keine Ferienstimmung an diesem Abend, da der Himmel im Westen in Flammen stand und die Erde im Dunkeln lag. Gerade bevor Lawrence angekommen war, hatten die Sirenen Fliegeralarm gegeben, und kein Licht erhellte die schnell hereinbrechende Dämmerung, um ihn willkommen zu heißen. Die Straßen waren still und leer. Am Eingang zum Dorfplatz erscholl die Aufforderung eines Polizisten, der den Konvoi anhielt, in einer Lautstärke, die beinah entweihend klang. Glücklicherweise wußte der Polizist von dem Konvoi; er wartete, um Offiziere und Mannschaften zu ihren Quartieren zu geleiten.

Es sei nicht leicht gewesen, brauchbare Räume für sie zu finden, erklärte der Polizist. Die Hotels und Häuser seien überfüllt mit Flüchtlingen, meistens Frauen, Kinder und alte Männer, die von den äußeren Inseln in das Dorf geströmt seien. Es sei schrecklich gewesen, sie ankommen zu sehen, denn die meisten von ihnen hatten ihre Männer, Wohnungen und Habseligkeiten auf Grund plötzlicher Anordnungen verlassen müssen, um den Japanern zu entkommen, die unheimlich geschickt darin wären (er sagte dies mit einer Spur von ätzendem Zynismus), stets einige hundert Meilen näher zu sein, als sie nach der letzten offiziellen Meldung hätten sein dürfen. Die Flüchtlinge seien, wie Vieh zusammengepfercht, in Zügen eingetroffen, ohne viel mehr mitgenommen zu haben, als was sie gerade am Leibe trugen, und ohne zu wissen, was aus den zurückgebliebenen Vätern, Söhnen und Männern geworden war. Obwohl der Polizist pflichtgemäß höflich und peinlich genau besorgt war, die Wünsche Lawrence' und seiner Männer zu befriedigen, erzählte er all dies mit einem anklagenden Unterton, als wolle er auch das Versagen der Briten bei der Verteidigung Malayas für alles verantwortlich machen. Als Offiziere und Mannschaften Unterkunft gefunden hatten und endlich versorgt waren, begleitete er Lawrence zum modernsten Hotel. Lawrence wäre lieber bei seinen Männern geblieben, aber er hatte Befehl bekommen, bis zum Beginn der Feindseligkeiten Tag und Nacht an einer zuverlässigen Telefonleitung zu bleiben, und dieses Hotel sei gerade deshalb ausgewählt worden, sagte der Polizist, weil es die beste Telefonzentrale im ganzen Ort habe.

Inzwischen war es völlig dunkel geworden. Nur die Blitze, die aus einer kopfähnlichen, gekräuselten gelben Wolke hervorschossen, erfüllten die schwarze Nacht mit tiefer Unruhe und brachten die Stille durch das ferne Murmeln des Donners zum Stottern. Aus dampfenden Hecken erhoben sich Leuchtkäfer Schwarm um Schwarm; sie schienen Funken von der Esse des großen Schmiedes in jenem Vulkan zu sein, der seinen Purpur ausbreitete gegen das Meer der Blitze, das von Zeit zu Zeit hinter ihm aufloderte. Immer wenn sich seine Augen von den Blitzen wieder erholt hatten, sah Lawrence erstaunt, wie dicht und nah der Dschungel selbst an eine so alte Siedlung herankroch. In einem Zustand erhöhter Wahrnehmungsfähigkeit, hervorgerufen durch das ungeheure, rasch seinem Höhepunkt zueilende Weltdrama, kam ihm der Dschungel wie ein Tiger vor, der geduldig, wachsam und unbekümmert in der Nacht lauerte, um in dem Augenblick das Dorf anzuspringen, da man ihm den Rücken zukehrte. Aus dem Dschungel, von den Feldern, Strömen und Wassern der Reisfelder erscholl das ekstatische Zirpen der Grillen, das Singen der Eidechsen und das Brüllen der Ochsenfrösche, das einen ohrenbetäubenden Lärm verursachte. Es hörte sich an, als wären alle kleinen, verborgenen Wesen der Schöpfung, deren Feinde am Tage umherstreiften, vereint in einer Dankeshymne an die Nacht, die allein ihnen die Möglichkeit zur Erfüllung ihrer Existenz bot. Plötzlich zeigte sich über Lawrence ein großes Stück klarer Himmel. Als ein Blitz zuckte, sah es wie eine tiefe Lagune aus, die von den

Korallenbänken der Wolken umgeben war; in den dunklen Stellen dazwischen aber herrschte dieselbe Unruhe der Schöpfung wie auf der Erde. Auch die Milchstraße tauchte in verschwenderischer Tiefseephosphoreszenz auf, als ob die Mutter des Lichtes in jenen Korallenwassern laichte.

In der Nähe des Hotels wurde dann dieser heftige Rhythmus aus Laut und Licht und der Gesang ruheloser, verborgener Schöpfung um ein neues Geräusch vermehrt. Er blieb erschrocken stehen und lauschte einem leisen, anhaltenden Jammern. Als er sich umsah, konnte er gerade noch die dunklen Umrisse einer langen Veranda erkennen. Sie lief L-förmig um die Flügel mit den Schlafräumen herum, die aus dem Haupttrakt des Hotels abzweigten und sich bis zum Eingang zur Straße hin erstreckten. Dort war ein Lichtschimmer (der ein wortloses Brummen bei dem Polizisten verursachte) in einem Fenster mit zugezogenen Vorhängen zu sehen. Das Jammern hörte plötzlich auf, dann folgten das Niesen eines Neugeborenen, ein erleichtertes Murmeln und ein unterdrücktes, aber zufriedenes und liebevolles Flüstern. Offensichtlich hatte irgendeine Flüchtlingsfrau gerade ein Kind zur Welt gebracht. Aber so trübsinnig und ausgeschlossen von allen schöpferischen Vorgängen fühlte Lawrence sich, daß seine Furcht vor den kommenden Schrecken durch dieses Ereignis nur noch größer wurde. Er stand da und wiederholte unwillkürlich, wie er es in den vorangegangenen Tagen viele Male getan hatte, in seinem Geist den letzten Vers seines Lieblingspsalms: „Der Herr ist mein Hirte.“ Aber das half in diesem Augenblick nicht viel. Er ging auf das Hauptgebäude zu, und als er die Stufen hinaufging, sah er die schattigen Umrisse schmächtiger indonesischer Kindermädchen, die mit Babys im Arm auf der Veranda hin und her gingen und die Kinder in der frischen Luft, außerhalb der verdunkelten, lauwarmen Zimmer, in den Schlaf zu wiegen versuchten. Das Schlurfen ihrer Füße war kaum zu hören in dem funkelnden Laut, der von der Erde zum Sternenlaich des Himmels stieg, wo der heftige Pulsschlag des Donners und die Schwingen der Blitze an die Schranken der Nacht schlugen.

In der Empfangshalle des Hotels fand er den Eigentümer, der bei Kerzenlicht an seinem Schreibtisch saß und Geschäftigkeit vortäuschte. Er war offensichtlich äußerst nervös, denn als Lawrence hereinkam, sprang er auf. Zu Lawrence' Bestürzung war auch er wieder ein fetter Koloß, der stark nach Alkohol roch. Er war jedoch nicht betrunken. Das war merkwürdig auf dieser Insel. Lawrence war nie einem betrunkenen Europäer von den Inseln begegnet, obwohl er viele britische und amerikanische Soldaten, die nur einen Bruchteil von dem vertragen konnten, was Leute wie der Hoteleigentümer zu sich nahmen, betrunken angetroffen hatte.

Beruhigt durch Lawrence' Uniform und durch die Anwesenheit des ihm bekannten Polizisten, grüßte der Hotelbesitzer mit äußerster Höflichkeit. Dann entschuldigte er sich wegen der Dunkelheit im Hotel und versicherte, sobald der Fliegeralarm vorüber sei, würde er das elektrische Licht wieder einschalten. Er erklärte, an solchen schwülen Abenden zögen er und seine Gäste es vor, lieber weniger Licht und offene Fenster anstatt helles Licht und wegen der Verdunkelung geschlossene Fenster und Türen zu haben. Da die Fliegeralarme niemals lange gedauert hatten, schlug er vor, Lawrence solle im Salon etwas trinken und dort in Ruhe warten, bis er bei normaler Beleuchtung sein Zimmer aufsuchen könne. Das Zimmer sei zwar nichts Besonderes, fügte er hinzu, aber das Hotel sei, wie Gott bezeugen könne, hoffnungslos überfüllt mit erregten Frauen, altersschwachen, kindischen Männern und müden, überanstrengten Kindern. Immerhin würde Lawrence wenigstens sein eigenes Telefon haben und ...

Er brach plötzlich ab und stellte, weil er Ruhe finden wollte vor der unbarmherzigen Angst, die den Blick der Menschen auf der Insel trübte, die Frage: „Ist es wahr, daß die amerikanische Marine die japanische Invasionsflotte vor Bali vernichtet hat und daß augenblicklich fünfzehn Divisionen Marineinfanterie bei Surabaja landen, um uns zu helfen?"

Lawrence hätte das Gerücht schnell widerlegen können, aber er brachte es nicht übers Herz. Er antwortete nur, er habe weder von einem so erstaunlichen Sieg zur See noch von einer so großen Truppenlandung etwas gehört. Woraufhin der Mann, dessen blutunterlaufene Augen im Kerzenlicht tragisch aussahen, tief seufzte und ausrief: „*Ag!* Selbst wenn diese Nachricht nicht ganz genau stimmt, so muß doch etwas dran sein! Kein Rauch ohne Feuer, verstehen Sie! Auf jeden Fall glaube ich, daß wir bald gute Neuigkeiten hören werden. Es kann nicht so weitergehen wie jetzt, immer nur Schlechtes, dann noch Schlechteres, und dann noch viel Schlechteres. Ich bin sicher, die Amerikaner werden uns nicht im Stich lassen wie die ..."

Lawrence glaubte, daß er fortfahren wollte 'wie die Briten es getan haben', aber er verstummte und unterbrach rechtzeitig seine wachsende Erregung, um mit schlichter, wißbegieriger Stimme zu fragen: „Wissen Sie, ob es wahr ist, daß Prinzessin Juliana in der letzten Nacht einen Sohn zur Welt gebracht hat?"

Lawrence erwiderte abermals, daß er bedaure, das Gerücht nicht bestätigen zu können. In diesem Augenblick wurde er in einen großen, schwach erleuchteten Raum mit einer Veranda geführt, wo ihm an einem kleinen, unbesetzten Tisch ein Sessel angeboten wurde. Es war der letzte Platz, der frei war. Der Raum war voll besetzt. Durch das Kerzenlicht, das durch den Zigarettenqualm noch trüber wurde, waren die Menschen nur undeutlich zu sehen. Nach dem, was er erkennen konnte, und nach dem Klang der Stimmen um ihn herum mußten es vorwiegend Frauen sein. Niemand schien seine Ankunft bemerkt zu haben, so daß er ungestört dasaß, den Gesprächen lauschte und von Zeit zu Zeit auf dem Fensterbrett eines offenen Fensters den gänzlich unbeachteten Blitz aufleuchten sah wie einen erzengelgleichen Boten.

Alle unterhielten sich, soweit er es den Gesprächen entnehmen konnte, über den Krieg, und hin und wieder fielen bittere Worte über die Briten. Tatsächlich empfand er wie ein heimlich Lauschender Unbehagen. Auffallender und bedeutsamer für ihn war jedoch die unterschwellige Angst, die den verständnislosen Gemütern dieser Inselbewohner zu schaffen machte, und vor allem die Atmosphäre von Spannung, hervorgerufen durch die hartnäckige Entschlossenheit, weiter so zu tun, als ob die augenblickliche Situation nur ein kurzes Zwischenspiel sei und als ob sich in ihrem Leben in Wirklichkeit nichts geändert habe. In den seltsamsten Augenblicken durchbrach diese Angst ihre verstandesmäßigen Rechtfertigungen. Irgendeine scheinbare Geringfügigkeit im Zusammenhang mit ihren jüngsten Erfahrungen, die unbedeutende Schale, unter der sich das feine Gift des Verfalls ihres Selbstvertrauens und des Versinkens in Angst verbarg, tauchte in der Brandung ihrer Gespräche wie ein kleiner, ungenießbarer Krebs auf, der von einem Fischer im Netz an Land gezogen wird. So hörte er zum Beispiel, wie eine Frau in seiner Nähe die Unterhaltung über die holländische Königsfamilie mit folgendem Bericht beendete: „Weißt du, eine merkwürdige Sache passierte an dem Morgen, als wir unser Haus außerhalb von Palembang verließen. Kurz bevor aus dem Gouverneurspalast bekanntgegeben wurde, daß alle Kinder, Frauen und alten Männer sich umgehend bei ihren Sammelstellen zur Evakuierung einzufinden hätten, kam unser ältester *Mandur** in das Plantagenbüro und wollte meinen Mann sprechen. Schon dreißig Jahre war er bei uns der Vormann aller Kulis. Es läßt sich gar nicht sagen, wie gut, anständig und rücksichtsvoll er immer war. Aber plötzlich stand er in der Tür des Plantagenbüros und wollte gefälligst drei Dutzend Büchsen Kondensmilch haben!"

„Was, um alles in der Welt, sagen Sie, Mevrouw?" ertönte die Stimme eines alten Mannes, der im Dunkeln in der Nähe saß. Seine Worte klangen aufgebracht, als wäre die Forderung des Vormanns der Kulis etwas Ungeheuerliches gewesen. „Was sagen Sie? Ein *Mandur* stellte 'zo'n brutale verzoek' (solch eine unverschämte Forderung)?"

"Tatsächlich, das hat er getan", versicherte die Frau nachdrücklich. Sichtlich beruhigt, weil ein anderer den Vorfall ebenso empörend fand wie sie selbst, wurde sie vertraulicher und fuhr fort: „Aber weiter, mein Mann fragte ihn, warum er die Milch haben wolle. Ob er denn mit den reichlichen Rationen, die er die ganzen Jahre über bekommen habe, nicht immer zufrieden gewesen sei. Aber der Mann sah einfach an meinem Mann vorbei und antwortete, er habe keinen besonderen Grund, warum er sie haben wolle: er möchte eben drei Dutzend Büchsen Kondensmilch haben!"

„Ich hoffe, Ihr Mann hat ihm gesagt, wohin er und seine Unverschämtheit sich scheren sollen", warf die heisere Stimme des Alten oder die eines anderen dazwischen.

* malaiischer Vorarbeiter

„Ganz und gar nicht“, erwiderte die Frau, und ihre Stimme hob sich vor Erregung. „Das war ja das Sonderbarste von allem! Noch eine Woche vorher wäre mein Mann mit diesem *Mandur* ziemlich hart verfahren, denn er war von uns viel zu gut behandelt worden, als daß wir einer solchen Forderung hätten entsprechen müssen. Aber mein Mann, der völlig überrascht war, starrte den Mann nur einen Augenblick lang an, dann holte er seine Schlüssel heraus, schloß den Vorratsraum auf und händigte ihm unterwürfig die Milch aus!“

„Das war ein Fehler, ein schwerwiegender Fehler“, bemerkte die müde Stimme des Alten wieder, um dann unbekümmert um die Treffsicherheit seiner Vergleiche fortzufahren: „Die Milch war nur die scharfe Seite des Keiles, mit dem ausprobiert werden sollte, wie weit Ihr Mann in dieser verworrenen Lage noch alles in der Hand hatte. Ich wette, der Kerl war binnen einer Stunde wieder da, um neue Forderungen zu stellen! Wenn man diesen Burschen eine Zitze gibt, dann nehmen sie die ganze Kuh! Hä, hä, hä!“

Er gackerte vor Vergnügen über seinen Scherz. Aber niemand stimmte mit ein.

„Leider weiß ich nicht, ob er wiederkam oder nicht“, antwortete die Frau. „Unmittelbar danach wurde Alarm gegeben. Noch in der gleichen Stunde habe ich mit den Kindern das Haus verlassen. Aber seitdem konnte ich die ganze Sache nicht mehr vergessen. Ich spüre, daß sie irgend etwas zu bedeuten hat, aber ich weiß nicht was.“

Sie sprach nicht weiter, ihre Worte schossen durch den schwacherleuchteten Raum wie eine Fledermaus, die zur Dämmerstunde die hereinbrechende Nacht ankündigt. So still war es geworden, sagte Lawrence, daß man die Stille fast hätte knirschen hören können. Es blieb ihm gerade Zeit genug für den Gedanken: diese Leute haben während der ganzen Jahre gedürstet nach der Milch menschlicher Güte –, als die Stimme einer anderen Frau ertönte: „Und ich werde Ihnen noch etwas erzählen, was ich nicht verstehen kann: der Eigentümer dieses Hotels erlaubt den Kellnern einfach, mit diesen schrecklichen schwarzen Hüten herumzulaufen, und tut nichts dagegen, absolut nichts!"

„Pst, pst, meine Liebe", rief eine andere Frau, als auf zierlichen, nackten kleine Füßen lautlos und flink ein Kellner in den Raum kam. Schweigend nahm er seinen Weg zwischen den Tischen hindurch, um einigen Gästen in Lawrence' Nähe Getränke zu servieren. Eisstückchen fielen mit einem plötzlichen, präzisen, kühlen und äußerst unpersönlichen Geräusch in die verschiedenen Gläser, und bevor der Kellner wieder durch die offene Tür verschwand, konnte Lawrence deutlich den Umriß des schwarzen Hutes erkennen, der sich vor dem Lichtschein im Türrahmen abhob. Dann ertönte wieder die beschwichtigende Stimme: „Pst, meine Liebe. Sie müssen wirklich vorsichtiger sein. Ich weiß, wir sprechen mit diesen Leuten niemals Holländisch, aber er braucht jetzt nur ein oder zwei Wendungen aufgeschnappt zu haben, und schon kann er sich zusammenreimen, was Sie gesagt haben . . ."

„Was kümmert mich das denn, ob er es verstanden hat oder nicht? Ich wünschte, die ganze Welt könnte es hören!" Die Frau, die sich eingemischt hatte, antwortete schrill, mit einem Ton von Hysterie in der Stimme: „Wenn dieser Hoteleigentümer auch nur halbwegs ein Mann wäre, hätte er solche Unverschämtheit von Anfang an nicht gestattet, geschweige denn so lange geduldet. *Ag!* Du lieber Himmel! Was soll aus uns werden, wenn uns nur solche Männer beschützen?"

Sie begann hemmungslos zu weinen, so daß alle im Raum gerührt waren. Lawrence befürchtete, alle würden ihre Selbstbeherrschung verlieren und auch anfangen zu weinen, aber gerade in diesem Augenblick verkündete die Sirene einer nahegelegenen Zuckerraffinerie das Ende des Fliegeralarms. Sofort wurde überall Licht eingeschaltet; es wirkte wie eine Ohrfeige und beseitigte die Gefahr einer allgemeinen Hysterie. Die Frauen richteten sich in ihren Sesseln auf und zogen und strichen automatisch ihre Kleider glatt.

Lawrence sah nun, daß der Raum angefüllt war mit Frauen aller Altersstufen. Der einzige Mann war der Alte, der eingeschrumpft in seinem Sessel vor einem Glas saß, während seine blutunterlaufenen Augen in das Licht blinzelten. An einem Tisch gegenüber von Lawrence hatte eine Frau mittleren Alters ihre Arme um eine jüngere gelegt und versuchte, sie zu trösten. Als Lawrence sie beobachtete, nahm ihr Schluchzen ab, und bald darauf ließ sie sich von der älteren Frau aufhelfen und aus dem Raum führen.

Als sie gegangen war, machte irgend jemand am Tisch hinter Lawrence eine Bemerkung, die er nicht genau verstehen konnte. Die Stimme hatte leise, aber in einem so ungewöhnlichen Tonfall gesprochen, daß Lawrence sich nach der Sprecherin umdrehte. Er hörte, wie eine andere Frau die Äußerung laut zurückwies: „Es ist sehr einfach für Sie, meine Liebe, sich darüber aufzuregen, aber wenn Sie wie diese Frau drei kleine Kinder hätten, an die Sie denken müßten, meine Güte, dann würden Sie ihr Verhalten besser verstehen. Glauben Sie mir, meine Liebe, Sie können sehr, sehr glücklich sein, daß Sie keinen Mann und keine Kinder haben, um die Sie sich in diesen Zeiten Sorgen machen müssen, Sie können wirklich sehr glücklich sein!“

Lawrence konnte die Antwort deutlich hören: „Ich habe mich nicht aufgeregt. Aber gerade der Kinder wegen finde ich solche Hysterie bedauerlich.“ Die Frau machte eine Pause, als überlegte sie, ob sie weitersprechen solle oder nicht, fuhr dann aber fort: „Und außerdem, meine Liebe, wie abwegig sind manchmal die Vorstellungen, die die Menschen vom Glück haben.“ Sie sagte dies weder bitter noch vorwurfsvoll, sondern auf eine seltsam sehnsüchtige Art.

Die Frauen waren so beschäftigt miteinander, daß Lawrence sie einen Augenblick lang unbemerkt beobachten konnte. Vom Äußeren der einen Frau hatte er keine genauen Vorstellungen mehr; sie glich den meisten der anwesenden Frauen: eine große, vollbusige Matrone, zweifellos die würdige Frau eines erfahrenen Pflanzers der äußeren Inseln. Die Atmosphäre fundierter Wohlhabenheit, die um sie war, schien selbst durch die Ängste des Augenblicks in keiner Weise getrübt werden zu können. Von der anderen Frau, der die Stimme gehörte, war ihm jedes Detail frisch im Gedächtnis haften geblieben.

Sie war jung, vielleicht zweiundzwanzig oder dreiundzwanzig, und für eine Frau groß. Das konnte man sogar sehen, als sie am Tisch saß und ihre wohlgeformten, nackten langen Beine übereinandergeschlagen hatte, während ihre Hände, mit ungewöhnlich breiten Handflächen und langen Fingern, auf ihrem Schoß lagen. Sie trug Ledersandalen und, im Unterschied zu allen anderen Frauen im Raum, einen weiten Rock aus einheimischem Stoff, einem dunklen, kostbaren braunen Batik, der mit blauen und gelben Schmetterlingen und Blumen gemustert war. Statt einer Bluse hatte sie ein gewöhnliches weißes Knabenhemd an, dessen Kragen offen stand; in der Brusttasche steckte nonchalant ein rotes Seidentaschentuch, die Ärmel waren bis über die Ellbogen säuberlich hochgekrempelt. Am linken Handgelenk trug sie ein Armband aus geätztem Djokja-Silber und um den Hals eine zarte Goldkette mit einem Medaillon, das wie ein unbearbeitetes sundanesisches

Goldklümpchen aussah und die Größe eines Taubeneis hatte. Ihre Schultern waren zierlich; ihr Hals lang und anmutig; der Kopf gut proportioniert und schön geformt. Ihre Stirn schien für eine Frau hoch und breit, während ihr Gesicht länglich war und zu ovaler Form neigte. Sie war nicht schlank, hatte aber auch kein Fettpolster. Die Wangen unter dem fast mongolischen Jochbein waren leicht nach innen gewölbt. Ihre Handgelenke und Fußknöchel waren schlank, und der Knochen unter der Haut an Händen und Gesicht schien ihm so zart, daß sie in dieser Gesellschaft wie ein Rassepferd in einer Koppel voller Zugpferde wirkte. Ihr Mund hatte volle Lippen, und die Augen standen in ausgewogenem Abstand voneinander. Sie waren groß, leicht schräg gestellt und von einer so intensiven blauen Farbe, daß sie fast purpurn aussahen. Ihr Haar war sehr blond, dicht und doch so fein, daß es wie Lampenschein auf ihrem Kopf glänzte, wenn es beiderseits ihres Mittelscheitels glatt auf die zierlichen Schultern fiel. Sie trug keinerlei Make-up, und ihr weicher europäischer Teint war durch das Klima noch nicht zu einem hellen Kaffeebraun verfärbt wie bei den anderen Frauen. Tatsächlich war das Weiß ihrer Haut so makellos frisch, daß man es brillant nennen mußte. Es gab ein frühes Bild von Marie Laurencin, erzählte uns Lawrence, für das sie gut hätte Modell gesessen haben können. Obwohl Marie Laurencin keineswegs zu seinen Lieblingsmalern zählte, war sie die einzige, die etwas von dem Eindruck vermitteln konnte, den diese junge Frau auf ihn gemacht hatte. Marie Laurencins künstlerische Sicht war, was immer man gegen ihre Kunst einwenden mochte, die einer Frau, die sich selbst betrachtet, solange sie noch jung und schön ist; ihr Porträt eines jungen, französischen Mädchens glich jenem Flüchtlingsmädchen, das mit den Händen im Schoß und einem etwas heraldischen, aber beseelten und traumhaft lebendigen Gesicht hier im Salon des Hotels von Insulinde saß; der Frau, wie er sie sich vor der Begegnung mit dem Mann vorstellte. Ja, das war der Eindruck, den er von ihr hatte, als das Licht ihn blendete; sie schien ihm nicht nur irgendeine Frau zu sein, sondern *die* Frau in allen Frauen. Müde, zerstreut, beherrscht von der Ahnung des schnell heranziehenden Unheils und völlig unvorbereitet für solch ein Erlebnis, war es ihm, als hätte er eine große Entdeckung gemacht.

So lange Zeit man auch zum Erzählen dieser Einzelheiten braucht, all diese Eindrücke sammelten sich in einem einzigen kurzen Augenblick, denn sehr bald bemerkte die junge Frau auch ihn und blickte auf, ihm direkt in die Augen. Er hatte sich gezwungen gefühlt, schnell wegzusehen, zuvor hatte er aber noch beobachtet, wie sich auf ihrem Gesicht ein gewisses Interesse abzeichnete, als sie die Augen eines Fremden in einer unbekannten Uniform so intensiv auf sich gerichtet sah, daß ihr klarer Blick irritiert wurde wie das Wasser eines Teiches, das an einem ruhigen hellen Tag von einer Brise gekräuselt wird. Er hoffte, sie noch einmal ansehen zu können, aber gerade in diesem Augenblick kam der Hotelbesitzer, um ihn in sein Zimmer zu bringen. Als Lawrence den Raum verließ, sahen ihn auch die anderen Frauen zum ersten Male deutlich. Sofort unterbrachen sie ihre Unterhaltungen und beobachteten ihn erstaunt; selbst der eingeschrumpfte alte Mann richtete sich in seinem Sessel auf. Lawrence war noch nicht zur Tür hinaus, da konnte er schon die erregte Diskussion über ihn und seine vermutliche Aufgabe hören, die wie das Summen eines Bienenstocks beim morgendlichen Arbeitsbeginn klang.

Es sollte jedenfalls eine sehr unruhige Nacht werden. Zweimal vor Mitternacht klingelte das Telefon und weckte ihn, als er gerade eingeschlafen war. Jedesmal war es sein Verbindungsoffizier im holländischen Hauptquartier, immer noch am Abhang des schlafenden Vulkans Tangkubuhanprauw gelegen, der ihm die neuesten Eilmeldungen durchgab. Alle zeigten, daß sich der eiserne Ring um die Insel geschlossen hatte und rasch enger wurde. Im letzten Tagesschimmer waren zwei riesige japanische Flotten, bestehend aus Kriegs- und Transportschiffen, mit Kurs auf die Insel gesichtet worden: die eine kam von Norden und hielt auf die Mitte der langen Küstenlinie zu; die andere kam von Westen und steuerte, nicht weit von Lawrence' Standort, den Hafen und die Eisenbahnkopfstation der Sundastraße an. Nicht eine einzige Meldung ließ auch nur eine entfernte Möglichkeit der Hilfe oder Hoffnung auf Unterstützung erkennen. Als Lawrence fragte, wie man denn die Lage im Hauptquartier beurteile, zögerte der Offizier am anderen Ende der Leitung, dann platzte er heraus: „Nun, Sir, wenn Sie wirklich wissen wollen, was ich denke: sie haben es geschafft, und wenn wir keine gemütliche Ecke im Dschungel finden, wo wir uns verstecken können, dann werden wir uns bald einen Strick kaufen gehen."

Die Art, wie ihm dies übermittelt wurde, brachte Lawrence noch mehr außer Fassung. Er hatte mit dem Offizier vereinbart, ein Schuljungenkauderwelsch zu sprechen, sollten Zeit oder Gelegenheit fehlen, die Meldungen zu verschlüsseln. So hatte er lächeln müssen, als er jene kühle Sandhurst-Stimme anstatt des Satzes 'dann werden wir uns bald eine Strick kaufen gehen' sagen hörte: „ann-dewe erden-we ir-we uns-we aldbewe inen-ewe ick-strewe aufen-kewe ehen-gewe."

Dann meldeten sich wieder die Nachtwächter in den Dörfern und Siedlungen im nahen Dschungel. Die ganze Zeit zwischen den Telefonanrufen ließen sie unheilverkündend im Angstfieber ihre großen Bambusgongs ertönen. Als er einmal, von Unrast getrieben, ans Fenster seines Zimmers ging, hörte er plötzlich, wie die heftigen Geräusche draußen von einer tiefen, fortdauernden Vibration wie die vom Wasser eines großen Flusses, der unablässig in einen unvorstellbaren Abgrund stürzt, übertönt wurden. Er berührte mit seinen Fingerspitzen das Fensterglas und fühlte es wie vor Kälte zittern. Eine Stunde lang oder mehr wurde die Nacht durch diese tiefe, abgründige Unruhe gestört, dann hörte sie so plötzlich auf, wie sie begonnen hatte. Nach seinen Erfahrungen bestand kein Zweifel daran, daß diese Vibration von schweren Geschützen stammte, die fern im Westen feuerten. Seine Schicksalsstunde kündigte sich an. Indem er sich das vergegenwärtigte, tauchte das Bild der jungen Frau und ihr erschreckter Blick, als sie ihn zum ersten Male bemerkte, lebendig vor ihm auf, und er hörte wieder ihre Stimme sagen: „Und außerdem, meine Liebe, wie abwegig sind manchmal die Vorstellungen, die die Menschen vom Glück haben."

Er war sehr zeitig aufgestanden und eilte hinunter an den Frühstückstisch, um so früh wie nur möglich zu seinen Männern zu kommen. Er hatte geglaubt, er werde der erste im Speisesaal sein, aber er traf sie dort bereits an. Sie saß allein an einem Tisch und wartete auf ihr Frühstück. Die Hände hatte sie wieder auf dem Schoß gefaltet; während sie tief die frische Luft einatmete, die durch das Fenster an ihrer Seite hereinströmte, flocht der Morgen das junge Licht in ihr Haar. Das Gesicht ihr zugewandt, setzte er sich ein paar Tische weiter ebenfalls an ein offenes Fenster. Ein Kellner, den unvermeidlichen schwarzen Hut auf dem Kopf, erschien lautlos an seiner Seite. Er bestellte sein Frühstück, bat den Kellner, es so schnell wie möglich zu bringen, sah flüchtig zu dem Mädchen hinüber und stellte fest, daß sie ihn aufmerksam beobachtete. Sie versuchte nicht, seinem Blick auszuweichen, und plötzlich war er auch schon aufgestanden, um sich vor ihr zu verbeugen, wie es die Männer auf Insulinde zu tun pflegten. Langsam hob sie ihre linke Hand und hielt sie kurze Zeit in Höhe ihrer zierlichen Schulter zu einer Art jungenhaftem Gruß hoch.

In diesem Augenblick kam der Hotelbesitzer in behäbigem Laufschritt in den Raum geschlurft und rief laut: „Oberst Lawrence, Oberst Lawrence, schnell, schnell! Das Hauptquartier verlangt Sie am Telefon. Man sagt, es sei äußerst dringend!“

“Zum Teufel mit dem Kerl!“ sagte Lawrence leise vor sich hin, als er seine Serviette auf den Tisch fallen ließ und sich rasch umdrehte, um dem Hotelbesitzer zu folgen. „Warum sagt er nicht einfach, daß ich am Telefon verlangt werde, ohne das Hauptquartier zu erwähnen.“

Natürlich hatte er im Augenblick keine Gelegenheit, dem Hotelbesitzer seine Meinung zu sagen, denn der triefäugige, immer noch nach Gin und Bier riechende Mann packte ihn beim Arm und drängte ihn zu einer öffentlichen Telefonzelle in der Eingangshalle.

„Ich lege Ihr Gespräch auf diesen Apparat um“, erklärte er atemlos mit heiserer Stimme. „Sie sind hier allein und brauchen nicht erst nach oben in Ihr Zimmer zu laufen.“

Bei diesen Worten öffnete er die Glastür, schubste Lawrence hinein, schloß die Tür wieder und ging dann zurück, um sich, ungefähr vier Meter entfernt, mit verschränkten Armen breitbeinig aufzustellen, so daß er das Gesicht des Hauptakteurs gut beobachten konnte. Fast im gleichen Augenblick gesellten sich seine Kellner zu ihm, alle mit schwarzen Hüten. Als Lawrence den Hörer ans Ohr nahm und sich an die Glaswand der Zelle lehnte, während er mit einem Finger das andere Ohr zuhielt, um alle störenden Geräusche auszuschließen, sah er sie dort stehen, die sonderbare kleine Ansammlung, im tranceartigen Vorgefühl des nahenden Unheils hypnotisch vereint, wie sie es im normalen Leben nie gewesen waren.

„Hallo, hier Lawrence!" Er versuchte es so zu sagen, als ob er weiter nichts als eine Einladung zum Essen erwartete.

„Sind Sie es, Sir?" Trotz der Nebengeräusche in der Leitung, die durch die weite Entfernung bedingt waren, meldete sich, unverkennbar, die Stimme des Verbindungsoffiziers. Auch auf der anderen Seite wurde ein sorgloser Tonfall angeschlagen. „Ich glaube, es ist soweit, Sir. Die Japsen landen jetzt im großen Stil an der Nordküste zwischen Semarang und Surabaja. Der letzte Rest unserer Flotte, drei beschädigte Kriegsschiffe, griff die Hauptinvasionsflotte vor der Westküste der Sundastraße an, brachte dem Feind schwere Verluste bei, wurde aber schließlich versenkt. Die Japsen sind im Besitz des Eisenbahnknotenpunktes Merak und landen jetzt, auf einer Länge von vielen Kilometern, in großer Zahl am Strand. Bis jetzt liegen keine Meldungen von Gefechten oder von sonstigen Aktionen vor, und ..." Die Stimme zögerte und fuhr dann fort: „Und sehen Sie, Sir, ich denke, es ist besser, wenn ich gleich darauf zu sprechen komme ... ich weiß es nicht genau, aber ich glaube, diese Burschen zeigen nicht die geringste Absicht, den japanischen Brückenköpfen Widerstand zu leisten. Ich nehme an, sie ziehen sich mit ihren Einheiten so schnell wie möglich auf das Plateau zurück, und wenn sie überhaupt kämpfen, dann in den Bergen und Pässen am Rande der Hochebene. Ich glaube, Sie müssen vorbereitet sein, die Japsen sehr bald auf Ihrer Türschwelle zu sehen."

„Gut! Gut! Alles klar“, antwortete Lawrence mit übertriebener Betonung in unverschlüsselter Umgangssprache, so daß die Gesichter, die durch das Glas der Telefonzelle spähten wie Verschwörer in die Kristallkugel einer Wahrsagerin, es ebenso gut verstehen konnten wie die Ohren, die zweifellos in allen Vermittlungsstellen entlang der Leitung lauschten. „Sprechen Sie nur weiter. Sagen Sie einfach, was Ihnen einfällt, aber halten Sie die Leitung besetzt. Ich muß nur eben mal darüber nachdenken, was Sie mir berichtet haben.“

Dann stand er eine volle Minute da, hielt den Telefonhörer ans Ohr und tat so, als ob er aufmerksam zuhörte, während er in Wirklichkeit kein einziges Wort von dem Kauderwelsch aufnahm, das sich am anderen Ende in die Sprechmuschel ergoß. Er brauchte gar keine Minute, um sich über alles klar zu werden. Genau das hatte er die ganze Zeit erwartet und versucht, es im voraus einzukalkulieren. Er wußte genau, was er zu sagen beabsichtigte, aber er wollte den Eindruck erwecken, als wäre er gleichgültig und hätte überhaupt keine Eile, um dadurch der krisenhaften Stimmung zu begegnen, die durch das Verhalten des Hotelbesitzers hervorgerufen wurde. Schließlich sagte er dem Offizier mit großer Behutsamkeit: „Am besten, Sie sprechen gleich mit Ihrem holländischen Gegenüber. Sagen Sie ihm, er soll uns weiter auf dem laufenden halten. Dann sammeln Sie den Rest der Einheit und kommen so schnell wie Sie können her. Noch eine Frage?“

„Nein, Sir, keine. Ich bin völlig einverstanden. Ich bin froh, daß ich wieder zu Ihnen stoßen kann.“ Nichts konnte die Erleichterung im Tonfall des Offiziers verbergen.

Lawrence legte den Hörer auf, stand einen Augenblick da und beobachtete wie ein Schauspieler im Rampenlicht den Hotelbesitzer und seinen Stab am anderen

Ende der Bühne. Als er so dastand, bemerkte er, wie ein Schatten sich an der Scheibe neben ihm bewegte. Er sah zur Seite und entdeckte dort, das Gesicht fast an die Glaswand gedrückt, das Mädchen mit ihren blauen Augen, deren weiter, offener Blick mit überwältigender Dringlichkeit eine einzige Frage auszudrücken schien. Dieser Blick bewegte ihn zutiefst, weil er sich ganz und gar von den Blicken des Hotelbesitzers und seiner Leute unterschied. Wäre er noch länger in der Zelle geblieben, so hätte er gerade den Verdacht bestärkt, den er zerstreuen wollte; er öffnete deshalb langsam die Tür und ging hinaus. Sofort war der Hotelbesitzer an seiner Seite und wollte wissen, ob Lawrence irgend welche Neuigkeiten gehört habe, die er ihm erzählen könnte. Er wüßte, sagte er, daß er nicht nach militärischen Geheimnissen fragen dürfe, aber vielleicht könne Lawrence doch wenigstens andeuten, ob es gute oder schlechte Nachrichten seien.

Lawrence erzählte ihm in aller Ruhe, es handle sich um Anweisungen, die seine militärische Mission beträfen. Genau wie die Anrufe in der Nacht sei dies ein Routinegespräch mit seinen Vorgesetzten gewesen, und es würden noch viele Gespräche dieser Art folgen. Wie der Hotelbesitzer ja wisse, sei er britischer Offizier und fremd in diesem Land. Es würde ihm in keiner Weise anstehen, das weiterzuerzählen, was nur sein unzureichender persönlicher Eindruck von der allgemeinen Lage sei. Einzig die holländischen Behörden könnten einen zutreffenden Lagebericht geben, und er sei sicher, wenn es irgend etwas Wichtiges zu verlautbaren gäbe, würde es früh genug über den holländischen Sender bekanntgegeben. Inzwischen wolle er ihn, Lawrence, entschuldigen, denn sein Frühstück warte auf ihn, und er habe noch sehr viel Arbeit zu erledigen.

Der Mann breitete mit melodramatischer Gebärde, die anzeigte, daß er sich der für seine Begriffe unnötigen militärischen Verschwiegenheit unterwerfe, seine langen Arme aus. Vor sich hin brummend, daß Lawrence schon etwas erzählt haben würde, wenn die Nachrichten gut gewesen wären, machte er seiner Enttäuschung Luft, indem er in seine plumpen roten Hände klatschte und die Kellner energisch auf ihre Plätze bei den leeren Tischen zurückschickte. Leichtfüßig, beinah mädchenhaft trippelten sie in den Speisesaal zurück und standen dort so still und beschäftigt mit dem, was sie eben erlebt hatten, daß man sie, wären nicht ihre schwarzen Hüte gewesen, als Bildwerke hätte ansehen können, die von den alteingesessenen Bildhauern Balis aus dem einheimischen Djati geschnitzt waren.

Lawrence blieb allein zurück mit der Frau, die immer noch dastand und ihn beobachtete, während ihre Augen ihn ernst und flehend ansahen. Sie war es, die zuerst das Wort ergriff; es war der gleiche Tonfall, den er schon kannte, nur viel gedämpfter. Ihre Hand ausstrekkend, als bettelte sie um Almosen, fragte sie: „Bitte, was hat man Ihnen am Telefon gesagt?"

„Sie haben ja gehört, was ich eben dem Hotelbesitzer gesagt habe. Leider kann ich ..." begann er automatisch.

„Oh, bitte, sagen Sie so etwas nicht zu mir!" unterbrach sie ihn, und zum erstenmal trübte der Schatten einer Niederlage ihre großen Augen. „Sie können nicht ‚nein' zu mir sagen." Sie hielt inne, als spräche die Wahrheit dieser leidenschaftlichen Behauptung für sich, und sah ihm direkt, sogar ein wenig trotzig in die Augen. Doch im gleichen Augenblick faßte sie sich auch mit ihrer linken Hand ans Herz, um ihm die Unterstützung zu geben, die es vielleicht benötigte.

„Warum nicht?" fragte Lawrence abrupt.

Erzogen in einer Schule des Lebens, die alle natürlichen Gefühle mit Argwohn betrachtete, fürchtete er, keine große ‚Finesse' darin zu besitzen, Gefühlen bei sich oder anderen gerecht zu werden. Jetzt wurde dieses ungewohnte Gefühl in ihm noch schrecklicher dadurch, daß er eine besondere Verantwortung für diese Frau empfand. Das war das Verwirrendste an dieser Begegnung, denn nichts zu diesem Zeitpunkt hätte widersinniger oder vernunftwidriger sein können. Zurückblickend, sah er jedenfalls, wie richtig dieses Gefühl gewesen war. Er hatte etwas in ihr erkannt, das, wenn man nach der Zurechtweisung der behäbigen Matrone urteilen wollte, deren Zeuge er am Abend zuvor gewesen war, niemand in ihrer Umgebung im entferntesten wahrnahm. Diese Erkenntnis gab ihm eine besondere Verantwortung, denn war es nicht letztlich unser aller Pflicht, nicht nach allgemeinen Regeln zu leben, sondern danach, was wir, einer im anderen, an Eigentümlichem erkennen? Wie dem auch sei, der Mut, jemanden zu erkennen, war eine Lektion, die nur langsam und schmerzvoll gelernt werden konnte, und an jenem frühen Morgen in der Hotelhalle empfand er nur den Konflikt zwischen seiner Erziehung, dem lange in ihm verankerten Pflichtbewußtsein und diesem seltsamen neuen Gefühl für eine Frau. Das ließ seinen Tonfall ihr gegenüber barsch, fast unhöflich klingen, wo er doch in Wirklichkeit nur grob gegen sich selbst war.

Zu seinem Erstaunen schien sie seine schwierige Lage ganz klar zu erkennen und schien sogar durch sie ermutigt zu werden.

„Warum nicht?" Sie wiederholte seine Frage und beantwortete sie gleich selbst. „Weil ich es wissen muß. Mit Gerüchten kann ich nicht länger leben. Ich bin hoffnungslos verloren, wenn ich nicht die volle Wahrheit zu wissen bekomme — nach der frage ich ja nicht einmal —

wenigstens aber möchte ich eine einzige Tatsache erfahren, auf die ich mich verlassen kann. Sie können sich ja nicht vorstellen, wie man uns in den vergangenen Monaten getäuscht und belogen hat... Man hat gesagt, es sei nur zu unserem Besten; als ob wir Kinder wären, die man mit netten Geschichten in den Schlaf lullen müßte ... Das mag stimmen für Leute wie den Hotelbesitzer und die armen, unglücklichen Frauen und ihre erschöpften Kinder – für mich aber stimmt es nicht. Mein ganzes Leben habe ich immer nur das Dunkle gefürchtet ... nur das Heimliche und Verborgene. Die anderen brauchen vielleicht Illusionen, an die sie sich klammern können. Sie brauchen vielleicht Lügen, um zu ihrem Augenblick der Wahrheit geführt werden zu können. Vielleicht würden sie in Panik versetzt werden, wenn sie erführen, was Ihnen – wie ich glaube – bekannt ist. Ich jedoch nicht. Nur eins kann mich in Panik stürzen – Nichtwissen."

Sie hatte beim Sprechen nicht gestockt; nun klang ihre Stimme tiefer und hatte kaum noch etwas von der sonstigen Klarheit, als sie ihn flehentlich bat, ihr doch die Wahrheit zu sagen und ihr so zu helfen, stärker zu sein. Mit Nachdruck wies sie ihn darauf hin, daß er der einzige sei, der ihr helfen könne, und deshalb die Pflicht habe, dies zu tun. Wenn er ein Ehrenmann sei, wie sie glaube, könne es kein Ausweichen für ihn geben. Mit Überredungskunst fügte sie dann hinzu: „Außerdem, Sie können mir ohnehin nichts verraten, was ich nicht schon auf irgendeine Art weiß. Sie können nur noch Namen, Zeitpunkt und Ort des Schrecklichen nennen. Wie entsetzlich Ihnen Ihr Wissen auch erscheinen mag, niemals kann es dem namenlosen Schrecken gleichkommen, den ich seit Monaten in mir trage. Oh! Ich wünschte, sie wüßten, wie lange ich das Unheil schon auf uns zukommen sah. Seit Wochen schon rieche ich den Geruch des Todes in der Luft, und heute weiß ich, er ist sehr nahe. Aber ich verspreche Ihnen, niemand wird etwas von mir erfahren. Gleichgültig, wie schlecht die Nachrichten sind, ich werde sie trotzdem für mich behalten." Sie machte eine sprechende Geste mit ihren Händen, wie ein Töpfer, der zeigen will, daß er genug Ton hat, um ein Gefäß zu formen, das sicher jeden Inhalt aufnehmen könnte, den das Leben hineinzuschütten vermag.

Übrigens hatte sie all das, erzählte Lawrence, nicht nur mit einer an sich schon überzeugenden Leidenschaftlichkeit hervorgebracht, sondern auch mit einer instinktiven Poesie, die in einem Salon unangebracht geklungen hätte und normalerweise auch ihr selbst fremd gewesen sein mußte. Keine andere Sprache hätte jenem düsteren Augenblick angemessener sein können, da sich das geschändete Schicksal dieser fernöstlichen Erde zur Rache anschickte. Und – Lawrence fügte dies in einem Tonfall hinzu, der an unsere Verständnisbereitschaft appellierte – er war durch ihre Ausführungen völlig überzeugt worden. Er wußte plötzlich, diese leichte Wahl, ob er sprechen sollte oder nicht, war die folgenreichste Entscheidung seines ganzen Lebens. Er zögerte nicht. Er fand es nicht einmal nötig, sie nochmals strenge Geheimhaltung versprechen zu lassen. Wider alle Regeln, wider alle Erziehung, die er genossen hatte, vertraute er ihr die Wahrheit an. Während er ihr direkt in die Augen sah, sagte er ruhig, daß nur sie es hören konnte: „Sie sind gelandet."

„Das habe ich mir schon gedacht", erwiderte sie, ohne ihren Gesichtsausdruck zu verändern. „Wann und wo? Hier in der Nähe?"

Lawrence erzählte ihr, was er wußte, und war erstaunt, wie alles Gefühlsmäßige für eine Weile aus ihrem Gespräch wich. Sie sprachen ganz offen über die tatsächliche Lage.

Am Ende fragte sie: „Haben unsere holländischen Truppen denn bei der Landung keinen Widerstand geleistet?"

„Ich fürchte, nein", antwortete er.

„Besteht irgendeine Chance, daß die Japaner ins Meer zurückgetrieben werden?"

„Ich glaube, nicht."

„Gibt es irgendeine Möglichkeit der Hilfe von außen?"

„Keine, fürchte ich."

„Gibt es überhaupt eine Hoffnung, irgendwo durchzuhalten, bis Hilfe kommen kann?"

„Ich fürchte, nein."

„Ich verstehe." Sie machte eine Pause und starrte hinter ihm in den Tag., der sich über die blaue, dampfende, schwankende Erde breitete. Dann fragte sie, und ihre Stimme klang tiefer als zuvor: „Sie sagten, eine Landung sei in der Nähe, bei Merak, erfolgt. Wie lange wird es dauern, bis sie hier sind?"

„Ich weiß es nicht. Das hängt vom Widerstand der Armee ab."

„Sie sagen das so zweifelnd, als ob sie glauben, unsere Soldaten würden nicht kämpfen. Stimmt das?"

„Nicht an der Küste ... aber vielleicht hier."

„Nur vielleicht?"

„Ja. Nur vielleicht. Mit Sicherheit weiß ich es nicht. Bis jetzt waren die Anzeichen dafür nicht gut. Aber eine natürliche Gelegenheit zur Verteidigung würde der Rand des großen Plateaus im Inneren bieten. Vielleicht wollten Ihre holländischen Kommandeure warten, bis sie dort den Feind stellen können. Wenn das der Fall ist und alles gut geht, wird dieses Dorf bald in der vordersten Kampflinie liegen."

„Wenn alles gut geht?“ wiederholte sie scharf seine Worte, als glaubte sie, nicht richtig gehört zu haben.

„Entschuldigen Sie!“ Zum erstenmal lächelnd, beeilte sich Lawrence zu erklären: „Ich habe das Wort ‚gut‘ nur im militärischen Sinn gebraucht. Militärisch gesprochen ist es äußerst wichtig, daß der Feind auf dieser Insel in Kämpfe verwickelt wird. Je härter und länger er hier kämpfen muß, um so mehr Zeit werden wir haben, den viel größeren Feldzug in der Welt draußen zu organisieren, der uns schließlich den Sieg bringen wird.“

„So werden wir hier verlieren, aber anderswo siegen?“

„Gleichgültig, was hier geschieht, der Endsieg ist unser.“

„Glauben Sie das wirklich?“

Lawrence sagte, sie habe diese Frage weder aus Zweifel gestellt noch aus dem Bedürfnis, beruhigt zu werden; man hatte sie so lange mit Falschmeldungen getäuscht, daß sie nun jede neue Meinung erst auf ihre Echtheit prüfte, bevor sie sie entgegennahm. Ihre Entschlossenheit, nicht den geringsten Aspekt der Wahrheit außer acht zu lassen, habe wirklich etwas sehr Eindrucksvolles gehabt. Verglichen mit solcher edlen Gesinnung müsse vieles in seiner Antwort unzureichend und phantasielos geklungen haben. Allerdings tröste ihn eins noch immer. Er sei wenigstens niemals in Versuchung gekommen, ihr falsche Hoffnungen zu machen. Als er in ihr liebliches junges Gesicht sah, das in seiner Jugend und Unschuld so einprägsam war, habe es ihn ergriffen wie nie zuvor.

Er antwortete jedoch, wahrheitsgemäß, obwohl er seine Stimme kaum wieder erkannte: „Ja, das glaube ich. Mehr noch. Ich weiß es auch ... wie Sie in all den vergangenen Monaten auch schon von dem Schrecken gewußt haben, der jetzt über uns hereinbricht."

Jetzt war sie es, die überzeugt werden mußte, und nicht der geringste Zweifel blieb in ihr zurück. Ihr Geist war trotz aller erduldeten Qualen und Enttäuschungen immer noch bescheiden genug, sich überzeugen lassen zu können. Der Ausdruck der Spannung wich aus ihrem Gesicht.

Zu seinem Erstaunen nahm sie seine Hand zwischen ihre zitternden Finger und sagte fast lautlos: „Danke für das, was Sie getan haben." Sie hob seine Hand hoch, drückte sie eine Sekunde an ihre Wange und drehte sich dann schnell um, als wollte sie zur Treppe am anderen Ende der Halle laufen.

Dies geschah so schnell, daß Lawrence fürchtete, sie sei durch das, was sie gehört hatte, überwältigt worden. Instinktiv ergriff er ihren Arm und hielt sie zurück. „Ich habe Sie verwirrt."

Sie drehte sich wieder um. Er glaubte, seine Befürchtungen seien berechtigt, denn in ihren Augen glänzten Tränen.

Aber sie antwortete: „Im Gegenteil, Sie haben mir unendlich geholfen."

„Wozu dann die Tränen?" fragte er.

„Wissen Sie es nicht? Es gibt viele Arten von Tränen", erwiderte sie und versuchte zu lächeln. „Das hier sind Tränen einer seltsamen, unbequemen Art von Erleichterung."

„Aber das werden der Hotelbesitzer und die Kellner nicht wissen, die uns beobachtet haben."

„Mein Gott!" rief sie erschrocken aus. „Das ist ja entsetzlich, wo Sie mir doch solches Vertrauen geschenkt haben."

„Es wäre gut, glaube ich, wenn Sie jetzt mitkämen und sich an den Frühstückstisch setzten, als ob nichts

Außergewöhnliches geschehen sei", stellte Lawrence fest.

Sie machte ein solches Gesicht bei diesem Ansinnen, daß er lachen mußte und sagte: „Ich weiß, wie Sie sich fühlen. Immer wenn ich an die Front kam, glaubte ich, nie wieder etwas essen zu können. Aber immer zwang ich mich zum Essen, und es ist erstaunlich, wie das hilft. Versuchen Sie es mal."

„Ich verspreche Ihnen, daß ich es tun werde, aber wissen Sie, vorher möchte ich erst noch ein Bad nehmen", antwortete sie, „und neue Sachen anziehen. Es dauert nicht lange. Dann werden Sie mich das größte Frühstück seit Tagen essen sehen."

Mit diesen Worten drehte sie sich um und ging die Treppe hinauf. Lawrence hoffte, daß es nicht nur seine Einbildung sei, aber ihr Gang schien unbeschwerter zu sein.

Aber was immer sie tun mochte, es dauerte so lange, daß Lawrence inzwischen das Hotel verlassen mußte, um zu den Quartieren seiner Offiziere und Soldaten zu eilen. Sie war noch nicht wieder im Speisesaal unten, da rief er bereits seine Soldaten zusammen und berichtete ihnen, was er wußte. Seine Erfahrung mit kleinen unabhängigen Kommandos hatte ihn schon längst die Notwendigkeit gelehrt, seine eigenen Informationen und Pläne soweit wie möglich an die Untergebenen, ohne Rücksicht auf ihren Dienstgrad, weiterzugeben. Er sagte ihnen, daß der Rest der Einheit vor Anbruch der Nacht zu ihnen stoßen würde. Dann befahl er ihnen, die Fahrzeuge zu überholen, die Vorräte zu kontrollieren und, ausgenommen die Gruppe vom Dienst, den großen Vulkan, der hinter dem Dorf in der Sonne schnarchte, hinauf- und wieder hinabzuklettern. Nach Erledigung der Routinearbeiten müsse diese Übung jeden Tag wiederholt werden, da ihr Leben bald in hohem

Maße von ihrer körperlichen Ausdauer abhängen würde. Inzwischen werde er mit einem anderen in Richtung Feind gehen, um die Lage an Ort und Stelle zu erkunden. Am Telefon werde man von jetzt an sowieso nur noch phantastische Gerüchte hören, so daß diese Erkundung die einzige Möglichkeit sei, genaue Informationen zu erhalten. Dennoch wolle er einen Offizier bestimmen, der ihn am Telefon im Hotel zu vertreten habe. Bei jeder sich bietenden Gelegenheit werde er sich mit diesem Offizier in Verbindung setzen, aber man solle nicht überrascht sein, wenn er ein oder zwei Tage nichts von sich hören ließe.

Lawrence erklärte, er wolle meine Frau und mich nicht mit der Geschichte seiner militärischen Abenteuer langweilen, sondern nur sichergehen, daß wir im Hinblick auf das Folgende verstünden, warum er für die junge Frau, für die er eine gewisse Verantwortung fühlte, nicht noch mehr hatte tun können. Trotz Zeitmangels und des verzweifelten Unternehmens, das ihm bevorstand, schrieb er vor seinem Aufbruch eine Mitteilung an den Hotelbesitzer, er möge mit den zuständigen holländischen Behörden Verbindung aufnehmen und sie ersuchen, unverzüglich alle Frauen und Kinder in die größte Stadt im Zentrum des Plateaus evakuieren zu lassen. Ihre einzige Sicherheit, davon war er überzeugt, würde darin bestehen, daß sie zahlreich seien und weit genug von der Front entfernt; wenn sie von den Japanern eingeholt würden, wäre deren Kampffieber schon abgeklungen. Er wußte, wenn diese Evakuierung durchgeführt war, würde er wahrscheinlich die junge Frau nie wieder sehen: dieser Gedanke schmerzte ihn. Da er sie aber erst wenige Stunden zuvor zum erstenmal gesehen hatte, schien seine Reaktion absurd und unangemessen. Doch er mußte sich eingestehen, daß er diesen Brief, wäre sie nicht gewesen, vielleicht nicht an den

Hotelbesitzer geschrieben hätte, denn dies gehörte nicht zu seinen militärischen Aufgaben. Als er sichergestellt hatte, daß seine Einheit jederzeit abmarschbereit war, begann er schließlich auf der Hauptstraße seine Fahrt in Richtung Merak an der Sundastraße, wo der Feind in der Nacht gelandet war.

Er war mehrere Tage unterwegs. Die Einzelheiten seiner Fahrt spielten keine Rolle. Wichtig für das Folgende war nur das verheerende Gefühl des Nicht-zugehörig-seins und der Ziellosigkeit, das ihn seit seiner Ankunft auf der Insel bedrohte und sich noch verstärkte, als den großen teilnahmslosen Perlmuttagen Nächte folgten, die von der Unruhe der Schöpfung glitzerten und von den Alarmzeichen geängstigter kleiner Menschen widerhallten. Nicht gerade beruhigend wirkte der Rückzug der gut ausgerüsteten und wohlgenährten holländischen Küstendivision, mit der er kurz in Berührung kam. Seine schlimmsten Befürchtungen wurden bestätigt, denn diese Division zog sich so schnell sie nur konnte in Richtung auf das blau und purpurn schimmernde Hochland hinter ihm zurück, ohne einen einzigen Schuß auf den Feind abgegeben zu haben. Auf der Rückfahrt faßte er wieder Mut, als er sich eine Stunde lang im Feldhauptquartier einer nicht vollständigen australischen Brigade aufhielt. Bei den langen Strahlen der untergehenden Sonne beobachtete er, wie sich die kleine Einheit der Australier unter dem ernsten Gewitterhimmel zur Verteidigung eingrub; hinter ihnen der Dschungel, der sich bis an den Horizont erstreckte und dort schließlich im Regendunst verschwand. Die Männer hatten durchtrainierte Körper und waren ungewöhnlich groß. Es war eine besonders junge und gut aussehende Truppe. Die Männer arbeiteten, bis zur Hüfte entblößt; zwei Jahre Krieg unter einer fremden Sonne hatten ihre Schultern tief gebräunt. Sie wirkten besonnen und furchtlos, und obwohl sie, wie Lawrence, noch nicht lange auf der Insel waren, bewegten sie sich so ruhig und zielbewußt, wie er sich die Spartaner im Paß von Thermopylä vorstellte.

Lawrence berichtete ihrem Kommandeur, einem im ersten Weltkrieg hochdekorierten Offizier eines Expeditionskorps, was er unterwegs gesehen hatte. Der Brigadier lächelte wie jemand, der längst Frieden mit seinem Schicksal geschlossen hat, und sagte, all dies wäre ihm bekannt. Er und seine Männer hätten den Befehl, die Straße so lange zu halten, bis die holländische Einheit sich ungefährdet in ihre Verteidigungsstellung im Inneren zurückgezogen habe. Wenn das geschehen sei, habe auch er die Weisung, den Kampf – wenn möglich – abzubrechen und zu folgen. Die Wendung ‚wenn möglich' sprach er im schlichten australischen Nasaltonfall aus und lächelte dabei gezwungen.

Lawrence fragte, wann er den Angriff des Feindes erwarte. Der Kommandeur antwortete, bei dem augenblicklichen Tempo des Vormarschs sei nicht vor der Morgendämmerung des nächsten Tages mit einem Angriff zu rechnen. Er glaube, das Beste für Lawrence sei, seine Einheit dort zu lassen, wo sie sich gerade befände. In dem Augenblick, da seine Soldaten mit den Japanern in Berührung kämen, würde er mit Lawrence Verbindung aufnehmen und einen Punkt vorschlagen, von wo aus der Feind am besten zu umgehen sei, wenn der Kampf abgebrochen wäre.

Vor Sonnenuntergang war Lawrence wieder bei seiner Einheit. Zwar lagen die australischen Stellungen, als er auf die Karte sah, in der Nähe des Dorfes, doch versetzte es ihm einen Schreck, daß er mit dem Wagen kaum zwanzig Minuten zurück brauchte. Das veranlaßte ihn, sofort einen Meldefahrer in das australische Hauptquartier zu schicken, damit die Verbindung aufrechterhalten bliebe, falls der Feind in der Nacht durch die Linien sickern und die Telefonleitung unterbrechen sollte. Er stellte Extraposten an den Einfallstraßen zum Dorf auf und ließ einen Feldwebel der Nachrichtentruppe die Telefonvermittlung im Hotel übernehmen. Außerdem ordnete er an, die gesamte Einheit habe bei Tagesanbruch zu frühstücken und sich dann zum sofortigen Abmarsch bereitzuhalten. Damit seine Befehle besser verstanden würden, erzählte er seinen Soldaten, ohne dabei die Lage zu aussichtslos darzustellen, was er auf seiner Erkundungsfahrt ermittelt hatte. Er berichtete ausführlich über die kleine australische Truppe und betonte, wie beeindruckt er von deren Geist und Verhalten gewesen sei. Mit etwas Glück und bei geschickter Führung, schloß er, würden sie schon in den nächsten achtundvierzig Stunden nichts mehr mit dem Rückzug von Truppen zu tun haben, sondern sicher in ihrem einheimischen Dschungel als Partisanen unterschlüpfen können. Dann nahm er seinen Stellvertreter beiseite und sagte ihm, er gehe jetzt ins Hotel und werde versuchen zu schlafen, was er seit ein paar Tagen schon nicht mehr getan habe. Er wolle auf keinen Fall gestört werden, es sei denn, daß es unbedingt erforderlich wäre.

Zu diesem Zeitpunkt war die Sonne zwar untergegangen, aber der Himmel im Westen stand noch in Flammen. Besonders eine Gewitterwolke glühte von unten bis oben in loderndem Granatapfelfeuer. In den Gräben und entlang den Hecken sammelten sich die Leuchtkäfer zu ihrer nächtlichen Fiesta, und Fledermäuse und fliegende Hunde schossen rings durch die braune Luft, wobei sie ihr seltsames seidenes Quietschen ertönen ließen. Anders als in der Nacht seiner Ankunft war kein einziger Lichtschimmer irgendwo im Hotel zu sehen.

„Der Hotelbesitzer hat also getan, um was ich ihn gebeten habe, die Frauen und Kinder sind evakuiert worden“, sagte er zu sich selbst. Diese Feststellung wurde bestätigt durch den Offizier, der ihn während seiner Abwesenheit im Hotel vertreten hatte. Lawrence traf ihn vor dem Haupteingang des Gebäudes, wo er gerade frische Luft schnappen wollte. Er nahm die Meldung des Offiziers entgegen und fragte, bevor er ihn entließ: „Warum ist es heute abend überall so ruhig hier?“

„Oh! Wissen Sie denn nicht, Sir? Man hat in den letzten beiden Tage alle Frauen und Kinder evakuiert“, antwortete der Offizier. „Ich glaube, die letzten sind gerade vor Sonnenuntergang fortgeschafft worden. Das Hotel ist praktisch leer, und wenn man dem Hotelbesitzer glauben soll, sind auch die meisten der einheimischen Angestellten weggelaufen.“

Lawrence ging langsam wieder die Steintreppe hinauf, die zur Halle führte, wo die Telefonzelle stand. „Und damit basta. Alle fort, die Ratten verlassen das sinkende Schiff!“ Die Bitterkeit seiner Worte überraschte ihn, bis er ihre wahre Bedeutung erkannte. Er sagte damit nur im Plural, daß ‚sie‘ fortgegangen war. Obwohl er alles in seinen Kräften Stehende getan hatte, um das Mädchen in Sicherheit zu bringen, mußte er heimlich die völlig absurde Hoffnung genährt haben, sie sei im Hotel geblieben.

„Um so besser“, versuchte er, sich zu beschwichtigen. „Ich muß mich ganz auf meine zukünftigen Aufgaben konzentrieren.“ Aber er selbst war überhaupt nicht davon überzeugt.

Dann entdeckte er am anderen Ende der Halle einen Lichtschimmer am Eingang zum Büro. Dort saß der Hotelbesitzer, er hatte den Kopf seitlich auf den Arm gelegt und schlief fest, wobei er laut schnarchte. Zuerst rief ihn Lawrence an; als er nicht reagierte, ging er um den Schreibtisch herum und schüttelte ihn. Er roch nach Gin. Nach einer Weile öffnete der Mann die Augen, lächelte Lawrence kraftlos an und murmelte etwas Unzusammenhängendes. Dann verschwand das Lächeln, und trotz der Trunkenheit spiegelte sich auf seinem Gesicht die ganze Angst, die rasch aus seinem Inneren hochstieg. So entsetzt war sein Blick, daß Lawrence glaubte, der Hotelbesitzer ahne vielleicht schon auf mysteriöse Art sein nahes Ende. Bereits sechsunddreißig Stunden später sollte er auf den Stufen seines Hotels mit Bajonetten niedergestochen und seine Leiche tagelang auf dem Dorfplatz zur Schau gestellt werden, weil er sich angeblich vor einem japanischen Offizier nicht tief genug verbeugt hatte. Aber der Ausdruck des Entsetzens wich rasch, die roten Augen schlossen sich, und der Kopf sank auf die Arme zurück. Er war wieder eingeschlafen.

„Armer, armer Teufel!" Lawrence wollte ihn nicht wieder wecken. „Schlafe soviel du kannst, noch ist Gelegenheit dazu."

Er drehte sich um und ging in den Speisesaal, um zu sehen, ob er dort bei einem Kellner ein Mittagessen bestellen könnte. Die Fensterscheiben glühten noch vom letzten Rot des Tages, und der große dunkle Raum sah verlassen und leer aus, bis am anderen Ende des Saales aus dem Dunkel ein sehr alter Kellner auftauchte. Sein Gesicht, dessen bernsteinfarbene Wangen und Haut runzlig waren wie eine überreife Granadilla-Frucht, wirkte zu dem neuen schwarzen Hut ganz unpassend. Er näherte sich Lawrence, verbeugte sich unpersönlich, aber elegant, wie es alle Einheimischen der Insel taten, und sagte ruhig: „Guten Abend, Tuan. Guten Abend, Herr."

„Können Sie mir in einer halben Stunde etwas zu essen bringen?" fragte Lawrence.

„Ja, Tuan. Was möchte der Tuan essen?“

Lawrence bestellte etwas Leichtverdauliches und fragte zum Schluß: „Was ist mit den anderen Kellnern passiert? Haben Sie allein Dienst?“

„Die *Jongens*“, der alte Mann gebrauchte den Ausdruck, mit dem die Holländer ihre einheimischen Bediensteten bezeichneten, „die *Jongens* sind alle nach Hause gegangen. Hiergeblieben sind nur noch der Tuan Hotelbesitzer, der Tuan Telefonist, der alte Abdul mit seiner Frau in der Küche und ich.“

„Und warum sind nicht auch Sie nach Hause gegangen?“ konnte sich Lawrence nicht verkneifen zu fragen.

„Wir sind sehr alt, Tuan“, antwortete er, „und das hier ist unser einziges Zuhause, das wir kennen.“ Er machte eine Pause und fügte dann schnell hinzu, als wäre ein weiteres Abschweifen in sein Privatleben angesichts seines Vorgesetzten eine zu große Unschicklichkeit. „Wünscht der Tuan sonst noch etwas?“

„Vielleicht bringen Sie mir noch etwas zu trinken“, antwortete Lawrence, der plötzlich merkte, wie müde er war, und fühlte, daß ein Getränk vor dem Bad und dem Essen ihm gut tun würde.

Er setzte sich an ein offenes Fenster und lauschte den heftigen nächtlichen Lauten dieser üppigen Erde. Einige Gibbonaffen, die sich vor der Dunkelheit fürchteten, hockten sich zu unruhigem Schlaf in die höchsten Bäume des Dschungels hinter dem Hotel; er konnte ihr Bellen hören, das allmählich in einem Gewinsel erstarb. Die Affenlaute waren außerordentlich menschenähnlich; sie klangen wie beim Weltanfang der Angstschrei des ersten Menschen, als er sich von mächtigen Feinden umgeben sah. Wie alt war doch das Schicksal, in dem er gefangen war, dachte Lawrence, und wie tief in Verruf gekommen. Wann und wie aber würde sich das Leben daraus befreien können?

In diesem Augenblick hörte er, wie jemand näherkam. Er dachte, es sei der alte Kellner, der ihm das Getränk bringe, und drehte sich nicht um. Angesichts einer so überwältigenden Nacht wollte er lieber die letzte Glut am Horizont im Westen beobachten. Da sagte unmittelbar hinter ihm eine Stimme, die er sofort erkannte: „Guten Abend!“

Daß er ihr Kommen nicht im voraus gespürt hatte, schien ihm immer ein Beweis dafür zu sein, wie tief er in seinem Inneren die Tatsache akzeptiert haben mußte, daß er sie nie wiedersehen würde.

Erschrocken stand er auf und platzte heraus: „Was um alles in der Welt machen Sie denn hier? Ich dachte, alle seien fort.“

„Nein“, antwortete sie ruhig, überhaupt nicht außer Fassung gebracht durch sein ungestümes Betragen. „Einige von den Jüngeren mußten noch zurückbleiben. Heute nachmittag war in dem Transport nicht genug Platz für alle. Wir sollen morgen früh an die Reihe kommen – wenn es dann nicht schon zu spät ist.“ Sie machte eine Pause und suchte in dem trüben Licht seinen Gesichtsausdruck zu erkennen. Als ihr das nicht gelang, fragte sie ihn, fast im gleichen Tonfall ihrer allerersten Bitte: „Ist es zu spät?“

Er zog einen Stuhl vom Tisch und bot ihr Platz an. Es sei sehr spät, erzählte er ihr, gefährlich spät, aber vielleicht nicht zu spät. Sie müsse nur alles tun, um am nächsten Tag das Dorf zu verlassen. Sollten keine Autos, Lastwagen oder Züge zur Verfügung stehen, bitte er sie, zu Fuß auf der Hauptstraße ins Innere zu laufen. Die Straße werde bald voll sein von Militärfahrzeugen der eigenen Verbände, und man werde sie bestimmt ein Stück mitnehmen. Überall zögen sich die Landstreitkräfte ins Innere der Insel zurück, und was anderswo auch geschehen möge, diese Straße würde eine Zeitlang durch Männer gesichert, die den Kampf nicht scheuten. Er wisse nicht, wie stark die japanischen Verbände seien, die gegen diese Männer eingesetzt würden, aber nach früheren Erfahrungen zu urteilen, würde der Feind vierundzwanzig Stunden, wenn nicht zwei Tage brauchen, um genügend Truppen für den Durchbruch zur Hauptstraße zusammenzuziehen.

Was das denn für Soldaten seien, von denen er so sicher behaupte, daß sie den Kampf nicht scheuen würden? Als sie sich das letzte Mal unterhielten, sei er doch gar nicht zuversichtlich gewesen, daß dem japanischen Vormarsch Widerstand entgegengesetzt würde. Ihre Stimme, ganz forschende Neugier, klang jünger, als sie das sagte.

Er versuchte, in ihrem Gesichtsausdruck zu lesen, aber der war nur undeutlich zu erkennen in der zunehmenden Dunkelheit ringsum. Er sah nur, daß das strahlende Weiß des Gesichtes dunkler geworden war, bis es wie eine fremdartige Blume glühte, die nur im Dunkeln erblüht. Wenn sie von Zeit zu Zeit ihre Hand hob, um an ihrer Halskette zu nesteln, erzitterten unter ihrem lotosweißen Gesicht das golden schimmernde Medaillon an ihrem Hals und das silbern glänzende Armband an ihrem Handgelenk.

Er erzählte ihr von den Australiern, die man mit dem Wagen in kaum zwanzig Minuten erreichen könne, und beschrieb, wie beeindruckt er gewesen sei, als er sie in den langen Strahlen der Abendsonne bei den Schanzarbeiten gesehen habe.

„Wie wundervoll – und doch, wie schrecklich", rief sie aus. Er sah nicht, aber er spürte, wie sie sich steif machte, als sie die Armlehnen des Korbsessels fester umgriff. „Der Gedanke an das, was uns bevorsteht, ist fast unerträglich für mich. Wie kommt es, daß diese Soldaten so tapfer sind?" Sie machte eine Pause. Es war inzwischen völlig dunkel geworden und die Blitze begannen, sich in den Fenstern zu spiegeln. Strahlend ertönten die Laute der Nacht, das Fieber der Schöpfung stieg in den Schläfen der Dunkelheit. Sie fragte: „Wann rechnen Sie mit dem Feind?"

„Da ich Ihr Verlangen nach dem Schlimmsten kenne", versuchte Lawrence unbeschwert zu antworten, „muß ich bekennen, daß der Kampf schon begonnen haben kann. Aber ich zweifle daran. Denn auf diese kurze Entfernung müßten wir das Geschützfeuer hören, wenn es länger andauerte und schwer wäre. Die Australier rechnen damit, daß sie morgen in aller Frühe oder morgen am späten Abend in Kämpfe verwickelt werden."

Auf seine Auskunft erwiderte sie nur indirekt. Sie erzählte Lawrence, daß die Frauen, mit denen sie die ganze Zeit seit ihrer plötzlichen Evakuierung aus Sumatra zusammen war, immer klagten, sie hätten ihre Söhne und Männer zurücklassen müssen und sie hätten Kinder, die vielleicht das entsetzliche Los einer japanischen Besetzung ertragen müßten. Sie könne nur sagen, daß sie diese Frauen aufrichtig beneide und sie als glücklich ansehe, weil sie so abgestumpft und so gut vorbereitet seien angesichts der nahenden Katastrophe. Sie wünschte, sie hätte ein Kind und einen Mann, der seinen Platz bei jenen großen Australiern einnnähme, von denen er ihr erzählt habe. Selbst wenn ihr Mann getötet würde, selbst wenn sie und ihr Kind das Unglück der vom Schicksal Verurteilten tragen müßten, so bekämen doch all diese gräßlichen Umstände, die jetzt auf sie hereinstürzten wie ein Rudel Wölfe, einen Sinn. Schon als Kind, vertraute sie ihm an, habe sie nie daran gezweifelt, daß das Leben, wie ihr eigenes Schicksal auch sein möge, sich lohnen würde. Trotz allgemeiner Verzweiflung und

Auflösung nach der Besetzung Hollands durch die Hitlertruppen, der sie knapp ein Jahr zuvor entgangen war, habe sie nie daran gezweifelt, daß am Ende für die Überlebenden doch alles einen Sinn hätte. Ihr Glaube an die Kontinuität des Lebens, die sich allem Verstehen entzöge und keinen Stillstand kenne, sei so tief gewesen, betonte Lawrence, daß er als unwiderlegbares Wissen in ihrem Herzen zu wurzeln schien. Sie habe jene Frauen verachtet, die angesichts der schrecklichen Weltsituation keine Kinder mehr zur Welt bringen wollten, damit ihnen wenigstens erspart bliebe, was sie selbst durchmachen mußten. Das Leben sei die Antwort, die die Frau den Feinden des Lebens erteile, sagte sie. Männer wie seine Australier müßten vielleicht den Tod bekämpfen, so wie sie im australischen Busch das Feuer durch Feuer bekämpften. Dies sei die Antwort des Mannes auf den Tod, und sie respektiere sie. Aber eine Frau könne Tod nur mit Leben beantworten. Würde aber ein Mann diese Antwort der Frau unabhängig von der Art, wie sie gegeben würde, respektieren, so wie die Frau die brutale Notwendigkeit der männlichen Antwort respektiere? All dies wurde mit der Leidenschaft eines stolzen und verhaltenen Geistes gesagt. Doch sie wartete nicht, bis er ihre Frage beantwortete, sondern stellte ihm eine neue, persönliche: „Und Sie? Was werden Sie tun, wenn der Kampf unten an der Straße entbrennt?"

„Sie unterstützen", antwortete er. „Ich warte hier am Telefon nur auf die Nachricht, daß der Kampf begonnen hat, und auf Anweisungen, wo ich die Australier am wirkungsvollsten unterstützen kann. Ich fürchte, jeden Augenblick kann der Anruf kommen."

„Ich kann den Gedanken nicht ertragen, daß Sie in den Tod gehen", rief sie gequält aus. Für Lawrence klang das unlogisch, hatte er doch eben erst ihren heißen Wunsch vernommen, selbst einen Mann zu besitzen, der an den bevorstehenden Kämpfen teilnähme. „Ich kann den Gedanken einfach nicht ertragen!“

Sie bedeckte ihr Gesicht mit den Händen, als ob sie weinen wollte, ließ sie dann aber schnell sinken und stand plötzlich auf. „Bitte“, sagte sie, ergriff dabei Lawrence' Hand und zog ihn sanft. „Bitte, komm mit, bitte.“

Ihre Hand zitterte heftig, als hätte sie Fieber. Er war so gerührt von ihrer Besorgnis um ihn, daß er ohne ein Wort aufstand. Dann nahm er ihre linke Hand und verließ mit ihr zusammen den Raum. Der Weg durch die Halle, vorbei am Büro, wo noch immer der Hotelbesitzer mit rotem Gesicht auf seine Arme gebeugt schlief, die Treppe hinauf und den langen Flur entlang war nicht weit. Sein Lebensgefühl war plötzlich wieder so wach, daß ihm der Weg eine ganze Stunde zu dauern schien. Sein ganzes Sein war wie verherrlicht, und selbst die unscheinbarste Wahrnehmung aus Zeit und Raum, selbst die mikroskopischsten Einzelheiten der Umgebung nahmen auf dem Bildschirm seiner Sinne überlebensgroße Ausmaße an. Ihre Schritte schallten auf der leeren Treppe und auf dem von der Nachtbeleuchtung erhellten Flur herausfordernd wie Trommelschläge, und die nächtlichen Laute von draußen tönten wie das Crescendo eines Insektenchores an sein Ohr. Unter der Flurbeleuchtung sahen ihre Augen groß, dunkel und strahlend vor Lebendigkeit aus, als sie die vergitterten Flügeltüren aufstieß, mit denen alle Zimmer ausgestattet waren. In ihrem Zimmer war es sehr dunkel. Gegen den Lichtschein vom offenen Fenster her konnte er gerade noch den schwachen Umriß eines gelbschimmernden Moskitonetzes erkennen, das über einem Bett hing. Als der Raum plötzlich durch einen Blitz erhellt wurde, entdeckte er einen verlorenen kleinen Koffer auf dem Gepäckständer an der Wand, der vermutlich all ihren Besitz enthielt, und ein Nachthemd, das über einen Stuhl gelegt war. Der Blitz war verloschen. Das Zimmer schien ein großer Palast der Dunkelheit zu sein, in dem er sich verloren hatte. Er drehte sich um, dabei stieß er fast mit ihr zusammen.

„Ich kann den Gedanken nicht ertragen“, sagte sie wieder, umarmte ihn, legte ihren Kopf an seine Brust und flehte ihn mit gedämpfter Stimme an, sie zu halten.

Er umfaßte sie, doch als er etwas sagen wollte, merkte sie seine Absicht und bat ihn: „ Bitte, sprich nicht. Bitte, sage nichts. Halte mich nur so umschlungen. Das ist vernünftiger als alle Worte, die wir beide finden können.“

Als sie sprach, brach der ferne Donner, der jetzt erst dem Blitz folgte, über sie herein wie eine Welle, die an die Küste brandet. Niemals wieder, sagte Lawrence, habe er einen so gebieterischen, heiligen Laut vernommen. Es war, als ermahnte sie zum Gehorsam die Stimme des Lebens selbst. Wundervoller aber war, daß diese seltsame Frau, die er da umarmt hielt, für ihn keine Fremde mehr war.

Es überraschte ihn deshalb, als plötzlich eine schwache tiefe Stimme die Regel durchbrach, die sie sich selbst gerade auferlegt hatte, und sagte: „Vielleicht wirst du mich nun verachten.“

Er dankte dem Himmel, daß er ihre Worte als den Versuch erkannte, die letzte Angst loszuwerden und so das Gefühl des Einsseins zu vollenden. Bis zu diesem Augenblick hatte er keine Zeit gehabt, um über das, was geschah, wirklich nachzudenken, und schließlich war er für ihre Worte dankbar, weil sie ein Licht auf den Tumult seiner eigenen Gefühle warfen. Er erkannte, daß sie von Anfang an auf ihn als ein Mensch von einzigartiger Wahrhaftigkeit gewirkt hatte. Das wenige, was sie zu ihm gesagt hatte, war genug gewesen, eine sehr weibliche Empfindsamkeit und Intelligenz zu offenbaren. Auch hatte sie Mut, wie nur Frauen Mut haben; denn indem sie sich in tiefer Sorge um das Leben an ihn gewandt hatte, war sie dem höchsten Anspruch an die Lauterkeit ihres Geschlechtes nicht ausgewichen. Ohne es zu wissen, hatte er all diese Gefühle, die ihn so stark bewegten, auch bei ihr vorausgesetzt; das war der Grund für seine Überraschung.

Betroffen von der Besorgtheit um ihre Ehre, hätte er ihr gern gesagt, wie sehr er sie respektiere, und daß er sie um Verzeihung bitte für alles, was Männer so blindlings von Frauen nahmen; aber er konnte nur hervorbringen: „Ich müßte Dichter und nicht Soldat sein, um dir sagen zu können, was ich empfinde und denke ... Ich muß dir gestehen, daß du ganz das bist, was ich mir unter einer echten Frau vorgestellt habe ... Ich fühle mich ganz unzulänglich und klein vor dir ... Du sollst wissen: ich verstehe, daß du dich mir zugewandt hast nicht um deinetwillen, auch nicht um meinetwillen, sondern um des Lebens willen. Wenn Verstand und Welt das Ende des Lebens zu verkünden scheinen, wie wir es erlebt haben, dann, weiß ich, wirst du mich auffordern, mit dir zusammen den Glauben an das Leben zu erneuern."

Lawrence sagte, so habe er fast wortwörtlich zu ihr gesprochen, und wir sähen nun selbst, wie unzulänglich es gewesen sei. Aber besser hatte er es nicht zu sagen vermocht. Gern hätte er seine komplexen Empfindungen für sie einfach und verständlich ausgedrückt, aber es gelang ihm nur, seine Gefühle in ungeschickte Worte zu kleiden.

Dann beunruhigte ihn plötzlich, daß sie weinen könnte. Er tastete mit den Händen nach ihrem Gesicht und fühlte Tränen auf ihren Wangen.

„Verzeih mir", rief ich aus, „daß ich dir weh getan habe. Könntest du nur einen einzigen Blick in mein Inneres werfen, du würdest geblendet von der Vision, die ich von dir habe."

„Ich habe dir ja gesagt, daß es die verschiedensten Arten von Tränen gibt." Ihre Stimme floß über von einer neuen Zärtlichkeit. „Du hast mir nicht weh getan. Ich weine nur, weil ich überwältigt bin von dem Glück, dich gefunden zu haben und bei dir solches Verständnis zu finden."

Sie richtete sich nun auf und umarmte und küßte ihn mit großer Zärtlichkeit.

Das Leben, sagte Lawrence, kann sich nicht immer an die Konventionen halten, die von den Menschen für solche Gelegenheiten geschaffen wurden. In der Tiefe hat es seine eigene Tradition, und wenn alles andere zusammenbricht, setzt das Leben sein eigenes inneres Zeremoniell der Herzen und Seelen ein, als wollte es das, was zwischen ihnen geschieht, bekräftigen, feiern, segnen, weihen und vollenden. Von diesem Augenblick an wurde ihnen die Nacht auf seltsame Weise zu eigen. Niemals zuvor hatte er die Natur wie auf jener Insel erlebt, die dort ihre ganze Vielfalt offenbarte: die Feuersbrünste und Erdbeben, die Vulkanausbrüche und das üppige Emporschnellen der Vegetation, der Wolken, Gewitter, Blitze und des Regens am Himmel; die immerwährende Musik kleinen Getiers, das mit kratzenden Beinen, schlagenden Flügeln und prächtigen kleinen Stimmen die verschiedenen Impulse der Schöpfung feierte, die jedem einzelnen von ihnen auf besondere Weise anvertraut waren. Diese Nacht war erlebnisschwerer als alle anderen erfüllten Augenblicke seines

Lebens, und alles schien dazu bestimmt, sie beide zu segnen und den anderen in der gegenseitigen Umarmung bedeutsamer erscheinen zu lassen. Es gab Augenblicke, da waren sie beide innerlich so bewegt von der Nähe zueinander und von der Nähe zu allen anderen lebenden, singenden, huschenden und leuchtenden Geschöpfen, daß sie fast geweint hätten. Schließlich aber sanken sie, völlig gelöst, in den Schlaf, als läge alles Leben vor ihnen.

Vor dem Einschlafen fragte das Mädchen plötzlich: „Wie heißt du eigentlich? Ich weiß, daß dein Familienname Lawrence ist. Aber dein Vorname?"

„John", antwortete er sanft und strich ihr dabei mit dem Finger über die Wange, „John."

So nahe war sie dem Schlaf, daß sich alle ihre Worte wie in Narkose gesprochen anhörten. Nach einer Pause sagte sie, so undeutlich, daß er sie kaum verstehen konnte: „John, mein Lieblingsjünger ... wie seltsam, John, der Jünger, und der von Patmos." Sie seufzte und sagte nicht ‚gute Nacht', sondern: „A Dieu" – gottbefohlen, John."

Sie gebrauchte die Wendung nicht wie wir heutzutage als ein einziges, gewohnheitsmäßiges Wort des Abschieds, sondern betonte jedes der beiden Wörter, so daß der Ausdruck seine ursprüngliche Bedeutung wiederzugewinnen schien. Doch das letzte Wort war kaum noch zu verstehen und trug sie geradewegs über die Schwelle in den Schlaf.

Erst da kam ihm voll zum Bewußtsein, wie müde sie gewesen sein mußte und daß sie in letzter Zeit sogar noch weniger geschlafen hatte als er. Tatsächlich war sie so schnell eingeschlafen, daß er sie nicht einmal nach ihrem Namen fragen konnte; bis zu diesem Augenblick hatte er nicht daran gedacht. Ihm war, als kannte er ihren Namen schon, so einmalig war sie für ihn und so lange schien ihm die Bekanntschaft mit ihr schon zu dauern. Ja, er hatte das Gefühl, als hätte er sie vor ihrer Geburt schon gekannt und könnte auch durch den Tod nicht getrennt werden von ihr. Mit dem Gedanken, ‚ich werde sie nachher fragen', nahm er sie fester in die Arme und schlief ein.

Er schlief tief und lange, bis er viele Stunden später aufwachte. Seine ersten Gedanken waren mit Unbehagen gemischt. Wirklich! Das Telefon in seinem Zimmer, das angrenzte, klingelte ununterbrochen laut und heftig. Sie lag noch glücklich und fest im Schlaf. Vorsichtig verließ er das Zimmer, ohne sie wachzumachen.

Der australische Brigade-Major war am Apparat. „Sind Sie es, Oberst Lawrence? Gut." Der Offizier sprach mit jener verdächtigen Nonchalance, die – das wußte Lawrence gut – bei Offizieren nur in Augenblicken höchster Gefahr anzutreffen war: „Dachte mir, es wird Sie vielleicht interessieren, daß unser Nachtspähtrupp gerade zurückgekommen ist. Die Japaner dringen auf breiter Front in schnellem Tempo vor. Tausende und Abertausende kleiner Bastarde überall: zu Fuß, auf Fahrrädern und auf Lastwagen. Jeden Augenblick kann der Kampf beginnen. Der Brigadier läßt Ihnen sagen, daß er Ihnen innerhalb einer halben Stunde die Anweisung geben kann, um die Sie gestern gebeten haben."

Lawrence dankte und sagte, er und seine Männer hielten sich zum Aufbruch bereit, der Brigadekommandeur brauche nur den Befehl zu erteilen. Dann sprach er mit dem Soldaten in der Telefonvermittlung des Hotels und sagte ihm, er solle die Verbindung zu seinem Zimmerapparat im Klappenschrank stecken lassen und sofort zu den Quartieren der Einheit gehen, seinen Stellvertreter verständigen und für ihn einen Wagen zum

Hotel bringen. Als er das erledigt hatte, eilte er in ihr Zimmer zurück. Gott sei Dank schlief sie noch ...

Er sammelte schnell seine restlichen Sachen zusammen, lief in sein Zimmer zurück, zog sich an und holte seinen Meldeblock heraus, um ihr einen Brief zu schreiben. Gerade hatte er seinen Kopierstift zum Schreiben angesetzt, da hörte er in der Ferne schwach, aber deutlich Geschützfeuer: zuerst nur unregelmäßig, bald jedoch anhaltend und rasch sich verstärkend. Soweit er sich erinnern konnte, hatte er ihr folgendes geschrieben:

„Liebes, geliebtes Kind des Lebens, der Angriff hat begonnen, und ich muß fort. Umstehend findest Du die Anschrift meiner Mutter in England. Sollten wir uns vorher nicht treffen, schreibe mir bitte über diese Adresse, wenn der Krieg zu Ende ist. Für den Fall, daß Du diesen Brief verlierst, gib mir sobald wie möglich Nachricht über das Kriegsministerium, Whitehall, London. Sollte ich fallen, bitte besuche zu Hause meine Mutter. Ich bedaure nur, daß ich keine Zeit hatte, um Dir zu sagen, was ich denke und fühle und wie tief ich unsere Zugehörigkeit zum Lande empfinde. Der Gedanke an Dich wird mich einhüllen wie eine warme Decke in einer kalten Winternacht. Bitte, beeile Dich und verlasse das Hotel noch heute – ich werde sehen, bevor ich abfahre, wie ich Dir dabei behilflich sein kann. Irgendwo im Leben werden wir wieder vereint sein. Bis dann – wie Du gestern abend sagtest – gottbefohlen – A Dieu, meine Liebe – John."

Obwohl der Brief so kurz war, war er schon fast zu lang, denn der letzte Satz wurde noch hingekritzelt, da klingelte wieder das Telefon. Er stürzte an den Apparat und nahm den Hörer ab.

Dieses Mal war es der Brigadekommandeur selbst: „Sind Sie es, Lawrence? Gut. Merken Sie sich diesen Punkt im Gelände. Ich werde dort einen Offizier auf

Sie warten lassen. Von ihm werden Sie dann weitere Anweisungen bekommen. Fahren Sie so schnell wie möglich dorthin.“

Lawrence legte den Hörer auf. Das Geschützfeuer in der Ferne war jetzt viel schwerer und anhaltender.

Er ging in ihr Zimmer zurück. Sie schlief noch immer. Er legte seinen Brief vorsichtig auf den abgenutzten kleinen Koffer und beschwerte ihn mit einer ihrer Sandalen, damit ihn kein Luftzug fortwehen konnte. Sollte er sie wecken? Nein. Sein Gefühl war eindeutig dagegen. Sie würde schon früh genug geweckt werden. Sollten doch jene einfallsreichen Mitspieler, Zufall und Umstand, die sie beide so mysteriös zusammengeführt hatten, nun auch die Trennung zuwege bringen, ohne daß ihnen dabei geholfen würde. Die Trennung wäre auf diese Weise nicht ganz so schwer, als wenn er eigene Abschiedsworte finden mußte. Aber leicht war sie nicht. Ja, sie war das Schwerste, was er in seinem Leben auf sich nehmen mußte. Als er zum letzten Mal zu ihr hinübersah, lag sie noch in tiefem Schlaf; ihre Wangen waren wie von der Morgendämmerung leicht gerötet, und das Licht der Frühe umglänzte ihr Haar. Noch nie hatte er einen solchen Ausdruck der Erfüllung auf einem menschlichen Gesicht gesehen – und er war ihm auch nicht wieder begegnet, bis er das Gesicht unserer schlafenden Tochter mit ihrer Puppe im Arm neben ihrem Zwillingsbruder sah.

Unten traf Lawrence den Hotelbesitzer, der gerade wach zu werden schien. „Hören Sie“, redete Lawrence den Mann an, der vom vielen Alkohol und von bösen Vorahnungen jetzt nervöser war als je zuvor. „Bevor Sie irgend etwas anderes unternehmen, gehen Sie dort ans Telefon und setzen Sie sich mit den holländischen Behörden in Verbindung. Es ist mir gleichgültig, was Sie sagen oder wie Sie es anstellen, aber Sie haben dafür zu sorgen, daß die restlichen Frauen sofort von hier weggebracht werden. Erzählen Sie ihnen meinetwegen, es sei ein Befehl des australischen Generals, der unverzüglich ausgeführt werden muß. Sollte Ihnen das nicht gelingen, dann schicken Sie die Frauen sobald wie möglich auf die Hauptstraße und lassen Sie sie landeinwärts laufen. Dort werden sie sicherlich von Fahrzeugen mitgenommen werden, bevor es dunkel wird. Aber schaffen Sie auf jeden Fall die Frauen von hier fort. Wecken Sie alle, sobald Sie telefoniert haben, und geben Sie ihnen dann Frühstück. Die Japaner greifen die Straße an, und ich versichere Ihnen, daß Sie Glück haben, wenn sie vor Anbruch der Nacht noch nicht hier sind."

Noch während er beobachtete, ob der Hotelbesitzer seinen Anordnungen gehorchte, fuhr sein Wagen vor. Er warf einen letzten Blick auf den großen Mann mit dem roten Gesicht und war beruhigt, als er sah, wie er am Telefon mit Bestimmtheit sprach. Dann stieg er in den Wagen und fuhr ab. Am Tor sah er noch einmal zum Fenster ihres Zimmers hinauf. Dort aber glühte nur der Sonnenaufgang auf den Scheiben.

Was er danach erlebte, war, bis auf ein Ereignis, für seine Geschichte ohne Bedeutung. Er hatte seine Einheit noch nicht erreicht, da wurde ihm klar, daß das Gefühl der Hoffnungslosigkeit, das der Trennung entsprang, ihn auf einen größeren Zusammenhang verwies. Die schrecklichen Stimmungen der Sinnlosigkeit und Verzweiflung waren vorbei. Er fühlte sich nicht länger gefangen. Die Erde, unter der sich öffnenden Muschel des Tages funkelnd wie ein rundes Tiefseejuwel, schien nicht länger fühllos. In dieser Nacht war er wieder heimisch geworden auf ihr. Er war in das Leben heimgekehrt, und in den folgenden Tagen, so schrecklich sie auch waren, verstärkte sich dieses Gefühl noch. Er brauchte nur an die Frau und an die kurze Begegnung mit ihr zu denken, um selbst in der härtesten Lage durch eine lebendige, spürbare Süße erquickt zu werden. Ja, sogar als er monatelang in einer japanischen Gefängniszelle in Einzelhaft war, gefoltert und schließlich zum Tode verurteilt wurde, war diese Süße der Erinnerung so intensiv, daß sie Qual und Elend von Leib und Seele überlistete. Das Gefühl der Kontinuität, das er gewonnen hatte, löschte die Wirkung dessen, was damals sein unvermeidliches Ende schien. Ohne die prophetische Schau des Lebens, die ihm diese Frau gegeben hatte, wäre er nicht durchgekommen, hätte er hier nicht am Weihnachtsabend am Kamin gesessen und so offen zu uns gesprochen, wie er es getan hatte. Auch sie mußte ihre Begegnung als heilsam empfunden haben, das fühlte er; er wünsche nur, es könnte mehr sein als ein Gefühl.

Lawrence hielt inne, nicht als wäre er an das Ende seines Berichtes gekommen, sondern als wüßte er nicht weiter.

Schweigend warteten wir eine Weile und hofften, er würde fortfahren. Dann stellte ihm meine Frau eine Frage, weil sie befürchtete, daß er sonst nicht weitersprechen würde. Ich war mit meinen Gedanken so aufmerksam bei Lawrence in Insulinde gewesen, daß ich nicht einmal mehr den großen Sturm draußen gemerkt hatte, der jetzt seinen Höhepunkt erreichte. Doch als meine Frau anfing zu sprechen, hörte ich ihn wieder und beugte mich vor, damit mir keines ihrer Worte verlorenging.

„Soll das bedeuten, daß Sie die Frau nicht wiedergesehen haben?“ fragte sie.

„Ich habe sie nie wiedergesehen“, antwortete Lawrence.

Meine Frau schwieg einen Augenblick. Dann sagte sie langsam: „Vielleicht hat sie ein Kind von Ihnen.“

„Ja, natürlich, das wäre möglich“, antwortet Lawrence und sah dabei ins Feuer. Er machte eine lange Pause, bevor er hinzufügte: „Aber ich fürchte, das ist nicht der Fall.“

„Woher wissen Sie das?“ fragte meine Frau schnell. „Haben Sie irgend etwas über sie oder von ihr gehört?“

„Nein, ich habe nie irgendeine Nachricht erhalten“, erwiderte er. „Aber ich habe das sichere Gefühl, daß ich sie wiedergesehen oder von ihr gehört haben würde, wenn sie ein Kind hätte.“

„Ich möchte nicht roh sein“, sagte meine Frau mitfühlend, „aber sie kann ja ein Kind bekommen haben und dann, bevor sie sich melden konnte, während der japanischen Besatzungszeit umgekommen sein. Schließlich sind Tausende von Frauen und Kindern auf jenen Inseln in Gefangenenlagern umgekommen.“

„Ich glaube nicht, daß sie gestorben ist“, antwortete Lawrence überzeugt.

„Was glauben Sie dann, was mit ihr geschehen sein soll?“ drang meine Frau in ihn. „Und was haben Sie getan, um sie wiederzufinden – denn ich kann mir nicht vorstellen, daß Sie es nach Kriegsende nicht versucht haben.“

Lawrence beantwortete den letzten Teil ihrer Frage zuerst. Ja, er hatte versucht, sie wiederzufinden, aber alles war von vornherein dazu angetan gewesen, seine Bemühungen scheitern zu lassen. Wir müßten bedenken, daß er nicht einmal ihren Namen gekannt hatte. Er wußte nicht einmal, was mit ihr geschehen war, als er sie am frühen Morgen schlafend im Hotel zurückließ. Erst dreieinhalb Jahre später war er aus japanischer Gefangenschaft gekommen. Unverzüglich hatte er sich zu dem Hotel begeben und erfuhr dort, daß der Besitzer von den Japanern getötet worden und der Mann in der Telefonvermittlung verschwunden war. Die alten Hotelangestellten, die sich vielleicht an sie beide hätten erinnern können, waren tot oder fortgegangen. Trotzdem hatte er in allen Frauenlagern nachgeforscht, die ihm erreichbar waren. Viele Lager jedoch waren schon halb leer, weil zahlreiche Frauen nach der japanischen Kapitulation 1944 sie verlassen hatten, ohne die offizielle Erlaubnis oder Hilfe abzuwarten, obwohl die Situation immer noch gefährlich war. Er kannte sie gut genug, um nicht daran zu zweifeln, daß sie dank ihrer Unternehmungslust eine der ersten gewesen war, die das Lager verlassen hatten. Eine ausgemergelte Lagerleiterin nach der anderen hatte er gefragt; alle waren sie äußerst hilfsbereit, aber ohne ihren Namen, ohne ein Paßbild oder einen Schnapschuß hatte ihre Personenbeschreibung geklungen wie die mancher anderen. Seine einzige Hoffnung war nun noch, daß sie schreiben würde. Er hatte deshalb seine Mutter und das Kriegsministerium entsprechend unterrichtet, aber als die Monate vergingen und er nichts hörte, verlor er alle Hoffnung. Lange Zeit war seine einzige Erklärung: sie ist tot, aber allmählich wuchs die Überzeugung in ihm, daß sie lebte und durchgekommen war wie er.

„Aber wenn dem so sein sollte“, rief meine Frau aus, „wie um alles in der Welt erklären Sie sich dann ihr Schweigen?“

Der Grund dafür, sagte Lawrence, sei in der Vorstellung dieser jungen Frau vom Glück zu suchen.

Wenn er zurückblicke auf die kurze Zeit, die er mit ihr zusammen war, und nachdenke über die wenigen Worte, die sie miteinander gesprochen hatten, dann sei er erstaunt festzustellen, wie oft sie sich auf diese Vorstellung vom Glück bezogen hatte. Alles zusammengenommen sei ihm völlig klar, daß sie über das Wesen des Glücks tief und ehrfurchtsvoll nachgedacht haben mußte. Er sei deswegen ziemlich sicher, daß sie die Entscheidung hinsichtlich eines Wiedersehens größtenteils dem Zufall überließ, der sie auch zusammengeführt hatte. Hätte sie ein Kind bekommen, wäre das von ihr als ein Zeichen des Lebens angesehen worden, daß die Beziehung zu Lawrence fortdauern sollte. Wenn nicht, dann war ihr gemeinsames Erlebnis, so einzigartig es im Zusammenhang von Zeit und Umständen auch war, in sich abgeschlossen. Es war, als ob sie intuitiv wußte, was er jetzt bewußt glaubte: daß durch freiwilligen Verzicht auf eine Erneuerung ihrer Beziehung diese noch weit größere Bedeutung für sie bekommen könnte. Ob wir denn die Verse aus dem Gedicht von Gerard Manley Hopkins kennten, die lauten: Da doch, was wir freiwillig aufgeben / Gehütet ist mit zärtlicher Sorge / Zärtlicherer Sorge behütet, als wirs hätten hüten können, behütet / Mit weit zärtlicherer Sorgfalt (und wir, wir hättens verloren) zarter, zärtlicherer / Sorge gehütet. . .

Er sei sicher, ihr tiefer Glaube an Zufall, Schicksal und Übereinstimmung im Leben, oder wie immer wir diese geheimnisvollen und unberechenbaren Manifestationen des göttlichen Willens nennen mögen, war die Ursache ihrer Entscheidung, ihn nicht wiederzusehen. Männer hätten einen schrecklichen Hang, alles im Leben festzulegen. Die Furcht vor dem Leben, durch ihre Entfremdung vom Leben entstanden, ließ die Männer Festungen bauen, um mit deren Hilfe festzuhalten, was sie sich aus der Vielfalt des Lebens ausgesucht hatten. Anstatt danach zu trachten, den flüchtigen Formen und Gestalten Dauer zu verleihen, wäre es schöpferischer, wenn sie sich dem natürlichen Prozeß der Wandlung anvertrauten und so vermieden, von Vorbildern der Oberfläche verführt zu werden. Eines von vielem, wofür er dieser Frau zu danken habe, sei ihr Schweigen; es habe ihn gelehrt, das Leben nicht dem eigenen begrenzten Willen unterwerfen zu wollen. Es sei erstaunlich, wie lebendig und nahe sie ihm wieder sei, da er einmal ihr Schweigen verstanden habe. Er könne sich ihr kaum enger verbunden fühlen als jetzt. Die ganze Zeit, während er uns erzählte, sei ihm gewesen, als stände sie neben ihm und flüstere ihm die Worte zu. Es sei kein Tag vergangen, an dem er nicht ihre Stimme im Wind gehört hätte, und kein Jahr, in dem er ihr Gesicht im Frühling nicht gesehen und sie im Sommer nicht erlebt hätte. Es sei in einem gewissen Sinn sogar nicht einmal richtig, sie als kinderlos zu bezeichnen. Wenn er auf die kurze Zeit ihres Zusammenseins zurückblicke, komme er zu der Erkenntnis, daß alles, was er heute sei und morgen werden könne, in gewisser Hinsicht das Kind ihrer Vereinigung sei. Er sei dadurch in eine zeitlose Dimension hinein wiedergeboren.

Und damit war er am Schluß angekommen, nicht aber wir. Meine Frau war, als er zu Ende gesprochen hatte, aufgestanden und schweigend zu ihm gegangen. Sie nahm seinen Kopf und küßte ihn zart auf die Stirn. Es ist schwer auszudrücken, wie glücklich mich das machte. Ich hatte zuvor nicht erwähnt, welche Befürchtungen ich hinsichtlich ihrer Haltung Lawrence gegenüber hegte, da sie ihn nur kurz kennengelernt hatte. Jetzt aber sah ich, daß ihre Beziehung zu ihm echt und tief war. Ich wußte, jetzt brauchte ich keine Befürchtungen mehr zu haben. Das Bild der jungen Frau von Insulinde und ihre Einsicht in das Wesen von Zufall und Umstand hatten auch uns auf immer vereint. Selbst der Sturm draußen schien das mit der ihm innewohnenden Stille zu bekräftigen. Am Anfang erwähnte ich die seltsame Harmonie, die im Zentrum des Sturmes herrscht. Mit ihr will ich auch schließen, denn in diesem Augenblick vereinten sich all die unstimmigen und rasenden Laute draußen und lösten sich auf in die Musik eines Orchesters, das nur ein einziges Thema spielte, ein Thema, das sich hoch über den Sturm und die Nacht erhob.